癌症早期诊断与治疗系列

卵 巢 癌
Ovarian Cancer

主　编　**Robert E. Bristow, MD**

　　　　Deborah K. Armstrong, MD

主　译　吴玉梅　张为远

译　者　（以汉语拼音为序）

　　　　樊　蓓　何　玥　侯　任　龙腾飞

　　　　王　玥　徐小红　张诚燕　赵　群

　　　　赵　蓉

审　校　吴玉梅　张为远

秘　书　刘　勇　张诚燕

人民卫生出版社

Early Diagnosis and Treatment of Cancer: Ovarian Cancer
Bristow and Armstrong
ISBN-13: 978-1-4160-4685-1

Elsevier (Singapore) Pte Ltd.
3 Killiney Road
#08-01 Winsland House I
Singapore 239519
Tel: (65) 6349-0200
Fax: (65) 6733-1817

First Published 2011
2011 年初版

图书在版编目（CIP）数据

卵巢癌 /（美）布里斯托主编；吴玉梅等译. —北京：
人民卫生出版社，2011.11
（癌症早期诊断与治疗系列）
ISBN 978-7-117-14768-2

Ⅰ. ①卵… Ⅱ. ①布…②吴… Ⅲ. ①卵巢癌—诊疗 Ⅳ. ①R737.31

中国版本图书馆 CIP 数据核字（2011）第 180780 号

| 门户网：www.pmph.com | 出版物查询、网上书店 |
| 卫人网：www.ipmph.com | 护士、医师、药师、中医师、卫生资格考试培训 |

图字：01-2010-4705

癌症早期诊断与治疗系列

卵　巢　癌

主　　译：吴玉梅　张为远
出版发行：人民卫生出版社（中继线 010-59780011）
地　　址：北京市朝阳区潘家园南里 19 号
邮　　编：100021
E - mail：pmph @ pmph.com
购书热线：010-67605754　010-65264830
　　　　　010-59787586　010-59787592
印　　刷：北京汇林印务有限公司
经　　销：新华书店
开　　本：787×1092　1/16　印张：12.5　字数：310 千字
版　　次：2011 年 11 月第 1 版　2011 年 11 月第 1 版第 1 次印刷
标准书号：ISBN 978-7-117-14768-2/R·14769
定　　价：79.00 元

打击盗版举报电话：010-59787491　E-mail：WQ @ pmph.com
（凡属印装质量问题请与本社销售中心联系退换）

作 者 名 录

Deborah K. Armstrong, M.D.
Associate Professor of Oncology, Gynecology, and
Obstetrics, The Sidney Kimmel Comprehensive Cancer
Center, The Johns Hopkins Medical Institutions,
Baltimore, Maryland

Jennifer E. Axilbund, M.S.
Research Associate, The Johns Hopkins University;
Genetic Counselor, The Johns Hopkins Hospital,
Baltimore, Maryland

Jeffrey G. Bell, M.D.
Clinical Professor, Ohio State University; Medical
Director, Cancer Services, Riverside Methodist Hospital,
Columbus, Ohio

Robert E. Bristow, M.D.
Professor and Director, The Kelly Gynecologic Oncology
Service and Ovarian Cancer Center of Excellence,
Department of Gynecology and Obstetrics, The Johns
Hopkins Medical Institutions, Baltimore, Maryland

Dennis S. Chi, M.D.
Associate Professor, Weill Medical College of Cornell
University; Associate Attending Surgeon, Memorial
Sloan-Kettering Cancer Center, New York, New York

Teresa Diaz-Montes, M.D.
Assistant Professor, Department of Gynecology and
Obstetrics, The Johns Hopkins Medical Institutions,
Baltimore, Maryland

Ram Eitan, M.D.
Attending Physician, Gynecologic Oncology Division,
The Helen Schneider Hospital for Women,
Rabin Medical Center, Petah Tikva; Sackler School of
Medicine, Tel Aviv University, Tel Aviv, Israel

J. Stuart Ferriss, M.D.
Fellow in Gynecologic Oncology, Obstetrics and
Gynecology, University of Virginia; Fellow Physician,
Obstetrics and Gynecology, University of Virginia Health
System, Charlottesville, Virginia

Robert L. Giuntoli II, M.D.
Assistant Professor, Department of Gynecology and
Obstetrics, The Johns Hopkins Medical Institutions,
Baltimore, Maryland

Amy L. Gross, M.H.S.
Johns Hopkins Bloomberg School of Public Health,
Baltimore, Maryland

Hedvig Hricak, M.D., Ph.D., Dr. HC
Professor of Radiology, Weill Medical College of
Cornell University; Chair, Department of Radiology,
Memorial Sloan-Kettering Cancer Center, New York,
New York

Namita Jhamb, M.D.
Clinical Fellow, Sylvester Comprehensive Cancer Center,
Miami, Florida

N. Jinawath, M.D., Ph.D.
Lecturer, Research Center, Faculty of Medicine,
Ramathibodi Hospital, Mahidol University, Bangkok,
Thailand; Clinical Cytogenetics Fellow, McKusick-Nathan
Institute of Genetic Medicine, The Johns Hopkins
Medical Institutions, Baltimore, Maryland

Amer K. Karam, M.D.
Fellow, Gynecologic Oncology, UCLA/Cedars-Sinai
Medical Center, Los Angeles, California

Beth Y. Karlan, M.D.
Professor and Director, Division of Gynecologic Oncology,
Department of Obstetrics and Gynecology, Cedars-Sinai
Medical Center; Professor of Obstetrics and Gynecology,
Geffen School of Medicine at UCLA, Los Angeles,
California

Elizabeth R. Keeler, M.D.
Assistant Professor, Department of Gynecologic Oncology,
University of Texas M.D. Anderson Cancer Center,
Houston, Texas

Erin R. King, M.D., M.P.H.
Department of Obstetrics and Gynecology, University of
Virginia, Charlottesville, Virginia

Nicholas C. Lambrou, M.D.
Former Associate Professor, Division of Gynecologic
Oncology, University of Miami; Gynecologic Oncologist,
Baptist Health South Florida, Miami, Florida

Karen H. Lu, M.D.
Associate Professor, Department of Gynecologic
Oncology, The University of Texas M.D. Anderson Cancer
Center, Houston, Texas

Christopher V. Lutman, M.D.
Riverside Methodist Hospital, Columbus, Ohio

Maurie Markman, M.D.
The University of Texas M.D. Anderson Cancer Center,
Houston, Texas

Susan C. Modesitt, M.D.
Associate Professor and Director, Gynecologic Oncology
Division, University of Virginia Health System,
Charlottesville, Virginia

Le-Ming Shih, M.D., Ph.D.
Professor of Pathology, Oncology, and Gynecology, The Johns Hopkins University School of Medicine; Attending Physician, Department of Pathology, The Johns Hopkins Hospital, Baltimore, Maryland

Kala Visvanathan, M.B.B.S., M.H.S.
Assistant Professor of Epidemiology and Oncology, The Johns Hopkins Medical Institutions, Baltimore, Maryland

Christine Walsh, M.D.
Attending Physician, Division of Gynecologic Oncology, Department of Obstetrics and Gynecology, Cedars-Sinai Medical Center, Los Angeles, California

Jingbo Zhang, M.D.
Assistant Professor of Radiology, Weill Cornell Medical College; Memorial Sloan-Kettering Cancer Center, New York, New York

前　　言

世界范围内，每年有 204 449 个卵巢癌新发病例，124 860 人死于相关疾病 [1]。在美国，卵巢癌居妇产科癌症相关发病率及死亡率之首，主要原因为该病在早期很难被发现。卵巢癌已经成为个人及社会的沉重负担，其中一个重要的原因是很难预防，或在早期诊断时大部分患者仍可被治愈。本卷全面讨论了卵巢癌的诊断和治疗，包括流行病学、病理学、放射学、手术治疗和化学治疗。本书总结了早期及晚期卵巢癌患者的诊断、分期和针对患者的管理，希望能成为临床实践指南。

最近关于卵巢癌发病机制的研究有所进展，但仍不明确，因为研究卵巢癌的一项困难之处在于缺乏全面的肿瘤进展模型。卵巢癌为不同种类肿瘤的集合，根据细胞类型主要分为浆液性、黏液性、子宫内膜样、透明细胞和 Brenner（移行性）肿瘤，与女性生殖系统不同上皮类型相关 [2~4]。这些种类的肿瘤根据其临床表现又可进一步分为 3 类——良性、恶性和交界性（交界性肿瘤或低度恶性倾向）。基于最新的临床、病理、生理及分子基因学发现，一个研究组提出新的肿瘤发生模型，与交界性肿瘤发展为侵袭性肿瘤的相关性相符，具体讨论见第 2 章。

已经对卵巢癌的流行病学进行了广泛研究，本书包含了与临床相关度最高的观察结果。众所周知，卵巢癌与年龄呈正相关。上皮性卵巢癌主要见于围绝经期及绝经后妇女，80% 的病例发生在 40 岁以后。许多人口统计特点和因素与生育史及健康相关，包括被称为"持续排卵"的方法及相关口服避孕药的使用、产次和不孕干预。一些环境因素也被认为与卵巢癌发生有潜在的关联。卵巢癌最显著的风险是该疾病（或乳腺癌）的家族史或遗传倾向。大约 10% 的卵巢癌与家族遗传倾向相关。目前，大部分遗传性卵巢癌与两种综合征相关，即遗传性卵巢癌、乳腺癌综合征（hereditary breast and ovarian cancer，HBOC）和遗传性非息肉性结直肠癌（hereditary nonpolyposis colorectal cancer，HNPCC）[5~6]。HBOC 主要与乳腺癌发病风险升高相关，HNPCC 与结肠直肠癌风险升高相关。关于卵巢癌家族性综合征的最新信息见第 3 章。此外，对卵巢癌高危险妇女进行基因测试的指导和选择也进行了详述。

迄今为止，没有研究发现对人群进行卵巢癌筛查的有效方法。因此，不推荐对普通人群进行筛查。然而，对具 BRCA1 和 BRCA2 突变的妇女，筛查是非常必要的，因其卵巢癌风险显著增高。第 6 章内容包括卵巢癌筛查的基本原则，卵巢癌筛查的相关挑战，以及高危和低危人群筛查的策略。因为疾病早期发现非常困难，基因检测和筛查只能确认一小部分最终发展为卵巢癌的患者，因此，化学治疗或手术预防卵巢癌只能有选择的用于部分妇女。卵巢癌预防的相关内容见第 4 章。

影像学是卵巢癌发现、诊断、管理和治疗的重要随访内容。有非常多的影像学检查方法及新技术可供选择，尤其是发展中的分子成像技术。每种影像学方法都有其独特的优点和缺陷，因此，需应用循证医学的证据达到效益最大化，避免过度或不当使用特殊的检查。卵巢癌影像学的不断发展及其相关的临床应用见第 5 章。

手术是卵巢癌诊断和治疗的基石。手术的目标依据疾病的种类和分期而不同。对早期患者，手术的主要目的是通过严谨的分期手术获得足够的病理以确定病变范围。精确的分期使低危患者可安全地避免辅助化疗，并分辨出可能复发的高危患者，她们能从手术后的系统治疗中获得益处。不幸的是，大约 65% 的患者被诊断为 FIGO（国际妇产科联盟，international federation of gynecology and obstetrics）Ⅲ 期（T3N0/1M0）或 Ⅵ 期（任意 T，任意 N，M1）[7]。对于这些患者，最重要的临床相关的预后因素是初次肿瘤细胞减灭术后的残留病灶范围和以铂类为基础的辅助化疗管理 [8, 9]。对早期和晚期患者的手术干预和化学治疗方案，最严密的注意事项见第 7 章和第 8 章。

本书的目的是协助临床工作人员管理好卵巢癌患者，包括妇科肿瘤、内科肿瘤、初级护理工作的内外科主治、进修医师和住院医师。最终，卵巢癌的最佳治疗依赖多方面的因素，包括人口统计学预后因素、年龄和患者的健康状况、发现疾病时累及的范围、疾病的生物侵袭性和顺利转诊至适合且有经验的多学科团队。我们衷心希望您喜爱阅读本书，并从本书杰出的创作团队广泛的经验中获得益处。

Robert E. Bristow，MD

Deborah K. Armstrong，MD

（张诚燕　译）

参考文献

1. IARC. GLOBOCAN 2002. Cancer incidence, mortality and prevalence worldwide (2002 estimates). 2006 accessed (http://www-dep.iarc.fr/).
2. Seidman JD, Russell P, Kurman RJ: Surface epithelial tumors of the ovary. In Kurman RJ (ed): Blaustein's Pathology of the Female Genital Tract, 5th ed. New York: Springer Verlag, 2002, p 791.
3. Scully RE: International Histological Classification of Tumuors: Histological Typing of Ovarian Tumuors. Geneva: World Health Organization, 1999.
4. Scully RE: World Health Organization International Histological Classification of Tumours. New York: Springer, 1999.
5. Reedy M, Gallion H, Fowler JM, et al: Contribution of BRCA1 and BRCA2 to familial ovarian cancer: a gynecologic oncology group study. Gynecol Oncol 85:255–259, 2002.
6. Pal T, Permuth-Wey J, Betts JA, et al: BRCA1 and BRCA2 mutations account for a large proportion of ovarian carcinoma cases. Cancer 104:2807–2816, 2005.
7. Pecorelli S, Creasman WT, Petterson F, et al: FIGO annual report on the results of treatment in gynaecological cancer. J Epid Biostat 3:75–102, 1998.
8. Hunter RW, Alexander ND, Soutter WP: Meta-analysis of surgery in advanced ovarian carcinoma: is maximum cytoreductive surgery an independent determinant of prognosis? Am J Obstet Gynecol 166:504–511, 1992.
9. Bristow RE, Tomacruz RS, Armstrong DK, et al: Survival effect of maximal cytoreductive surgery for advanced ovarian carcinoma during the platinum era: a meta-analysis. J Clin Oncol 20:1248–1259, 2002.

目　录

卵巢癌的流行病学和临床表现

第 1 章

Namita Jhamb, Nicholas C. Lambrou

要　点

- 在美国，卵巢癌的死亡率在所有妇科癌症中排名第一。
- 确诊卵巢癌的平均年龄为 63 岁。其存活与种族、年龄以及诊断时的期别有关。
- 卵巢癌风险因素可分为遗传、环境以及生殖系统三类。
- 虽然从未生育或不孕症已经被公认增加患卵巢癌的几率，但是口服避孕药可抑制其发病。
- 家族遗传史是已知的最重要的致病因素。遗传性乳腺癌-卵巢癌综合征以及遗传性非息肉型结肠直肠癌综合征是与卵巢癌相关的两大临床综合征。
- 环境因素如饮食、肥胖以及子宫内膜异位等也被认为可增加罹患卵巢癌的风险。
- 最常见的症状是腹胀和腹部增大。常见的体征是盆腔包块。
- 浆液性乳头状癌是卵巢癌最常见的组织学亚型，然而组织学为黏液性癌和子宫内膜样癌的患者预后相对较好。
- 残留病变组织小于 1cm 的满意的肿瘤细胞减灭术可以提高患者生存率。
- CA-125 主要评价肿瘤治疗后的反应以及发现肿瘤复发。

简介

在美国，卵巢癌的死亡率在所有妇科癌症中高居首位。据估计，2009 年 21 550 名妇女将会被诊断为卵巢癌，并且 14 600 名妇女将会死于卵巢癌[1]。卵巢癌在美国妇女最常见的癌症中排名第五，而且它也在恶性肿瘤所致死亡中排名第四（图 1-1）[2]。据估计，在美国每 72 名妇女中就会有一名在有生之年罹患卵巢癌（表 1-1），并且 100 人中会有一人死于卵巢癌。

表 1-1　妇女一生中身体各部位发生癌症的概率，美国，2003～2004 年*

部位	发病风险	部位	发病风险
所有部位†	1/3	黑色素瘤§	1/58
乳腺	1/8	卵巢	1/72
肺和支气管	1/16	胰腺	1/75
结肠和直肠	1/20	膀胱‡	1/84
子宫内膜	1/40	子宫颈	1/145
非霍奇金淋巴瘤	1/53		

*对于那些在时间区间开始时没有患癌症的人

†所有部位不包括基底和鳞状细胞皮肤癌，并且原位癌不包括膀胱在内

‡包括浸润癌和原位癌病例

§白人妇女的统计数据

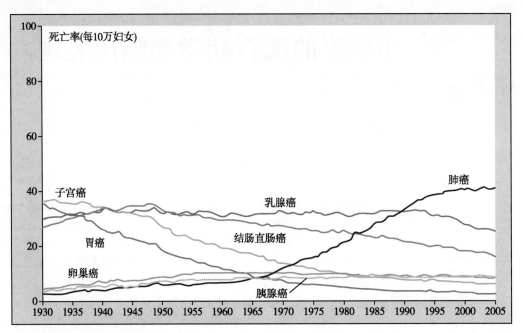

图 1-1 美国 1930～2005 年妇女癌症死亡率（每 10 万妇女）。死亡率按照 2000 年美国标准人口进行了年龄调整

流行病学

卵巢癌发生的几率随着年龄的增加而增长。卵巢上皮性癌主要发生在围绝经期和绝经后妇女中，其中 80% 发生在 40 岁以上。根据国家癌症研究会的监测、流行病学和最终结局（SEER）项目中采集到的癌症登记数据，确诊为卵巢癌的妇女中位年龄为 63 岁。具体发病年龄的分析揭示出确诊卵巢癌的年龄具有如下的百分比：

1.2% —— 20 岁	21.4% —— 55～64 岁
3.5% —— 20～34 岁	20.8% —— 65～74 岁
8.1% —— 35～44 岁	19.4% —— 75～84 岁
18.6% —— 45～54 岁	7.0% —— ≥85 岁

年龄小于 50 岁罹患卵巢癌的妇女 5 年生存率高达 70.5%，而年龄大于 50 岁的患者的生存率只有 40.6%[3]。生存率也与诊断时的分期密切相关。妇科肿瘤学组（GOG）最近的研究表明，对于在满意的肿瘤细胞减灭术之后应用 PT 化疗，病变无进展的患者存活周期为 21～22 个月，而总存活周期的中位时间为 52～57 个月[4, 5]。

平均每 10 万个非洲裔美国妇女中会有 10.1 人罹患卵巢癌，而这一比例在白人妇女中达到 14.5 人[1]。然而，即使不考虑社会经济状况，非洲裔美国妇女患者的生存率也要远远低于白人妇女[6]。分别于 1985～1988 年以及 1990～1993 年提交给国家癌症数据库的关于卵巢上皮癌的分析报告指出：未接受适当治疗的非洲裔美国妇女约是白人妇女的两倍。无论收入高低和医院相同与否，非洲裔美国妇女相比白人妇女的生存率都更低。在晚期病例中，非洲裔美国妇女比白人妇女更容易被诊断为 Ⅳ 期卵巢癌。表 1-2 中给出了与人种相关的发病率。大多数卵巢癌是散发的。在美国妇女罹患卵巢癌的总概率是 1.0%～1.8%，而有家族遗传史的妇女的患病几率则会上升到 9.4%[7]。

表 1-2 不同种族的发病率	
人种 / 种族	发病率（1/100 000）
所有人种	13.3
白人	14.1
黑人	10.1
亚洲人 / 太平洋岛民	9.8
美国印第安人 / 阿拉斯加原住民	11.3
西班牙裔	11.7

危险因素

卵巢癌发病是多种因素造成的，包括基因、环境以及生殖因素在内的多种因素都可直接或间接地致癌。

生殖因素

持续排卵已被提出是卵巢上皮性癌的主要致病原因之一。在排卵后增生的卵巢上皮细胞可增加变异或促进癌变。排卵本身已经被认为是上皮细胞恶变的诱因[8]。各种流行病学研究已经在试图根据女性生殖以及避孕史估算出她们完整的排卵历程。Purdie 及同事[9]考虑了在不同年龄段的排卵与患卵巢癌的风险，发现在 20～29 岁年龄段的妇女排卵具有最高的风险，在这个年龄组的每个排卵年的 OR 为 1.20，而对于 30～39 岁和 40～49 岁年龄组，她们的 OR 分别是 1.06 和 1.04。因此，在 20～29 岁时抑制排卵将有助于最大可能地降低罹患卵巢癌的风险。

对于卵巢癌来说，一个已知的风险就是从未生育过。怀过孕的妇女相比从未生育过的妇女患卵巢癌的风险将会降低 30%～60%[10]。卵巢癌的风险与怀孕的次数成反比，怀孕 4 次或更多次的妇女与从未生育的妇女相比 OR 为 0.59[11]。最近的研究表明，低龄即月经初潮早与患卵巢癌的风险有明显相关性，然而越晚绝经则会有更高的风险患卵巢癌[11, 12]。

口服避孕药对卵巢癌有很强的保护性。在美国的年轻妇女中，由于更多使用口服避孕药，降低了她们卵巢癌的发病率和死亡率。在病例对照研究中发现，总的预防几率从曾经使用过避孕药妇女的 40% 上升到使用过 5 年或更长时间避孕药妇女的 50%。口服避孕药对抗卵巢癌最好的效果在停用避孕药后能持续至少 10～15 年，而且并不局限于某种特定的避孕药配方[13]。在 25 岁以前就服过口服避孕药的妇女患卵巢癌的风险明显低于其他情况（25 岁以前第一次服过的 RR 为 0.3，25～34 岁间第一次服过的 RR 为 0.8，35 岁以上才第一次服过的 RR 为 0.7）[14]。关于癌症和类固醇激素研究表明，有卵巢癌家族史的妇女口服 10 年避孕药能使她们罹患卵巢癌的风险低于那些没有家族史但没有口服避孕药的妇女。与之相似，口服 5 年避孕药能帮助那些没有生育的妇女降低她们罹患卵巢癌的风险，使风险与怀孕过但没有服用口服避孕药的妇女相同[15]。哺乳也能轻微地降低卵巢癌的风险[16]。哺乳过 1～2 个月的妇女患卵巢癌相对于没有哺乳过的妇女的 RR 为 0.6，这个效果最明显地体现在初次哺乳[17]。

不孕症本身是一个导致卵巢癌的独立风险因素。促生育药物与卵巢癌之间可能的因果关系始终是有争议的。大量的研究已经集中在使用助孕药物之后患卵巢癌的风险上。一项对 8 个病例对照研究进行的 meta 分析显示，长时间使用助孕药物或者使用助孕药物未成功都与致癌风险上升无直接关联。在延长使用不孕症药物后仍未怀孕的妇女有更高的风险患交界性浆液性肿瘤[18]，但不是侵袭性肿瘤[18]。在比较经产和未产妇女时，并没有观察到任何助孕药物、排卵诱导剂以及克罗米酚与卵巢癌之间有直接关联[19]。

很少有关于体外受精（IVF）后卵巢癌风险的研究。在体外受精中，通过密集促排卵得到多个卵泡。在过去，促排卵和卵巢穿刺都被认为能引起卵巢癌[20]。然而，最近的研究表明，与总体相比，完成体外受精的患者并不会增加其罹患卵巢癌的风险[21, 22]。

早期流行病学研究数据并没有给出激素替代治疗和卵巢癌之间明确的关系[23]。但更多最近的研究认为卵巢癌与长时间使用无对抗雌激素有关[24~26]。妇女健康主动随机实验（the women's health initiative randomized trial）提供了额外的证据支持孕激素和雌激素的使用与患卵巢癌相关。使用孕激素和雌激素的妇女相比使用安慰剂的妇女患浸润性卵巢癌的危险率（HR）是 1.58，95% 的可信区间（CI）为 0.77~3.24[27]。美国国立卫生研究院美国退休人员协会的队列研究数据包括了 97 638 名从 50~71 岁的妇女，使用无对抗雌激素药物不到 10 年并不会与卵巢癌产生关联。与无激素治疗的妇女相比，对所有妇女而言，使用无对抗雌激素 10 年或 10 年以上与卵巢癌统计学上显著相关（RR = 1.89，95%CI 1.22~2.95；P = 0.004；在 10 万人中分别有 56 人和 72 人患卵巢癌），并且也包括子宫切除的妇女，虽然无统计学上显著性差异（N = 19 359，RR = 1.70，95%CI：0.87~3.31；P = 0.06），与未行子宫切除又没有接受过激素治疗的妇女相比，使用雌激素和孕激素的妇女在统计学上显著增加了罹患卵巢癌的风险（RR = 1.50，95%CI：1.03~2.19；P = 0.04）。接受序贯治疗的妇女（RR = 1.94，95%CI：1.17~3.22；P = 0.01）患卵巢癌的风险要高于接受连续治疗的妇女（RR = 1.41，95%CI：0.90~2.22；P = 0.14）（表 1-3）[28]。根据提供的数据，接受超过 10 年激素替代治疗的妇女在决定停止治疗时应考虑潜在的增加患卵巢癌的风险。

遗传因素

卵巢癌的家族史是已知的最主要的风险因素。约有 10% 的卵巢癌与家族遗传相关。风险是由患卵巢癌一级、二级亲属的数量以及她们确诊时的年龄决定的。当有一位亲属是卵巢癌患者时，一位妇女一生中有 4%~5% 的风险患卵巢癌。而当有两位亲属是卵巢癌患者时，这一风险就上升至 7%（表 1-4）[3]。

约有 7% 的卵巢癌患者卵巢癌家族史阳性，而这些家族中 3%~9% 的人最终会表现出一定的遗传性癌症综合征。两个不同的综合征与遗传性卵巢癌相关，系谱分析表明，其为常染色体显性遗传伴可变的外显率。因此，可继承的遗传突变可来自母方，也可能来自父方。遗传性乳腺癌 - 卵巢癌综合征（HBOC）是两种综合征中更常见的，并且与 *BRCA1* 和 *BRCA2* 肿瘤抑制基因的种系突变有关。另一种略少见的综合征是遗传性非息肉性结直肠癌综合征，与遗传性子宫内膜癌和结直肠癌有关。

BRCA1 基因位于 17 号染色体长臂的 21 位上（17q21），*BRCA2* 基因位于 13 号染色体的长臂上（13q12）。*BRCA1* 和 *BRCA2* 的基因突变都与乳腺癌和卵巢癌易感性有关。这些变异主要来自移码或者乱码。*BRCA1* 是一种肿瘤抑制基因，它的作用是抑制肿瘤的生长。当 DNA 损伤被识别后，*BRCA1* 即被激活，随后可能被引入损伤的氧化 DNA 配对转录修复中。激活的 *BRCA1* 也可像转录因子一样参与复杂的基因程序以应对 DNA 的损伤。当没有正常工作的 *BRCA1* 和 *BRCA2* 时，修复损伤的 DNA 将会失败，从而引起 p53 依赖性 DNA 损伤。一个临床上明显变异的 *BRCA1* 会导致一生中罹患卵巢癌的风险有 40%~50%，而相应变异的 *BRCA2*

**表 1-3　仅用无对抗雌激素疗法和卵巢癌的关系，抽样人群是进入
国家健康研究院 AARP 饮食与健康研究队列的妇女***

暴露因素	所有女性（N=97 638）				切除子宫的女性（N=19 359）			
	癌症人数	人·年	RR[†]（95%CI）	P 值[‡]	癌症人数	人·年	RR[§]（95%CI）	P 值[‡]
无激素替代治疗	87	176 376	1.00（参照组）		14	25 030	1.00（参照组）	
雌激素替代治疗	49	71 815	1.33（0.89～2.00）	0.17	37	51 455	1.23（0.67～2.27）	0.43
近期使用								
既往	14	23 539	1.15（0.65～2.05）		6	10 355	1.03（0.40～2.70）	
目前	34	47 284	1.46（0.89～2.38）	0.13	31	40 638	1.37（0.72～2.62）	0.32
使用时间（年）								
<10	23	43 458	1.15（0.72～1.82）		11	25 971	0.84（0.38～1.88）	
≥10	26	27 501	1.89（1.22～2.95）	0.004	26	24 990	1.70（0.87～3.31）	0.06
近期使用和持续时间								
既往	14	23 539	1.16（0.65～2.07）		6	10 355	1.07（0.41～2.78）	
近期（年）								
<10	10	22 497	1.00（0.49～2.03）		7	17 481	0.83（0.33～2.09）	
≥10	24	24 603	1.88（1.08～3.27）	0.06	24	22 994	1.71（0.87～3.35）	0.14

　*在所有妇女中，有 992 人·年不确定是否新近使用，其中一名妇女患卵巢癌，有 857 人·年不确定使用时间，而是否新近使用以及使用时间都不确定的有 1177 人·年。在子宫已切除的妇女中这些数字分别为 462、494 和 625

　†相关风险按照如下参数进行调整，包括年龄（岁），人种（白人，其他／不确定），口服避孕药的使用时间（没用过，少于 10 年，10 年或超过 10 年，不确定），体重指数（BMI）（<25kg/m²，25～29kg/m²，≥30kg/m²，或不确定），绝经和子宫切除（自然绝经，手术绝经，绝经前期以及不确定）；模型包括曾使用过其他激素治疗配方的定义（先无对抗雌激素疗法后用雌激素加孕激素，仅雌激素加孕激素，先孕激素治疗后用雌激素加孕激素，不清楚使用顺序的无对抗雌激素疗法加雌激素和孕激素，其他组合配方，未知的配方）

　‡P 值使用双边 Wald 卡方分布计算得到，这些卡方分布是由分类变量（曾使用）和有序变量（是否新近使用，以及新近与否和时间长度）分别基于显示的分类和参考组得到的。使用时间长的双边 P 值是基于使用起始点的总年数上的有序变量得到的（0, 1, 2, 3……9, 10 或超过 10 年）

　§相关风险根据如下因素调整，包括年龄（岁），人种（白人，其他／未知），口服避孕药的时间长度（未使用，少于 10 年，10 年或超过 10 年，未知），以及 BMI 指数（<25kg/m²，25～29kg/m²，≥30kg/m² 或未知）

表 1-4　卵巢癌：家族史与相对危险度

关系	相对危险度	一生中
一个二级	2.8	3.5%
一个一级	3.6	5%
两个亲属	5	7%
两个一级		40%

引起的患卵巢癌的风险是 20%～30%[29]。在 *BRCA1* 或 *BRCA2* 变异的妇女中，患卵巢癌和乳腺癌的风险将分别高达 54% 和 82%[30]。大多数与 *BRCA* 种系变异相关的卵巢癌是晚期卵巢浆液性癌，并且会在患者年轻时被诊断出来。据报道，这些基因变异率在大众中高达 8%～10%[31, 32]。

研究已发现德系犹太妇女遗传 *BRCA* 变异的风险增加。她们中的卵巢癌患者中有 40% 是遗传性的。对于这些妇女，大约每 40 人中会有一人 *BRCA* 产生变异。德系犹太人群中携带有 3 种特有的变异：在 *BRCA1* 上的 185delAG 和 5382insC，以及在 *BRCA2* 上的 6174delT。增加的风险被称作"始祖效应"（更高的变异风险发生在特定的地区）[33]。遗传性非息肉性结直肠癌（Lynch Ⅱ综合征）和家族结肠癌的组合不仅会增加胃肠系统和泌尿生殖系统恶性肿瘤的风险，而且也会增加卵巢癌和子宫内膜癌的风险。这是由 DNA 错配修复基因（MMR）、*hMLH1* 和 *hMSH2* 以及 *hPMS1* 和 *hPMS2* 的少量延伸产物的可遗传突变引起的。据报道，患卵巢癌的风险是 12%，而 *MSH2* 突变引起的风险（10%）要高于 *MLH1* 突变引起的风险（3%）[34]。

环境因素

此外，还有些因素也会增加患卵巢癌的风险。饱和脂肪的摄入就是一个例子（当每天饱和脂肪的摄入为 10g，则 OR = 1.20，95%CI：1.03～1.40；$P = 0.008$）[35]。临床和流行病学研究对卵巢癌与滑石粉之间的关系有着不同的看法。喝咖啡和抽烟并没有被发现会增加患卵巢癌的风险[36, 37]。肥胖是患激素相关癌症的风险因素，但是关于肥胖对增加卵巢上皮性癌的风险是否有影响仍没有定论[38]。某些研究显示卵巢癌与成年早期的肥胖有一定的关系[39]。饮酒与致癌风险增加没有关联性[40, 41]。卵巢癌与盆腔炎和子宫内膜异位症（子宫内膜和清晰的细胞组织学）病史有关联[42, 43]。

临床表现

症状

卵巢癌的症状是模糊的。卵巢癌患者经常较晚被发现，并且确诊在晚期。在病症早期时，患者可能会表现出一些常见的妇科症状，例如阴道流血或排液、尿频或便秘，可能就是膀胱或直肠压迫的结果。病症各个阶段的患者可能会表现出腹痛和腹胀。胃肠的症状，例如恶心、食欲不振、早饱和腹胀，通常会与晚期病症联系在一起，并且认为与腹水和腹膜转移癌有关（表 1-5）[44]。在一项 Olson 和同事的研究中[45]，几乎所有的患者（93%）发生了至少一种症状。最普遍的症状是腹胀、腹满感和腹压感（71%）。其他的症状包括腹部及下背部疼痛（52%），乏力无神（43%），尿频、尿急和尿痛（33%），便秘（21%），食欲不振（20%）和恶心反胃（13%）。如果病症发展到了肺，例如存在肺转移或恶性胸腔积液，患者则会出现呼吸急促的主诉。

体征

早期卵巢癌的确诊通常发生在常规盆腔检查时触诊查出的无症状附件包块[2]。在绝经前的妇女中，大多数这种可触及的盆腔包块是良性的。因此，对于在绝经前妇女身上发现的小于 8cm 的附件包块的处理办法通常是在 1～2 个月内重复盆腔检查和影像学监测。然而，对绝经后的妇女而言，复杂的附件包块更有可能是恶性的，需要手术探查[3]。一个固定的、硬的、不规则形状的盆腔包块通常提示为卵巢癌，尤其当腹水同时出现时。

表 1-5　卵巢癌常见症状

	所有的症状（%）				最初的症状（%）			
	交界性 （ n = 146 ）	浸润期 Ⅰ ~ Ⅱ （ n = 218 ）	浸润期 Ⅲ ~ Ⅴ （ n = 447 ）	χ^2 检验	交界性 （ n = 146 ）	浸润期 Ⅰ ~ Ⅱ （ n = 218 ）	浸润期 Ⅲ ~ Ⅳ （ n = 447 ）	χ^2 检验
妇科症状	15.5	15.4	9.5	$P = 0.03$	9.8	10.4	6.5	$P = 0.1$
腹部症状	80.5	78.2	78.1	$P = 0.6$	72.4	64.4	66.1	$P = 0.3$
疼痛或压痛	43.9	46.0	42.6	$P = 0.7$	39.0	34.2	34.0	$P = 0.6$
肿胀或有紧绷感	42.3	31.2	40.9	$P = 0.04$	23.6	18.3	25.4	$P = 0.1$
包块	13.0	19.3	8.8	$P = 0.0009$	9.8	11.9	6.5	$P = 0.07$
消化道症状	11.4	11.9	17.9	$P = 0.03$	6.5	7.9	10.7	$P = 0.1$
泌尿 / 膀胱症状	4.9	11.4	5.6	$P = 0.02$	3.3	6.9	3.7	$P = 0.1$
全身不适	4.9	9.4	13.0	$P = 0.008$	4.1	5.9	6.3	$P = 0.1$
其他症状	5.7	7.4	9.8	$P = 0.1$	4.1	4.5	6.5	$P = 0.1$

预后因素

分期

　　卵巢上皮性癌患者的 5 年生存率与国际妇科产科联合会（FIGO）的疾病手术病理分期直接紧密相关。除了Ⅳ期以外，分期只能在剖腹探查和彻底的检测所有区域后判断。而Ⅳ期可以通过胸水细胞学阳性或 CT 引导下肝实质病变活检来确诊。手术探查的技术包括做一个纵向的正中切口、腹腔灌洗或吸腹水、完整肿块的切除、可疑病灶活检、进行完全地腹腔探查、随机腹膜活检以及盆腔和主动脉旁淋巴结切除术。在方框 1-1 中给出了修订于 1985 年

方框 1-1　卵巢癌分期（FIGO）

Ⅰ期：　肿瘤局限于卵巢
　　　　Ⅰ A：肿瘤局限于一侧卵巢，卵巢表面无癌细胞
　　　　Ⅰ B：肿瘤侵及双侧卵巢，卵巢表面无癌细胞
　　　　Ⅰ C：卵巢表面有癌细胞，或腹水中有癌细胞
Ⅱ期：　肿瘤侵及盆腔内组织
　　　　Ⅱ A：肿瘤侵及输卵管或子宫
　　　　Ⅱ B：肿瘤侵及盆腔内其他组织
　　　　Ⅱ C：肿瘤为Ⅱ A 或Ⅱ B 期，但同时卵巢表面有癌细胞，或腹水中有癌细胞
Ⅲ期：　肿瘤侵及盆腔外其他组织
　　　　Ⅲ A：肿瘤微浸润腹腔
　　　　Ⅲ B：腹腔内肿瘤结节不超过 2cm
　　　　Ⅲ C：腹腔内肿瘤结节大于 2cm，或腹腔内或腹股沟淋巴结有转移
Ⅳ期：　肿瘤有远处转移

的 FIGO 分期系统。据报,早期患者(假设是Ⅰ期和Ⅱ期)的 5 年生存率为 50%~90%,而晚期患者(Ⅲ期和Ⅳ期)的 5 年生存率为 21%[46]。基于国家卵巢癌调查的一项研究中的一份关于 5156 名患者的报告指出,Ⅰ、Ⅱ、Ⅲ和Ⅳ期患者的 5 年生存率分别是 89%、58%、24% 和 12%。当卵巢癌患者的存活数据再细分成亚分期时,5 年生存率分别对应如下:ⅠA 期 92%、ⅠB 期 85%、ⅠC 期 83%、ⅡA 期 67%、ⅡB 期 56%、ⅡC 期 51%、ⅢA 期 39%、ⅢB 期 26%、ⅢC 期 17% 和Ⅳ期 12%[47]。国家癌症研究会根据 SEER 的癌症统计数据报告的 5 年生存率是局限疾病 93.1%,局域疾病 69.0%,远处转移疾病是 29.6%,而未分期的疾病则是 23.3%(图 1-2)[1]。

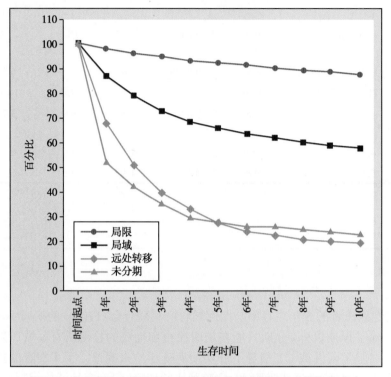

图 1-2　包括所有人种和所有年龄的卵巢癌诊断时的分期与生存率

患者特征

在 1988~2001 年间的一份基于总人口的卵巢癌患者的分析中,年龄被认为是一个单独的预后因素,因为青年妇女相对于老年妇女更容易存活。在总共 28 165 名患者中,非常年轻的有 400 人,她们在 30 岁以下,年轻的有 11 601 人,她们在 30~60 岁之间,年老的有 16 164 人,她们都超过了 60 岁。在非常年轻、年轻和年老的患者中,分别有 261 人(占 65.3%)、4664 人(占 40.2%)和 3643 人(占 22.5%)是Ⅰ期和Ⅱ期(P<0.001)。综合所有阶段,非常年轻的妇女对于年轻和年老的妇女有显著的生存优势,她们的 5 年生存率分别约在 78.8%、58.8% 和 35.3%(P<0.001)。这种在不同年龄组中生存率的差异即便在根据人种、分期、分化和外科手术治疗进行调整后依然持续存在。Ⅰ~Ⅱ期卵巢上皮癌的育龄妇女(16~40 岁)如接受了保留子宫手术,和接受标准治疗的妇女相比有着相似的生存率(93.3% 对 91.5%;P=0.26)[48]。在另一项关于小于 25 岁的卵巢癌患者的全国调查中,更年轻的患者有着更有利的分期和组织学分化。以上因素配合好的机体状态和满意的肿瘤细胞减灭术,可使患者有更高的癌症生存

率[49]。Thigpen 和同事[50] 调查了参与 6 项 GOG 实验的 2123 名患者，以及影响卵巢癌患者最终发展的 3 项主要预后因素：年龄、残留病灶以及机体状态。超过 69 岁的妇女即便在纠正了分期、残留病灶和机体状态后，仍不会有很高的生存率。

组织学和分级

黏液性、子宫内膜样以及中肾性卵巢癌患者有最好的预后，她们的 5 年生存率高于 50%。另一方面，浆液性乳头状癌及未分化癌却有差得多的预后，5 年生存率分别只有 34% 和 29%[51]。低度恶性肿瘤（如浆液性和黏液性肿瘤）有着极佳的生存率。比较低度恶性肿瘤（如浆液性和黏液性肿瘤）和侵袭性癌患者的生存率，我们发现低度恶性浆液性肿瘤患者总的 10 年相关生存率是 98%，而侵袭性浆液性癌症妇女的生存率只有 31%。而对于黏液性肿瘤，10 年生存率分别是 95% 和 65%。对于未分期的患者，生存率在 86%～90% 之间[52]。肿瘤的组织学分化是早期疾病的一个重要的预后因素。与肿瘤分化较好的患者相比，肿瘤分化差的 I 期疾病的患者有较差的生存率，并且需要辅助治疗。对于分化 1、2 和 3 级的早期卵巢癌（I 和 II 期）患者的 5 年生存率分别是 90%、80% 和 75%，而晚期卵巢癌患者（III 和 IV 期）的 5 年生存率分别是 57%、31% 和 28%[53]。

肿瘤细胞减灭术后的残留病灶

在肿瘤细胞减灭术后残留病灶的量与存活有着显著的关联。满意的肿瘤细胞减灭术被定义为残留病灶小于 1cm。据 GOG 报道，当残留病灶小于 1cm 或在 1～2cm 之间时，患者存活时间的中值分别是 37 个月和 31 个月。在一份分析中指出，IV 期患者在经历满意的肿瘤细胞减灭术后的存活时间中值是 38.4 个月，而不满意的患者的存活时间中值则是 10.3 个月[54]。在一份对 465 名卵巢癌 IIIC 期患者的前瞻研究中，Chi 和同事[55] 分析了残留病灶直径在患者存活上的重要性，结果提示 5 个残留病灶等级与总的存活时间中值之间的关系：无残留——106 个月；残留≤0.5cm——66 个月；0.6～1cm——48 个月；1～2cm——33 个月；>2cm——34 个月。尽管在残留≤1cm 组中存活时间没有达到统计的显著差异，仍然有一种趋势存在于<0.5cm 的残留病灶与 0.6～1cm 残留病灶的对比中（$P=0.06$），即越小的残留病灶会提高患者存活的可能。当对患者采用不满意的肿瘤细胞减灭术时，大于和小于 2cm 的残留病灶在存活时间上有显著的不同，虽然没有观测到组间的不同的死亡风险（图 1-3）[56]。一份关于 6885 位 III 和 IV 期卵巢癌患者的分析显示，在控制其他参变量后，最大肿瘤细胞减灭比例和存活时间中值之间存在统计学上显著的正相关（$P<0.001$）。每增加 10% 的最大切除比例就会在存活时间中值上增加 5.5%。做小于 25% 的最大切除的群组的平均存活时间是 22.7 个月，而切除超过 75% 的群组的平均存活时间达到了 33.9 个月（表 1-6；参见图 7-1）[57]。

CA-125

CA-125 与疾病的规模无紧密关联。虽然对于 CA-125 的价值存在着矛盾的看法，在手术前可被认为是存活的晴雨表，但它在评价治疗反馈上的角色是成熟的。CA-125 的术前价值在预测满意的肿瘤细胞减灭术上，术前少于 500U/ml 的 CA-125 对于切除 82% 的满意的肿瘤细胞减灭术有正面的预测值，但对切除 48% 的满意的肿瘤细胞减灭术有负面的预测值[58]。在另一项研究中，预测满意的肿瘤细胞减灭术的测试的敏感度为 58%，特异性为 54%[59]。CA-

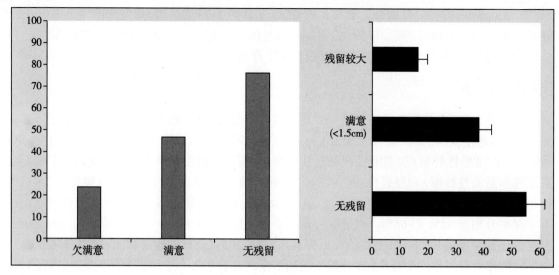

图 1-3 卵巢癌：肿瘤切除

表 1-6 多元线性回归分析

变量	存活时间中值的变化		95%CI 或 CL	P
	%	增长		
最大肿瘤细胞减灭的比例	5.5	10%	3.3～7.8	<0.001
发表年份	2.8	1 年	0.9～4.6	0.004
铂的剂量 - 强度	0.8	10%	−0.7, 2.3	0.911
累计的铂剂量	1.4	1U	−1.9, 4.7	0.377
Ⅳ 期的比例	−2.2	10%	−8.5, 4.1	0.495
年龄中位值	−0.9	1 年	−3.1, 1.2	0.371

CI 置信区间；CL 置信限

125 显示出与接受基于铂的化疗患者的存活相关。在一项关于不满意切除Ⅲ期和Ⅳ期卵巢癌患者的研究中，肿瘤标记物的水平在治疗 8 个星期后体现出显著的预后价值。CA-125<35U/ml 患者存活时间中值和 CA-125>35U/ml 患者存活时间中值分别是 26 个月和 15 个月。另外，在术后 8 周，CA-125 的值小于她们治疗前浓度 50% 的患者存活时间中值是 21 个月，而大于治疗前浓度 50% 的患者存活时间中值是 10 个月[60]。

CA-125 在首次化疗后的下降率已经成为几个多变量分析中的一个重要的独立预后因素。数据揭示在治疗开始的 1 个月内的快速正常化是一个主要的预后因素。在再次探查手术监测过程中持续增长的 CA-125 预示残留病灶具有 95% 的特异性。在部分研究中，临床检查发现复发的至少 3 个月前会出现 CA-125 升高的现象。在后续化疗中增加的 CA-125 在超过 90% 的情况中与疾病恶化有关联[61]。

肿瘤生物学

大量生物学因素已经与卵巢癌的预后关联。染色体倍数在预测卵巢癌的预后上仍具矛盾性。在许多研究中，二倍体的肿瘤与更好的生存率有关。在单变量分析中，DNA 二倍体卵巢癌患者的无复发生存率明显优于 DNA 非整倍体肿瘤患者的生存率（47% 对 18%；$P=0.01$）。DNA 二倍体肿瘤患者的总的生存率是 57%，而 DNA 非整倍体肿瘤的生存率是 30%[62]。在卵巢上皮癌中发现 $p53$ 肿瘤抑制基因的突变，但是在卵巢癌中，$p53$ 的超表达的临床重要性还不确定。在单变量分析中，$p53$ 的超表达是一个重要的预后因素。然而，在多变量分析中，在对肿瘤切除手术后对残留病灶的分期和大小进行调整后，$p53$ 的超表达并没有保持统计学上的显著性。不同分期和不同肿瘤分化程度患者的生存曲线，未展示出在没有超表达的 $p53$ 患者的存活与那些在 $p53$ 上任何超表达的患者存活上的不同 [63]。$HER2/neu$ 原癌基因的超表达出现在 20%～30% 的卵巢上皮癌中，而且与预后密切相关。$HER2/neu$ 在患者终末阶段（Ⅲ～Ⅳ 期，77%）的增长显著高于早期（Ⅰ～Ⅱ期，21%）侵袭性上皮癌，并且与预后不良相关 [64]。然而，针对 $HER2/neu$ 增长使用曲妥珠单抗并没有显示出良好的效果 [65]。

（张诚燕　译）

参考文献

1. Jemal A, Siegel R, Ward E, et al: Cancer Statistics, 2009. CA Cancer J Clin 59:225–249, 2009.
2. Berek J: Epithelial ovarian cancer. In Berek JS, Hacker NF (eds): Practical Gynecologic Oncology, 4th ed. Philadelphia: Lippincott Williams & Wilkins, 2005, pp 443–509.
3. Ozols R, Rubin S, Thomas G, Robboy S: In Hoskins W et al (eds): Principles and Practice of Gynecologic Oncology, 4th ed. Philadelphia: Lippincott Williams & Wilkins, 2005, pp 895–987.
4. Ozols RF, Bundy BN, Greer BE, et al: Gynecologic Oncology Group. Phase III trial of carboplatin and paclitaxel compared with cisplatin and paclitaxel in patients with optimally resected stage III ovarian cancer: a Gynecologic Oncology Group study. J Clin Oncol 21(17):3194–3200, 2003.
5. Markman M, Bundy BN, Alberts DS, et al: Phase III trial of standard-dose intravenous cisplatin plus paclitaxel versus moderately high-dose carboplatin followed by intravenous paclitaxel and intraperitoneal cisplatin in small-volume stage III ovarian carcinoma: an intergroup study of the Gynecologic Oncology Group, Southwestern Oncology Group, and Eastern Cooperative Oncology Group. J Clin Oncol 19(4):1001–1007, 2001.
6. Parham G, Phillips JL, Hicks ML, et al: The National Cancer Data Base report on malignant epithelial ovarian carcinoma in African-American women. Cancer 80(4):816–826, 1997.
7. Hartge P, Whittemore AS, Itnyre J, et al: Rates and risks of ovarian cancer in subgroups of white women in the United States. Obstet Gynecol 84:760–764, 1994.
8. Fathalla MF: Incessant ovulation-a factor in ovarian neoplasia? Lancet 2(7716):163, 1971.
9. Purdie DM, Bain CJ, Siskind V, et al: Ovulation and risk of epithelial ovarian cancer. Int J Cancer 104:228–232, 2003.
10. Greene MH, Clark JW, Blayney DW: The epidemiology of ovarian cancer. [Review]. Semin Oncol 11(3):209–226, 1984.
11. Pelucchi C, Galeone C, Talamini R, et al: Lifetime ovulatory cycles and ovarian cancer risk in 2 Italian case-control studies. Am J Obstet Gynecol 196(1):83.e1–83.e7, 2007.
12. Franceschi S, La Vecchia C, Booth M, et al: Pooled analysis of 3 European case-control studies of ovarian cancer: II. Age at menarche and at menopause. Int J Cancer 49(1):57–60, 1991.
13. La Vecchia C: Oral contraceptives and ovarian cancer: an update, 1998–2004. [Review]. Eur J Cancer Prev 15(2):117–124, 2006.
14. Franceschi S, Parazzini F, Negri E, et al: Pooled analysis of 3 European case-control studies of epithelial ovarian cancer: III. Oral contraceptive use. Int J Cancer 49(1):61–65, 1991.
15. Gross TP, Schesselman JJ: The estimated effect of oral contraceptive use on the cumulative risk of epithelial ovarian cancer. Obstet Gynecol 83(3):419–424, 1994.
16. Rosenblatt KA, Thomas DB: Lactation and the risk of epithelial ovarian cancer. The WHO Collaborative Study of Neoplasia and Steroid Contraceptives. Int J Epidemiol 22(2):192–197, 1993.
17. Gwinn ML, Lee NC, Rhodes PH, et al: Pregnancy, breast feeding, and oral contraceptives and the risk of epithelial ovarian cancer. J Clin Epidemiol 43(6):559–568, 1990.
18. Ness B, Cramer DW, Goodman MT, et al: Infertility, fertility drugs, and ovarian cancer: a pooled analysis of case-control studies. Am J Epidemiol 155(3):217–224, 2002.
19. Rossing MA, Tang MT, Flagg EW, et al: A case-control study of ovarian cancer in relation to infertility and the use of ovulation-inducing drugs. Am J Epidemiol 160(11):1070–1078, 2004.
20. Shoham Z: Epidemiology, etiology and fertility drugs in ovarian epithelial carcinoma: Where are we today? Fertil Steril 62:433–448, 1994.
21. Dor J, Lerner-Geva L, Rabinovici J, et al: Cancer incidence in a cohort of infertile women who underwent in vitro fertilization. Fertil Steril 77(2):324–327, 2002.
22. Venn A, Jones P, Quinn M, Healy D: Characteristics of ovarian and uterine cancers in a cohort of in vitro fertilization patients. Gynecol Oncol 82(1):64–68, 2001.
23. Kaufman DW, Kelly JP, Welch WR, et al: Noncontraceptive estrogen use and epithelial ovarian cancer. Am J Epidemiol 130(6):1142–1451, 1989.
24. Lacey JV, Jr, Mink PJ, Lubin JH, et al: Menopausal hormone replacement therapy and risk of ovarian cancer. JAMA 288(3):334–341, 2002. Erratum in: JAMA 288(20):2544, 2002.
25. Moorman PG, Schildkraut JM, Calingaert B, et al: Menopausal hormones and risk of ovarian cancer. Am J Obstet Gynecol 193(1):76–82, 2005.
26. Glud E, Kjaer SK, Thomsen BL, et al: Hormone therapy and the impact of estrogen intake on the risk of ovarian cancer. Arch Intern Med 164(20):2253–2259, 2004.
27. Anderson GL, Judd HL, Kaunitz AM, et al: Women's Health Initiative Investigators. Effects of estrogen plus progestin on gynecologic cancers and associated diagnostic procedures: the Women's Health Initiative Randomized Trial. JAMA 290(13):1739–1748, 2003.
28. Lacey JV, Jr, Brinton LA, Leitzmann MF, et al: Menopausal hormone therapy and ovarian cancer risk in the National Institutes of Health-AARP Diet and Health Study Cohort. J Natl Cancer Inst 98(19):1397–1405, 2006.
29. Boyd J: Specific keynote: hereditary ovarian cancer: what we know. [Review]. Gynecol Oncol 88(1 Pt 2):S8–S10, 2003; discussion S11–S13.
30. King MC, Marks JH, Mandell JB: New York Breast Cancer Study Group. Breast and ovarian cancer risks due to inherited mutations in BRCA1 and BRCA2. Science 302 (5645):643–646, 2003.
31. Szabo CI, King MC: Population genetics of BRCA1 and BRCA2. Am J Hum Genet 60(5):1013–1020, 1997.

32. Rubin SC, Blackwood MA, Bandera C, et al: BRCA1, BRCA2, and hereditary nonpolyposis colorectal cancer gene mutations in an unselected ovarian cancer population: relationship to family history and implications for genetic testing. Am J Obstet Gynecol 178(4):670–677, 1998.

33. Robles-Diaz L, Goldfrank DJ, Kauff ND, et al: Hereditary ovarian cancer in Ashkenazi Jews. Fam Cancer 3(3–4):259–264, 2004.

34. Lynch HT, Casey MJ, Lynch J, et al:: Genetics and ovarian carcinoma. [Review]. Semin Oncol 25(3):265–280, 1998.

35. Risch HA, Jain M, Marrett LD, Howe GR: Dietary fat intake and risk of epithelial ovarian cancer. J Natl Cancer Inst 86(18):1409–1415, 1994.

36. Cramer DW, Liberman RF, Titus-Ernstoff L, et al: Genital talc exposure and risk of ovarian cancer. Int J Cancer 81(3):351–356, 1999.

37. Wong C, Hempling RE, Piver MS, et al: Perineal talc exposure and subsequent epithelial ovarian cancer: a case-control study. Obstet Gynecol 93(3):372–376, 1999.

38. Whittemore AS, Wu ML, Paffenbarger RS, Jr, et al: Personal and environmental characteristics related to epithelial ovarian cancer. II. Exposures to talcum powder, tobacco, alcohol, and coffee. Am J Epidemiol 128(6):1228–1240, 1988.

39. Olsen CM, Green AC, Whiteman DC, et al: Obesity and the risk of epithelial ovarian cancer: a systematic review and meta-analysis. Eur J Cancer 43:690–709, 2007.

40. Chang ET, Canchola AJ, Lee VS, et al: Wine and other alcohol consumption and risk of ovarian cancer in the California Teachers Study cohort. Cancer Causes Control 18(1):91–103, 2007.

41. Peterson NB, Trentham-Dietz A, Newcomb PA, et al: Alcohol consumption and ovarian cancer risk in a population-based case-control study. Int J Cancer 119(10):2423–2437, 2006.

42. Risch HA, Howe GR: Pelvic inflammatory disease and risk of epithelial ovarian cancer. Cancer Epidemiol Biomarkers Prev 4(5):447–451, 1995.

43. Yoshikawa H, Jimbo H, Okada S, et al: Prevalence of endometriosis in ovarian cancer. Gynecol Obstet Invest 50(Suppl 1):11–17, 2005.

44. Webb PM, Purdie DM, Grover S, et al: Symptoms and diagnosis of borderline, early and advanced epithelial ovarian cancer. Gynecol Oncol 92(1):232–239, 2004.

45. Olson SH, Mignone L, Nakraseive C, et al: Symptoms of ovarian cancer. Obstet Gynecol 98(2):212–217, 2001.

46. Munoz KA, Harlan LC, Trimble EL: Patterns of care for women with ovarian cancer in the United States. J Clin Oncol 15(11): 3408–3415, 1997.

47. Nguyen HN, Averette HE, Hoskins W, et al: National survey of ovarian carcinoma. VI. Critical assessment of current International Federation of Gynecology and Obstetrics staging system. Cancer 72(10):3007–3011, 1993.

48. Chan JK, Urban R, Cheung MK, et al: Ovarian cancer in younger vs older women: a population-based analysis. Br J Cancer 95(10): 1314–1320, 2006.

49. Rodriguez M, Nguyen HN, Averette HE, et al: National survey of ovarian carcinoma XII. Epithelial ovarian malignancies in women less than or equal to 25 years of age. Cancer 73(4):1245–1250, 1994.

50. Thigpen T, Brady MF, Omura GA, et al: Age as a prognostic factor in ovarian carcinoma. The Gynecologic Oncology Group experience. Cancer 71(2 Suppl):606–614, 1993.

51. Sorbe B, Frankendal B, Veress B: Importance of histologic grading in the prognosis of epithelial ovarian carcinoma. Obstet Gynecol 59(5):576–582, 1982.

52. Sherman ME, Mink PJ, Curtis R, et al: Survival among women with borderline ovarian tumors and ovarian carcinoma: a population-based analysis. Cancer 100(5):1045–1052, 2004.

53. Heintz A, Odicino F, Maisonneuve P, et al: Carcinoma of the ovary. Int J Gynecol Obstet 95(Suppl 1):S161–S192.

54. Bristow RE, Montz FJ, Lagasse LD, et al: Survival impact of surgical cytoreduction in stage IV epithelial ovarian cancer. Gynecol Oncol 72(3):278–287, 1999.

55. Chi DS, Eisenhauer EL, Lang J, et al: What is the optimal goal of primary cytoreductive surgery for bulky stage IIIC epithelial ovarian carcinoma (EOC)? Gynecol Oncol 103(2):559–564, 2006.

56. Hoskins WJ, McGuire WP, Brady MF, et al: The effect of diameter of largest residual disease on survival after primary cytoreductive surgery in patients with suboptimal residual epithelial ovarian carcinoma. Am J Obstet Gynecol 170(4):974–979, 1994; discussion 979–980.

57. Bristow RE, Tomacruz RS, Armstrong DK, et al: Survival effect of maximal cytoreductive surgery for advanced ovarian carcinoma during the platinum era: a meta-analysis. J Clin Oncol 20(5):1248–1259, 2002.

58. Cooper BC, Sood AK, Davis CS, et al: Preoperative CA125 as a prognostic factor in stage I epithelial ovarian cancer. APMIS 114(5):359–363, 2006.

59. Memarzadeh S, Lee SB, Berek JS, Farias-Eisner R: .CA125 levels are a weak predictor of optimal cytoreductive surgery in patients with advanced epithelial ovarian cancer. Int J Gynecol Cancer 13(2):120–124, 2003.

60. Markman M, Federico M, Liu PY, et al: Significance of early changes in the serum CA-125 antigen level on overall survival in advanced ovarian cancer. Gynecol Oncol 103(1):195–198, 2006.

61. Bast RC, Jr, Xu FJ, Yu YH, et al: CA 125: the past and the future. [Revised]. [Int J Biol Markers 13(4):179–187, 1998.

62. Kimmig R, Wimberger P, Hillemanns P, et al: Multivariate analysis of the prognostic significance of DNA-ploidy and S-phase fraction in ovarian cancer determined by flow cytometry following detection of cytokeratin-labeled tumor cells. Gynecol Oncol 84(1):21–31, 2002.

63. Eltabbakh GH, Belinson JL, Kennedy AW, et al: p53 overexpression is not an independent prognostic factor for patients with primary ovarian epithelial cancer. Cancer 80(5):892–898, 1997.

64. Wong YF, Cheung TH, Lam SK, et al: Prevalence and significance of HER-2/neu amplification in epithelial ovarian cancer. Gynecol Obstet Invest 40(3):209–212, 1995.

65. Bookman MA, Darcy KM, Clarke-Pearson D, et al: Evaluation of monoclonal humanized anti-HER2 antibody, trastuzumab, in patients with recurrent or refractory ovarian or primary peritoneal carcinoma with overexpression of HER2: a phase II trial of the Gynecologic Oncology Group. J Clin Oncol 21(2):283–290, 2003.

卵巢癌的生物学和病理学

第2章

Natini Jinawath, Ie-Ming Shih

要　点

- 卵巢癌是多样化的,根据不同的细胞类型主要分为浆液性、黏液性、子宫内膜样、透明细胞和 Brenner(移行细胞)肿瘤。基于其临床表现,可将上述不同种类的肿瘤再各自分为三组——良性、恶性和交界性。
- 最近的分子基因学研究提供了更为全面的卵巢癌发生模型,提出对应于Ⅰ型和Ⅱ型肿瘤的两条发展途径。
- Ⅰ型肿瘤(低级别浆液性癌)从已被广泛接受的前体病变逐步发展而来。其病变发展缓慢,在诊断时通常局限于卵巢组织。
- Ⅱ型肿瘤(高级别浆液性癌)在临床显现通常为高度恶性。其发展迅速,早期即有转移,具有高度的侵袭性。
- Ⅰ型肿瘤通常有 *BRAF/KRAS* 基因突变,低度细胞增殖,通常在宫颈上皮内瘤变(cervical intraepithelial neoplasia, CIN)中逐渐增多,并与相对较长的 5 年生存率(～55%)相关。
- Ⅱ型肿瘤常有 *p53* 突变,HLA-G 表达和高度细胞增殖,也可表现为高度宫颈上皮内瘤变,并与相对较短的 5 年生存率(～30%)相关。
- 蛋白激酶抑制因子有希望成为卵巢癌新的治疗方法,尤其适用于Ⅱ型肿瘤。对 *BRAF* 抑制因子及其他 MEK 抑制因子是否能够延长晚期 SBT 患者的无病生存时间和总的生存时间是研究的新热点。

简介

　　卵巢癌是最致命的妇科恶性肿瘤,上皮性癌是最常见的卵巢恶性肿瘤。卵巢癌的发病机制至今未明,缺乏全面的肿瘤进展模型是研究中的一个难点。卵巢癌可分为不同种类,根据女性生殖系统器官不同的上皮细胞类型主要分为浆液性、黏液性、子宫内膜样、透明细胞和 Brenner(移行细胞)肿瘤[1~3]。基于其临床表现,可将上述不同种类的肿瘤再各自分为三组——良性、恶性和交界性(交界肿瘤或低度恶性倾向)。众所周知,黏液性和子宫内膜样交界性肿瘤通常与浸润癌相关,但交界性浆液性肿瘤(serous borderline tumors, SBTs)很少与浆液性癌相关[1]。基于后者的观察结果及最近的分子基因学研究结果——*p53* 和 *KRAS/BRAF/ERBB2* 在浆液性癌和交界性浆液性肿瘤中的突变频率相距甚远,使多数研究者得出浆液性癌和交界性浆液性肿瘤无生物学相关性的结论[4~8]。对交界性肿瘤性质的不确定,反映在“交界性”这个模糊的名词上,是目前通用肿瘤分类的主要缺点。根据对最近临床、组织病理学和分子基因学研究的综述，一个研究组提出了一种新的肿瘤发生模型，其符合交界性肿瘤和浸润癌的相关性。

临床和病理学观察结果支持二元肿瘤发生模型

为了描绘非侵袭性和侵袭性卵巢上皮性肿瘤的发病机制和行为，人们广泛分析了大量上述肿瘤的组织病理和临床表现 [1, 9~11]。这些研究中的一项主要成果即是对低级别浆液性肿瘤其中一个亚群的辨认，该亚群被命名为卵巢微乳头浆液性癌（micropapillary serous carcinoma, MPSC），具独特的组织病理学表现，如低度的增殖活性和不活跃的行为，与常见的浆液性癌存在着巨大的差异 [1, 9~11]。Kurman 博士及同事最早提出 MPSC 的概念，以区分更常见的非侵袭性肿瘤——非典型增生性浆液性肿瘤，上述两种肿瘤在过去共同被命名为交界性或低度恶性倾向肿瘤 [9, 11]。可观察到从腺纤维瘤和非典型增生性浆液性肿瘤到非侵袭性 MPSC 的组织学转化，且在绝大多数病例中，可发现浸润性生长（间质浸润）的部位紧邻非侵袭性成分 [12]。其后的研究提出这些侵袭性 MPSCs 与侵袭性低级别浆液性癌是同义词。组织病理学发现从良性浆液性囊腺瘤通过增生型肿瘤（非典型增生性浆液性肿瘤）到非侵袭性低级别癌（非侵袭性 MPSC），最终发展到侵袭性低级别浆液性癌（侵袭性 MPSC）的过程中，存在形态学和生物学可辨识的谱系。

与常见的高级别浆液性癌的临床高度侵袭性明显不同，侵袭性低级别浆液性癌通常发展相对缓慢，可能长达数年 [11, 12]。大约 50%～60% 的侵袭性低级别癌患者最终因病变在腹腔广泛扩散而死亡，但在此过程中，肿瘤仍保持其低度恶性的表现和低度活跃的增殖特性 [12]。对黏液性、子宫内膜样、透明细胞癌和 Brenner 肿瘤的分析提示其与囊腺瘤、交界性肿瘤和上皮内癌相关 [1]。此外，研究者很早便发现 15%～50% 的病例中 [13, 14]，子宫内膜样癌和透明细胞癌与卵巢或盆腔的子宫内膜异位症相关。与此相反，高级别浆液性癌很少与卵巢子宫内膜异位症相关。

最近一项应用了连续经阴道超声监测的临床研究发现，大约 50% 的卵巢癌来自既往存在的囊肿性病变，然而另外 50% 在早期超声检查中没有明显的异常 [15]。前者主要包括黏液性、子宫内膜样和透明细胞癌，以及交界性肿瘤；而后一组几乎都是高级别浆液性癌。

卵巢癌起源模型

如前所述，最近的临床病理和分子基因学研究提供了更为全面的卵巢癌发生模型，提出存在两条肿瘤发生途径，即 I 型和 II 型肿瘤的发生（表 2-1、表 2-2 和图 2-1）。需注意 I 型和 II 型肿瘤只用于描述肿瘤发生途径，而非特定的组织病理学术语。而且，其也不会代替现有通用的病理报告名称。该模型从另一角度对卵巢癌进行了分类，可用于卵巢癌研究及临床应用。

I 型肿瘤

I 型卵巢肿瘤（低级别浆液性癌、黏液性癌、子宫内膜样癌、恶性 Brenner 肿瘤和透明细胞癌）是从囊腺瘤 / 腺纤维瘤到已被广泛接受的前体病变——交界性肿瘤，逐步发展而来（见表 2-1 和图 2-1）[4]。浆液性和黏液性肿瘤从卵巢囊肿表面或囊腺瘤发展而来，而子宫内膜样和透明细胞肿瘤从子宫内膜异位症或子宫内膜样瘤发展而来。I 型肿瘤生长缓慢，体积大，在确诊时通常病变局限于卵巢。

表 2-1　卵巢Ⅰ型肿瘤的前体病变和分子基因学改变	
前体病变*	已知的分子基因改变
低级别浆液性癌（侵袭性 MPSC）	
浆液性囊腺瘤 / 腺纤维瘤	*BRAF* 和 *KRAS* 突变（～67%）
上皮内癌	
非侵袭性 MPSC	
黏液性癌	
黏液性囊腺瘤	*KRAS* 突变（＞60%）
非典型增生性黏液性肿瘤	
上皮内癌	
子宫内膜样癌	
子宫内膜异位症	*PTEN* 杂合子丢失或突变（20%）
子宫内膜样腺纤维瘤	β- 连接蛋白基因突变（16%～54%）
非典型增生性子宫内膜样肿瘤	*KRAS* 突变（4%～5%）
上皮内癌	微卫星不稳定（13%～50%）
透明细胞癌	
子宫内膜异位症	*KRAS* 突变（5%～16%）
透明细胞腺纤维瘤	微卫星不稳定（13%）
非典型增生性透明细胞肿瘤	转化生长因子 -β RⅡ 突变（66%）
上皮内癌	
恶性 Brenner（移行细胞）肿瘤	
Brenner 肿瘤	尚未被辨认
非典型增生性 Brenner 肿瘤	

*非典型增生性浆液性肿瘤和非侵袭性 MPSC 在文献中被称为"交界性"肿瘤。与之相似，黏液性、子宫内膜样、透明细胞和 Brenner 肿瘤，非典型增生性肿瘤和上皮内癌在文献中被统称为"交界性"肿瘤

表 2-2　卵巢Ⅱ型肿瘤*的前体病变和分子基因学改变	
前体病变	已知的分子基因学改变
高级别浆液性癌	
尚未被辨认	*p53* 突变（50%～80%）
	HER2/neu（10%～20%）和 *AKT2*（12%～18%）的扩增和过度表达
	p16 基因失活（10%～17%）
未分化癌	
尚未被辨认	尚未被辨认
恶性中胚叶混合瘤（癌肉瘤）	
尚未被辨认	*p53* 突变（＞90%）

*Ⅱ型肿瘤细胞包括含细胞浆透明的肿瘤细胞，有时被认为"透明细胞癌"

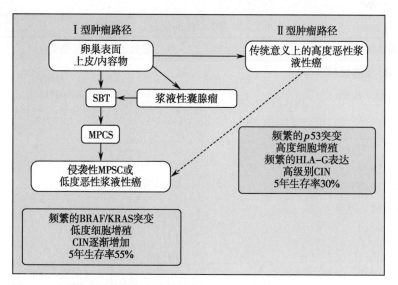

图 2-1 I 型和 II 型卵巢上皮癌的简化图。 CIN 宫颈上皮内瘤变；MPSC 微乳头浆液性肿瘤；SBT 交界性浆液性肿瘤

II 型肿瘤

　　II 型卵巢肿瘤在临床上表现出高度恶性，形态学上可辨认的实体包括高级别浆液性癌（中～低分化）、恶性中胚叶混合瘤（癌肉瘤）和未分化癌（见表 2-2）。此外，似乎一些罕见的高度恶性子宫内膜样癌和透明细胞癌也应归于该类肿瘤。虽然恶性中胚叶混合瘤曾被认为是由癌和肉瘤构成，但最近的研究指出该肿瘤是单克隆的[16, 17]。因此，这些肿瘤现在通常被认为是高级别癌混合化生的肉瘤成分。目前认为 II 型肿瘤直接从卵巢表面上皮或囊肿壁发展而来[6]；其很少与形态学可辨认的前体病变相关。该型肿瘤生长迅速，病程早期即发生转移，并具有高度侵袭性（图 2-2 和图 2-3）。似乎高级别浆液性癌也可能是逐步发展而来的，但前体病变无法被形态学或分子学辨认。可假设，由于从最初的显微镜下癌到临床诊断的肿瘤发展极

图 2-2 高级别卵巢浆液性癌侵袭网膜。 高级别卵巢浆液性癌极易侵袭网膜，形成"饼"样外观。网膜被切开显示质硬的肿瘤组织

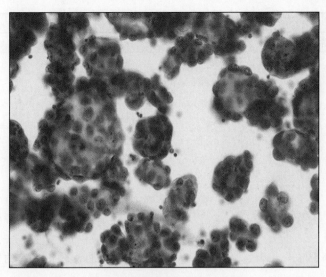

图 2-3 腹水中的高级别卵巢浆液性癌。 腹水中的肿瘤细胞形成球样群体结构

迅速，所以可供发现前体病变的时间窗极为短暂。

建立二元模型是尝试阐明卵巢癌分子发病机制的最初步骤，但不应认为其代表了全部卵巢癌的肿瘤发生机制。事实上，Dehari 及同事[18]证实在一些少见的病例中，高级别浆液性癌或与侵袭性低级别癌相关，或与交界性浆液性肿瘤相关。对同一病例中低级别/交界性成分和高级别成分 KRAS 和 BRAF 突变的分析显示这些成分突变类型相同。这项研究的发现揭示了低级别癌/交界性肿瘤和高级别癌起源相关，提示在从既往存在的低级别癌或交界性肿瘤发展到高级别癌的过程中，存在高级别癌的亚群[18]。

支持卵巢癌发生模型的分子学证据

因为浆液性癌是卵巢癌中最常见的种类，低级别和高级别浆液性癌分别为 I 型和 II 型肿瘤的原型（表 2-3）。因此，支持二元模型的分子基因数据主要来自对浆液性癌的研究。

BRAF 和 *KRAS* 的突变

一些独特的分子改变赋予低级别和高级别浆液性癌各自的特色（表 2-4 和图 2-4）。其中最显著的分子基因学改变是 *BRAF* 和 *KRAS* 原癌基因的突变。*RAS*、*RAF*、*MEK*、*ERK* 和 *MAP* 的链接对生长信号进入细胞核至关重要[19]。*BRAF* 和 *KRAS* 原癌基因（活化）突变使该途径持续被激活，参与肿瘤转化。最近的研究证实 *KRAS* 密码子 12 和 13 的突变出现在近 1/3 的低级别浆液性癌（侵袭性 MPSCs）和 1/3 交界性肿瘤（非典型增生性肿瘤和非侵袭性 MPSC），但不出现在高级别浆液性癌中[4, 20]。与之相似的，*BRAF* 密码子 600 的突变出现在 30% 的低级别浆液性癌和 28% 的交界性肿瘤，但不出现于高级别浆液性癌[20]。因此，*BRAF* 和 *KRAS* 的突变可见于约 2/3 的低级别侵袭性浆液性癌和非典型增生性肿瘤及其前体病变——非侵袭性 MPSCs，在高级别浆液性癌中均未发现上述基因的突变。有趣的是，*BRAF* 突变只见于野生型 *KRAS* 的肿瘤[20]。与黑色素瘤及结肠直肠癌相似，在卵巢癌中，*BRAF* 突变和 *KRAS* 突变互相

表 2-3　Ⅰ型和Ⅱ型肿瘤原型临床病理特征

Ⅰ型：低级别浆液性癌	Ⅱ型：高级别浆液性癌
发病比例	
25% 的浆液性癌*	约 75% 的浆液性癌*
组织学描述	
微乳头结构	实性的网状结构和包块
低度细胞核病变	高度细胞核病变
低分裂指数	高分裂指数
前体病变	
浆液性囊腺瘤	未知
浆液性非典型增生性（交界性）肿瘤	可能来源于卵巢表面上皮或囊肿（开始）
临床表现	
缓慢进展，5 年生存率 55%†	侵袭性；迅速进展；5 年生存率约 30%†
对化疗的反应	
不敏感	敏感，但常复发

*基于 Johns Hopkins 大学医院的调查。大部分病人最终死于该病
†晚期肿瘤

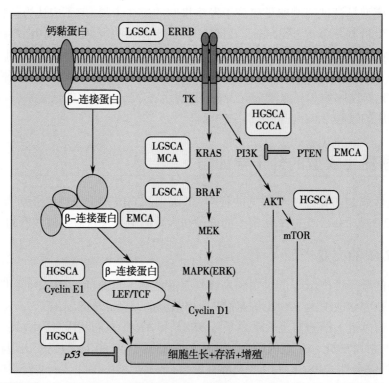

图 2-4　不同类型卵巢上皮癌主要的分子基因学改变。卵巢癌中可发现多种基因异常包括 p53、MARK、钙黏蛋白 /β- 连接蛋白、PI3CA/AKT 和 cyclin E 途径。高级别浆液性癌（high-grade serous carcinoma，HGSCA）常有高频率的 p53 突变，cyclin E、AKT 和 pI3CA loci 的扩增。低级别浆液性癌（low-grade serous carcinoma，LGSCA）包含 KRAS、BRAF 或 ERRB2 的激活突变。子宫内膜样癌（endometrioid carcinoma，EMCA）包括 β- 连接蛋白和 PTEN 的突变。虽然透明细胞癌（clear cell carcinoma，CCCA）的分子基因改变尚未被广泛研究，但 PI3CA 的突变见于约 20% 的病例。大多数黏液性癌（mucinous carcinoma，MCA）有 KRAS 突变

排斥，支持 *BRAF* 和 *KRAS* 突变可能在肿瘤发生中起到同等作用的观点 [21, 22]。因为 *BRAF* 和 *KRAS* 的突变可在小的非典型增生性浆液性肿瘤中找到，但浆液性囊腺瘤未见到，他们可能在低级别浆液性癌发生的极早期即出现 [23]。这些数据提供了切实的证据支持常见的高级别浆液性癌的分子发生机制中不包括 *BRAF* 和 *KRAS* 的突变。

表 2-4　Ⅰ型和Ⅱ型肿瘤的分子学特征

	Ⅰ型：低级别浆液性癌	Ⅱ型：高级别浆液性癌
KRAS 突变	35%	0%
BRAF 突变	30%	0%
BRAF 或 *KRAS* 突变	65%	0%
TP53 突变	0%	50%～80%
HLA-G 突变	0%	61%
增殖（Ki-67）指数	10%～15%	>50%

p53 的突变

p53 肿瘤抑制基因是人类癌症中最常突变的基因（图 2-5）。与低级别浆液性癌中 *p53* 突变罕见相反，高级别浆液性癌中 *p53* 突变很常见。很多研究发现 50%～80% 晚期高级别浆液性癌伴 *p53* 突变 [24～28]。Ⅰ期和Ⅱ期高级别浆液性癌中 37% 可见 *p53* 突变 [29]。在一项对预防性切除卵巢的 *BRCA* 杂合子妇女的研究中发现，在非常早期的显微镜下Ⅰ期浆液性癌中，所有早期侵袭性高级别浆液性癌及邻近发育异常的表面上皮均可见 *p53* 突变和过度表达 [30]。遗

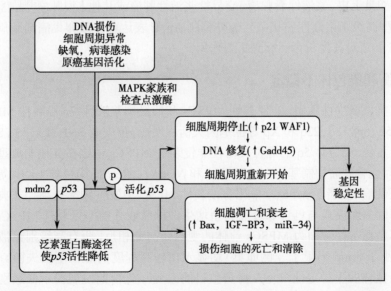

图 2-5　*p53* 信号途径。 *p53* 肿瘤抑制因子是人类癌症中最常见的突变基因。在正常细胞中，*p53* 受控于其负调节蛋白 mdm2，处于非激活状态。当发生 DNA 损伤或其他应激状态下，不同途径可导致 *p53* 和 mdm2 复合体的分解。稳定的 *p53* 蛋白通过磷酰化、去磷酸及乙酰化被激活，产生有效的序列特异性 DNA 结合转录因子。一旦被激活，*p53* 可导致细胞周期停滞修复细胞、使细胞存活或通过凋亡清除受损细胞。*p53* 广泛的生物学作用体现在其激活可导致一系列靶基因如 *p21WAFI*、*GADD45*、*14-3-3 sigma*、*bax*、*Fas/APO1*、*KILLER/DR5*、*PIG3*、*Tsp1*、*IGF-BP3* 及其他基因的表达

传性 BRCA 基因突变似乎通过基因不稳定性的增加使腹膜表面、卵巢表面囊肿和输卵管伞端上皮细胞易于癌变。因此，很可能常见的高级别浆液性癌在其病变的最早期与晚期浆液性癌在分子及形态学上相似。与高级别浆液性癌相似，大部分恶性中胚叶混合瘤（癌肉瘤）表现出 p53 突变 [31~33]，且在上皮和间质成分中的 p53 突变相同 [31]。此外，在这些肿瘤中，单纯癌的区域经常与肉瘤成分相关，提示上皮和间质成分存在共同的起源 [34]。这些肿瘤的转移灶几乎均由癌组成，使研究者相信恶性中胚叶混合瘤为化生癌。

人白细胞抗原 G 的过度表达

除分子基因学改变外，低级别及高级别浆液性癌也表现出不同的基因表达模式。举例来说，转录子广泛的基因表达研究证实人白细胞抗原 G（human leukocyte antigen-G，HLA-G）在高级别浆液性癌中过度表达，但很少出现在低级别浆液性癌中。局部或全身 HLA-G 免疫反应性可见于大部分高级别浆液性卵巢癌，但从未见于任何低级别浆液性癌或交界性浆液性肿瘤（非典型增生性浆液性肿瘤）和非侵袭性低级别浆液性癌 [35]。类似的 HLA-G 表达和行为也见于大细胞癌 [36]。对 HLA-G 在高级别浆液性癌中表达的可能机制是 HLA-G 似乎利于肿瘤细胞逃离免疫监视系统，使恶性细胞不被免疫细胞攻击 [37]。

载脂蛋白 E 的过度表达

基于对基因表达的序列分析（serial analysis of gene expression，SAGE），研究人员发现载脂蛋白 E（apoliprotein E，ApoE）在卵巢癌中过度表达。众所周知，ApoE 参与胆固醇输送，在动脉粥样硬化和阿尔茨海默病发病中起到重要作用，除此之外，ApoE 可能在人类癌症中也起到一定作用。ApoE 的免疫反应性可见于 66% 高级别卵巢浆液性癌和 12% 低级别浆液性癌，而未见于正常卵巢上皮、浆液性囊腺瘤、交界性浆液性肿瘤或其他Ⅰ型肿瘤 [38]，因此，ApoE 的表达主要与Ⅱ型高级别浆液性癌相关。体外抑制 ApoE 表达可导致卵巢癌细胞周期停滞并凋亡，提示 ApoE 表达对其生长存活起到重要作用。

等位基因失衡和染色体不稳定

当比较非典型增生性肿瘤、非侵袭性 MPSCs 和低级别浆液性癌（侵袭性 MPSCs）时，发现染色体 1p、5q、8p、18q、22q 和 Xp 等位基因失衡程度（等位失衡 SNP 标记 / 总 SNP 标记）逐渐增加 [4]。尤其是，染色体 5q 的等位失衡在非侵袭性 MPSCs 中比在其他非典型增生性肿瘤中更常见，而且包含肿瘤抑制基因，如 MYCL1 和 NOERY/ARH1 的染色体 1p，其等位基因失衡在低级别浆液性癌（侵袭性 MPSC）中比非侵袭性 MPSC 中发生频率更高。非典型增生性肿瘤中的等位基因失衡模式与包含邻近非典型增生性肿瘤成分的非侵袭性 MPSCs 相同，进一步支持了非典型增生性肿瘤为 MPSCs 前体的观点。与此相反，所有高级别浆液性癌包括最早期的肿瘤（小于 8mm 局限于一侧卵巢）均显示出较高程度的等位基因失衡。因为等位基因失衡反映染色体的不稳定性（DNA 拷贝数目的改变），先前的发现提示低级别浆液性癌基因不稳定性逐渐增加，而与之相反，即使在肿瘤发生的最早期，高级别浆液性癌就表现出较高的染色体不稳定性。微卫星的不稳定性同样反映出肿瘤细胞的遗传不稳定性。研究者使用 69 微卫星标记对交界性浆液性肿瘤中的微卫星不稳定性进行研究 [39]。与高级别浆液性癌相似，交界性浆液性肿瘤中微卫星不稳定性极罕见 [40]。因此，微卫星不稳定性不可作为卵巢癌的标记。

其他非浆液性卵巢癌的分子学改变

从交界性肿瘤（非典型增生性肿瘤和非侵袭性 MPSC）到低级别浆液性癌（侵袭性 MPSC）的逐步进展过程与结肠直肠癌中腺瘤到癌的过程相似。该肿瘤进展的模型也可用于其他 I 型肿瘤，尤其是黏液性和子宫内膜样癌。相应地，这些黏液性和子宫内膜样交界性肿瘤被认为分别是黏液性癌和子宫内膜样癌的过渡（表 2-5）。

表 2-5　卵巢交界性肿瘤和肿瘤发生进展过程中相关的分子基因学改变		
主要的分子基因学改变	**前体病变**	**进展**
交界性浆液性肿瘤		
BRAF 和 *KRAS* 突变（67%）	浆液性囊腺瘤 / 腺纤维瘤	侵袭性低级别浆液性癌
黏液性交界性肿瘤		
KRAS 突变（>60%）	黏液性囊腺瘤	从上皮内癌到侵袭性黏液性癌
子宫内膜样交界性肿瘤		
PTEN 杂合性丢失或突变（20%）	子宫内膜异位症 / 子宫内膜样	从上皮内癌到侵袭性子宫内膜样癌
β- 连接蛋白基因突变（50%）		
微卫星不稳定（13%～50%）		
透明细胞交界性肿瘤		
KRAS 突变（5%～16%）	子宫内膜异位症 / 透明细胞腺纤维瘤	从上皮内癌到侵袭性透明细胞癌
微卫星不稳定（13%）		
Brenner(移行细胞型)		
交界性肿瘤		
未被辨认	Brenner 肿瘤	恶性 Brenner（移行细胞）癌

黏液性癌

从黏液性囊腺瘤到黏液性非典型增生性肿瘤（交界肿瘤）、黏液性上皮内癌和侵袭性黏液性癌的进展过程，在形态学上早已得到证实，*KRAS* 密码子 12 和 13 的突变频率在此过程中逐渐增加 [7, 41~44]。而且，同样的 *KRAS* 突变可在黏液性癌和邻近的黏液性囊腺瘤及交界性肿瘤中发现 [41]。不同于交界性浆液性肿瘤和浆液性低级别癌，*BRAF* 突变在卵巢黏液性肿瘤中极罕见。除 *KRAS* 突变外，分子基因学改变，包括微卫星不稳定性，罕见于黏液性交界性肿瘤 [40]。

子宫内膜样癌

β 连接蛋白突变可见于约 1/3 的病例 [45, 46]，*PTEN* 突变为 20%，如肿瘤 10q23 杂合子丢失，该比例上升至 46% [47]。这些突变常见于分化较好的 I 期病变，患者预后较好，提示这些基因的失活发生在早期。而且，在同一标本的子宫内膜异位症、非典型子宫内膜异位症和卵巢子宫内膜样癌病灶中，均可发现相似的分子基因改变，包括 10q23 杂合子丢失和 *PTEN* 的突变 [48~52]。这些分子基因学发现及形态学数据显示出子宫内膜异位症与子宫内膜样腺纤维瘤、非典型增生性（交界性）肿瘤、相邻的侵袭性分化好的子宫内膜样癌之间存在相关性，提示子宫内膜样癌是逐步发展而来的肿瘤。

一项先前的研究发现在表达原癌基因 *KRAS* 或条件性 *PTEN* 丢失的老鼠模型中，卵巢表面上皮可出现肿瘤发生前的卵巢病损,这些病损与子宫内膜异位症相似,在一些老鼠中可发展为子宫内膜样癌[53]。最近 Cho 博士的团队培育出新的条件性表达突变的 *PTEN* 和 β 连接蛋白的转基因鼠[54]。诱导突变后,所有的老鼠均发生子宫内膜样癌。因此 β 连接蛋白和 *PTEN* 突变在卵巢子宫内膜样癌的发展过程中起到重要作用。

透明细胞癌

透明细胞癌通常也与子宫内膜异位症、透明细胞腺纤维瘤和透明细胞非典型增生性(交界性)肿瘤相关,但仍欠缺关于该肿瘤逐步发展的分子学模型。最近发现肝细胞核因子 1β 和谷胱甘肽过氧化物酶 3 可用来标记卵巢透明细胞癌,因为上述基因在卵巢透明细胞癌中高表达,却罕见于其他卵巢癌[55, 56]。转化生长因子 β 的Ⅱ型受体激酶区突变出现在 2/3 的透明细胞癌中,但在其他组织类型的卵巢癌中罕见[57]。微卫星不稳定性常见于子宫内膜样和透明细胞癌,但很少见于浆液性和黏液性肿瘤[58, 59]。这些发现提示子宫内膜样癌和透明细胞癌可能拥有共同的前体病变。

未来关于应用激酶抑制剂治疗卵巢癌的研究

蛋白激酶是染色体保守基因中最大的超家族,而很多该家族的成员参与了人类癌症的发展过程。激酶基因参与了为数众多的不同的信号途径,影响细胞的生长、分化、粘连、运动和存活,均为肿瘤发生的关键点。重要的是,所有导致肿瘤发生的蛋白激酶结构改变似乎都是解除(持续激活)了对蛋白激酶活性的抑制,使其成为治疗干预的靶点(表 2-6)。例如,治疗用的分子或蛋白直接作用于抑制蛋白激酶活性,如 STI571(Gleevec,格列卫),ATP 竞争性结合抑制剂,可有效抑制 *BCR-Abl* 和 c-KIT 酪氨酸激酶。Gleevec 目前用于治疗慢性髓细胞性白血病和胃肠间质肿瘤,有抗肿瘤的效果[60]。而其他蛋白激酶抑制剂也在多种恶性肿瘤和其他疾病治疗的临床试验研究中(见表 2-6)。在大多数卵巢交界性浆液性肿瘤和低级别浆液性癌中,存在着因 MAPK 上流调节子——*KRAS* 和 *BRAF* 基因频繁突变导致的 MAPK 信号途径持续激活。因此,对 *BRAF* 抑制剂和其他 MEK 抑制剂是否能延长晚期交界性浆液性肿瘤患者的无病生存时间和总生存率的研究引起了大家的兴趣。未来对卵巢肿瘤发生全套分子学改变的辨认和鉴定将会便于研制早期诊断卵巢癌的方法,且可用于研制新的阻断特定生长信号途径的治疗方法。

表 2-6　作为癌症靶向治疗的激酶基因及其小分子抑制剂

编号	正式名称	基因名称	抑制剂
1	AKT	v-akt 鼠胸腺病毒致瘤基因同系物	那曲吲哚盐酸盐
2	AURKA	极光激酶 A	VX-680
3	AURKB	极光激酶 B	VX-680
4	AMPK	AMP- 活化蛋白激酶	dorsomorphin dihydrochloride
5	CKⅠ	酪氨酸激酶Ⅰ	D4476
6	CKⅡ	酪氨酸激酶Ⅱ	DMAT
7	CHK1	细胞周期检测点激酶Ⅰ	AZD7762
8	CHK2	细胞周期检测点激酶Ⅱ	AZD7762
9	CDK2	周期依赖性蛋白激酶 2	seliciclib(CYC202,R-roscovitine)

表 2-6　（续）

编号	正式名称	基因名称	抑制剂
10	CDK7	周期依赖性蛋白激酶 7	seliciclib（CYC202，R-roscovitine）
11	CDK9	周期依赖性蛋白激酶 9	seliciclib（CYC202，R-roscovitine）
12	DNAPK	DNA- 依赖性蛋白激酶	NU7441
13	GSK3A	糖原合成酶激酶 3α	BIO（2'Z, 3'E）-6-Bromoindirubin-3'-oxime
14	GSK3B	糖原合成酶激酶 3β	BIO（2'Z, 3'E）-6-Bromoindirubin-3'-oxime
15	JNK1	c-Jun N- 末端激酶 1	SP600125
16	JNK2	c-Jun N- 末端激酶 2	SP600125
17	JNK3	c-Jun N- 末端激酶 3	SP600125
18	ERK1	细胞外信号调节激酶 1	PD98059
19	ERK2	细胞外信号调节激酶 2	PD98059
20	p38 MAPK	p38 细胞分裂素活化蛋白激酶	SB203580
21	MEK1	细胞分裂素活化蛋白激酶 1	U0126
22	MEK2	细胞分裂素活化蛋白激酶 2	U0126
23	PI3K	磷脂酰肌醇 3 激酶	LY294002
24	PKA	蛋白激酶 A，cAMP- 依赖性蛋白激酶	H89 盐酸盐
25	PKC_α	蛋白激酶 C α 同工酶	Go6976
26	$PKC_{\beta1}$	蛋白激酶 C β1 同工酶	LY379196
27	$PKC_{\beta2}$	蛋白激酶 C β2 同工酶	LY379196
28	PKC_δ	蛋白激酶 C δ 同工酶	卡马拉素
29	PKC_ε	蛋白激酶 C ε 同工酶	GF 109203X（bisindolylmaleimide I）
30	PKG I $_\alpha$	cGMP- 依赖性蛋白激酶 I α 型	Rp-8-pCPT-cGMPS，TEA
31	PKG I $_\beta$	cGMP- 依赖性蛋白激酶 I β 型	Rp-8-pCPT-cGMPS，TEA
32	PKG II	cGMP- 依赖性蛋白激酶 II 型	Rp-8-pCPT-cGMPS，TEA
33	Plk1	Polo-like kinase 1	BI 2536
34	$PDGFR_\alpha$	血小板衍生生长因子受体 α	伊马替尼（格列卫）
35	BCR-ABL	BCR-ABL 激酶	伊马替尼（格列卫）
36	c-Kit	v-kit Hardy-Zuckerman 4 猫肉瘤病毒致癌基因同系物	舒尼替尼（缩坦）*
37	SRC	v-src 肉瘤（Schmidt-Ruppin A-2）病毒致癌基因同系物（禽）	达沙替尼（Sprycel）*
38	EPHA2	肝配蛋白受体 A2	达沙替尼（Sprycel）*
39	EGFR	表皮生长因子	吉非替尼（易瑞沙）
40	ERBB2	v-erb-b2 成红细胞白血病病毒致癌基因同系物 2	拉帕替尼（泰克泊）*
41	VEGFR1	血管内皮生长因子受体 1	西地尼布（cediranib）
42	VEGFR2	血管内皮生长因子受体 2	西地尼布（cediranib）
43	VEGFR3	血管内皮生长因子受体 3	西地尼布（cediranib）
44	RET	ret 原癌基因	凡德他尼（Vandetanib）
45	IGF1R	胰岛素样生长因子 1 受体	OSI-906
46	JAK2	Janus- 活化激酶 2	来他替尼（CEP-701）

表 2-6　（续）

编号	正式名称	基因名称	抑制剂
47	JAK3	Janus- 活化激酶 3	CP-690550
48	STAT3	信号转录和活化转录因子 3	葫芦素 I（JSI-124）
49	STAT5	信号转录和活化转录因子 5	来他替尼（CEP-701）
50	FGFR1	成纤维细胞生长因子受体 1	SU5402
51	FGFR2	成纤维细胞生长因子受体 2	PD173074
52	Lck	淋巴细胞特异性蛋白酪氨酸激酶 p56	大黄素
53	c-Met	Met 原癌基因（肝细胞生长因子受体）	ARQ 197
54	SYK	脾酪氨酸激酶	R406
55	TGFβR1	转化生长因子 β 的 I 型受体	SM16
56	TrkA	神经营养酪氨酸激酶 1 型受体	GW 441756
57	c-Raf	v-raf-1 鼠白细胞过多症病毒致癌基因同系物 1	索拉非尼（BAY43-9006）
58	B-Raf	v-raf 鼠白细胞过多症病毒致癌基因同系物 B1	索拉非尼（BAY43-9006）
59	ROCK1	Rho- 相关含卷曲螺旋蛋白激酶 1	法舒地尔
60	ROCK2	Rho- 相关含卷曲螺旋蛋白激酶 2	法舒地尔
61	SK	鞘氨酸激酶	二甲基鞘氨酸

* 美国 FDA 认可的抗肿瘤药
† 获得美国 FDA 快速审核资格

（张诚燕　译）

参考文献

1. Cho K, Shih IM: Ovarian cancer. Ann Rev Pathol 4:287–313, 2009.
2. Scully RE: International Histological Classification of Tumors: Histological Typing of Ovarian Tumors. Geneva: World Health Organization, 1999, pp 3–44.
3. Tavassoli FA, Deville P: Tumours of the Breast and Female Genital Organs: World Health Organization Classification of Tumours. Lyon: IARC Press, 2003, pp 117–145.
4. Singer G, Kurman RJ, Chang H-W, et al: Diverse tumorigenic pathways in ovarian serous carcinoma. Am J Pathol 160:1223–1228, 2002.
5. Ortiz BH, Ailawadi M, Colitti C, et al: Second primary or recurrence? Comparative patterns of p53 and K-ras mutations suggest that serous borderline ovarian tumors and subsequent serous carcinomas are unrelated tumors. Cancer Res 61:7264–7267, 2001.
6. Bell DA, Scully RE: Early de novo ovarian carcinoma. A study of fourteen cases. Cancer 73:1859–1864, 1994.
7. Caduff RF, Svoboda-Newman SM, Ferguson AW, et al: Comparison of mutations of Ki-RAS and p53 immunoreactivity in borderline and malignant epithelial ovarian tumors. Am J Surg Pathol 23:323–328, 1999.
8. Dubeau L: Ovarian cancer. In Scriver CR, Beaudet AL, Sly WS (eds): The Metabolic and Molecular Bases of Inherited Disease. Toronto: McGraw-Hill, 2001, pp 1091–1096.
9. Burks RT, Sherman ME, Kurman RJ: Micropapillary serous carcinoma of the ovary. A distinctive low-grade carcinoma related to serous borderline tumors. Am J Surg Pathol 20:1319–1330, 1996.
10. Riopel MA, Ronnett BM, Kurman RJ: Evaluation of diagnostic criteria and behavior of ovarian intestinal-type mucinous tumors: atypical proliferative (borderline) tumors and intraepithelial, microinvasive, invasive, and metastatic carcinomas. Am J Surg Pathol 23:617–635, 1999.
11. Seidman JD, Kurman RJ: Subclassification of serous borderline tumors of the ovary into benign and malignant types. A clinicopathologic study of 65 advanced stage cases. Am J Surg Pathol 20:1331–1345, 1996.
12. Sehdev AES, Sehdev PS, Kurman RJ: Noninvasive and invasive micropapillary serous carcinoma of the ovary: a clinicopathologic analysis of 135 cases. Am J Surg Pathol 27:725–736, 2003.
13. Okuda T, Otsuka J, Sekizawa A, et al: p53 mutations and overexpression affect prognosis of ovarian endometrioid cancer but not clear cell cancer. Gynecol Oncol 88:318–325, 2003.
14. Modesitt SC, Tortolero-Luna G, Robinson JB, et al: Ovarian and extraovarian endometriosis-associated cancer. Obstet Gynecol 100:788–795, 2002.
15. Horiuchi A, Itoh K, Shimizu M, et al: Toward understanding the natural history of ovarian carcinoma development: a clinicopathological approach. Gynecol Oncol 88:309–317, 2003.
16. Masuda A, Takeda A, Fukami H, et al: Characteristics of cell lines established from a mixed mesodermal tumor of the human ovary. Carcinomatous cells are changeable to sarcomatous cells. Cancer 60:1697–2703, 1987.
17. Moritani S, Moriya T, Kushima R, et al: Ovarian carcinoma recurring as carcinosarcoma. Pathol Int 51:380–384, 2001.
18. Dehari R, Kurman RJ, Logani S, et al: The development of high-grade serous carcinoma from atypical proliferative (borderline) serous tumors and low-grade micropapillary serous carcinoma—a morphologic and molecular genetic analysis. Am J Surg Pathol, 31:1007–1012, 2007.
19. Peyssonnaux C, Eychene A: The Raf/MEK/ERK pathway: new concepts of activation. Biol Cell 93:53–62, 2001.
20. Singer G, Oldt R, III, Cohen Y, et al: Mutations in BRAF and

KRAS characterize the development of low-grade ovarian serous carcinoma. J Natl Cancer Inst 95:484–486, 2003.

21. Davies H, Bignell GR, Cox C, et al: Mutations of the BRAF gene in human cancer. Nature 417:949–954, 2002.

22. Rajagopalan H, Bardelli A, Lengauer C, et al: RAF/RAS oncogenes and mismatch-repair status. Nature 418:934, 2002.

23. Cheng EJ, Kurman RJ, Wang M, et al: Molecular genetic analysis of ovarian serous cystadenomas. Lab Invest 84:778–784, 2004.

24. Chan W-Y, Cheung K-K, Schorge JO, et al: Bcl-2 and p53 protein expression, apoptosis, and p53 mutation in human epithelial ovarian cancers. Am J Pathol 156:409–417, 2000.

25. Kohler MF, Marks JR, Wiseman RW, et al: Spectrum of mutation and frequency of allelic deletion of the p53 gene in ovarian cancer. J Natl Cancer Inst 85:1513–1519, 1993.

26. Kupryjanczyk J, Thor AD, Beauchamp R, et al: p53 gene mutations and protein accumulation in human ovarian cancer. Proc Natl Acad Sci USA 90:4961–4965, 1993.

27. Berchuck A, Carney M: Human ovarian cancer of the surface epithelium. Biochem Pharmacol 54:541–544, 1997.

28. Wen WH, Reles A, Runnebaum IB, et al: p53 mutations and expression in ovarian cancers: correlation with overall survival. Int J Gynecol Pathol 18:29–41, 1999.

29. Shelling AN, Cooke I, Ganesan TS: The genetic analysis of ovarian cancer. Br J Cancer 72:521–527, 1995.

30. Pothuri B, Leitao M, Barakat R, et al: Genetic analysis of ovarian carcinoma histogenesis. Society of Gynecologic Oncologists 32nd Annual Meeting. Gynecol Oncol (Abstract) 80, 2001.

31. Gallardo A, Matias-Guiu X, Lagarda H, et al: Malignant mullerian mixed tumor arising from ovarian serous carcinoma: a clinicopathologic and molecular study of two cases. Int J Gynecol Pathol 21:268–272, 2002.

32. Kounelis S, Jones MW, Papadaki H, et al: Carcinosarcomas (malignant mixed mullerian tumors) of the female genital tract: comparative molecular analysis of epithelial and mesenchymal components. Hum Pathol 29:82–87, 1998.

33. Abeln EC, Smit VT, Wessels JW, et al: Molecular genetic evidence for the conversion hypothesis of the origin of malignant mixed mullerian tumours. J Pathol 183:424–431, 1997.

34. Sreenan JJ, Hart WR: Carcinosarcomas of the female genital tract. A pathologic study of 29 metastatic tumors: further evidence for the dominant role of the epithelial component and the conversion theory of histogenesis. Am J Surg Pathol 19:666–674, 1995.

35. Singer G, Rebmann V, Chen YC, et al: HLA-G is a potential tumor marker in malignant ascites. Clin Cancer Res 9:4460–4464, 2003.

36. Urosevic M, Kurrer MO, Kamarashev J, et al: Human leukocyte antigen G up-regulation in lung cancer associates with high-grade histology, human leukocyte antigen class I loss and interleukin-10 production. Am J Pathol 159:817–824, 2001.

37. Urosevic M, Willers J, Mueller B, et al: HLA-G protein up-regulation in primary cutaneous lymphomas is associated with interleukin-10 expression in large cell T-cell lymphomas and indolent B-cell lymphomas. Blood 99:609–617, 2002.

38. Chen YC, Pohl G, Wang TL, et al: Apolipoprotein E is required for cell proliferation and survival in ovarian cancer. Cancer Res 65:331–337, 2005.

39. Shih YC, Kerr J, Hurst TG, et al: No evidence for microsatellite instability from allelotype analysis of benign and low malignant potential ovarian neoplasms. Gynecol Oncol 69:210–213, 1998.

40. Allen HJ, DiCioccio RA, Hohmann P, et al: Microsatellite instability in ovarian and other pelvic carcinomas. Cancer Genet Cytogenet 117:163–166, 2000.

41. Mok SC, Bell DA, Knapp RC, et al: Mutation of K-ras protooncogene in human ovarian epithelial tumors of borderline malignancy. Cancer Res 53:1489–1492, 1993.

42. Ichikawa Y, Nishida M, Suzuki H: Mutation of KRAS protooncogene is associated with histological subtypes in human mucinous ovarian tumors. Cancer Res 54:33–35, 1994.

43. Enomoto T, Weghorst CM, Inoue M, et al: K-ras activation occurs frequently in mucinous adenocarcinomas and rarely in other common epithelial tumors of the human ovary. Am J Pathol 139:777–785, 1991.

44. Gemignani ML, Schlaerth AC, Bogomolniy F, et al: Role of KRAS and BRAF gene mutations in mucinous ovarian carcinoma. Gyncol Oncol 90:378–381, 2003.

45. Wu R, Zhai Y, Fearon ER, et al: Diverse mechanisms of beta-catenin deregulation in ovarian endometrioid adenocarcinomas. Cancer Res 61:8247–8255, 2001.

46. Moreno-Bueno G, Gamallo C, Perez-Gallego L, et al: Beta-catenin expression pattern, beta-catenin gene mutations, and microsatellite instability in endometrioid ovarian carcinomas and synchronous endometrial carcinomas. Diagn Mol Pathol 10:116–122, 2001.

47. Obata K, Morland SJ, Watson RH, et al: Frequent PTEN/MMAC mutations in endometrioid but not serous or mucinous epithelial ovarian tumors. Cancer Res 58:2095–2097, 1998.

48. Sato N, Tsunoda H, Nishida M, et al: Loss of heterozygosity on 10q23.3 and mutation of the tumor suppressor gene PTEN in benign endometrial cyst of the ovary: possible sequence progression from benign endometrial cyst to endometrioid carcinoma and clear cell carcinoma of the ovary. Cancer Res 60:7052–7056, 2000.

49. Saito M, Okamoto A, Kohno T, et al: Allelic imbalance and mutations of the PTEN gene in ovarian cancer. Int J Cancer 85:160–165, 2000.

50. Thomas EJ, Campbell IG: Molecular genetic defects in endometriosis. Gynecol Obstet Invest 50:44–50, 2000.

51. Obata K, Hoshiai H: Common genetic changes between endometriosis and ovarian cancer. Gynecol Obstet Invest 50:39–43, 2000.

52. Bischoff FZ, Simpson JL: Heritability and molecular genetic studies of endometriosis. Hum Reprod Update 6:37–44, 2000.

53. Dinulescu DM, Ince TA, Quade BJ, et al: Role of K-ras and Pten in the development of mouse models of endometriosis and endometrioid ovarian cancer. Nat Med 11:63–70, 2005.

54. Wu R, Hendrix-Lucas N, Kuick R, et al: Mouse model of human ovarian endometrioid adenocarcinoma based on somatic defects in the Wnt/beta-catenin and PI3K/Pten signaling pathways. Cancer Cell 11:321–333, 2007.

55. Tsuchiya A, Sakamoto M, Yasuda J, et al: Expression profiling in ovarian clear cell carcinoma: identification of hepatocyte nuclear factor-1beta as a molecular marker and a possible molecular target for therapy of ovarian clear cell carcinoma. Am J Pathol 163:2503–2512, 2003.

56. Hough CD, Sherman-Baust CA, Pizer ES, et al: Large-scale serial analysis of gene expression reveals genes differentially expressed in ovarian cancer. Cancer Res 60:6281–6287, 2000.

57. Francis-Thickpenny KM, Richardson DM, van Ee CC, et al: Analysis of the TGF-beta functional pathway in epithelial ovarian carcinoma. Br J Cancer 85:687–691, 2001.

58. Fujita M, Enomoto T, Yoshino K, et al: Microsatellite instability and alterations in the hMSH2 gene in human ovarian cancer. Int J Cancer 64:361–366, 1995.

59. Gras E, Catasus L, Arguelles R, et al: Microsatellite instability, MLH-1 promoter hypermethylation, and frameshift mutations at coding mononucleotide repeat microsatellites in ovarian tumors. Cancer 92:2829–2836, 2001.

60. Druker BJ: Perspectives on the development of a molecularly targeted agent. Cancer Cell 1:31–36, 2002.

卵巢癌家族综合征和基因检测

第3章

Jennifer E. Axilbund, Amy L. Gross, Kala Visvanathan

要　点

- 大多数家族性癌症易感性综合征是以常染色体显性方式遗传。
- 虽然大多数有家族史的家庭显示卵巢癌是具有遗传性的，但遗传性卵巢癌仍不被当前所认可，一部分是由于两个已知的综合征其中之一产生遗传性乳腺-卵巢癌(HBOC)或遗传性非息肉结直肠癌综合征(HNPCC)。
- HBOC 的潜在性特点包括绝经前的乳腺癌、卵巢癌以及男性乳腺癌的发生。拥有显著的早发性结直肠癌或者子宫内膜癌的家族史提示有 HNPCC。
- *BRCA1* 和 *BRCA2* 两种基因与 HBOC 有关，他们可能是作为具有肿瘤抑制基因的功能。
- *BRCA1* 和 *BRCA2* 基因突变具有较高的外显率，导致卵巢癌的终身危险性介于 20%～65%。与乳腺癌相同，*BRCA1* 基因与 *BRCA2* 基因突变相比卵巢癌和原发性腹膜癌的发生风险会提高，发病年龄将会提前。
- 使某种突变携带子致癌的因素仍未被公认，并且被认为同时依赖于基因和环境的风险调节。
- *BRCA1* 和 *BRCA2* 的基因检测用于临床上是可行的；对于大多数家族基因检测通常包括以上 2 个基因的完整序列。
- HNPCC 到目前为止考虑有 4 个相关基因，可临床应用。
- 对于那些携带有 *BRCA1*、*BRCA2* 或者 HNPCC 基因突变的妇女，干预措施包括加强癌症的筛查、化学预防和预防性手术。在 *BRCA1* 和 *BRCA2* 突变的携带者中，预防性双侧输卵管卵巢切除术与单纯妇科检查相比，在发现早期卵巢癌方面，前者使早期卵巢癌发生风险降低了 80%～90%。在美国双侧输卵管卵巢切除术被认为是标准的处理。
- HNPCC 主要特点是增加了结直肠癌的发生风险——同时较小程度上影响到子宫内膜癌的发生，这种综合征(HNPCC)同时也与 10% 卵巢癌发生的终生风险相关。
- 应当建议那些被认为有 HBOC 或 HNPCC 个人史或家族史的人进行遗传咨询、筛查讨论和预防措施。
- 不能被现代基因检测技术所解释的卵巢癌妇女的 DNA 库，仍然是一个应当被讨论并且由一些家族接受的选择。

简介

虽然大部分卵巢癌的发生是零散出现的，并且是基因和环境因素共同作用的结果，但是据统计 5%～10% 的卵巢癌是有"遗传性"的，意味着卵巢癌最早出现与一些特殊基因的突变有关。目前为止，大部分遗传性卵巢癌与两种目前所知道的综合征有关：HBOC 和 HNPCC[1, 2]（图 3-1）。HBOC 原本与乳腺癌发生的风险增加有关，而 HNPCC 与结肠直肠癌发生的风险增加有关。

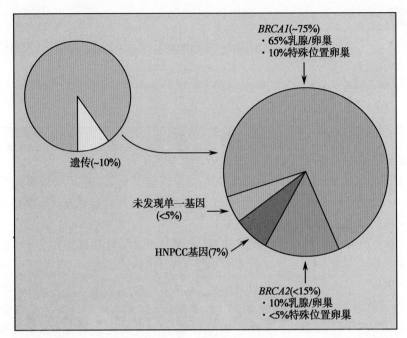

图 3-1　导致卵巢癌遗传易感性的原因（From ASCO Curriculum：Cancer Genetics and Cancer Predisposition Testing，2nd ed，2004，Slide 6-32.）

认识到遗传性卵巢癌不仅是一个学术性课题，同时对家庭也是有帮助的，有以下几个原因：对于患有卵巢癌的妇女，确定突变基因可帮助解释她们患癌症的原因，同时也可以预测其他相关癌症发生的风险。对于那些没有个人癌症病史，但是有较强家族卵巢癌病史的妇女，确定突变基因可以更好的帮助诊断发生卵巢癌和其他相关癌症的风险，为患者提供更多的特殊检查和降低风险的选择。从上述两个原因可知，这种基因信息对于评估家族成员的风险是有用的，特别是对于儿童、兄弟姐妹和父母。对于妇女肿瘤风险的了解可以同时用于指导筛查和降低风险策略。这种基因信息也许可以降低焦虑，因为一名女性所意识到她患癌症的风险通常高于她实际所有的风险。

癌症风险评估的双重目标是：①主要目标是使高风险的群体拥有更积极的的筛查和降低风险的策略，从而增加他们的总体生存率；②降低低风险群组的过度治疗和他们相关的并发症。

基因筛查

常染色体显性遗传

大多数遗传性易感癌症综合征通常是以常染色体显性的方式传递的（图 3-2）。人类有 46 条常染色体，被排列成 23 对。前 22 对叫做常染色体，在男性和女性中均有表达。第 23 对染色体是性染色体,在女性当中有 2 个 X 染色体,而在男性当中则有 1 个 X 和 1 个 Y 染色体。现在所认识到的遗传性癌症综合征的基因大多位于常染色体上,意味着与性染色体连锁相比,他们可以同时通过男性和女性遗传和传递。由于这个原因,所以在评估癌症风险的时候要同时考虑母系与父系双方的病史。

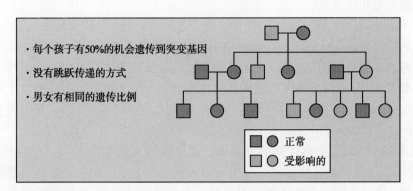

图 3-2　常染色体显性遗传(来自 ASCO 课程: Cancer Genetics and Cancer Predisposition Testing, 2nd ed, 2004, Slide 1-40.)

当一对夫妇双方中拥有一个遗传癌症的突变基因,他(或她)有一条突变子的复制基因,还有一条正常复制基因。他(或她)的每个后代遗传父母双方各一条复制基因,那么后代将会分别从父母继承一条染色体,就会有 50% 的机会遗传有突变的基因,同时也有 50% 的机会遗传没有突变的基因。一个突变基因的遗传携带者可以将他或她的突变基因传给他或她的后代。当然一个没有遗传突变基因的家庭成员可以肯定不会将突变基因传给他们的后代。

遗传性卵巢癌综合征

遗传性乳腺和卵巢癌

BRCA1 和 *BRCA2* 两个基因是在有较强遗传性的乳腺癌研究中被发现的。因此,它们被命名为乳腺癌易感基因 1(*BRCA1* 基因)和乳腺癌易感基因 2(*BRCA2* 基因)。目前已经报道 *BRCA1* 和 *BRCA2* 有几百个突变,并且被确定 [3]。

BRCA 基因的功能

BRCA1 和 *BRCA2* 基因被认为协同或者各自参与 DNA 双链断裂的修复。DNA 的断裂发生在电离辐射或者是 DNA 交联药物如顺铂等化学药物制剂的作用下。修复是通过同源重组发生的,通过这种同源重组方式,非损坏的 DNA 链被已经损害的单链 DNA 所侵害。双链断裂修复途径是复杂的,涉及除 *BRCA1* 和 *BRCA2* 基因以外的许多其他基因。

BRCA 基因被认为是肿瘤抑制基因,因为一个继承的有害突变等位基因代表了"克努森的两击命中肿瘤假说"的一次攻击。

如果在一个细胞中第二个等位基因失去它的功能(由于损伤的积累),肿瘤就会因为细胞无法修复继发的异常而产生肿瘤。关于 *BRCA1* 和 *BRCA2* 基因导致乳腺和卵巢癌的易感性现在仍在研究当中。

鉴于 *BRCA1* 和 *BRCA2* 基因的作用，有趣的发现是拥有 *BRCA* 相关基因的卵巢癌要比散发性卵巢癌对以顺铂为基础的治疗效果好 [4]。顺铂在细胞内水化后产生一种高活性物质。这种特殊的物质可以黏附于 DNA 上，导致在 DNA 双链结构中鸟嘌呤附近的细胞内交联。在其他细胞毒素影响中，顺铂诱导产生的合成物可以导致错配修复复合物，导致单链 DNA 崩解，最终导致细胞中毒和细胞死亡 [5]。

BRCA1 和 *BRCA2* 的基因检测，对拥有这两个基因突变的高风险家族来说是很有益处的，这两个基因的检测对评估他们流行性（例：在特定人群当中突变基因的普遍性）和外显率（例：突变基因携带者发生癌症的可能性）方面是很必要的。虽然考虑到这两个基因与大部分家族卵巢癌发生有关 [6]，但这两个基因的突变是很少见的。一个人群基因突变的发生率大约是在 0.1%～0.76%（1/1000～1/132）[7~9]。但是在德系犹太人（东欧）后代当中，基因突变携带者大约有 2.5%（1/40）[10]。

BRCA1 和 *BRCA2* 突变有较高的外显率。通过研究方法学发现 [11~14]，拥有 *BRCA1* 和 *BRCA2* 突变基因的浸润性乳腺癌发生终生风险大约是在 36%～85%。最初的数据来自于高选择性的家庭，像那些有定位克隆基因的家庭。在这些家庭当中，乳腺癌的终身风险率大约超过 80%。在 *BRCA1* 携带者当中，卵巢癌的终身风险大约在 40%～65%，而 *BRCA2* 携带者则有 20%[15, 16]。稍后的研究在较小程度上应用了以病例为基础的调查和以人群为基础的数据。为了确定外显率所应用的以人群为基础的调查，通常是在被认为隐藏有较高基因突变特定的人群（比如德系犹太人）中实行，为的是获得更多的携带者。一个北欧犹太人的研究中显示乳腺癌的终身（70 岁）危险度是 56%，卵巢癌的终身危险度是 16%，但是在 *BRCA1* 和 *BRCA2* 两个基因之间没有明显区别 [10]。通过比较而言，病例研究通常预测有较高的外显率，*BRCA1* 和 *BRCA2* 突变基因通常导致乳腺癌的终身危险度分别为 69% 和 74%，导致卵巢癌的终身危险度分别为 54% 和 23%[12]。

一项对以病例为基础的研究进行的 meta 分析显示，所有拥有 *BRCA1* 突变基因的病人乳腺癌发生的终身危险度为 65%，卵巢癌发生的终身危险度是 39%；相比之下拥有 *BRCA2* 基因导致上述两种癌症发生的终身危险度分别为 45% 和 11%[14]。一项最新的 meta 分析研究（同时包括中欧系犹太人和非中欧系犹太人）显示，*BRCA1* 基因携带者乳腺癌发生的终身危险度为 55%，而携带有 *BRCA2* 基因者乳腺癌发生的终身危险度为 47%；*BRCA1* 基因突变携带者卵巢癌的终身危险度为 39%，而 *BRCA2* 基因携带者终身危险度为 17%[17]。

外显率的研究很多，主要有人口学的研究和其他相关危险因素的研究，比如口服避孕药的使用、分娩次数和卵巢切除术 [18]（图 3-3）。基因特殊部位的突变也会使外显率不同。在分析 *BRCA1* 基因的癌症家族史中显示突变位点与乳腺和卵巢癌的相对危险性有相关。3' 端的突变在乳腺癌中比卵巢癌中多见，这种突变是使 C 端终止；而 5' 端的突变与乳腺和卵巢混合癌发生有关，这种突变会删掉 *BRCA1* 翻译出蛋白中较大的一部分 [19]。*BRCA2* 基因中间区段的突变（所提及的"卵巢癌基因簇集区域"）相对于卵巢癌的风险来说，也被证明会降低乳腺癌相关发生风险 [20]（图 3-4）。

BRCA1 和 *BRCA2* 相关癌症的特点和危险因素

与大部分人群相比，*BRCA1/2* 突变携带者会提高卵巢癌发生的风险。大部分人群当中卵巢癌的终身危险度大约是 1.3%，而 *BRCA* 突变携带者的终身危险度大约是 10%～65%。

与 *BRCA2* 相比，*BRCA1* 基因突变使卵巢癌和原发性腹膜癌的发生有更高的危险性，它们

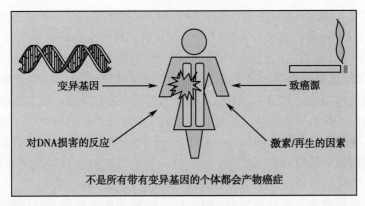

图 3-3　影响外显率的因素（来自 ASCO 课程：Cancer Genetics and Cancer Predisposition Testing，2nd ed，2004，Slide 1-36.）

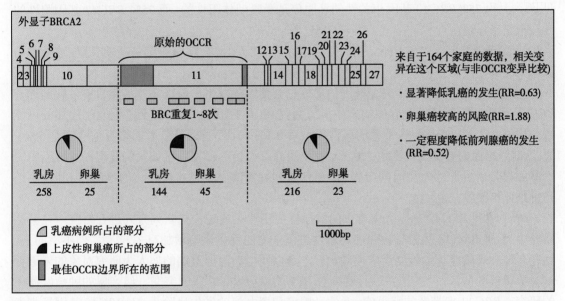

图 3-4　BRCA2：卵巢癌基因簇集区域和显性基因的相互关系（来自 Thompson D，Easton D，and the Breast Cancer Linkage Consortium：Variation in cancer risks，by mutation position，in BRCA2 mutation carriers. Am J Hum Genet 68：410-419，2001. Reprinted with permission from the University of Chicago Press.）

与疾病的早发也有明显关系。虽然输卵管癌比卵巢癌的发生要少见，但 *BRCA1* 基因携带者仍比非携带者发生率要高[21]；携带有 *BRCA1* 基因者要比携带有 *BRCA2* 基因者导致的风险高得多。*BRCA1* 和 *BRCA2* 相关的卵巢癌从病理和组织学上来说是不能区别的。当然上述两种基因所导致的卵巢癌大部分含有浆液组织成分，其次是含有子宫内膜样组织。黏液性的肿瘤很少与 *BRCA1* 和 *BRCA2* 基因突变相关，而其他一些少见的肿瘤比如说透明细胞肿瘤，它们极少见，以至于迄今为止与上述两种基因的关系仍然有待研究。另外，卵巢交界性或潜在低度恶性的肿瘤未被认为与 *BRCA1* 和 *BRCA2* 基因突变有关[20]。

与大部分人群相比，拥有 *BRCA1* 和 *BRCA2* 基因的人群发生乳腺癌的风险也大大升高。与 *BRCA1* 和 *BRCA2* 突变有关的浸润性乳腺癌的终身发生风险大约在 36%～85% 之间。与 *BRCA1* 和 *BRCA2* 相关的卵巢癌大多是在很年轻的时候就诊断出来，通常是在绝经前[22]。这种情况特别是发生在 *BRCA1* 基因携带者，大约有 20% 的携带者在 40 岁之前就发生了乳腺癌，50% 的携带者在 50 岁之前发生乳腺癌 [23]。现在有回顾性队列研究显示原位性导管癌，不论是否为侵袭性癌症，其发生的风险在突变基因携带者中（37%）与高风险非突变基因携带者（34%）中是相同的，但是突变基因携带者发生癌症的年龄较早 [24]。一个人群对照研究正在研究在乳腺导管原位癌（DCIS）当中 *BRCA1* 和 *BRCA2* 基因的存在率。研究发现在实验中的人群基因突变率与侵袭性乳腺癌的发生成正比，说明在评价筛查的合理性和突变基因阳性携带者风险状态的标准时应当包括乳腺原位癌的诊断 [25]。在另一个患有 I 或 II 级乳腺癌的基因突变携带者的队列研究中发现，另一侧乳腺在未来 10 年内发生继发性乳腺癌的概率接近 30%，要比那些没有应用化学预防方法或经历过卵巢切除术的妇女发病风险高 [26]。

在讨论低年龄段发生乳腺癌风险时，*BRCA1* 基因相关的乳腺癌一般预后较差，癌细胞大多包括众多的有丝分裂和大量的多形性 [27]。与散发的和 *BRCA2* 相关的癌来说，*BRCA1* 型乳腺癌 3 级细胞的发生率较高，而雌孕激素受体的存在频率较少，并且 *HER2/neu* 阳性也比较少见 [28]。大约 75%*BRCA2* 基因相关性的乳腺癌是激素受体阳性的，而 75% *BRCA1* 基因阳性的肿瘤激素受体是阴性 [28]。

缺乏雌孕激素受体和 *HER2* 基因受体组成了"三无"肿瘤细胞或者是基础表型，这种肿瘤被认为比其他肿瘤有较差的预后，因为很少有治疗方法可以特别的针对这些细胞。

拥有 *BRCA1* 和 *BRCA2* 突变基因的男性也会使癌症发生风险提高。虽然目前了解到拥有 *BRCA1* 突变基因的男性乳腺癌的发生风险会提高，但拥有 *BRCA2* 突变基因发生癌症的可能性会更高，与非突变基因携带者的男性风险率 0.1% 相比，基因携带者的终身危险度是 5%~6%。前列腺癌的终身发病率也大大升高，但还没有可信的证据。正如我们发现在女性当中突变基因携带者乳腺癌发生时间会提前，男性前列腺癌的发生也有年轻化的趋势，但其发生不是特别低年龄段。

BRCA1 和 *BRCA2* 基因突变有关的其他癌症仍然在通过一些队列方式进行研究。在某些研究中显示，*BRCA2* 基因与胰腺癌和恶性黑色素瘤的发生风险增加有关 [10, 29]。但不幸的是，这些恶性肿瘤的终身危险度尚未被确定。一个以新诊断为卵巢癌的病人为研究对象的未进行过对象筛选的队列研究，正在进行对拥有 *BRCA1* 和 *BRCA2* 基因突变一级亲属的肿瘤发病率的研究。*BRCA1* 携带者的卵巢癌、女性乳腺癌和睾丸癌的发生风险提高，*BRCA2* 基因携带者的卵巢癌、女性和男性乳腺癌以及胰腺癌的发生风险提高 [30]。

哪些因素影响哪些突变基因阳性的妇女会导致癌症，哪些因素不会导致癌症还没有准确的定论。*BRCA1* 和 *BRCA2* 外显率的变异导致在携带者当中可能的癌症风险修饰因子的存在。激素和基因的影响都已通过审查。以口服避孕药为例，在非携带者当中被报道可以保护防止卵巢癌的发生 [31]。在基因携带者当中研究显示对于乳腺癌和卵巢癌有不同的危险度，研究证明口服避孕药有抗卵巢癌的作用 [32]，或者没有降低风险 [33]。然而，在临床中面对的两难选择是，有研究显示 *BRCA1* 基因携带者口服避孕药物可以显著增加乳腺癌的发病率 [18]。目前，没有建议将口服避孕药用于卵巢癌的预防，但用于短期避孕的使用并没有限制。

在 *BRCA1* 和 *BRCA2* 基因携带者当中，也评估了内源性激素对乳腺癌和卵巢癌的作用。在 *BRCA1* 携带者的生育史研究中发现 12 岁以前来月经和生产少于 3 次的妇女乳腺癌的发生率增加 [32]。有趣的是在 *BRCA1* 突变基因携带者当中，卵巢癌发生率随着生产次数的增加而逐渐降低，相反，在 *BRCA2* 基因的携带者当中，随着经产次的增加，卵巢癌的发生率也增高 [34]。

在表达外显性方面 *BRCA1* 和 *BRCA2* 基因的修饰基因也起到重要作用。比如说，在一项研究当中显示，*BRCA1* 携带者拥有罕见的 *HRSA1* 串联重复序列多肽性的等位基因要比常见的 *HRSA1* 等位基因卵巢癌的发生风险高 2 倍 [35]。

正在进一步研究基因与环境的关系以及基因与基因的关系。这些研究将为妇女提供更多的个性化风险因素评估成为可能。

遗传性卵巢癌和乳腺癌的基因检测

与 *BRCA1* 或 *BRCA2* 突变基因有关的家族史特征包括绝经前的乳腺癌、卵巢癌和男性乳腺癌。如果医学或者家族史与遗传性乳腺癌或卵巢癌相关，那么就需要通过遗传咨询进行指导（方框 3-1）。

方框 3-1　　提示需要进行基因遗传咨询的特点
• 在绝经前乳腺癌的诊断（特别是在 50 岁以前） • 已知有 *BRCA1* 或 *BRCA2* 突变基因的家族成员 • 个体当中两侧乳房需要进行初筛，特别是其中一侧乳房在绝经前被诊断为患有疾病 • 在一个个体当中出现乳腺癌和卵巢癌 • 个人或者家族中男性的乳腺癌患者 • 从同一侧家系当中有近亲两侧乳房患有乳腺癌或患有卵巢癌（父系或母系） • 有较高患乳腺癌或卵巢癌的风险的人群（例，德系犹太人） • 同一侧家系的近亲或同一个人同时患有卵巢癌和结直肠癌（父系或母系） • 同时患有卵巢癌和子宫内膜癌，特别是在近亲当中同时患有结直肠癌的人

因为是常染色体显性遗传，因此对于家族当中考虑有癌症的家族成员的基因检测是非常有帮助的。这是因为一个基因检测的目的是首先确定在家系当中有癌症突变基因携带的家属，然后再确定其他哪些家属有突变基因，哪些没有，哪些可以遗传。那些遗传有突变基因的个体会提高患某些特定恶性肿瘤的发生风险，而没有遗传突变基因的个体则患特定恶性肿瘤的机会相对较少，并且这些突变主要依赖于特定肿瘤的其他危险因素，比如初潮年龄、绝经年龄、体重指数、激素替代疗法以及其他一些因素。

考虑以下情况，如图 3-5 所示。一个女性（Mary）考虑她有患卵巢癌的风险，因为她的母亲（Susan）最近诊断为这种疾病，她的姨（Jane）因卵巢癌死亡，从病史来看该病有遗传性。如果 Mary 进行基因检测并且没有突变被检测出来（例：是个阴性结果），那么有 2 种可能的原因可以解释这个问题。第一，Susan 和 Jane 的卵巢癌是突变基因引起的，这也是 Mary 所要检测的基因。但是，由于该病的遗传方式是以常染色体显性遗传，Mary 没有从 Susan 那里获得突变基因。因此，在这种情况下，Mary 获得卵巢癌的风险与普通人群是相近的，并且基于她本身易患癌症的风险，总之就是她们家族遗传性的卵巢癌是因为基因突变引起的，而这种突变基因 Mary 没有。当然，第二种情况是，引起 Susan 和 Jane 的癌症是由一种还未发现的突变基因引起的，由于这种基因还没有被发现，所以将决定 Mary 是否有同样的突变

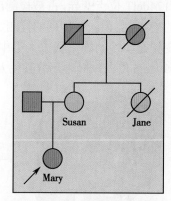

图 3-5　在这个家庭当中，因为母亲 Susan 和姨妈 Jane 都是卵巢癌患者，所以 Mary 患卵巢癌的风险较高。如果基因检测从 Susan 开始那么更能提供相关资料

基因是很重要的。因此基于 Mary 有不可解释的基因家族史，她仍有较高的患卵巢癌的风险。如果 Susan 没有经过基因检测，就不可能区分这两种假说。

相反，如果 Susan 进行了基因检测并且检测出了一个突变基因，那么就有理由可以确定突变的基因会导致 Susan 的卵巢癌发生。决定 Mary 是否有同样的突变基因将会提示 Mary 是否有患卵巢癌的高风险。这项检测也可以决定 Mary 的后代卵巢癌的发生风险是否提高。

BRCA1 和 BRCA2 的基因分析在临床上是可行的。对于大多数家庭来说，检测这两个基因的全长序列是必要的，被认为是基因分析最可靠的方法。有 12% 的有害突变为较大片段的缺失、重复以及重排，这种有害的突变通常不能通过测序检测发现 [36]。因此，更进一步的技术，比如 BRCA 重排检测分析（BART），对于那些强烈提示有遗传病的家族来说是非常必要的。如果一个妇女进行了以上两种基因的全部检测，并且被确定有突变基因存在，那么这个突变基因可以解释为导致癌症的最重要的基因组成成分。检测出这两种基因提示这个女性患乳腺癌的风险提高，根据她的预后，可以指导性地增加乳腺癌的筛查或者考虑给予降低乳腺癌风险的选择。另外，基因检测可以给家族中其他成员提供预知性的基因检测，从而确定她们也有发生卵巢癌和乳腺癌的高风险。

如果没有检测到突变基因，那么妇女的卵巢癌的发生就不能用基因解释。可能的解释是用现在的检测技术无法检测确定 BRCA1 和 BRCA2 基因的突变或者是突变基因没有被发现，或是卵巢癌发生是环境因素与多个基因共同作用的结果。女性未来发生恶性肿瘤的风险以及她亲属中患肿瘤的风险主要基于她是否有相关的家族史。

第三种可能的结果是不能被确定的变异，这种变异导致 DNA 序列的改变，而这种 DNA 序列在肿瘤发展中的作用尚不为人知。通过实验发现，有些变异最终被认为是多态性的原因导致（因个体与人群的不同导致的正常基因），而有些变异则最终被认定为有害变异（导致肿瘤的原因）。除非基因检测的变异性已经被确定，否则，基因检测尚不能提供给未被感染的亲属。在高加索人当中不确定基因变异将近 5%，而在非高加索人当中，比如非洲裔的美国人，不能确定变异的增加是因为缺少少数族裔中的可用基因数据。

在那些德系犹太人后代中，基因检测通常是以三种基础突变开始分析（图 3-6）。在北欧犹太人当中发现 BRCA1 基因的第 187delAG 和 5385insC 位点突变，以及 BRCA2 基因的 6174delT 位点变异，占被检测出 BRCA1 和 BRCA2 突变基因的 90%。由于这三个位点有较高的检出性，因此全序列的检测大部分用于那些预测有较高有害变异基因和那些显示三个基础变异是阴性的德系犹太人当中。其他被认为有基础变异的人包括有冰岛人（BRCA2 基因的 999del5 位点），同时还有芬兰人、法国人、俄罗斯人、丹麦人、瑞士人以及比利时人 [37]。

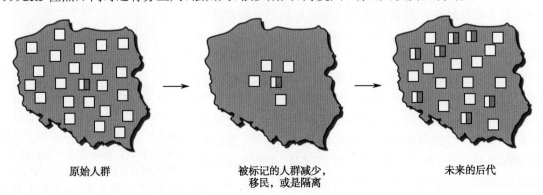

原始人群   被标记的人群减少，移民，或是隔离   未来的后代

图 3-6 　奠基者效应（来自 ASCO 课程：Cancer Genetics and Cancer Predisposition Testing, 2nd ed, 2004, Slide 1-38.）

一旦在一个家庭当中被确定有变异，那么家庭当中的其他家属就可以选择进行特殊基因变异的检测。这是因为 *BRCA1* 和 *BRCA2* 基因的突变很少见，这两种基因在一个家庭中很少能见到超过一个的突变。当然，因为这些基因突变在德系犹太人当中更常见，并且因为在相当一部分德系家庭当中有大于一个的变异，因此在上述家庭中，即使已经检测出来有一个基础变异时，也应当检测其他所有基础变异所在的基因序列。

由于专利和许可证的限制，*BRCA1* 和 *BRCA2* 在临床上的测序只能通过一个商业实验室，在犹他州盐湖城的 Myriad 遗传实验室进行。首先要采集外周血作为标本，然后需要等 2～3 周的时间进行分析。所有序列检测的费用要多于 3000 美元，而德系犹太人的基础变异位点检测大约是 550 美元，特殊变异的检测大约需要 450 美元。对于那些医学或家族史被认为有潜在变异的病人，大部分保险公司会承担一部分费用而不是全部。因为费用很贵，因此实验室提供预先保险的授权服务。这个费用也许在将来可以改变。

处理：筛查和降低风险的选择

卵巢癌　虽然在 *BRCA1* 和 *BRCA2* 变异携带者当中或者在大部分正常人群当中，还没有证据证明卵巢癌的筛查是有效的，目前要求突变阳性的未婚妇女每年进行盆腔检查、经阴道超声以及血清 CA-125 的检测（详见第 6 章）。有研究发现，这种筛查对于探查早期卵巢癌的监测能力是不同的，有一组研究发现，被检测到的癌症有 4/5 是在 I 期或 II 期[38]，而在其他回顾性研究发现，63% 筛查发现的卵巢癌已经到了 IIC 期或者更高级[39]。后面的研究作者认为与 *BRCA* 基因有关的卵巢肿瘤——主要是浆液性癌和子宫内膜癌——进展到高级阶段速度很快，使早期诊断很困难。口服避孕药被认为是一种化学预防方法，在 *BRCA* 变异基因携带者当中有研究显示，口服避孕药可以明显降低卵巢癌的发生风险。当然，避孕药并未被建议作为常规应用药物，因为该药可能提升乳腺癌的发生风险。

对于那些已完成生育的妇女，预防性进行双侧输卵管卵巢切除术是预防手段的标准。这种手术，与增加监测相比，减少了 80%～90% 的卵巢癌患病风险[40, 41]。其余大部分风险是原发性腹膜癌，虽然其一小部分可能来源于在子宫内部的子宫输卵管残余。还有一些关于子宫浆液性乳头状癌与 *BRCA1* 基因变异的一些发现，但这主要是以文献报告为基础，而不是大量的病人。由于这些原因，有些妇女希望一并进行子宫切除；虽然这对于所有变异阳性的妇女不是最标准的建议。此外，高达 4% 突变阳性的妇女在进行预防性卵巢切除术时发现有隐匿性癌症发生[42]。基于这个原因，一般建议妇科肿瘤医生进行双侧输卵管卵巢切除术同时必要情况下进行的手术分期。到目前为止，已证明手术的生存利益是短期的而不是长远的[43]。

生育之后的妇女何时进行预防性输卵管切除术取决于其潜在的基因突变和家族史。有建议指出 *BRCA1* 或 *BRCA2* 基因阳性的患者被建议在 30 岁中晚期或者 40 岁早期进行手术。在绝经之前进行的卵巢切除术可以降低 50% 左右乳腺癌的发生风险[40]。但目前为止，仍然不为人知的是双侧输卵管卵巢切除术在 *BRCA1* 和 *BRCA2* 基因携带者当中，对于降低乳腺癌的发生率上是否有相同的等量作用。目前，有报道双侧输卵管卵巢切除术对 *BRCA2* 突变基因携带者可以使乳腺癌发生风险降低 72%，而对于 *BRCA1* 突变基因携带者则只能降低其患病风险45%[44]，提示在其中有年龄依赖作用[45]。手术时间的选择依赖于多种因素影响，包括基因、女性自身因素以及社会心理因素方面的病史。

激素替代治疗在那些绝经前进行了预防性卵巢切除术的突变基因阳性的女性通常是个被关注的问题。由于手术会导致突然一下进入绝经期，并且会导致一系列其他的不同症状。对于那些有严重绝经综合征副作用(比如,血管收缩症状和失眠)的手术后妇女,短期激素替代疗法是改善生活质量的选择,如果子宫被切除就特别需要单独使用雌激素治疗。对于这些发病高风险的人群,目前对于是否用激素替代治疗仍然有不同的观点,观点集中于从非激素替代治疗到激素替代治疗直到自然绝经的发生时停止。有大样本显示,激素替代治疗在 BRCA1 和 BRCA2 基因携带者当中的数据已经外推,但仍然需要对激素在这些人群中的使用进行前瞻性的评估。不建议使用长期激素替代治疗,因为基因变异状态会增加乳腺癌的发生风险,在未来需要更进一步地研究卵巢切除术后对于脑、骨骼以及心血管系统的副作用。

乳腺癌　对于携带有 BRCA1 和 BRCA2 基因女性筛查乳癌或者降低乳癌发生的风险策略可以分为三个部分,包括加强癌症的筛查、化学预防以及预防性的手术治疗。根据全国全面癌症网络的建议,拥有 BRCA1 和 BRCA2 基因变异的妇女,从 25 岁开始(www.nccn.org),应当每 6 个月到相关保健机构进行乳房的临床检查。乳房钼靶照相一般从 25 岁开始,但可因家族癌症模式的不同而进行适当调整。对于有乳房组织致密的女性应当考虑辅助超声检查,确定其有效性的研究正在进行当中。

最近,磁共振成像(MRI)已经成为乳腺癌突变基因携带者的常规检查方法。美国癌症协会建议,对于乳腺癌有较高患病风险的女性(终身患病风险大于 20%)应当每年进行钼靶照相和 MRI 的检测。这些检查之间的最佳间隔(比如:每 6 个月完成 2 项检查中的一项,两项检查交替进行)尚未确定[46]。一项关于以 MRI 作为钼靶和超声的进一步手段来筛查有患病高风险的年轻妇女的回顾性研究发现,不论有无临床乳腺检查,MRI 作为筛选策略与钼靶单独比较或与钼靶和超声比较有较高的灵敏度[47]。这种较高的敏感性与单独使用钼靶相比,是否可以检测出早期阶段的癌症或者降低病人的死亡率还不得而知。与钼靶相比,基于 MRI 有较高的敏感性,特别是在年轻妇女当中,所以随着以 MRI 作为筛选工具相关数据的积累,美国癌症协会的建议筛查方法可能会改变。

减少风险的选择包括化学预防和预防性双侧乳房切除。在 BRCA1 和 BRCA2 基因携带者当中用他莫昔芬的化学预防有效性,已经通过在人群当中的大型试验推出。国家外科辅助乳房及胃肠计划(NSABP)预防试验显示,在 BRCA2 基因阳性的妇女当中,使用他莫昔芬 5 年的病人可以降低 62% 的乳癌发生风险,而对于 BRCA1 基因阳性的妇女则没有降低其发生乳癌的风险[48]。然而,另一项研究发现他莫昔芬对突变基因携带者对侧乳腺癌提供了全面的预防保护;但是,保护只对 BRCA1 突变基因携带者有意义[49]。有趣的是,以上情况的发生是因为 BRCA1 对于 BRCA2 肿瘤来说缺少激素受体的表达。

另一个减少风险的选择是预防性双侧乳房切除术,从而在自然变异携带者当中降低了至少 90% 的乳腺癌的风险[50, 51]。对于那些选择对侧预防性乳房切除术的乳腺癌妇女,其对侧乳腺恶性肿瘤的发生也下降了 90%[52]。然而,患侧乳房切除和(或)对侧乳房切除术并不能降低胸壁或远处复发的危险。此外,虽然这种手术最大地降低了乳腺癌的发生风险,但从情感上来讲,女性通常难以选择。双侧预防性乳房切除术虽然预计将减少死亡率,但对于是否延长生存尚未被证明。

遗传性非息肉性大肠癌

特点与癌症风险

遗传性非息肉性结直肠癌综合征(HNPCC),也称为 Lynch 综合征,首次确定诊断是在一个拥有年轻型大肠癌发病病史的家庭当中。这种恶性肿瘤的终身发生风险为 25%～75%，大肠癌平均诊断年龄是 44 岁。几乎 75% 的 HNPCC 相关的结肠直肠癌发生在升结肠（右侧结肠），继时性结直肠癌的发病风险为每年 1%～4%。

虽然大肠癌是 HNPCC 的主要特点，这种综合征也增加了其他恶性肿瘤的发生风险。第二种最常见的癌症是子宫内膜癌（或称子宫癌），终身发生风险为 30%～60%，其次是卵巢癌，有 10% 的终身风险。其他相关的癌症终身风险一般低于 10%，包括胃、小肠、泌尿道和胆管癌。如果一个妇女有大肠癌的个人史或者家族中有 HNPCC 家族史，那么当她同时患有原发性子宫内膜或卵巢癌时则提示该病人患有 HNPCC[53]。

对于遗传性乳腺癌和卵巢癌，哪种确切因素决定基因突变阳性患者是否会发生癌症是未知的。人们怀疑，癌症的发展是由于一个特殊变异位点结合了 DNA 错配修复基因当中的一个，加上其他共同遗传基因因素和环境因素相互作用。因此，目前不能给一些特殊的人提供个性化的危险评估。

基因检测

使用贝塞斯达和阿姆斯特丹的标准来确定受影响的人当中哪些是最有可能受益于额外的遗传评估（方框 3-2 和方框 3-3）。肿瘤的诊断测试是在满足一个或多个准则的人群中进行的。与大多数遗传性癌症综合征相比，HNPCC 的基因检测为两步过程。第一步是分析肿瘤本身。

方框 3-2　针对随体不稳定性大肠肿瘤的检测（修订版贝塞斯达指南）

在下列情况下，应当检测肿瘤当中的随体不稳定性：

- 小于 50 岁被诊断为大肠癌的病人
- 同时或者异时大肠癌或者其他 HNPCC 相关肿瘤的发生*，不考虑年龄
- 有肿瘤浸润的淋巴细胞的大肠癌，克罗恩样的淋巴细胞反应，黏液 / 印戒分化或延髓增长确诊病人在 60 岁以下
- 在一个或更多的拥有 HNPCC 相关肿瘤的有一种肿瘤在 50 岁前被诊断的一级亲属中诊断有大肠癌
- 不考虑年龄，在 2 个或更多的有 HNPCC 相关的肿瘤发生的一级或二级亲属当中诊断有大肠癌

*遗传性非息肉性结直肠癌（HNPCC）相关肿瘤包括结直肠、子宫内膜、胃、卵巢、胰腺、肾盂输尿管、胆管和脑（通常出现在特科特综合征当中的胶质母细胞瘤）的肿瘤，皮脂腺瘤、Muir-Torre 综合征中的角化棘皮瘤和小肠癌

方框 3-3　遗传性非息肉性结直肠癌（HNPCC）阿姆斯特丹 - Ⅰ 和阿姆斯特丹 - Ⅱ 临床诊断标准

阿姆斯特丹 - Ⅰ 标准

- 三个亲属患结直肠癌（其中一个是另外 2 个的直系亲属）
- 两代或两代以上患结直肠癌
- 一个或多个亲属 50 岁前诊断为结直肠癌
- 除外家族性腺瘤性息肉病（familial adenomatous polyposis，FAP）

阿姆斯特丹 -Ⅱ 标准

- 三个亲属患 HNPCC 相关癌*（其中一个是另外两个的直系亲属）
- 两代或者更多代患 HNPCC 相关癌*
- 一个或多个亲属 50 岁前诊断为 HNPCC 相关癌*
- 除外家族性腺瘤性息肉病

*HNPCC 相关癌包括结直肠癌、子宫内膜癌、小肠癌和肾盂输尿管癌

两个分析在进行,首先是随体不稳定性(microsatellite instability,MSI)的测试,随体不稳定性测试评估在肿瘤特定的 DNA 标记的重复编码上和 HNPCC 特定位点上进行。由于 HNPCC 相关基因参与 DNA 错配修复,重复的随体不稳定性提示潜在的 DNA 修复过程问题。虽然随体不稳定性在 HNPCC 相关的直肠癌肿发生率为 90%～95%,但在散发性大肠肿瘤当中其发生率也为 10%～20%,是因为 *MLH1* 基因继发性变化导致的。因此,随体不稳定性测试不能作为 HNPCC 诊断,但很有可能增加了 DNA 错配修复种系突变的概率。

除了微卫星不稳定性试验,也进行 HNPCC 相关蛋白的免疫组织化学(IHC)分析。免疫组织化学染色法目前正试着评估的 4 个错配修复蛋白产物:MLH1、MSH2、MSH6 和 PMS2。伴随着随体不稳定的存在,缺乏这些蛋白的表达,强烈提示患有 HNPCC,并且表明种系基因测试是必要的。相比之下,缺乏 HNPCC 相关不稳定基因和其标准基因蛋白产物的表达,表明患 HNPCC 不太可能,而种系基因测试可行性尚未定论。种系基因测试适用于所有四个 HNPCC 相关基因,并可作为 *BRCA1* 基因和 *BRCA2* 基因测试,外周血标本是其首选。

几个不同的实验室进行试验,但每个基因检测的成本仍然是 1000 美元以上。免疫组化结果有助于指导种系测试。基因分析通常首先用于免疫组织化学分析发现的其蛋白表达产物缺乏的基因,因为其蛋白质缺乏所对应的位点是最有可能的基因突变的位置。在所有检测到的基因突变中,迄今约有 90% 已在 *MLH1* 基因和 *MSH2* 基因中发现。

患有卵巢癌和家族病史的妇女提示有患 HNPCC 的可能,应当去种系检测和鉴定是否有突变,基因突变很有可能解释她的癌症。突变基因检出还表明,患病妇女对大肠癌和其他 HNPCC 相关恶性肿瘤也有较高的患病风险,包括患子宫内膜癌的风险增加,对胃、泌尿道、肝胆管、脑和小肠以及某些皮肤的肿瘤的患病风险也适度增加 [54]。根据患者的预后,建议给予她增加筛查或降低癌症风险方案的选择。此外,基因检测可以为其他有兴趣的家庭成员提供预测性的基因测试,从而可以确定哪些家庭成员患与 HNPCC 相关的癌症的风险也增加。

如果基因检测没有发现突变,而且患者没有 *BRCA1* 或 *BRCA2* 基因突变或不具有 HNPCC 典型特征,那么她的卵巢癌的发生就无法解释。可能的解释是:①有一个 HNPCC 相关基因的突变,但是用目前的技术无法识别;②有一个未发现的基因中有突变;③卵巢癌的发生是许多遗传和环境因素共同作用的结果。一个妇女在将来患恶性肿瘤以及她的亲属患肿瘤的风险完全依赖于她的家族病史。

第三个可能的原因是不能确定重要性的变异,这个 DNA 序列在肿瘤发展所起的作用是不被人知的。通过研究发现,一些变异最终确定为基因多态性(个人和群体之间的正常变异范围),而另一些变异基因最终被划分为有害的基因(引起癌症的基因)。除非变异的重要性已经被确定,否则,一般不会给没有受到影响的亲属提供基因检测。不确定变异在来自高加索的测试研究中发现占 10%。在非高加索人口中,由于少数族裔缺少可以使用的数据导致变异的机会增加。

一旦种系的突变在一个家庭中被确定,大多数其他亲属也要因这种特殊的突变进行测试。这是由于 HNPCC 相关基因突变罕见,这种突变基因很少能见到超过一个突变。

处理

患有 HNPCC 的个人应当从 20～25 岁开始,每 1～2 年接受结肠镜检查,40 岁以后每年进行检查。HNPCC 相关大肠癌的发生往往是快速的,每年的肠镜的监测工作可以使息肉在恶变之前将它们切除。由于结肠癌大部分发生在右半结肠,因此弯曲的乙状结肠镜并不能替代结肠镜。

一些人也是考虑结肠切除的方法，首选手术是回肠直肠吻合术，避免了一次全结肠切除造口术。这个手术还能通过乙状结肠镜对剩余肠端进行监测，而不需要使用镇静剂的肠镜进行检测。由于肠镜可以有效降低大肠癌的患病风险，因此一些人很少选择切除大肠进行预防。但是，那些最新被确认为大肠癌拥有 HNPCC 病史的患者则要进行选择大部分大肠切除术。

不像大肠癌，对于患有 Lynch 综合征的妇科癌症筛查的有效性还没有确切的数据。没有结婚的突变阳性的妇女，建议通过盆腔检查、阴道超声、随机子宫内膜活检和血清 CA-125 来进行监测（详见第 7 章）。对于那些已经生育过的妇女，可以考虑进行预防性双侧输卵管卵巢切除术。这个消除了子宫癌的风险以及降低了 80%～90% 卵巢癌的风险。相反在那些拥有 *BRCA1* 和 *BRCA2* 基因突变的妇女进行激素替代治疗，对于那些已经进行了预防性双侧输卵管卵巢切除术患有 Lynch 综合征的妇女，激素替代治疗没有特别或独特的限制[54]，因为在患有 Lynch 综合征妇女中激素相关癌症发生的风险并不比在普通人口当中癌症发生的风险高。

基因的评估

被认为患有 HBOC 或 HNPCC 个人史或家族史的妇女应当被建议选择进行遗传咨询和筛查以减少患病风险。虽然临床上不同，但是每位患者都被建议到遗传咨询室或者到有癌症遗传学专业知识的医生那里进行咨询。

遗传咨询过程

在癌症遗传学咨询过程中，病人的病史将会被审查。如果病人得了癌症，那么就应当特别注意诊断癌症时的年龄以及任何在这个癌症之前或者同时存在的其他恶性肿瘤。更年期状态的妇女也应注意到乳腺癌的发生。特别是对于那些有卵巢癌的妇女，病理诊断是重要的。如果病人有结直肠癌，那么其他任何额外的息肉也应当被记录。

家族史也是需要采集的，其中包括所有不论是存活还是死亡的一级和二级亲属的健康史。因为遗传方式为常染色体显性遗传，因此母亲方面的家族史和父亲方面的家族史同等重要。诊断癌症时的年龄也应当被记录。如果可能的话，病理报告可以验证该病人患病的准确性。此信息之后可用于建造一个家系图，这种家系图使遗传模式可以更加直观的被识别（图 3-7）。该谱系作为一种工具对于癌症遗传风险评估有很大价值。

基因提供者与他的父母要进行诊疗史和家族史的审查，并且讨论他们是否存在一些可以提示患有遗传性肿瘤综合征的病史特点。为了有一个更全面的整体印象，有时可以使用几种统计模型中的一种来预测目前已知的癌症易感基因突变检测的可能性。基因提供者还要通过在基因检测结果的基础上讨论并修改其患相关癌症的风险，以及这个结果如何影响未来恶性

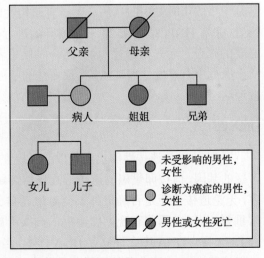

图 3-7　谱系图使家族遗传史直观表达

肿瘤的发生的风险。基础遗传学也需要从医学和伦理上被考察,以及病人的结果可能如何影响其他家庭成员。最后,需要审查基因检测对病人心理方面的影响,包括抑郁、恐惧、焦虑和耻辱以及内疚的潜在发生风险,特别是如果病人已为人母。基因提供者最后要讨论各种测试结果对包括加强筛查与减少风险方面等医疗处理的影响。此外,病人要了解到各种不同测试的结果是如何影响在医疗处理方面的选择。以上提供的信息协助基因提供者对基因检测个人有效性进行评估,衡量风险和收益,并亲自做出明智的选择。

如果病人选择接受基因测试,要签署一个书面知情同意书。当有结果时,工作人员通过亲自或者电话方式预约见面进行联系,以上方式主要根据临床或者提供者的选择。对于电话被告知有患者确定有突变基因时,病人被强烈建议回访进行最终治疗处理的讨论。没有检测到突变的人则可以选择是否需要回访。不论检测结果如何,都鼓励患者向癌症遗传学服务中心定期咨询,因为这是一个迅速发展的领域。

特殊考虑

基因歧视

有些病人考虑到潜在性的"基因歧视"理论,保险公司可以利用这一理论从而增加保费或停止保险。于 2008 年通过遗传信息无歧视行动(genetic information nondiscrimination act,GINA),并于 2009 年开始启用。GINA 保护基因信息的使用(例如:基因检测结果,家族史),从而制定合理的、覆盖面广的、团体和个人的健康保险计划的利率。GINA 的同时禁止因基因信息对患者雇用、解雇、晋升和制定相应培训。在美国许多州,生命险、残疾险和长期护理保险因为歧视而没有被保护。一个重要的考虑是,在病人未来患癌症之前被诊断为癌症可能要比其之后发现患有与癌症相关基因对保险有更大的影响。因此,基因歧视的问题往往应当更加关注那些没有被确诊为癌症的家庭成员。

少数人检测

美国医学遗传大学建议,只有当基因检测结果对在儿童或者青年时期进行医学处理有影响时,才能在少数这些人当中进行检测。虽然有一定的例外,即使与遗传易感性相关,癌症通常是一个成年时发生的疾病。对于有遗传性乳腺癌和卵巢癌家族史者,25～35 岁开始要进行筛查,患有 HNPCC 者在 20～25 岁开始进行筛查。因此,建议基因检测应当推迟到开始进行必要的筛查之后开始进行,因为那个时候患者自己可以决定是否需要获得基因信息。如果在一个家庭中有早发性癌症风险,预测性的基因测试可以考虑在 18 岁之前进行,但仍然不鼓励普遍这么做。

DNA 库

不到 50% 的遗传性卵巢癌可以通过现在的遗传技术来解释。因此,许多妇女没有检测出可疑的基因,但按卵巢癌的遗传形式仍然怀疑有卵巢癌的发生。由于卵巢癌具有较高的死亡率,无论遗传诊断是否确定都不会对患者自己产生太大影响。但是,它对于家庭成员来说非常重要。因此,那些有晚期卵巢癌的妇女考虑可能有遗传性综合征,应当鼓励这些妇女考虑去 DNA 库。DNA 库允许储存 DNA 样本,当更多的基因被确定之后,可以使未来的家族成员进行访问。DNA 库业务特别需要那些有晚期疾病或者预后不好的妇女。

如何推荐基因评估或高风险诊所

美国许多医科大学中心提供基因服务。癌症遗传学专业指导可以通过国家省会遗传顾问www.nsgc.org）、基因诊所（www.geneclinics.org）和国家癌症研究所（www.cancer.gov）进行获得。

结论

在最近的 20 年里，遗传性卵巢癌综合征基础科学的理解获得了实质性的进步，比如 *BRCA1*、*BRCA2* 基因和 HNPCC 相关基因的发现，以及它们在癌症发生易感性方面所起的作用。将这些成果转化为临床应用的发展正在进行当中，但依然存在重要的问题。需要通过研究来更好确定，不仅是环境和遗传因素导致哪个突变携带者会发展成癌症，而且是在这些人口当中的预防干预措施的效果。

高危乳腺癌和卵巢癌的诊治信息在美国国家癌症研究所（NCI）网站上可以看到。这些信息可以提供更详细的风险评估、遗传咨询和检测，乳腺癌和卵巢癌筛查，以及降低高危女性患病风险的策略。

（何　玥　译）

参考文献

1. Reedy M, Gallion H, Fowler JM, et al: Contribution of BRCA1 and BRCA2 to familial ovarian cancer: a Gynecologic Oncology Group study. Gynecol Oncol 85:255–259, 2002.
2. Pal T, Permuth-Wey J, Betts JA, et al: BRCA1 and BRCA2 mutations account for a large proportion of ovarian carcinoma cases. Cancer 104:2807–2816, 2005.
3. Brody LC, Biesecker BB: Breast cancer susceptibility genes. BRCA1 and BRCA2. Medicine (Baltimore) 77:208–226, 1998.
4. Cass I, Baldwin RL, Varkey T, et al: Improved survival in women with BRCA-associated ovarian carcinoma. Cancer 97:2187–2195, 2003.
5. Camidge DR, Jodrell DI: Chemotherapy. In Knowles M, Selby P (eds): Introduction to the Cellular and Molecular Biology of Cancer, 4th ed. New York: Oxford University Press, 2005, pp 441.
6. Martin AM, Blackwood MA, Antin-Ozerkis D, et al: Germline mutations in BRCA1 and BRCA2 in breast-ovarian families from a breast cancer risk evaluation clinic. J Clin Oncol 19:2247–2253, 2001.
7. Ford D, Easton DF, Peto J: Estimates of the gene frequency of BRCA1 and its contribution to breast and ovarian cancer incidence. Am J Hum Genet 57:1457–1462, 1995.
8. Risch HA, McLaughlin JR, Cole DE, et al: Population BRCA1 and BRCA2 mutation frequencies and cancer penetrances: a kin-cohort study in Ontario, Canada. J Natl Cancer Inst 98:1694–1706, 2006.
9. McClain MR, Palomaki GE, Nathanson KL, et al: Adjusting the estimated proportion of breast cancer cases associated with BRCA1 and BRCA2 mutations: public health implications. Genet Med 7:28–33, 2005.
10. Struewing JP, Hartge P, Wacholder S, et al: The risk of cancer associated with specific mutations of BRCA1 and BRCA2 among Ashkenazi Jews. N Engl J Med 336:1401–1408, 1997.
11. Hopper JL, Southey MC, Dite GS, et al: Population-based estimate of the average age-specific cumulative risk of breast cancer for a defined set of protein-truncating mutations in BRCA1 and BRCA2. Australian Breast Cancer Family Study. Cancer Epidemiol Biomarkers Prev 8:741–747, 1999.
12. King MC, Marks JH, Mandell JB, et al: Breast and ovarian cancer risks due to inherited mutations in BRCA1 and BRCA2. Science 302:643–646, 2003.
13. Satagopan JM, Offit K, Foulkes W, et al: The lifetime risks of breast cancer in Ashkenazi Jewish carriers of BRCA1 and BRCA2 mutations. Cancer Epidemiol Biomarkers Prev 10:467–473, 2001.
14. Antoniou A, Pharoah PD, Narod S, et al: Average risks of breast and ovarian cancer associated with BRCA1 or BRCA2 mutations detected in case series unselected for family history: a combined analysis of 22 studies. Am J Hum Genet 72:1117–1130, 2003.
15. Ford D, Easton DF, Bishop DT, et al: Risks of cancer in BRCA1-mutation carriers. Breast Cancer Linkage Consortium. Lancet 343:692–695, 1994.
16. Easton DF, Ford D, Bishop DT: Breast and ovarian cancer incidence in BRCA1-mutation carriers. Breast Cancer Linkage Consortium. Am J Hum Genet 56:265–271, 1995.
17. Chen S, Parmigiani G: Meta-analysis of BRCA1 and BRCA2 penetrance. J Clin Oncol 25:1329–1333, 2007.
18. Narod SA, Dube MP, Klijn J, et al: Oral contraceptives and the risk of breast cancer in BRCA1 and BRCA2 mutation carriers. J Natl Cancer Inst 94:1773–1779, 2002.
19. Gayther SA, Warren W, Mazoyer S, et al: Germline mutations of the BRCA1 gene in breast and ovarian cancer families provide evidence for a genotype-phenotype correlation. Nat Genet 11:428–433, 1995.
20. Risch HA, McLaughlin JR, Cole DE, et al: Prevalence and penetrance of germline BRCA1 and BRCA2 mutations in a population series of 649 women with ovarian cancer. Am J Hum Genet 68:700–710, 2001.
21. Aziz S, Kuperstein G, Rosen B, et al: A genetic epidemiological study of carcinoma of the fallopian tube. Gynecol Oncol 80:341–345, 2001.
22. Meijers-Heijboer EJ, Verhoog LC, Brekelmans CT, et al: Presymptomatic DNA testing and prophylactic surgery in families with a BRCA1 or BRCA2 mutation. Lancet 355:2015–2020, 2000.
23. Claus EB, Schildkraut JM, Thompson WD, et al: The genetic attributable risk of breast and ovarian cancer. Cancer 77:2318–2324, 1996.
24. Hwang ES, McLennan JL, Moore DH, et al: Ductal carcinoma in situ in BRCA mutation carriers. J Clin Oncol 25:642–647, 2007.

25. Claus EB, Petruzella S, Matloff E, et al: Prevalence of BRCA1 and BRCA2 mutations in women diagnosed with ductal carcinoma in situ. JAMA 293:964–969, 2005.

26. Metcalfe K, Lynch HT, Ghadirian P, et al: Contralateral breast cancer in BRCA1 and BRCA2 mutation carriers. J Clin Oncol 22:2328–2335, 2004.

27. Stratton MR and the Breast Cancer Linkage Consortium: Pathology of familial breast cancer: differences between breast cancers in carriers of BRCA1 or BRCA2 mutations and sporadic cases. Lancet 349:1505–1510, 1997.

28. Weber F, Shen L, Fukino K, et al: Total-genome analysis of BRCA1/2-related invasive carcinomas of the breast identifies tumor stroma as potential landscaper for neoplastic initiation. Am J Hum Genet 78:961–972, 2006.

29. Easton D and the Breast Cancer Linkage Consortium: Cancer risks in BRCA2 mutation carriers. J Natl Cancer Inst 91:1310–1316, 1999.

30. Risch HA, McLaughlin JR, Cole DE, et al: Population BRCA1 and BRCA2 mutation frequencies and cancer penetrances: a kin-cohort study in Ontario, Canada. J Natl Cancer Inst 98:1694–1706, 2006.

31. Risch HA, Weiss NS, Lyon JL, et al: Events of reproductive life and the incidence of epithelial ovarian cancer. Am J Epidemiol 117:128–139, 1983.

32. Narod SA, Risch H, Moslehi R, et al: Oral contraceptives and the risk of hereditary ovarian cancer. Hereditary Ovarian Cancer Clinical Study Group. N Engl J Med 339:424–428, 1998.

33. Modan B, Hartge P, Hirsh-Yechezkel G, et al: Parity, oral contraceptives, and the risk of ovarian cancer among carriers and noncarriers of a BRCA1 or BRCA2 mutation. N Engl J Med 345:235–240, 2001.

34. McLaughlin JR, Risch HA, Lubinski J, et al: Reproductive risk factors for ovarian cancer in carriers of BRCA1 or BRCA2 mutations: a case-control study. Lancet Oncol 8:26–34, 2007.

35. Phelan CM, Rebbeck TR, Weber BL, et al: Ovarian cancer risk in BRCA1 carriers is modified by the HRAS1 variable number of tandem repeat (VNTR) locus. Nat Genet 12:309–311, 1996.

36. Walsh T, Casadei S, Coats KH, et al: Spectrum of mutations in BRCA1, BRCA2, CHEK2, and TP53 in families at high risk of breast cancer. JAMA 295:1379–1388, 2006.

37. Szabo CI, King MC: Population genetics of BRCA1 and BRCA2. Am J Hum Genet 60:1013–1020, 1997.

38. Scheuer L, Kauff N, Robson M, et al: Outcome of preventive surgery and screening for breast and ovarian cancer in BRCA mutation carriers. J Clin Oncol 20:1260–1268, 2002.

39. Hogg R, Friedlander M: Biology of epithelial ovarian cancer: implications for screening women at high genetic risk. J Clin Oncol 22:1315–1327, 2004.

40. Rebbeck TR, Lynch HT, Neuhausen SL, et al: Prophylactic oophorectomy in carriers of BRCA1 or BRCA2 mutations. N Engl J Med 346:1616–1622, 2002.

41. Kauff ND, Satagopan JM, Robson ME, et al: Risk-reducing salpingo-oophorectomy in women with a BRCA1 or BRCA2 mutation. N Engl J Med 346:1609–1615, 2002.

42. Laki F, Kirova YM, This P, et al: Prophylactic salpingo-oophorectomy in a series of 89 women carrying a BRCA1 or a BRCA2 mutation. Cancer 109:1784–1790, 2007.

43. Domchek SM, Friebel TM, Neuhausen SL, et al: Mortality after bilateral salpingo-oophorectomy in BRCA1 and BRCA2 mutation carriers: a prospective cohort study. Lancet Oncol 7:223–229, 2006.

44. Kauff ND, Domchek SM, Friebel TM, et al: Multi-center prospective analysis of risk-reducing salpingo-oophorectomy to prevent BRCA-associated breast and ovarian cancer. J Clin Oncol 24:49s, 2006.

45. Chen S, Iversen ES, Friebel T, et al: Characterization of BRCA1 and BRCA2 mutations in a large United States sample. J Clin Oncol 24:863–871, 2006.

46. Saslow D, Boetes C, Burke W, et al: American Cancer Society guidelines for breast screening with MRI as an adjunct to mammography. CA Cancer J Clin 57:75–89, 2007.

47. Lord SJ, Lei W, Craft P, et al: A systematic review of the effectiveness of magnetic resonance imaging (MRI) as an addition to mammography and ultrasound in screening young women at high risk of breast cancer. Eur J Cancer 43:1905–1917, 2007.

48. King MC, Wieand S, Hale K, et al: Tamoxifen and breast cancer incidence among women with inherited mutations in BRCA1 and BRCA2: National Surgical Adjuvant Breast and Bowel Project (NSABP-P1) breast cancer prevention trial. JAMA 286:2251–2256, 2001.

49. Narod SA, Brunet JS, Ghadirian P, et al: Tamoxifen and risk of contralateral breast cancer in BRCA1 and BRCA2 mutation carriers: a case-control study. Hereditary Breast Cancer Clinical Study Group. Lancet 356:1876–1881, 2000.

50. Meijers-Heijboer H, van Geel B, van Putten WL, et al: Breast cancer after prophylactic bilateral mastectomy in women with a BRCA1 or BRCA2 mutation. N Engl J Med 345:159–164, 2001.

51. Rebbeck TR, Friebel T, Lynch HT, et al: Bilateral prophylactic mastectomy reduces breast cancer risk in BRCA1 and BRCA2 mutation carriers: the PROSE study group. J Clin Oncol 22:1055–1062, 2004.

52. van Sprundel TC, Schmidt MK, Rookus MA, et al: Risk reduction of contralateral breast cancer and survival after contralateral prophylactic mastectomy in BRCA1 or BRCA2 mutation carriers. Br J Cancer 93:287–292, 2005.

53. Soliman PT, Broaddus RR, Schmeler KM, et al: Women with synchronous primary cancers of the endometrium and ovary: do they have Lynch syndrome? J Clin Oncol 23:9344–9350, 2005.

54. Lindor NM, Petersen GM, Hadley DW, et al: Recommendations for the care of individuals with an inherited predisposition to Lynch syndrome: a systematic review. JAMA 296:1507–1517, 2006.

第4章 卵巢癌的预防：化学预防和预防性手术

Robert L. Giuntoli II, Teresa Diaz-Montes, Robert E. Bristow

要　点

- 卵巢癌尚无有效的筛查试验。
- 妊娠和口服避孕药均可降低育龄女性罹患卵巢癌的风险。
- 对于一般人群，预防性卵巢切除术获益并不多，且必须考虑到手术性绝经的问题。
- 大约10%的卵巢癌具有遗传性。
- 多数研究支持卵巢癌高危女性可以通过使用口服避孕药来预防卵巢癌的发生。
- 对年龄超过35岁或已完成一次生育的卵巢癌高危女性，应当考虑预防性卵巢切除。

简介

卵巢癌仍然是一种高致死率的疾病，对其尚缺乏有效的筛查手段。预防性手术和应用口服避孕药的化学预防都被提倡。口服避孕药可以降低一般人群及没有高危因素的女性罹患卵巢癌的风险。预防性双侧输卵管切除术可以导致手术性绝经，但却能降低高危组患卵巢癌的风险。传统上推荐双侧输卵管-卵巢切除术作为一种外科手段来降低卵巢癌的风险，但是全子宫切除术和双侧输卵管结扎术也能降低此种风险。尚待有效地筛查及化学预防措施。

流行病学

在美国女性与癌症相关的死亡原因中，卵巢癌列第五位。2008年有21 560例被诊断为卵巢癌，并有15 520例死亡[1]。不幸的是，大多数卵巢癌在被诊断时已属晚期，尽管接受了满意的肿瘤细胞减灭术和先期化疗，晚期卵巢癌的5年生存率仍低于30%[2]。有效且效果持久的治疗方案仍难以实现。如果作为普查手段，目前的卵巢癌早期筛查还缺乏足够的敏感性和特异性。鉴于卵巢癌早期诊断和治疗存在局限性，疾病预防可能成为某些特定人群较好的选择。

卵巢癌的预防

作为卵巢癌的预防手段，人们研究了化学预防和预防性手术这两种方法。化学预防包括使用药物、维生素或其他药剂，来避免或推迟恶性肿瘤的复发。实施预防性手术切除某个外观正常的器官以避免特定部位将来恶变。这些预防措施被正常人群或有卵巢癌高危因素的特定人群所推崇。

我们必须权衡以下两个方面,以判断预防性治疗是否合适:一方面是避免群体中单个个体发生恶性肿瘤所带来的益处;一方面是对整个人群进行治疗所需要的费用。预防癌症的效果在一定程度上取决于恶性肿瘤的类型。通常卵巢癌在被诊断时已属晚期,而且相比宫颈癌患者常常伴有全身状态的恶化,但后者具备有效地筛查手段。尽管卵巢癌预后很差,但仍需考虑对整个人群实施预防所需的人力、财力以及情感上的付出,尤其是对发病率很低的恶性肿瘤。随着恶性肿瘤发病率及转移率的降低,对预防措施所带来的不利影响的耐受力也随之降低。

遗传易感性

为了控制成本,对卵巢癌的化学预防或预防性手术主要针对高危组人群。美国女性罹患卵巢癌的终身风险平均为 1.4%。相反,如果某位女性的一级亲属中有一位患有卵巢癌,这种风险将上升至 4%～5%,如有两位患卵巢癌,则终身风险增至 7%。大约 10% 的卵巢恶性肿瘤具有遗传性。对于绝经前被诊断为乳腺癌、家族成员中不论其年龄患有卵巢癌,或者两到四代家族成员中多位患有癌症者,应怀疑遗传倾向。下面介绍两种遗传性综合征。

遗传性乳腺癌 - 卵巢癌综合征与基因连锁的卵巢恶性肿瘤相关。*BRCA1* 和 *BRCA2* 基因突变与此综合征有关。在犹太人中发现了 3 个高频基因,其中 2 个是 *BRCA1* 基因(185delAG 和 5382insC),1 个是 *BRCA2* 基因(6174delT),另外还发现了一些较少出现的突变基因。*BRCA1* 和 *BRCA2* 致病性突变使得卵巢癌的终身风险分别升高至 30%～40% 和 15%～25%。*BRCA* 基因突变携带者患输卵管癌和原发性腹膜癌的风险将增加(终身风险分别为 0.6% 和 1.3%)[3]。

遗传性非息肉性结肠癌综合征(HNPCC)与其余已知的基因连锁的卵巢癌综合征有关。它是由于 DNA 错配修复基因的突变造成的,并且可以增加结肠、子宫内膜、卵巢、泌尿生殖器官和其他胃肠道恶性肿瘤的风险。患这一综合征的患者卵巢癌的终身风险为 5%～10%(表4-1)。

表4-1 卵巢癌风险	
人群	卵巢癌风险
普通人群	1.4%(1/70)
一个直系亲属患卵巢癌	4%～5%
两个直系亲属患卵巢癌	7%
致病性 *BRCA1* 突变	30%～40%
致病性 *BRCA2* 突变	15%～25%
遗传性非息肉性结直肠癌(HNPCC)	5%～10%

作用机制

现认为卵巢癌是由于"持续排卵"造成的。排卵会使卵巢上皮破坏。破损上皮的异常修复可以造成细胞变异,最终导致卵巢癌。凡能减少排卵的情况如多产和母乳喂养等都可以降低卵巢癌的风险。相反,未产、初潮年龄早和晚绝经等使得卵巢周期数量增加的情况可以导致卵巢恶性肿瘤风险增加。而非常规暴露于孕激素可以使异常上皮细胞凋亡。Rodriguez 等人 [4] 给猕猴分别投喂复方口服避孕药、单一雌激素成分的口服避孕药、孕激素成分的口服避孕药和不含激素成分的安慰剂，接受口服避孕药和孕激素成分的猕猴卵巢上皮细胞凋亡比例增加，且有统计学意义。这一凋亡通路可预防卵巢癌，因此，基于其抑制排卵的作用和以孕激素为主的配方，口服避孕药成为卵巢癌预防中很具吸引力的候选方案。

　　卵巢癌的预防性手术包括切除双侧附件。虽然此种方法从理论上消除了卵巢和输卵管浆液性癌的风险，但仍存在原发性腹膜浆液性癌的风险。此外，如果保留子宫，输卵管间质部仍有发展为浆液性癌的风险。

普通人群卵巢癌的化学预防

　　许多调查都对口服避孕药降低卵巢癌风险的效果做了评估。有证据支持避孕药对卵巢癌风险具有保护作用，这一结论主要从病例对照研究中获得。这些调查定义患者组（病例组）为被诊断为卵巢癌者，正常女性组（对照组）为未患卵巢癌者，这两组在应用口服避孕药（一种保护作用尚不确定的药物）方面进行比较。由此计算 OR。但此种设计无法确定归因危险度，混杂因素虽然可以被调整，但如果不能确定这些因素，就无法进行校正。

　　Hankinson 等人 [5] 进行了一项包含了 20 个流行病学研究的 meta 分析，以评估应用口服避孕药与卵巢癌的关系。他们报道从未应用过口服避孕药的妇女患卵巢癌的总 RR 为 0.64（95%CI 为 0.57～0.73）。亦即是减低了 36% 的风险。长期使用口服避孕药可以更进一步降低卵巢癌的风险。应用口服避孕药 1 年可降低卵巢癌风险 10%～12%，应用 5 年可以降低约 50%。Whittemore 等 [6] 进行的一项包含 12 个美国病例对照研究在内的 meta 分析证实，长期服用口服避孕药可明显降低卵巢癌的风险。包括这些 meta 分析在内的多数研究都对曾在 20 世纪 60～70 年代应用的高剂量配方的口服避孕药做了评估。

　　一些调查评价了应用低剂量口服避孕药与卵巢癌风险的关系。Hankinson 等 [5] 所作的 meta 分析中就包含一项了关于低剂量口服避孕药的应用的调查。自 1980～1982 年，一项名为"癌症与甾体激素研究"[7] 的研究，包括了 546 名卵巢癌患者和 4228 名对照者。应用口服避孕药者卵巢癌的风险为 0.6（95%CI 为 0.5～0.7）。应用避孕药至少 3～6 个月的女性可以从中获益，而与口服避孕药的成分无关。Ness 等人 [8] 报道了甾体激素与生殖（SHARE）研究小组的发现。这一调查自 1994～1999 年，包括了 767 例卵巢癌患者和 1367 名社会对照者。该研究发现口服避孕药可以使卵巢癌的风险降低 40%。不论是高雌激素 / 高孕激素成分还是低雌激素 / 低孕激素成分的药物都能降低卵巢癌的风险（两种药物的 OR 均为 0.5）。相反，Schildkraut 等 [9] 自"癌症和甾体激素研究"中研究了 360 例卵巢上皮癌患者和 2865 名对照者，发现服用含低效孕激素配方的口服避孕药者较服用含高效孕激素配方的口服避孕药的女性患卵巢癌的风险更高（调整后的 OR 为 2.2,95%CI 为 1.3～1.9）。研究还证实口服避孕药对卵巢癌风险的保护作用与雌激素的剂量无关，而低剂量孕激素并未显示出更强的保护效果。

　　多数研究焦点集中于白人女性。John 等 [10] 汇总了 7 项病例对照研究的数据。这组数据中 110 名患卵巢癌的黑人作为病例组，与 365 名黑人对照者相比较，发现使用口服避孕药 6 年甚至更长时间者卵巢癌的 OR 为 0.62，但 95%CI 为 0.24～1.6。在黑人当中，虽然应用口服避孕药可以对卵巢癌的发生起到保护作用，但尚缺乏足够有力的证据证实这一显著关联。

　　口服避孕药的使用几乎完全发生在绝经之前。而被诊断为卵巢癌的中位年龄为 63 岁。

如果口服避孕药不能提供长期持久的保护作用,那么大多数妇女并不能从这种干预措施中获益。一些研究报道了口服避孕药对卵巢癌保护作用的持久性。对卵巢恶性肿瘤的保护作用是否能持续至停止服用口服避孕药后 15 年尚待确定[5, 7, 11~13]。Bosetti 等[14] 汇总了 6 项病例对照研究的数据。与未使用过口服避孕药者相比,使用者卵巢癌的风险显著降低,OR 为 0.66(95%CI 为 0.56~0.79)。停药小于 10 年者与停药 20 年或更长者患卵巢癌的风险相似。因此,应用口服避孕药对卵巢癌的保护作用可持续至少 15 年甚至更长。

综上所述,在普通女性人群中,口服避孕药显示出有效的降低卵巢癌风险的作用,病例对照研究显示其 RR 约为 0.6,长时间应用保护效果更佳。含小剂量雌激素的药物似乎提供了防护效益,而更低剂量的孕激素则不然。应用口服避孕药所带来的防护效益似乎可以持续 15 年以上(表 4-2)。

表 4-2 降低卵巢癌风险:普通人群应用口服避孕药

调查	OR 值	95%CI
癌症和甾体激素研究[7]	0.6	0.5~0.7
Parazzini 等[28]	0.7	0.5~1.0
Stanford 等[13]	0.7	0.6~0.7
Hankinson 等[5]	0.64	0.57~0.73
Whittemore 等[6]	0.70*	0.52~0.94
Whittemore 等[6]	0.66†	0.55~0.78
John 等[10]	0.62‡	0.24~1.6
Rosenberg 等[12]	0.6	0.4~0.8
Ness 等[8]	0.60	0.5~0.7
Bosetti 等[14]	0.66	0.56~0.79

*医院研究,对照组从医院获得
†人群研究,包括随机数字表抽取的社区对照组
‡非洲裔美国人群

高风险女性的化学预防

在普通人群类似方式的研究中,病例对照研究用于确定卵巢癌高风险女性口服避孕药的效果。病例对照研究面临着与研究普通人群时遇到的相同的局限性。此外,这些调查受到用于确定卵巢癌风险的方法的限制。有些研究用家族史,有些用正式的基因检测。

Narod 等[15] 进行的一项病例对照研究比较了口服避孕药的 207 名女性及她们的姐妹中的 161 人,这 207 名女性带有 BRCA1(179 例)或 BRCA2(28 例)致病性突变。既往曾服用过口服避孕药者对卵巢癌风险的调整的 OR 值为 0.5(95%CI 为 0.3~0.8)。这种保护效应在 BRCA1 突变而非 BRCA2 突变的携带者中依然显著。由于 BRCA2 突变组病例数量太少,这项调查并不能充分确定这种保护作用的差异。

Modan 等[16] 进行的一项基于人群的病例对照研究,首先对包括 840 名卵巢癌患者和 751 名对照的以色列人群评估了 BRCA 基因突变。29%(244/840)的卵巢癌患者被证实发生基因突变,而在对照组中仅有 1.7%(13/751)。多产和口服避孕药可以降低非携带者卵巢癌的风险。在 BRCA 突变携带者中,多产仍具有保护作用,随着每个婴儿的出生,可以降低 12% 的风

险。而 *BRCA* 突变携带者应用口服避孕药后，该风险每年仅降低 0.2%。在另一组病例对照研究中，Whittemore 等 [17] 研究了 451 例 *BRCA1* 或 *BRCA2* 突变携带者，其中 147 例卵巢癌患者及 304 例正常对照。研究者依据患者自诉的病史，比较了应用口服避孕药对卵巢癌风险的影响，发现每应用口服避孕药 1 年，卵巢癌风险下降 5%（95%CI 1.0～9.0）。

虽然大多数研究并未涉及 *BRCA* 突变的情况，但有几项研究用卵巢癌家族史来代替。Walker 等 [18] 访问了 767 名卵巢上皮癌患者和 1367 名对照者，以获得她们的个人史及家族史。其中一级亲属患卵巢癌的被访者（33 名卵巢癌患者及 24 名对照者）自身患卵巢恶性肿瘤的风险随着口服避孕药使用时间的延长而降低（$P = 0.01$）。事实上，存在卵巢癌家族史者若口服避孕药 48 个月以上，得到的保护效应比没有家族史者更大。Bosetti 等 [14] 重新分析了 6 项欧洲的病例对照研究的数据。他们确定了 2768 名卵巢上皮癌患者和 6274 名对照者，发现使用过避孕药者较未使用者卵巢癌风险显著降低（OR = 0.66，95%CI 0.56～0.79），且对有卵巢癌家族史者同样具有保护效益。

口服避孕药可以保护卵巢癌高风险女性，多数研究支持这一观点，尽管保护效益不如在普通人群中广泛。尚无研究报道在卵巢癌高风险女性中使用口服避孕药存在有害影响。据此建议卵巢癌高风险人群使用口服避孕药预防卵巢癌是合适的（表 4-3）。

表 4-3　降低卵巢癌风险：高风险女性应用口服避孕药

调查	人群	OR 值	95%CI
Narod 等 [15]	*BRCA* 突变	0.5	0.3～0.8
Modan 等 [16]	*BRCA* 突变	1.07（≥5 年）	0.63～1.83
Whittemore 等 [17]	*BRCA* 突变	0.62（≥6 年）	0.35～1.09
Walker 等 [18]	家族史	0.07（≥4 年）	0.01～0.44
Bosetti 等 [14]	家族史	0.50	0.26～0.95

普通人群的预防性手术

卵巢癌的预防性手术有几种方案。在卵巢癌的预防中通常主张行双侧输卵管 - 卵巢切除术。实施这个手术可以开腹，也可以经腹腔镜。术中应检查整个腹膜表面。手术切除全部卵巢和除了间质部以外的输卵管，应在距卵巢近端 2cm 左右钳夹卵巢血管以降低保留卵巢组织所带来的风险。手术应切除所有粘连。除了手术风险之外，育龄期女性还面临预防性卵巢切除术后手术性绝经的问题。全子宫切除术及双侧输卵管结扎而不切除输卵管和卵巢同样显示出能降低卵巢癌的风险。有些研究主张行全子宫切除术同时行双侧输卵管 - 卵巢切除术，以便可以把有恶变风险的输卵管间质部一并切除。

如无其他手术指征，并不主张对普通人群实施卵巢切除术，因其卵巢癌发生率很低。鉴于预防性卵巢切除术对卵巢癌发病率影响甚微，在子宫切除术时预防性卵巢切除术的作用尚待探索。Averette 和 Nguyen[19] 估计，在 40 岁以上，行全子宫切除术同时行预防性卵巢切除术的女性，大约每 300 例中仅预防 1 例卵巢癌。这组数字是应用了以下几个假设得出的。调查者们使用了每年新发卵巢癌病例 24 000 例这一数据统计，其中有 5%～14% 的女性曾接受过保留卵巢的全子宫切除术，大约有 50% 的女性在切除子宫时已超过 40 岁。因此，美国每年大约有 1000 例卵巢癌可以通过预防性卵巢切除术来预防。假设全美每年约有 300 000 次预防性卵巢切除的机会，据此估计在普通人群中，每300例预防性卵巢切除可预防1例卵巢癌。

至少应该与40岁以上的需要接受全子宫切除术的患者讨论预防性卵巢切除的问题。然而该手术获益不多且必须考虑到手术性绝经这种影响。患者需要知道尽管已切除双侧卵巢，但仍要面临较低的原发性腹膜癌的风险。

双侧输卵管结扎和全子宫切除术都可以降低卵巢癌的风险，且不导致手术性绝经。然而这些手术并不是降低卵巢癌风险的唯一手段。这些调查纳入了12项美国的病例对照研究，Whittemore等[6]报道，输卵管结扎术和全子宫切除术均可降低卵巢癌的风险。Hankinson和他的同事们[20]采用前瞻性队列研究设计，随访了121700位女护士。控制了卵巢癌风险因子后，发现输卵管结扎术与卵巢恶性肿瘤之间存在很大负相关，RR为0.33，95%CI为0.16～0.64。在子宫切除术与卵巢癌之间存在较弱的负相关，RR为0.67，95%CI为0.45～1.00。

双侧输卵管-卵巢切除术、输卵管结扎术和全子宫切除术都可以降低普通人群卵巢癌的风险。然而由于这种恶性肿瘤总体发生率低，实施上百例预防性手术才能预防一例卵巢癌。鉴于手术风险，如以预防卵巢癌作为唯一指征，并不推荐在普通人群中实施这种手术（表4-4）。

表4-4　降低卵巢癌风险：普通人群的外科手术

调查	手术名称	OR值	95%CI
Whittemore等[6]	双侧输卵管结扎	0.59*	0.38～0.93
Whittemore等[6]	双侧输卵管结扎	0.87†	0.62～1.2
Whittemore等[6]	全子宫切除术	0.66*	0.50～0.86
Whittemore等[6]	全子宫切除术	0.88†	0.72～1.1
Hankinson等[20]	双侧输卵管结扎	0.33**	0.16～0.64
Hankinson等[20]	全子宫切除术	0.67**	0.45～1.00

*病例对照研究的meta分析，对照组从医院获得
†病例对照研究的meta分析，利用随机数字表抽取的社区对照
**前瞻性研究

高风险人群的预防性手术

当谈到高风险人群的预防性手术时，外科医生需要认识到隐匿性恶性肿瘤的风险。患者需要对包括全子宫切除术和全面的分期手术在内的手术签署同意书，因为手术有4%的概率会发现隐匿性恶性肿瘤[21,22]。预防性双侧输卵管-卵巢切除术可以开腹也可以经腹腔镜（微创手术）实施。术中应该对腹腔、盆腔及整个腹膜做有序的检查，应切除所有卵巢组织和尽可能多的输卵管。术中任何可疑部位均应切除并送冷冻切片做进一步的评价。卵巢与其他腹膜结构如有粘连，应予切除以确保所有卵巢组织均被切除。为了避免遗留卵巢组织，应在距卵巢近端至少2cm处钳夹骨盆漏斗韧带。虽然双侧输卵管-卵巢切除术并未切除输卵管间质部，但尚无术后残余输卵管发生恶变的报道[23]。见图4-1。

双侧输卵管-卵巢切除的同时可以一并切除子宫，但主要的缺点是扩大了手术范围，并且增加了并发症的发生以及需要住院进行术后护理。全子宫切除作为预防性手术的一部分，在几种特定的情况下被提倡。由于子宫内膜癌的风险不复存在，因此不反对应用雌激素替代疗法，可以使用雌激素控制更年期症状。通常，*BRCA1* 突变的女性患内膜和输卵管癌的风险增加。全子宫切除术将降低这种风险。

　　一些调查证实了预防性双侧输卵管 - 卵巢切除术和降低妇科癌症风险之间存在关联。Rebbeck 等 [24] 对带有 BRCA 突变的女性预防性双侧输卵管 - 卵巢切除术是否能降低体腔上皮癌和乳腺癌风险做了评价。总共有 551 名带有疾病相关生殖细胞 BRCA1 或 BRCA2 基因突变的女性入选，研究卵巢癌和乳腺癌的发生率。在 259 名接受过预防性双侧输卵管 - 卵巢切除术的女性和 292 名未接受过这个手术的匹配对照中发现了卵巢癌。在由 241 名无乳腺癌家族史或预防性乳腺切除术史的女性组成的亚组中，99 名既往接受过预防性双侧输卵管 - 卵巢切

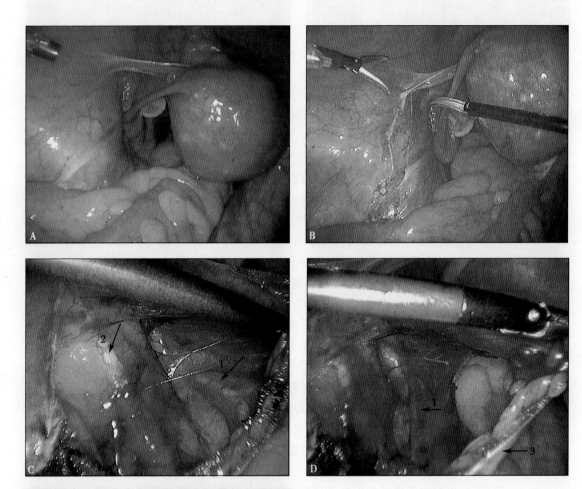

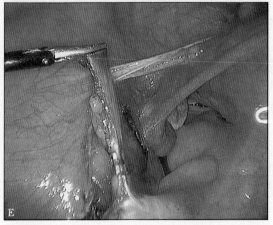

图 4-1　预防性双侧输卵管 - 卵巢切除术。应谨慎处理卵巢和输卵管。应在距卵巢近端约 2cm 处结扎骨盆漏斗血管。尽可能将输卵管切净。整个标本应送病理检查以除外隐匿性恶性肿瘤。A：腹腔镜下所见盆腔情况。注意子宫、左输卵管和卵巢、左侧圆韧带和乙状结肠的位置。B：分离阔韧带。C：腹腔镜下所见左侧后腹膜。注意左侧输尿管（1）在阔韧带内叶的走行。亦可见左侧髂外动脉（2）。D：将输尿管自卵巢血管旁移开，使左输尿管（1）与骨盆漏斗血管（3）之间产生空隙。E：为了避免可能的卵巢残留，要在至少距离卵巢 2cm 处电灼并最终切断骨盆漏斗血管。

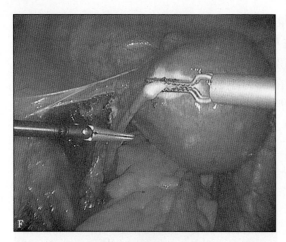 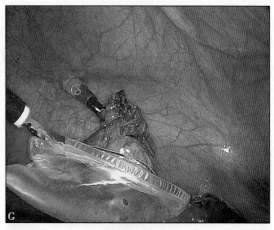

图 4-1（续） F：为了尽可能多地切除输卵管，结扎输卵管和子宫卵巢韧带时要尽可能贴近子宫。G：标本放在组织取出袋取出

除术和 142 位匹配对照被确定患有乳腺癌。每组术后至少随访了 8 年。6 名（2.3%）曾接受过预防性双侧输卵管 - 卵巢切除术的女性在手术当时被诊断为 I 期卵巢癌，2 名（0.8%）于预防性双侧输卵管 - 卵巢切除术后 3.8 年和 8.6 年被诊断为浆液性乳头状腹膜癌。在对照组中，58 名（19.9%）在平均随访 8.8 年后被诊断为卵巢癌。除去手术中被诊断为癌症的 6 名女性，预防性双侧输卵管 - 卵巢切除术可以显著降低体腔上皮癌的风险（HR = 0.04，95%CI 0.01～0.16）。为了研究乳腺癌的风险，选取已接受预防性双侧输卵管 - 卵巢切除术的 99 名女性，发现 21 名（21.2%）患有乳腺癌，而对照组中发现 60 例（42.3%）（HR = 0.47，95%CI 0.29～0.77）。

Kauff 等 [25] 也得出了相似的结果，他们用前瞻性的方法来比较双侧输卵管 - 卵巢切除术降低风险的效果和通过随访存在 BRCA 突变的女性乳腺癌和 BRCA 相关妇科癌症的发生来监测卵巢癌的效果。总共选取年龄≥35 岁未接受过双侧输卵管 - 卵巢切除术的女性 170 名，选择卵巢癌监测或者预防性双侧输卵管 - 卵巢切除术。平均随访 24.2 个月，选择预防性双侧输卵管 - 卵巢切除术的 98 名女性中 3 例被诊断为乳腺癌，1 例被诊断为腹膜癌。选择监测的 72 名女性中，有 8 例被诊断为乳腺癌，4 例卵巢癌，1 例腹膜癌。双侧输卵管 - 卵巢切除术组乳腺癌或者 BRCA 相关妇科癌症时间更长，乳腺癌或 BRCA 相关妇科癌症亚组的危险比为 0.25（95%CI 0.08～0.74）。

Rutter 等 [26] 对患有卵巢癌或原发性腹膜癌的 847 名以色列女性检测了 3 个犹太人群的高频突变基因。其中 187 例发现 BRCA1 突变，64 例发现 BRCA2 突变，598 例为非携带状态。从人口登记处共获得 2396 名对照者，发现接受过妇科手术的女性患卵巢癌及原发性腹膜癌风险降低，OR 为 0.51，95%CI 为 0.32～0.81。接受双侧输卵管 - 卵巢切除术者获益更大，OR 为 0.29，95%CI 为 0.12～0.73。没有切除卵巢的手术（包括全子宫切除术和双侧输卵管结扎术）也可降低卵巢癌的风险，OR 为 0.67，95%CI 为 0.38～1.18。

鉴于卵巢癌目前缺乏筛查手段和有效的监测方法，建议 35 岁以上或已完成一次生育的 BRCA1 或 BRCA2 突变携带者接受预防性双侧输卵管 - 卵巢切除术。像全子宫切除术和双侧输卵管结扎术这种妇科手术不切除卵巢组织，仍可降低 BRCA 突变携带者卵巢癌的风险，但 95%CI 包括 1。实施预防性双侧输卵管 - 卵巢切除术需要掌握手术后果与卵巢癌风险之间的平衡，手术后果主要是手术性绝经和不孕。由于输卵管癌风险的增加，两侧输卵管要一并切除。尽管接受了预防性双侧输卵管 - 卵巢切除术的女性卵巢癌和输卵管癌的风险降低，但仍面临较低的发展为原发性腹膜癌的残余风险 [27]（表 4-5 和表 4-6）。

表 4-5　降低卵巢癌风险：*BRCA* 突变女性的外科手术			
调查	外科手术	OR 值	95%CI
Rebbeck 等 [24]	预防性 BSO	0.04	0.01～0.16
Kauff 等 [25]	预防性 BSO	0.15	0.02～1.31
Rutter 等 [26]	预防性 BSO	0.29	0.12～0.73
Rutter 等 [26]	BTL/ 全子宫切除	0.67	0.38～1.18

BSO 双侧输卵管 - 卵巢切除术；BTL 双侧输卵管结扎

表 4-6　降低卵巢癌风险的总结	
调查	OR 值
无	1
普通人群口服避孕药	0.6
高风险人群口服避孕药	0.5
普通人群预防性 BSO	300 例手术预防 1 例
高风险人群预防性 BSO	0.04～0.29
普通人群 BTL/ 全子宫切除术	0.33～0.67
高风险人群 BTL/ 全子宫切除术	0.67

BSO 双侧输卵管 - 卵巢切除术；BTL 双侧输卵管结扎

结论

　　与其他妇科癌症相比，卵巢癌致死率更高。在普通人群，卵巢癌风险为 1.4%。相反，带有致病性 *BRCA1* 基因突变的女性在她一生中有 30%～40% 的机会发展成卵巢癌。目前卵巢癌尚无有效的筛查手段。使用口服避孕药作为卵巢癌的化学预防对普通人群和卵巢癌高危人群均有益处。普通人群实施预防性卵巢切除术对降低卵巢癌发生率作用甚微，相反，高危人群实施双侧输卵管 - 卵巢切除术可以显著降低卵巢恶性肿瘤的风险。如果患者不幸在手术时被发现患有隐匿性癌症，这个手术很可能成为比预期更早期的干预措施。虽然预防性手术对高危人群有益，但是它能导致手术性绝经，人们更希望的是改进筛查和化学预防手段。

（王　玥　译）

参考文献

1. Jemal A, Siegel R, Ward E, et al: Cancer statistics, 2008. CA Cancer J Clin 58(2):71–96, 2008.
2. Heintz AP, Odicino F, Maisonneuve P, et al: Carcinoma of the ovary. Int J Gynaecol Obstet 83(Suppl 1):135–166, 2003.
3. Levine DA, Argenta PA, Yee CJ, et al: Fallopian tube and primary peritoneal carcinomas associated with BRCA mutations. J Clin Oncol 21(22):4222–4227, 2003.
4. Rodriguez GC, Walmer DK, Cline M, et al: Effect of progestin on the ovarian epithelium of macaques: cancer prevention through apoptosis? J Soc Gynecol Invest 5(5):271–276, 1998.
5. Hankinson SE, Colditz GA, Hunter DJ, et al: A quantitative assessment of oral contraceptive use and risk of ovarian cancer. Obstet Gynecol 80(4):708–714, 1992.
6. Whittemore AS, Harris R, Itnyre J: Characteristics relating to ovarian cancer risk: collaborative analysis of 12 US case-control studies. II. Invasive epithelial ovarian cancers in white women. Collaborative Ovarian Cancer Group. Am J Epidemiol 136(10):1184–1203, 1992.
7. The reduction in risk of ovarian cancer associated with oral-contraceptive use. The Cancer and Steroid Hormone Study of the Centers for Disease Control and the National Institute of Child Health and Human Development. N Engl J Med

316(11):650–655, 1987.

8. Ness RB, Grisso JA, Klapper J, et al: Risk of ovarian cancer in relation to estrogen and progestin dose and use characteristics of oral contraceptives. SHARE Study Group. Steroid Hormones and Reproductions. Am J Epidemiol 152(3):233–241, 2000.

9. Schildkraut JM, Calingaert B, Marchbanks PA, et al: Impact of progestin and estrogen potency in oral contraceptives on ovarian cancer risk. J Natl Cancer Inst 94(1):32–38, 2002.

10. John EM, Whittemore AS, Harris R, Itnyre J: Characteristics relating to ovarian cancer risk: collaborative analysis of seven U.S. case-control studies. Epithelial ovarian cancer in black women. Collaborative Ovarian Cancer Group. J Natl Cancer Inst 85(2):142–147, 1993.

11. La Vecchia C, Franceschi S: Oral contraceptives and ovarian cancer. Eur J Cancer Prev 8(4):297–304, 1999.

12. Rosenberg L, Palmer JR, Zauber AG, et al: A case-control study of oral contraceptive use and invasive epithelial ovarian cancer. Am J Epidemiol 139(7):654–661, 1994.

13. Stanford JL: Oral contraceptives and neoplasia of the ovary. Contraception 43(6):543–556, 1991.

14. Bosetti C, Negri E, Trichopoulos D, et al: Long-term effects of oral contraceptives on ovarian cancer risk. Int J Cancer 102(3):262–265, 2002.

15. Narod SA, Risch H, Moslehi R, et al: Oral contraceptives and the risk of hereditary ovarian cancer. Hereditary Ovarian Cancer Clinical Study Group. N Engl J Med 339(7):424–428, 1998.

16. Modan B, Hartge P, Hirsh-Yechezkel G, et al: Parity, oral contraceptives, and the risk of ovarian cancer among carriers and noncarriers of a BRCA1 or BRCA2 mutation. N Engl J Med 345(4):235–240, 2001.

17. Whittemore AS, Balise RR, Pharoah PD, et al: Oral contraceptive use and ovarian cancer risk among carriers of BRCA1 or BRCA2 mutations. Br J Cancer 91(11):1911–1915, 2004.

18. Walker GR, Schlesselman JJ, Ness RB: Family history of cancer, oral contraceptive use, and ovarian cancer risk. Am J Obstet Gynecol 186(1):8–14, 2002.

19. Averette HE, Nguyen HN: The role of prophylactic oophorectomy in cancer prevention. Gynecol Oncol 55(3 Pt 2):S38–S41, 1994.

20. Hankinson SE, Hunter DJ, Colditz GA, et al: Tubal ligation, hysterectomy, and risk of ovarian cancer. A prospective study. JAMA 270(23):2813–2818, 1993.

21. Finch A, Shaw P, Rosen B, et al: Clinical and pathologic findings of prophylactic salpingo-oophorectomies in 159 BRCA1 and BRCA2 carriers. Gynecol Oncol 100(1):58–64, 2006.

22. Powell CB: Occult ovarian cancer at the time of risk-reducing salpingo-oophorectomy. Gynecol Oncol 100(1):1–2, 2006.

23. Kauff ND, Barakat RR: Surgical risk-reduction in carriers of BRCA mutations: where do we go from here? Gynecol Oncol 93(2):277–279, 2004.

24. Rebbeck TR, Lynch HT, Neuhausen SL, et al: Prophylactic oophorectomy in carriers of BRCA1 or BRCA2 mutations. N Engl J Med 346(21):1616–1622, 2002.

25. Kauff ND, Satagopan JM, Robson ME, et al: Risk-reducing salpingo-oophorectomy in women with a BRCA1 or BRCA2 mutation. N Engl J Med 346(21):1609–1615, 2002.

26. Rutter JL, Wacholder S, Chetrit A, et al: Gynecologic surgeries and risk of ovarian cancer in women with BRCA1 and BRCA2 Ashkenazi founder mutations: an Israeli population-based case-control study. J Natl Cancer Inst 95(14):1072–1078, 2003.

27. Olivier RI, van Beurden M, Lubsen MA, et al: Clinical outcome of prophylactic oophorectomy in BRCA1/BRCA2 mutation carriers and events during follow-up. Br J Cancer 90(8):1492–1497, 2004.

28. Parazzini F, La Vecchia C, Negri E: Oral contraceptive use and the risk of ovarian cancer: an Italian case-control study. Eur J Cancer 27(5):594–598, 1991.

第 5 章

卵巢癌的影像学

Jingbo Zhang, Hedvig Hricak

要　点

- 对具有已知卵巢癌危险因素的女性,经阴道超声仍然是卵巢癌最有前景的初筛方法。
- 超声(灰阶和多普勒)被认为是卵巢包块初始评价的选择方式。
- 所有横断面成像技术(超声波、计算机断层及磁共振成像)提示卵巢恶性肿瘤的特征包括分隔超过 3mm 的厚壁结节,存在乳头状突起。非实性的单房或多房的卵巢囊性病变很可能是良性的。
- 对于附件包块,磁共振(MRI)检查被认为是一种解决问题的技术。
- 计算机断层扫描(CT)是卵巢癌分期和术前计划的选择方式。
- 正电子发射断层扫描(FDG-PET)结合 CT 检查评估卵巢癌的方法正迅速发展。

卵巢癌影像学作用的概述

　　影像学检查对于卵巢癌发现、诊断和随访是不可或缺的方法。可以利用的有很多成像技术以及各种各样的新技术,尤其是正在研究的分子成像方法。影像学方法各有其独特的优点和局限性。因此,利用成像的本质就是既能达到可能的最大利益又不过度或使用不当的特殊方法。因为对临床医师来讲,影像学是一个不断发展的领域,影像学与新的发展并驾齐驱并根据这些新的发展变化修订临床实践是很重要的。

　　简而言之,超声波,计算机断层扫描(CT)和磁共振成像(MRI)成像技术是评估卵巢癌已有的影像学方法。正电子发射断层扫描(PET)是一种新兴的技术。根据卵巢癌筛查,建立临床指南以引导选择适当的影像学方式。对卵巢癌进行常规筛查的成像技术中,经阴道超声一直是最有前景的影像学方法。对于有相关症状的患者,当涉及检测和特征描述时,除了完整的体格检查和适当的实验室检查,影像学检查一般包括腹部和盆腔的超声及对比增强 CT[1]。超声检查结果可疑或存在做 CT 碘油禁忌证时,可以选用盆腔或腹部 MRI。胸部 X 线片通常作为术前分期的综合评价的一部分。其他诊断性研究如胃肠道评价,除非在特定的情形下,一般不作常规推荐。

　　卵巢癌患者完成初次手术及化疗后,影像学在随访中起着重要的作用。最常用的影像学检查方法包括腹部和盆腔 CT、PET 和 PET/CT。MRI 作为一种解决问题的工具用于有 CT 扫描禁忌的病人。选择保留生育功能手术的交界性卵巢上皮癌[也称为低度潜在恶性(LMP)卵巢上皮癌]患者应行超声检查以密切监测。

这一章讨论在卵巢癌筛查、检测、特征描述以及处理前分期及处理后随访中不同影像学检查方法的作用,包括超声、CT、MRI 和 PET。

卵巢癌筛查

在美国,卵巢癌是妇女第五个常见的恶性肿瘤,也是死亡率位居第一位的妇科癌症。在女性的一生中,每 70 名女性中有 1 名女性患卵巢癌。在卵巢癌患者中,许多危险因素已相继确定。根据不同程度的风险,可进一步分为不同的组。建议根据病人的风险水平进行卵巢癌筛查。与普通女性群体相比,高龄、不育、子宫内膜异位症和绝经后激素替代治疗通常导致女性患卵巢癌的风险轻度增加(RR<3)[2~5],而与普通人群相比,癌症易感基因 *BRCA1* 和 *BRCA2* 等相关基因的遗传变异,及与基因错配修复相关的遗传性非息肉性结直肠癌(HNPCC)综合征导致更高的 RR 值,大约分别为 30~45、6~20 以及 6~9[6~13]。在缺乏遗传信息检测时,与普通人群相比,具有早期乳腺癌和卵巢癌家族史的女性患卵巢癌的风险中度增加,RR 值大约为 3~5[14~16],但目前尚不清楚这一增加的风险是否由卵巢癌易感基因引起。

大量的测试已被评估为卵巢癌筛查的可行性方法。具有良好的循证依据的筛查试验包括血清 CA-125 及经阴道超声。尽管对可能应用在卵巢癌筛查的许多成像技术方面进行了评价,经阴道超声一直是进行常规卵巢癌筛查最有前景的影像学方法。在迄今为止规模最大的评价超声筛查方法的研究结果中,对具有一般的卵巢癌的风险的 14 469 名妇女,每年进行阴道超声检查随访[17]。在这项研究中,经阴道超声敏感性为 81%,特异性为 98.9%,阳性预测值为 9.4%。作者建议经阴道超声作为卵巢癌早期检测方法,筛查的 17 人中有 11 人检测出卵巢癌被诊断为 I 期,然而,作者也指出,与 6 个所有的被筛查出晚期卵巢癌的患者相比,11 个 I 期卵巢癌患者中检测出仅有 2 例为高分化癌。

几项研究已经对联合使用经阴道超声和检测 CA-125 进行了评估。研究表明,这些测试相结合对检测卵巢癌具有高敏感性,但是增加了假阳性结果。在持续的前列腺癌、肺癌、结直肠癌和卵巢癌筛查试验中,28 816 名女性患者每年进行经阴道超声和 CA-125 检测,结果分别有 1338 人(4.7%)和 402 人(1.4%)异常。这些异常的患者中诊断了 20 例卵巢癌。超声及 CA-125 检测结果异常的阳性预测值分别为 1.0% 和 3.7%。然而,当两个检查结果均异常,他们的结合阳性预测值为 23.5%[18]。与联合筛查组相比较,随机对照组常规治疗的 39 000 名妇女最终的筛选结果预期值为 2015。

几个国家组织,包括美国癌症协会、美国妇产科医师学会 / 妇科肿瘤协会、美国预防服务专责小组及国家癌症研究所曾经指出,没有充分的证据来确定例行筛查会降低卵巢癌死亡率。因此,对没有已知的高危险因素女性进行卵巢癌筛查时,通常不推荐使用经阴道超声和 CA-125 检测,尽管遗传咨询有助于具有中度危险度的女性(RR 3~5)澄清卵巢癌及其他相关癌症的风险。具有遗传风险的女性(例如,已记载的基因突变:*BRCA1* 或 *BRCA2*),癌症遗传联合协会推荐:25~35 岁之间的女性每年进行 1~2 次 CA-125 及经阴道超声筛查。美国综合癌症网推荐:35~40 岁年龄段具有高危因素的个体,采取降低癌症风险的输卵管卵巢切除术。对于那些不愿接受此手术的患者进行卵巢癌筛查时,推荐从 35 岁开始或者比家族中最早被诊断卵巢癌的年龄早 5~10 年开始,进行每年两次经阴道超声和 CA-125 的检测。

卵巢癌的检测手段及特征

超声波的作用

超声检查为可选择的初步评估卵巢肿物的方式[19]。有报道称，在日常临床实践中，超声检查者获得患者简要的临床病史（例如年龄、月经状况、卵巢癌家族史、骨盆手术和主要症状），经验丰富的超声检查者前瞻性诊断准确率达 92%，具有非常好的一致性（κ0.85）。经验较少的超声检查者得到的诊断准确性波动在 82%～87% 不等，中度到较好的一致性（κ0.52～0.76）[20]。

卵巢肿瘤在超声上的特征包括分隔超过 3mm、附壁结节和乳头状突起。非实性的单房或多房卵巢囊性病变很可能是良性的[21, 22]。换句话说，预测卵巢恶性肿瘤最显著的特征是肿物内存在实变部分[23]。当彩色多普勒超声（常规或加权）显示实性赘生物或肿瘤实性部分有血流信号则恶性肿瘤的可能性更大[23, 24]。一些良性病变，如子宫腺肌瘤以及出血性囊肿在超声上类似于卵巢肿瘤（图 5-1）。因此，对于绝经前妇女，对卵巢病灶应谨慎地获得短期的随访，以排除暂时的生理性变化[22]。

频谱多普勒分析中所使用的参数，如阻力指数（RI）、搏动指数（PI）和收缩期峰值速度

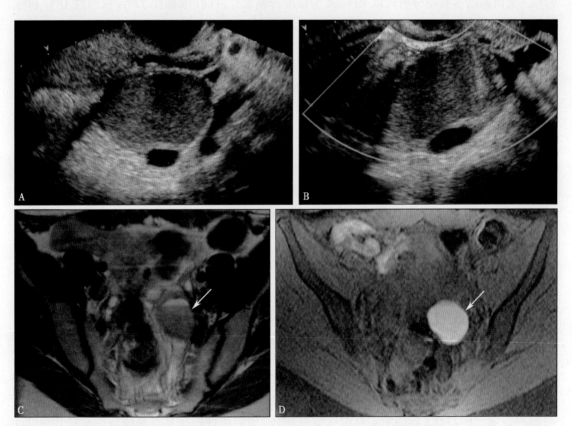

图 5-1　一个患甲状腺癌的 38 岁女性。 A：横向超声成像显示左侧卵巢肿物内部回声相对均匀。B：彩色多普勒超声图像显示肿块内部无明显血流信号。C：磁共振成像 T2 加权显示，肿物（箭头所示）内"阴影"现象是很常见的。D：磁共振成像 T1 加权脂肪饱和显示左侧卵巢肿物高强度信号（箭头）符合包含血流的病变。病人接受了左卵巢囊肿切除术，证实为子宫腺肌瘤

（PSV）来评估卵巢癌的包块一直存在争议。频谱多普勒上，卵巢癌经常显示低阻力指数波形，由于肿瘤新生血管缺乏平滑肌，经常发生动静脉短路[25]。搏动指数较低，收缩期峰值速度较高，认为是与附件肿物阻力较低和血管分布较多有关，因此，可提示恶性肿瘤。早期的研究表明利用阻力指数小于 0.4 和搏动指数小于 1 作为诊断卵巢恶性肿瘤的临界值，敏感性和特异性均高[26~28]。然而，随后列文和同事的研究表明[29]，虽然使用阻力指数会使评估恶性病变的特异性提高，但在阻力指数的基础上，大量的恶性病变可能会被错误分类[29]。其他的研究发现，尽管卵巢恶性肿瘤 RI、PI 往往较低，但他们在良、恶性病变有重叠，临界值没有明显差别[21, 30]。因此，多普勒超声仅靠低阻力血流信号来鉴别附件肿物良性及恶性有着严重的局限性，结合脉冲多普勒超声中流速模式，详细分析附件肿物内部构造可能提高诊断特异性和总体诊断准确性[31~36]。另外，彩色多普勒超声检查未见血流信号并不能排除卵巢肿瘤[36]。但是应该指出，良性病变如低阻力血流的黄体常见于绝经前妇女；绝经后妇女中卵巢病灶低阻力血流高度提示恶性肿瘤[22]。

　　一项由 Buy 和同事[37]进行的比较三种超声技术，即传统灰阶超声、传统超声结合彩色多普勒和频谱多普勒，只使用 RI、PI 或 PSV 作为恶性肿瘤的诊断标准频谱分析，在显示附件肿物特征的准确性的研究表明：传统超声波诊断准确性、敏感性和特异性分别为 83%、88% 和 82%。使用传统超声结合彩色多普勒超声检查准确性达 95%、敏感性达 88% 和特异性达 97%。采用频谱多普勒分析只以 RI≤0.4 为标准诊断恶性肿瘤，准确性 77%、敏感性 18% 和特异性 98%。采用 PI≤1 为标准诊断恶性肿瘤，准确性 68%、敏感性 71% 和特异性 67%。在诊断卵巢恶性肿瘤时，PSV≥15cm/s，准确性 72%、敏感性 47% 和特异性 81%。这些结果表明，彩色多普勒超声与传统超声相结合比常规超声具有更高的特异性和阳性预测值，而 RI、PI 及 PSV 临界值作为独立的诊断测试值[37]。对 89 项研究的 meta 分析，采用受试者工作特征曲线分析发现，与形态学信息（0.85）比较，前者通过测量准确性[测量 ROC 曲线下面积（AUC）]明显高于灰阶超声与多普勒超声相结合的方法（0.92）、多普勒超声指数（0.82）或单独的彩色多普勒成像（0.73）（所有 $P<0.01$）[38]。

　　值得一提的是，由于超声检查技术不断改进，使得经阴道三维成像和灰阶容积成像以及加权多普勒成像技术取得了发展。与传统经阴道二维成像相比，经阴道三维成像能更清晰地呈现附件肿物的内部结构[39, 40]。几项研究已经表明经阴道三维能量多普勒成像能更好地定义形态学特征及血管病变，并且显著地改进卵巢恶性肿瘤的诊断特异性[39, 41]。

磁共振成像的作用

　　磁共振成像（MRI）被认为是评估附件肿物的一项技术[19]。盆腔的 T1 和 T2 加权像显示基本的骨盆解剖和肿瘤的轮廓图，随后钆增强序列，通常用脂饱和度[22]。脂饱和度技术让读者分辨脂肪和血液。对附件肿物评估，钆增强 MRI 与超声相比，前者已被证明更加准确，能进一步显示卵巢病灶的内部结构特征[42~45]。经阴道超声并不能有效地鉴别血液产物、碎片或纤维脂肪组织与肿瘤组织，而在钆增强 MRI，肿瘤组织会增强，但血块或碎片却不增强。钆增强 MRI 敏感性、特异性和准确性分别为 100%、98% 和 99%。对附件肿物内实性部分的鉴别，与超声表现一样，MRI 影像中实性组织信号增强，预测恶性肿瘤具有高敏感性和特异性[44]。Hricak[46] 和同事们进行的一项研究表明，钆增强 MRI 对于检测及描述复杂附件肿物有高度准确性，并具有良好的交互观察一致性。钆增强 MRI 描绘 94% 的附件肿物，恶性肿瘤的诊断准确性达 93%[46]。MRI 结果显示大多数预测的恶性肿瘤坏死病灶 OR 为 107，囊性病变 OR 为

40[46, 47]。使用钆对比剂可使病灶特征描述更显著。MRI 提示其他恶性肿瘤的特征包括壁厚 3mm 的分隔和囊壁完整性，病灶范围大，动态对比增强图像上早期肿瘤病变增强，存在腹膜疾病或腹水及淋巴结肿大 [47]。在恶性卵巢肿瘤诊断中的应用：MRI 准确性（AUC 0.91）已被证明优于多普勒超声（AUC 0.78）和 CT（AUC 0.87）[45]。另外，meta 分析显示，灰阶超声显示卵巢肿物性质不确定的女性，MRI 与 CT 或灰阶超声联合多普勒超声检查相比，其结果提示绝经前和绝经后的女性患卵巢癌的可能性更大 [48]。

计算机断层扫描的作用

多层螺旋 CT 的到来使采集时间更快和空间分辨率更高，导致 CT 检查数目极大的增加。对于大量的临床适应证如肾绞痛、阑尾炎和憩室炎，CT 已成为一个主要成像方法。然而，尽管 CT 已作为卵巢癌选择分期和术前计划的可选择的方式 [49, 50]，但一般不认为其有助于显示附件肿物的主要特征。当 CT 检测出附件肿物时，临床上不常用 CT 描述肿物表现，而用超声或 MRI 进一步描述肿物及指导处理。

事实上，人们普遍认为 CT 可能产生更多的诊断信息 [51]。一项研究发现，CT 和超声对卵巢肿瘤的检出率分别为 87% 和 86%。这项研究还发现，CT 在描述肿瘤良恶性的特征时，比超声具有更高的准确性（CT 为 94%，超声为 80%），但特异性并没有显著的差异（CT 为 99%，超声为 92%）[52]，另一个来自同一组的研究发现，描述肿瘤为良性或恶性总体准确性 CT（92%）和 MRI（86%）无显著性差异 [53]。另一项研究表明，CT 对于卵巢病变的病人，在术前预测肿瘤良恶性的准确性、敏感性和特异性分别为 87%、90% 和 85%[50]。

FDG-PET 的作用

利用氟脱氧葡萄糖（FDG）进行的 PET 扫描是基于如肿瘤等功能活跃的组织具有较高的葡萄糖代谢。近年来，FDG-PET 结合 CT 评价盆腔恶性肿瘤得到了较大的发展。已经证明了 FDG-PET 用于各种盆腔恶性肿瘤的评价，包括直肠癌、宫颈癌和子宫内膜癌 [54]。获得 PET 和 CT 同步融合图像，也就获得了解剖学和功能结合的图像 [55]，并且其特异性比仅用 PET 更高。这也提示了口服或静脉注射造影剂不干扰 PET，可以获得最优诊断质量的 CT 图像，从而提供了"一站式"的影像学标准 [56, 57]。另外，CT 图像可以用于修正 PET 衰减，从而降低总体成本和获得时间 [55]。

然而，PET 却有公认的局限性。主要缺点包括对病人腹部或盆腔正常生理活动的误解以及图像固有分辨率的局限性致使无法检测出小病变（<0.5cm）[55]。正因为 PET 没有足够的分辨率来描述附件肿物的特征，FDG-PET 诊断和评价附件肿物的敏感性和特异性不如超声、CT 及 MRI。因此，PET 评价原发性卵巢癌有一定的局限性 [58]。

卵巢在月经周期的不同阶段生理学性吸收 FDG，可能会阻碍早期卵巢癌的检测 [54]。另外，各种各样的良性病变，如浆液或黏液性囊腺瘤、黄体囊肿和皮样囊肿，可积累 FDG，从而不能可靠地与恶性肿瘤进行区别 [22, 58]（图 5-2）。一般来说，卵巢实性部分 FDG 的吸收增加，不符合上述的良性病变时应该考虑恶性肿瘤。在绝经后女性卵巢摄取 FDG 高度提示恶性肿瘤。

此外，PET 不能准确地做出判断，不完全排除因为 PET 采集时间相对长，并且患者在接受 PET 检查期间的生理性活动，如呼吸运动、肠蠕动和膀胱膨胀的影响 [55]。也提示与 CT 图像比较，在 PET 图像上生理性吸收及肿瘤活性都要显得更大，如果在 PET 图像上提示吸收活性强，而 CT 图像则缺少"光晕"现象。

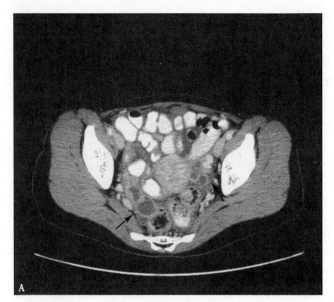

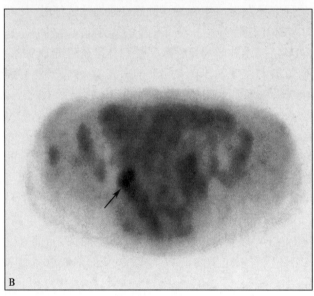

图 5-2　一位 43 岁女性 FDG-PET 检查可疑卵巢肿瘤。A：轴向增强 CT 图像显示双侧附件的复杂囊性结构（箭头示）。B：横断面 PET 图像显示附件代谢活动增加，右侧最高标准摄入值（SUV）3.5（箭头示）和左侧 2.9（未显示）。随后手术病理显示双侧慢性输卵管炎急性发作

肿瘤特异的影像学特征

　　术前卵巢肿物的特征描述对治疗计划有相当重要的临床价值。虽然各种卵巢肿瘤的临床和放射学特征可能有类似之处，但某些特定的影像特征可能存在于某些类型的卵巢肿瘤，识别这些特点可以使读片者作出某一特定诊断或至少极大的缩小鉴别诊断的范围[59]。

　　特定肿瘤的影像学表现遵循总体病理特征。例如，上皮细胞瘤通常是囊性的单房或多房；实性成分通常与恶性肿瘤相联系[51]。最常见的两个上皮肿瘤类型——浆液性及黏液性肿瘤，尽管根据影像学表现，不能全部区分开，但某些特征可以提示其中一个诊断而不是另一个诊断。例如单房或多房囊性肿物，薄而均匀的壁及分隔，无软组织样疣状赘生物，囊腔的 CT 或 MRI 信号强度均匀衰减，极有可能是良性的卵巢浆液囊腺瘤[59]。除黏液性肿瘤可能含有不同的 MRI 或 CT 衰减信号强度的液体，从而出现了"马赛克"模式外，良性黏液性囊腺瘤在

外观上可类似于良性卵巢浆液囊腺瘤[59]。黏液性囊腺瘤外观常比相对应的浆液性囊腺瘤体积要大。

尽管病变直径＜4cm 提示良性可能性大[60]，但良、恶性病变之间的大小存在着显著的重叠，限制了病变大小作为标准的价值。偶然能见到大的良性卵巢肿瘤，随着肿瘤的增长仍无临床症状[52]，早期浆液性囊腺癌十分微小，表现为腹膜肿瘤。一般说来，大量软组织成分（例如，不规则的囊壁及分隔厚度＞3mm 或囊内外乳头样赘生物）提示恶性肿瘤的可能性大。大量软组织成分坏死也提示恶性肿瘤[46]。然而，良性肿瘤如可能含有实性成分的囊性腺纤维瘤通过实性成分的大小或对比增强的信号强度不能区别于恶性肿瘤。卵巢上皮肿瘤中可能偶尔出现低度恶性的纯囊性影像[53, 61]（图 5-3）。

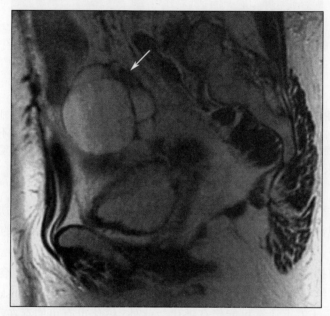

图 5-3 一位 57 岁的淋巴瘤女性患者。 磁共振造影 T2 加权影像显示多囊性肿瘤内部软组织结节（箭头示）和多重分隔。随后手术病理证实为浆液性囊性腺纤维瘤

影像学研究发现乳头状突起被认为是预测卵巢上皮肿瘤诊断的一个重要的组成，甚至与肿瘤的浸润性有关[59]。这些突起通常不存在于良性上皮肿瘤中，如果存在，通常很小。低度恶性上皮性肿瘤可以有丰富的乳头状突起，可存在于浸润性上皮癌，但其恶性程度主要依据实性成分。然而，这些特征不足以将低度恶性上皮性肿瘤与浸润性肿瘤区分开[62]。

如辅助影像发现腹水、腹部或盆腔肿瘤种植、淋巴结及浸润相邻的器官，则进一步增强卵巢恶性肿瘤的诊断可信性。早期双侧卵巢肿瘤伴腹膜种植更常见于浆液性囊腺瘤而不是黏液性囊腺瘤，黏液性囊腺瘤常产生腹膜假黏液瘤[59]。

子宫内膜癌及透明细胞癌是最常见的子宫内膜炎引起的恶性肿瘤。因此，具有实性成分的子宫内膜瘤提示恶性肿瘤，而且必须切除[52, 63, 64]。卵巢子宫内膜样癌的影像学特征是非特异性的，包括许多含有实性成分的复杂的囊性包块[59]。然而，15%～30% 的子宫内膜样肿瘤与同期子宫内膜癌或增生相关，影像学表现均为子宫内膜增厚[51, 52, 63]。透明细胞癌的影像学特征也是非特异性的；但透明细胞癌常表现为一个大的单房囊性病变，具有实性的突出物，且

往往是圆的和稀疏的[65]（图 5-4）。尽管良性子宫内膜瘤 MRI 检查表现为 T1 高信号和 T2 高信号，但透明细胞癌信号强度是可变的[65]。

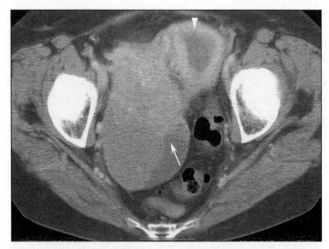

图 5-4　一位 62 岁有乳腺癌病史的女性，影像学可见附件肿物。轴向对比增强 CT 图像显示一个大的复杂的囊性肿物内含不均质且不规则软组织成分（箭）。此外，在 CT 上子宫内膜条纹也出现增厚（箭头）。随后手术病理证实为右卵巢透明细胞癌、子宫内膜息肉

　　附件包块中含有脂肪是**成熟畸胎瘤**特征。在超声图像显示成熟畸胎瘤内油脂性物质典型表现为弥漫性或部分的回声反射性肿块。然而，回声增强不是特异性的，脂肪的存在最终由 CT 或 MRI 确证。在 CT 上，负性衰减提示为脂肪。MRI T1 加权图像上，脂肪是高信号的。在化学选择性脂肪抑制序列表现为抑制信号。成熟畸胎瘤囊腔中通常包含一个内凸起结节，被称为 Rokitansky 结节，它可能包含头发、骨或牙齿[66]（图 5-5）。Rokitansky 结节在超声上表现为密集回声结节，CT 上通常可能伴有钙化。此外，钙化也有可能存在于包块的分隔或壁上。但良性成熟畸胎瘤影像学表现有明显的分隔，它也见于恶性肿块。例如成熟畸胎瘤可表现为三个胚层细胞所有成分的混合肿物。可有混合表现，或者性质为纯囊性，包含分隔的液性囊腔，类似上皮性肿瘤[59]。

　　恶性未成熟畸胎瘤可能含有成熟的组织成分，类似于成熟畸胎瘤，包括小的脂肪病灶。然而，与成熟畸胎瘤不同，未成熟畸胎瘤通常有突出的实性成分与内部坏死或出血，可能含有分散（而非局部）钙化，或表现出快速增长，或不能明确的囊腔、穿孔或破裂[66, 67]。

　　卵巢无性细胞瘤是睾丸精原细胞瘤[67]。特征性的表现为具有纤维血管组织分隔的多房实性卵巢肿物。已有报道说明超声上有血流信号，CT 和 MRI 表现为信号明显加强[68, 69]。钙化可能表现为斑点状。在肿瘤内可有出血和坏死[59]。

　　此外，子宫内膜样癌和性索细胞肿瘤也可因其分泌雌激素而引起子宫内膜异常。高雌激素血症可能引起子宫内膜增生、息肉或癌[59]。最常见的卵巢恶性性索细胞肿瘤是颗粒细胞瘤，具有各种影像学表现，如均匀实性肿物、不均匀肿物、具有不同程度的出血或纤维化、多房囊性病变、厚壁或薄壁囊性肿物[59, 70]。与上皮肿瘤相比，颗粒细胞瘤囊壁没有内凸乳头状突起，引起腹膜种植的可能性不大，诊断时，局限于卵巢的可能性大[59]。相关的雌激素作用可表现为子宫内膜增厚、子宫肥大或出血[71, 72]。

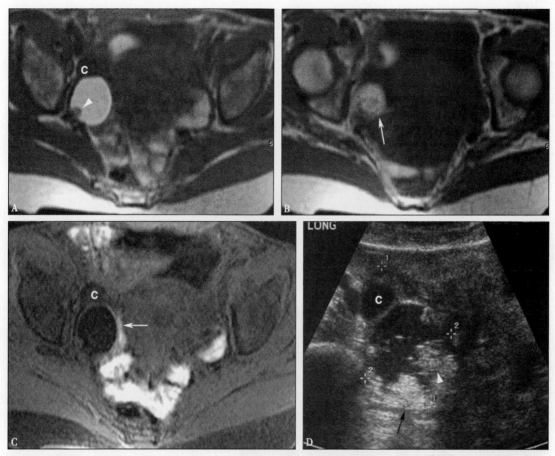

图 5-5　一位 52 岁有乳腺癌病史的女性。A：轴向平扫 T1 加权 MRI 显示右卵巢肿物具有小的附壁结节（箭头示）。B：轴向平扫 T1 加权 MRI 通过信号较低的部分包块显示从属的无定型部分包块（箭示）。C：轴向平扫 T1 加权脂肪强化 MRI 图像显示右卵巢信号抑制（箭），说明这是一种内含脂肪的病变。D：右卵巢横向超声影像说明右卵巢囊性包块存在附壁结节（箭头）及从属部分实质回声（箭）。随后的手术病理证实为成熟畸胎瘤。C 为右卵巢偶然发生的单纯性囊肿

具有纤维成分的卵巢肿瘤包括纤维瘤、纤维泡膜细胞瘤、囊性纤维瘤、移行细胞瘤和支持 - 间质细胞瘤[59]。支持 - 间质细胞瘤是一种罕见的疾病，青年人多发。约 1/3 的支持 - 间质细胞瘤女性患者因肿瘤分泌过多的睾酮逐渐男性化（图 5-6）。纤维瘤是最常见的良性的卵巢性索间质肿瘤，它是由成纤维细胞和胶原蛋白组成，且无雌激素活性[71]。可伴有腹水和Meigs 综合征。值得一提的是，卵巢纤维瘤在影像学上具有相对特异的诊断表现。特征性的表现是超声图像上显示均匀的低回声纤维瘤，后方伴声影[59]。有报道称，大多数卵巢纤维瘤在 CT 上表现为实性肿物，造影剂累积延迟[73]。由于丰富的胶原蛋白及纤维组成，纤维瘤和纤维泡膜细胞瘤在 MRI 上 T2 加权像主要是低信号强度。肿物中通常可见致密钙化影[59]。虽然已广泛报道卵巢纤维瘤影像学表现，但与其他卵巢肿瘤鉴别并不容易。出现上述成像特征时应是高度怀疑纤维泡膜细胞瘤或卵巢纤维瘤[74]。但应与带蒂浆膜下子宫肌瘤或阔韧带肌瘤鉴别诊断，因为与附件肿物一样，肌瘤也常常表现为 MRI 上 T2 加权像低信号强度及超声低回声[59]（图 5-7）。平滑肌瘤由邻近子宫肌层中子宫动脉分支供血，有时带蒂浆膜下子宫肌瘤与邻近子宫之间连接的表面可以看到供血血管[59]。多普勒超声及 MRI 均可以探测到[75, 76]。

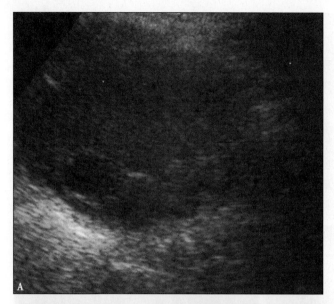

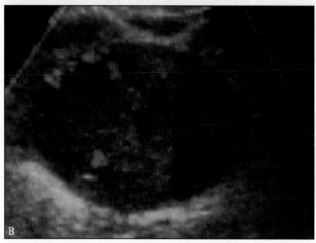

图 5-6 一位伴有闭经、肥胖和多毛症的 15 岁女孩。A：骨盆横断面超声图像显示右卵巢不均质近实性肿瘤。B：彩色多普勒图像显示卵巢肿瘤实性部分内有血流信号。随后手术病理证实为卵巢支持 - 间质细胞瘤

另一方面，卵巢肿物由卵巢动脉或子宫动脉卵巢支直接供血可能性更大。因此，在卵巢肿瘤中不应检测出与子宫相连的供血血管。

混合瘤用来描述两种组织来源的肿瘤相邻共存，但其表面并没有明显的组织混合[59]。尽管已有其他类型的卵巢混合瘤的病例报告，但混合瘤非常罕见，最常见的类型是由畸胎瘤和囊腺瘤或囊腺癌组成的肿瘤。因此，当卵巢肿瘤在影像学上的表现无法仅由一种组织学类型来解释时，尤其是畸胎瘤要考虑混合瘤的可能性[77]。

值得注意的是，虽然影像学发现可疑卵巢肿瘤时，应主要考虑原发卵巢癌，但大约有 10% 为转移性卵巢肿瘤[78, 79]。转移至卵巢的原发肿瘤可来自结肠、胃、乳腺、胰腺、肺、胆囊、小肠、肾癌、黑色素瘤、肉瘤及类癌。大多数卵巢转移瘤源自胃肠道，如原发结肠癌和胃癌是最常见的转移灶，原发结肠癌和胃癌的卵巢转移癌常被称为 Krukenberg 瘤[80, 81]（图 5-8）。对于合理的临床管理而言，原发和转移卵巢肿瘤的鉴别是非常重要的。大量的研究表明，CT 图像显示转移性卵巢癌的表现是多变的，可表现为囊性、混合性或实性。在某些情况下，会出现类似原发卵巢癌的表现[81, 82]（图 5-9）。因此，一些研究者建议应在所有卵巢肿瘤患者中，仔细寻

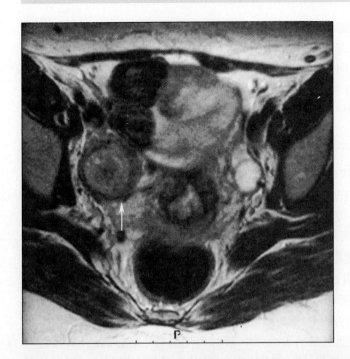

图 5-7　一位有乳腺癌病史的 39 岁女性。骨盆 MRI T2 轴加权像显示右附件区不均匀肿物。手术病理提示为子宫阔韧带平滑肌瘤

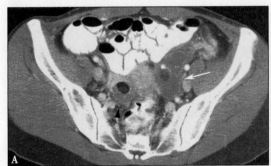
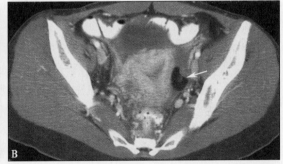

图 5-8　一位患结直肠癌的 32 岁女性。A 和 B：轴向对比增强图像显示左侧卵巢肿瘤中含有脂肪、软组织附壁结节、囊性成分及钙化结节（箭头示）。右卵巢肿物内含有大量的脂肪和软组织的成分（箭头示）。随后手术病理证实左卵巢成熟囊性畸胎瘤，由结直肠腺癌转移而来，右侧为成熟畸胎瘤成分

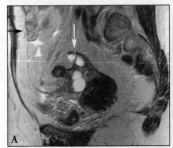
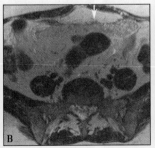
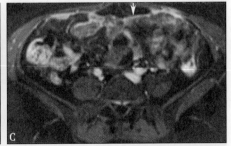

图 5-9　一位患淋巴瘤的 59 岁女性，左卵巢新发现卵巢肿瘤。A：矢状 MRI T2 加权像显示左附件区囊实性肿物（垂直的箭头处）。此外，还有大网膜结块（横向箭头示）和少量腹水（箭头）。B：在轴向 T2 加权像（箭头）和 C 图轴向对比增强 T1 脂肪抑制 MRI 影像（箭头）显示了大网膜。手术病理显示浆液性腺癌局限于子宫内膜（未显示）和转移至左侧输卵管。证实为大网膜转移性浆液性腺癌

找消化道肿瘤症状或体征[81]，并在胃癌和结肠癌术前常规行 CT 检查卵巢[81]。最近的一项多机构肿瘤放射诊断小组的研究使用所有三种方式（超声波、CT 及 MRI）显示卵巢恶性肿瘤，在一定程度上多房性表现有助于原发性卵巢恶性肿瘤的诊断。而实性表现则支持继发卵巢肿瘤的诊断。然而，似乎没有充分的影像学特征区分原发和继发卵巢恶性肿瘤[83]。

分期

传统卵巢癌的手术分期基于国际妇产科联盟（FIGO）的分类系统。但目前最先进的成像技术在进行无创术前分期已显示出潜在的作用。

腹腔播散是最常见的卵巢癌转移方式，而不像多种恶性肿瘤那样通过实体器官的实质转移。腹膜种植通常发生在内脏表面，而不是内脏内部（图 5-10）。这些肿瘤可以粟粒状转移至内脏和 CT 图像上信号等于内脏，这使得 CT 检测很有难度[55]。CT 图像上可见腹膜种植表现为结节样软组织增厚，形成斑块，覆盖在内脏表面[55]。最常见的转移部位为腹膜返折处，如子宫后穹隆、结肠旁沟、膈下间隙、肝脾门及沿肝镰状韧带。其他常见的位置包括回盲部和直肠乙状结肠交界处。大网膜可因肿瘤弥漫性浸润形成大网膜肿块[22]。结节状软组织增厚也可以沿着或像扇贝样生长在肝脾等实质脏器的表面[55]。静脉内注射对比造影剂后，转移灶可被强化或钙化。有些转移病灶可为低信号，类似液体[51]。当肿瘤种植在肠道上，可引起肠管狭窄，导致肠梗阻。事实上，卵巢癌病人肠道及输尿管梗阻为肿瘤引起的最常见的两种并发症[84]。

卵巢癌淋巴结转移是一个很重要的不良预后因素。卵巢癌淋巴转移的途径与卵巢淋巴回流有关。卵巢癌最常见的淋巴结转移是沿性腺血管向腹膜后间隙转移。肿瘤播散也会沿着子宫阔韧带，可能会导致髂内、髂外及闭孔淋巴结肿大。偶尔，肿瘤可能会通过圆韧带转移到腹股沟浅、深淋巴结[22]。关于卵巢癌淋巴结转移的诊断，在超声短轴上淋巴结大于 1cm 就认为是异常的影像[55]。然而，以大小和形状为标准对淋巴结转移的诊断不准确（据报道 CT、MRI 的敏感性和特异性分别为 43% 和 89%、38% 和 84%），淋巴结肿大通常由于良性病因，如炎症

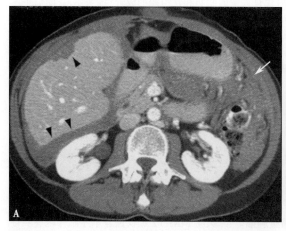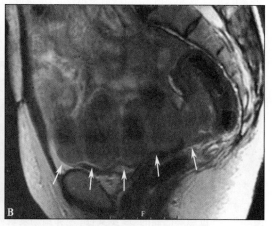

图 5-10　一位 56 岁的卵巢癌女性。 A：轴向对比增强腹部横断面 CT 显示广泛腹膜肿瘤，包括肝囊肿（纤维囊）（箭头示）和膈下间隙（箭示）；B：盆腔 MRI 矢状面 T2 加权像显示盆腹膜返折处斑点样结节状软组织增厚（箭示），不能从相邻肠表面分离

和增生，而恶性淋巴结含有少量的转移不会异常增大 [49, 85]。因此，运用新的淋巴管造影剂进行的研究，如超小型氧化铁分子检测淋巴结转移。这些造影剂被良性淋巴结摄取。因此，注射淋巴管造影剂后，这种良性淋巴结显示 MRI 信号强度降低，而转移的淋巴结仍保持在高信号强度。初步结果显示这些造影剂对检测淋巴结转移有很大的前景 [86, 87]。

　　诊断时，远处转移较为罕见。可能会涉及肝脏、肺、胸膜、肾上腺及脾脏。CT 和 MRI 等用于评估肝实质转移。有代表性的是胸椎转移，通常先于腹部或骨盆疾病或肿瘤标志物的上升，最好的检测方法为 CT[55, 88]。卵巢癌患者出现胸腔积液是非特异性表现，通过本身可以判定良性或恶性。胸膜增厚或结节预示为恶性。在缺乏这些影像学表现时，应做胸腔穿刺术以做细胞学诊断 [22]。骨和脑转移是非常罕见的 [22]。应当指出，腹膜种植与实质器官表面如肝脏，已有腹膜转移提示为Ⅲ期，与实质转移相比，腹膜转移导致不同的分期和临床意义（Ⅳ期通过血行播散）。然而，肿瘤种植图像上有时会类似实质病灶，特别是当它们深深侵犯到肝脏的镰状韧带时。先进的薄层多排螺旋 CT 具有的多平面数据回顾功能以及 MRI 固有的多平面功能对实质器官表面种植和实质转移鉴别也具有重要的实用价值。

　　研究表明 CT 和 MRI 对卵巢癌分期的准确性相当，且比超声更准确 [49, 89]。预测分期的总的准确性为 73%～77%[50, 52, 89]。对Ⅰ期及Ⅱ期卵巢癌的准确性大约为 55% 左右，Ⅲ期及Ⅳ期为 89% 左右 [50]。特别是 CT 描述腹膜转移，总的准确性可高达 89%～95%，但是对发现最大直径为 1cm 或更小的转移病灶的敏感性为 25%～50%，明显低于总体敏感性 85%～93%[90]。另外，可能是由于部分容积平均值和生理性肠道运动的影响，CT 或 MRI 都难以检测肠系膜和小肠的种植 [89]。虽然分期的总的准确性是中度，但 CT 预测肿瘤的可治愈性非常不错，预测癌症不可治愈的阳性预测值为 100%，阴性预测值为 92%[50, 89]。术前 CT 参数与残余病灶如腹水、网膜肿块、肠系膜病变、结肠沟、横膈沉积病灶及胸腔积液显著相关 [50]。

　　已经报道由 MRI 对卵巢癌分期的准确性与 CT 相似，在对比增强图像中约为 75%～78%[89, 91]。凭借良好的软组织对比和多层采集图像的功能，MRI 评估盆腔肿瘤的范围优于 CT。然而，这两种检查方式对于检测腹部疾病没有区别 [89]。与 CT 相似，MRI 对预测无法手术的腹部肿瘤具有高度准确性，对术前新诊断为卵巢癌的患者实施较满意的肿瘤细胞减灭术，据报道阳性预测值及阴性预测价值均高于 90%[89, 92]。这意味着影像可能有助于选择更适合新辅助化疗的病人 [92]。对大网膜病变及较小的囊性病变，MRI 的准确性较低 [85]。

　　PET-CT 融合技术特别有助于检测在肠扭转成袢状或其附近的种植病灶 [55]。虽然肿瘤和（或）淋巴结内坏死可以表现为衰减区域 [55]，但是卵巢癌来源的转移病灶（包括腹膜种植和淋巴结转移）亲和 FDG[55]。应该常规测量和报告标准摄入值（SUV）。人们普遍认为标准吸收值 <2～3 提示为恶性肿瘤。

　　当胸椎转移、胸腔积液和胸部淋巴结肿大时，FDG 的摄取也可以增加 [55]。然而，其缺陷在于卵巢囊腺癌的转移灶摄取与增加的代谢活性无关，PET 无法对其进行诊断（图 5-11）。FDG-PET 对腹膜后区域的检测要比腹膜内敏感性高 [93]。以 FDG-PET/ CT 相结合评估卵巢恶性肿瘤的数据仍在产生。在一项由 Yoshida 和同事 [94] 所做的关于术前肿瘤分期研究中，CT 单一检查的准确性为 53%，FDG-PET 与 CT 相结合评价分期的准确性为 87%。另一项研究表明，FDG-PET 和 CT 检测腹膜转移敏感性相对较低，表明手术分期仍是金标准。然而，FDG-PET 有较高的特异性，可用于评估术后病灶残留或复发。

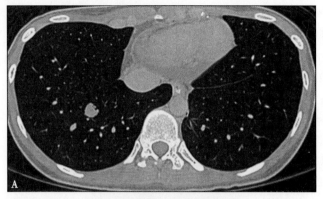

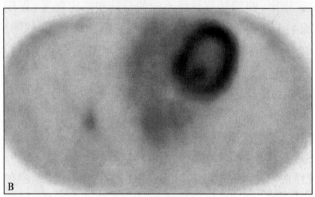

图 5-11　一位患卵巢转移性黏液腺癌的 22 岁女性。A：轴向对比增强 CT 肺窗显示右下肺叶分叶状结节。另外多发的肺结节（未显示）。B：轴向 FDG-PET 显示图像的胸腔右下肺结节最大的标准吸收值只有 1.0。随后手术病理证实这结节由卵巢黏液性腺癌转移而来

随访

　　大量的方法被用来检测卵巢癌首次手术和化疗后的肿瘤复发。这些方法包括体检、测定血清 CA-125 水平和影像学检查。CT、MRI 和 PET 都已经被用来评估卵巢癌复发[55]。

　　卵巢肿瘤复发可表现为盆腔腹膜播散、恶性腹水和结节性复发（图 5-12）。肿瘤复发偶尔可能表现为胸膜病变和肝转移病灶[95]。盆腔复发可能累及阴道残端、宫旁组织、膀胱、和（或）手术区域毗邻肠道。腹膜种植表现为腹膜表面的结节，最常见的是在肝周围或后穹隆、肠系膜浸润。不常见的症状包括腹部肝外实质性器官的转移、骨转移以及腹壁病变累及皮下脂肪和肌肉[95]。通过准确检测卵巢恶性肿瘤复发病灶有助于准确诊断和及时治疗。

　　CT 是最主要的检测肉眼可见的复发病灶的检查方法，可以避免再次有创剖腹探查手术[96]。卵巢癌患者的治疗可以通过腹部和骨盆的螺旋 CT 检查进行随访。一般不提倡胸部 CT，除非肿瘤标志物水平上升但 CT 检测不到任何复发病灶[88, 97]。对于卵巢癌患者钆增强 MRI 也是非常有用的诊断工具（图 5-13）。MRI 检查结果异常同时 CA-125 值正常高度指示肿瘤残留或复发[98]。有报道称，已接受治疗的卵巢癌患者，钆增强 MRI 破坏了梯度回波，MRI 描绘残余肿瘤的准确性、阳性预测值和阴性预测值可与剖腹探查相媲美，优于 CA-125 值的测定[99]。然而 CT 和 MRI 均不足以排除镜下病变[96]。

　　大部分的骨盆肿瘤病人通常选择了二次肿瘤细胞减灭术。可能出现两种骨盆复发的类型：中央复发和骨盆侧壁复发[22]。手术的指征不是盆腔肿物的大小，而是包块到达骨盆侧壁的范围。因其软组织对比和分层能力高，MRI 在评估盆腔侧壁浸润优于 CT。图像上显示骨

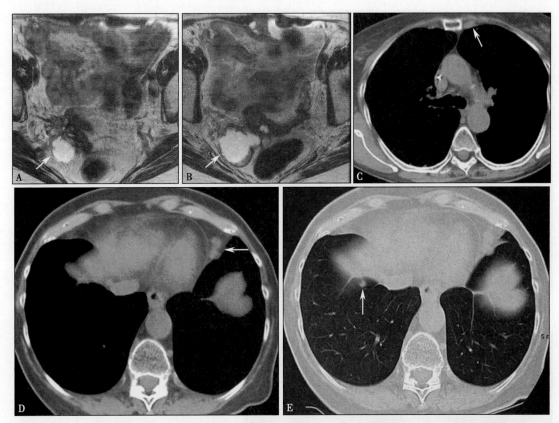

图 5-12　一位卵巢癌术后复发的 69 岁女性。 A 和 B：MRI 轴向 T2 加权图像提示骨盆右侧与肠扭转环状束相邻的一个复杂的囊性包块（箭头示）。C 和 D：胸腔轴向平扫的 CT 图像显示左乳内和膈上新发淋巴结肿大，为可疑的转移病灶。E：胸部轴向平扫 CT 图像肺窗显示右肺底一个新发肺结节（箭头示），也是可疑的转移病灶

盆侧壁与肿瘤之间脂肪层至少 3mm 厚就认为有必要切除 [22]。盆腔侧壁浸润和肠梗阻是肿瘤无法切除的重要指征，但膀胱和直肠浸润不是外科治疗绝对禁忌证（可考虑选择病例行骨盆廓清术）。病人的术前影像学检查是考虑可能二次肿瘤细胞减灭术至关重要的因素，以便确定其他部位肿瘤存在和无法切除的指征 [22]。

虽然有时因测量者、不同剂量、扫描仪及注射造影剂后成像时间而产生一些变化，但是比较多重标准吸收值可能有助于评估肿瘤治疗反应，关于 FDG-PET 评价复发性卵巢癌的价值的报道有各种结果 [54]。一个初步的研究表明，在卵巢癌病人随访时，FDG-PET 检测出复发病灶的准确性高于 CT，甚至比肿瘤标记物 CA-125 的敏感性更高，FDG-PET 对显示复发病灶部位还具有额外优势 [100]。但其他的研究发现，在诊断复发性卵巢癌，FDG-PET 检测小肿瘤有一定的局限性，但并不降低总体准确性（高于 CT）[101~103]。然而，对于肿瘤大小至少 1cm，并有生物化学证据，传统 CT 结果为阴性或者可疑的患者，FDG-PET/CT 对确诊复发性卵巢肿瘤结节有较高的准确性，从而促进及时的肿瘤细胞减灭术 [104]。

PET 对临床隐性复发的卵巢癌患者敏感性较低 [105]。然而，对于临床怀疑复发的病人，FDG-PET 检测复发卵巢癌的敏感性高于被判断为无临床症状的患者。因此，FDG-PET 对于怀疑临床复发但解剖影像学检查结果为阴性或可疑的患者很有益 [55, 106, 107]。当结合临床参数如 CA-125 水平检测复发卵巢癌，FDG-PET 的敏感性可高达 97.8% [108]。FDG-PET 与 CA-125

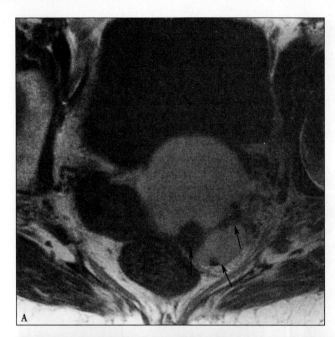

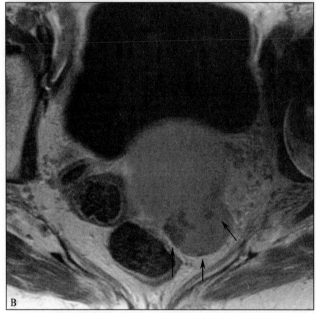

图 5-13　一位卵巢苗勒管癌术后复发的 50 岁女性。A：骨盆轴向 MRI T1 平扫显示了在膀胱和直肠之间一个复杂的囊性病变，包含中度 T1 高信号液体和多发附壁结节（箭头示）。B：骨盆轴向 T1 对比增强的 MRI 与轴向 T1 平扫 MRI 影像相比，前者显示附壁结节信号增强（箭头示），提示软组织实性增强

滴度相结合的方法对提高复发的诊断准确性很有益。

据报道 PET 检测复发卵巢癌的特异性在 42%～100% 之间 [101, 103, 105, 106, 109, 110]。盆腹腔的生理性活动是影响 PET 特异性的一个潜在因素 [55]。除了泌尿道（因为 FDG 通过肾脏排泄）外，在胃肠道、肝和脾可以观察到 FDG 的生理性吸收。因此，数字化融合 PET 和 CT 的扫描结果比起 PET 能更好区分生理和病理性活动，并使得对真正的病理学病变进行准确的定位治疗计划成为可能 [111]（图 5-14）。虽然 Drieskens 和同事 [93] 表明相对于手术分期，FDG-PET 及 CT 对腹膜疾病有相对较低的敏感性，但 FDG-PET 有较高的特异性，有助于术后残端或复发病灶的评估。总体看来，FDG-PET 对于治疗后残端或复发疾病具有阳性预测值高的优势 [102, 104]。

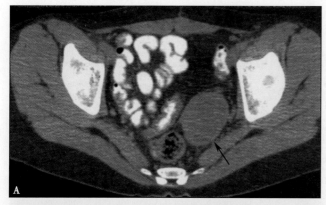

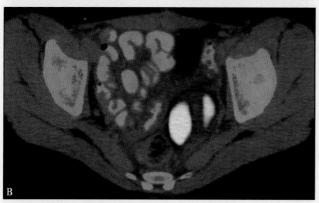

图 5-14　一位由子宫内膜异位囊肿进展为子宫内膜样腺癌的女性，手术及化疗后 CA-125 升高。A：骨盆轴向平扫 CT 图像显示盆腔左侧不均质的卵巢肿物（箭头示）。B：轴向 FDG-PET 与 CT 融合图像显示肿物代谢活动增加，标准摄入值达 7.7。随后手术病理学显示为腺癌，由透明细胞及子宫内膜样成分组成

　　这些混合的结果可能部分归因于治疗后的病人通常可出现非肿瘤性的高代谢病变的事实。这些病变包括肉芽肿、脓肿、手术的改变、辐射变化、炎症或异物反应。因此，使用当时得到的 CT 图像尤其是对比增强 CT 图像进行咨询有助于揭示无肿物进展的 FDG- 富集本质。在使用 PET/CT 进行评估手术或者放射治疗效果之前至少等待 6 周的时间是明智的。在解释的过程中整合临床信息可能会进一步增加特异性。

　　全身 FDG-PET 已显示出与二次剖腹探查术类似的判断预后的价值，并能代替卵巢癌患者术后随访，尤其是有复发高风险的患者的二次剖腹探查[112]。因此，FDG-PET 适当应用于卵巢癌复发病人的管理中，可以减少不必要的有创的分期手术并节省医疗费用[113]。再者，由于肿瘤的大小和术后解剖结构的改变，肿瘤复发的精确定位在外科手术治疗中是非常困难的。据报道，用一种 FDG 敏感的外科伽玛探测针结合术前 PET/CT 融合图像有助于发现隐性的转移灶，并引导腹腔镜下切除卵巢癌复发病灶[114]。

结论

　　影像学检查对卵巢癌的检测、诊断、管理、治疗及随访是必不可少的。对有卵巢癌遗传高风险的人群例行筛查时，经阴道超声技术是一种很有前景的影像学方法。对有相关症状的患者，影像学检查一般包括腹部和盆腔超声或 CT。骨盆或腹部 MRI 通常是一个解决问题的工具。CT、PET 和 PET/CT 是最常用于治疗随访的影像学方法。

（龙腾飞　译）

参考文献

1. Im SS, Gordon AN, Buttin BM, et al: Validation of referral guidelines for women with pelvic masses. Obstet Gynecol 105(1):35–41, 2005.

2. Ries LAG, Harkins D, Krapcho M, et al: SEER Cancer Statistics Review, 1975–2003. Bethesda, MD: National Cancer Institute. http://seer.cancer.gov/csr/1975_2003/ (Accessed August 2006).

3. Brinton LA, Lamb EJ, Moghissi KS, et al: Ovarian cancer risk associated with varying causes of infertility. Fertil Steril 82(2):405–414, 2004.

4. Rossing MA, Tang MT, Flagg EW, et al: A case-control study of ovarian cancer in relation to infertility and the use of ovulation-inducing drugs. Am J Epidemiol 160(11):1070–1078, 2004.

5. Rossouw JE, Anderson GL, Prentice RL, et al: Risks and benefits of estrogen plus progestin in healthy postmenopausal women: principal results from the Women's Health Initiative randomized controlled trial. JAMA 288(3):321–333, 2002.

6. Rubin SC, Blackwood MA, Bandera C, et al: *BRCA1, BRCA2,* and hereditary nonpolyposis colorectal cancer gene mutations in an unselected ovarian cancer population: relationship to family history and implications for genetic testing. Am J Obstet Gynecol 178(4):670–677, 1998.

7. Risch HA, McLaughlin JR, Cole DE, et al: Prevalence and penetrance of germline *BRCA1* and *BRCA2* mutations in a population series of 649 women with ovarian cancer. Am J Hum Genet 68(3):700–710, 2001.

8. Pal T, Permuth-Wey J, Betts JA, et al: *BRCA1* and *BRCA2* mutations account for a large proportion of ovarian carcinoma cases. Cancer 104(12):2807–2816, 2005.

9. Struewing JP, Hartge P, Wacholder S, et al: The risk of cancer associated with specific mutations of *BRCA1* and *BRCA2* among Ashkenazi Jews. N Engl J Med 336(20):1401–1408, 1997.

10. Ford D, Easton DF, Stratton M, et al: Genetic heterogeneity and penetrance analysis of the *BRCA1* and *BRCA2* genes in breast cancer families. The Breast Cancer Linkage Consortium. Am J Hum Genet 62(3):676–689, 1998.

11. Antoniou A, Pharoah PD, Narod S, et al: Average risks of breast and ovarian cancer associated with *BRCA1* or *BRCA2* mutations detected in case series unselected for family history: a combined analysis of 22 studies. Am J Hum Genet 72(5):1117–1130, 2003.

12. Dunlop MG, Farrington SM, Carothers AD, et al: Cancer risk associated with germline DNA mismatch repair gene mutations. Hum Mol Genet 6(1):105–110, 1997.

13. Aarnio M, Sankila R, Pukkala E, et al: Cancer risk in mutation carriers of DNA-mismatch-repair genes. Int J Cancer 81(2):214–218, 1999.

14. Kerlikowske K, Brown JS, Grady DG: Should women with familial ovarian cancer undergo prophylactic oophorectomy? Obstet Gynecol 80(4):700–707, 1992.

15. Stratton JF, Pharoah P, Smith SK, et al: A systematic review and meta-analysis of family history and risk of ovarian cancer. Br J Obstet Gynaecol 105(5):493–499, 1998.

16. Bergfeldt K, Rydh B, Granath F, et al: Risk of ovarian cancer in breast-cancer patients with a family history of breast or ovarian cancer: a population-based cohort study. Lancet 360(9337):891–894, 2002.

17. van Nagell JR, Jr, DePriest PD, Reedy MB, et al: The efficacy of transvaginal sonographic screening in asymptomatic women at risk for ovarian cancer. Gynecol Oncol 77(3):350–356, 2000.

18. Buys SS, Partridge E, Greene MH, et al: Ovarian cancer screening in the Prostate, Lung, Colorectal and Ovarian (PLCO) cancer screening trial: findings from the initial screen of a randomized trial. Am J Obstet Gynecol 193(5):1630–1639, 2005.

19. Rieber A, Nussle K, Stohr I, et al: Preoperative diagnosis of ovarian tumors with MR imaging: comparison with transvaginal sonography, positron emission tomography, and histologic findings. AJR Am J Roentgenol 177(1):123–129, 2001.

20. Timmerman D, Schwarzler P, Collins WP, et al: Subjective assessment of adnexal masses with the use of ultrasonography: an analysis of interobserver variability and experience. Ultrasound Obstet Gynecol 13(1):11–16, 1999.

21. Valentin L: Gray scale sonography, subjective evaluation of the color Doppler image and measurement of blood flow velocity for distinguishing benign and malignant tumors of suspected adnexal origin. Eur J Obstet Gynecol Reprod Biol 72(1):63–72, 1997.

22. Mironov S, Akin O, Pandit-Taskar N, Hann LE: Ovarian cancer. Radiol Clin North Am 45(1):149–166, 2007.

23. Brown DL, Doubilet PM, Miller FH, et al: Benign and malignant ovarian masses: selection of the most discriminating gray-scale and Doppler sonographic features. Radiology 208(1):103–110, 1998.

24. Guerriero S, Alcazar JL, Coccia ME, et al: Complex pelvic mass as a target of evaluation of vessel distribution by color Doppler sonography for the diagnosis of adnexal malignancies: results of a multicenter European study. J Ultrasound Med 21(10):1105–1111, 2002.

25. Salem SC, Wilson SR: Gynecologic ultrasound. In Rumack CM, Wilson SR, Charboneau JW, et al (eds): Diagnostic Ultrasound, 2nd ed. Philadelphia: Mosby, 2005.

26. Fleischer AC, Rodgers WH, Rao BK, et al: Assessment of ovarian tumor vascularity with transvaginal color Doppler sonography. J Ultrasound Med 10(10):563–568, 1991.

27. Bourne T, Campbell S, Steer C, et al: Transvaginal colour flow imaging: a possible new screening technique for ovarian cancer. BMJ 299(6712):1367–1370, 1989.

28. Kurjak A, Zalud I, Alfirevic Z: Evaluation of adnexal masses with transvaginal color ultrasound. J Ultrasound Med 10(6):295–297, 1991.

29. Levine D, Feldstein VA, Babcook CJ, Filly RA: Sonography of ovarian masses: poor sensitivity of resistive index for identifying malignant lesions. AJR Am J Roentgenol 162(6):1355–1359, 1994.

30. Stein SM, Laifer-Narin S, Johnson MB, et al: Differentiation of benign and malignant adnexal masses: relative value of gray-scale, color Doppler, and spectral Doppler sonography. AJR Am J Roentgenol 164(2):381–386, 1995.

31. Salem S, White LM, Lai J: Doppler sonography of adnexal masses: the predictive value of the pulsatility index in benign and malignant disease. AJR Am J Roentgenol 163(5):1147–1150, 1994.

32. Jain KA: Prospective evaluation of adnexal masses with endovaginal gray-scale and duplex and color Doppler US: correlation with pathologic findings. Radiology 191(1):63–67, 1994.

33. Schelling M, Braun M, Kuhn W, et al: Combined transvaginal B-mode and color Doppler sonography for differential diagnosis of ovarian tumors: results of a multivariate logistic regression analysis. Gynecol Oncol 77(1):78–86, 2000.

34. Hamper UM, Sheth S, Abbas FM, et al: Transvaginal color Doppler sonography of adnexal masses: differences in blood flow impedance in benign and malignant lesions. AJR Am J Roentgenol 160(5):1225–1228, 1993.

35. Rehn M, Lohmann K, Rempen A: Transvaginal ultrasonography of pelvic masses: evaluation of B-mode technique and Doppler ultrasonography. Am J Obstet Gynecol 175(1):97–104, 1996.

36. Brown DL, Frates MC, Laing FC, et al: Ovarian masses: can benign and malignant lesions be differentiated with color and pulsed Doppler US? Radiology 190(2):333–336, 1994.

37. Buy JN, Ghossain MA, Hugol D, et al: Characterization of adnexal masses: combination of color Doppler and conventional sonography compared with spectral Doppler analysis alone and conventional sonography alone. AJR Am J Roentgenol 166(2):385–393, 1996.

38. Kinkel K, Hricak H, Lu Y, et al: US characterization of ovarian masses: a meta-analysis. Radiology 217(3):803–811, 2000.

39. Cohen LS, Escobar PF, Scharm C, et al: Three-dimensional power Doppler ultrasound improves the diagnostic accuracy for ovarian cancer prediction. Gynecol Oncol 82(1):40–48, 2001.

40. Kurjak A, Kupesic S, Sparac V, Bekavac I: Preoperative evaluation of pelvic tumors by Doppler and three-dimensional sonography. J Ultrasound Med 20(8):829–840, 2001.

41. Kurjak A, Kupesic S, Sparac V, et al: The detection of stage I ovarian cancer by three-dimensional sonography and power Doppler. Gynecol Oncol 90(2):258–264, 2003.

42. Medl M, Kulenkampff KJ, Stiskal M, et al: Magnetic resonance imaging in the preoperative evaluation of suspected ovarian masses. Anticancer Res 15(3):1123–1125, 1995.

43. Yamashita Y, Torashima M, Hatanaka Y, et al: Adnexal masses: accuracy of characterization with transvaginal US and precontrast and postcontrast MR imaging. Radiology 194(2):557–565, 1995.

44. Komatsu T, Konishi I, Mandai M, et al: Adnexal masses: transvaginal US and gadolinium-enhanced MR imaging assessment of intratumoral structure. Radiology 198(1):109–115, 1996.

45. Kurtz AB, Tsimikas JV, Tempany CM, et al: Diagnosis and staging of ovarian cancer: comparative values of Doppler and conventional US, CT, and MR imaging correlated with surgery and histopathologic analysis—report of the Radiology Diagnostic Oncology Group. Radiology 212(1):19–27, 1999.

46. Hricak H, Chen M, Coakley FV, et al: Complex adnexal masses: detection and characterization with MR imaging—multivariate analysis. Radiology 214(1):39–46, 2000.

47. Sohaib SA, Sahdev A, Van Trappen P, et al: Characterization of adnexal mass lesions on MR imaging. AJR Am J Roentgenol 180(5):1297–1304, 2003.

48. Kinkel K, Lu Y, Mehdizade A, et al: Indeterminate ovarian mass at US: incremental value of second imaging test for characterization–meta-analysis and Bayesian analysis. Radiology 236(1):85–94, 2005.

49. Tempany CM, Zou KH, Silverman SG, et al: Staging of advanced ovarian cancer: comparison of imaging modalities—report from the Radiological Diagnostic Oncology Group. Radiology 215(3):761–767, 2000.

50. Byrom J, Widjaja E, Redman CW, et al: Can pre-operative computed tomography predict resectability of ovarian carcinoma at primary laparotomy? BJOG 109(4):369–375, 2002.

51. Kawamoto S, Urban BA, Fishman EK: CT of epithelial ovarian tumors. Radiographics Spec No:S85–S102; quiz S103–S104, 1999.

52. Buy JN, Ghossain MA, Sciot C, et al: Epithelial tumors of the ovary: CT findings and correlation with US. Radiology 178(3):811–818, 1991.

53. Ghossain MA, Buy JN, Ligneres C, et al: Epithelial tumors of the ovary: comparison of MR and CT findings. Radiology 181(3):863–870, 1991.

54. Subhas N, Patel PV, Pannu HK, et al: Imaging of pelvic malignancies with in-line FDG PET-CT: case examples and common pitfalls of FDG PET. Radiographics 25(4):1031–1043, 2005.

55. Pannu HK, Bristow RE, Cohade C, et al: PET-CT in recurrent ovarian cancer: initial observations. Radiographics 24(1):209–223, 2004.

56. Antoch G, Freudenberg LS, Stattaus J, et al: Whole-body positron emission tomography-CT: optimized CT using oral and IV contrast materials. AJR Am J Roentgenol 179(6):1555–1560, 2002.

57. Dizendorf EV, Treyer V, Von Schulthess GK, Hany TF: Application of oral contrast media in coregistered positron emission tomography-CT. AJR Am J Roentgenol 179(2):477–481, 2002.

58. Fenchel S, Grab D, Nuessle K, et al: Asymptomatic adnexal masses: correlation of FDG PET and histopathologic findings. Radiology 223(3):780–788, 2002.

59. Jung SE, Lee JM, Rha SE, et al: CT and MR imaging of ovarian tumors with emphasis on differential diagnosis. Radiographics 22(6):1305–1325, 2002.

60. Occhipinti KA: Computed tomography and magnetic resonance imaging of the ovary. In Anderson JC (eds) Gynecologic Imaging. London: Churchill Livingstone, 1999, pp 345–359.

61. Fukuda T, Ikeuchi M, Hashimoto H, et al: Computed tomography of ovarian masses. J Comput Assist Tomogr 10(6):990–996, 1986.

62. Exacoustos C, Romanini ME, Rinaldo D, et al: Preoperative sonographic features of borderline ovarian tumors. Ultrasound Obstet Gynecol 25(1):50–59, 2005.

63. Wagner BJ, Buck JL, Seidman JD, McCabe KM: From the archives of the AFIP. Ovarian epithelial neoplasms: radiologic-pathologic correlation. Radiographics 14(6):1351–1374; quiz 1375–1376, 1994.

64. Wu TT, Coakley FV, Qayyum A, et al: Magnetic resonance imaging of ovarian cancer arising in endometriomas. J Comput Assist Tomogr 28(6):836–838, 2004.

65. Matsuoka Y, Ohtomo K, Araki T, et al: MR imaging of clear cell carcinoma of the ovary. Eur Radiol 11(6):946–951, 2001.

66. Outwater EK, Siegelman ES, Hunt JL: Ovarian teratomas: tumor types and imaging characteristics. Radiographics 21(2):475–490, 2001.

67. Brammer HM III, Buck JL, Hayes WS, et al: From the archives of the AFIP. Malignant germ cell tumors of the ovary: radiologic-pathologic correlation. Radiographics 10(4):715–724, 1990.

68. Kim SH, Kang SB: Ovarian dysgerminoma: color Doppler ultrasonographic findings and comparison with CT and MR imaging findings. J Ultrasound Med 14(11):843–848, 1995.

69. Tanaka YO, Kurosaki Y, Nishida M, et al: Ovarian dysgerminoma: MR and CT appearance. J Comput Assist Tomogr 18(3):443–448, 1994.

70. Ko SF, Wan YL, Ng SH, et al: Adult ovarian granulosa cell tumors: spectrum of sonographic and CT findings with pathologic correlation. AJR Am J Roentgenol 172(5):1227–1233, 1999.

71. Outwater EK, Wagner BJ, Mannion C, et al: Sex cord-stromal and steroid cell tumors of the ovary. Radiographics 18(6):1523–1546, 1998.

72. Morikawa K, Hatabu H, Togashi K, et al:. Granulosa cell tumor of the ovary: MR findings. J Comput Assist Tomogr 21(6):1001–1004, 1997.

73. Bazot M, Ghossain MA, Buy JN, et al: Fibrothecomas of the ovary: CT and US findings. J Comput Assist Tomogr 17(5):754–759, 1993.

74. Troiano RN, Lazzarini KM, Scoutt LM, et al: Fibroma and fibrothecoma of the ovary: MR imaging findings. Radiology 204(3):795–798, 1997.

75. Kim SH, Sim JS, Seong CK: Interface vessels on color/power Doppler US and MRI: a clue to differentiate subserosal uterine myomas from extrauterine tumors. J Comput Assist Tomogr 25(1):36–42, 2001.

76. Torashima M, Yamashita Y, Matsuno Y, et al: The value of detection of flow voids between the uterus and the leiomyoma with MRI. J Magn Reson Imaging 8(2):427–431, 1998.

77. Kim SH, Kim YJ, Park BK, et al: Collision tumors of the ovary associated with teratoma: clues to the correct preoperative diagnosis. J Comput Assist Tomogr 23(6):929–933, 1999.

78. Demopoulos RI, Touger L, Dubin N: Secondary ovarian carcinoma: a clinical and pathological evaluation. Int J Gynecol Pathol 6(2):166–175, 1987.

79. Young RH, Scully RE: Metastatic tumors in the ovary: a problem-oriented approach and review of the recent literature. Semin Diagn Pathol 8(4):250–276, 1991.

80. Mazur MT, Hsueh S, Gersell DJ: Metastases to the female genital tract. Analysis of 325 cases. Cancer 53(9):1978–1984, 1984.

81. Cho KC, Gold BM: Computed tomography of Krukenberg tumors. AJR Am J Roentgenol 145(2):285–288, 1985.

82. Megibow AJ, Hulnick DH, Bosniak MA, Balthazar EJ: Ovarian metastases: computed tomographic appearances. Radiology 156(1):161–164, 1985.

83. Brown DL, Zou KH, Tempany CM, et al: Primary versus secondary ovarian malignancy: imaging findings of adnexal masses in the Radiology Diagnostic Oncology Group Study. Radiology 219(1):213–218, 2001.

84. Dvoretsky PM, Richards KA, Angel C, et al: Survival time, causes of death, and tumor/treatment-related morbidity in 100 women with ovarian cancer. Hum Pathol 19(11):1273–1279, 1988.

85. Ricke J, Sehouli J, Hach C, et al: Prospective evaluation of contrast-enhanced MRI in the depiction of peritoneal spread in primary or recurrent ovarian cancer. Eur Radiol 13(5):943–949, 2003.

86. Harisinghani MG, Saini S, Weissleder R, et al: MR lymphangiography using ultrasmall superparamagnetic iron oxide in patients with primary abdominal and pelvic malignancies: radiographic-pathologic correlation. AJR Am J Roentgenol 172(5):1347–1351, 1999.

87. Bellin MF, Roy C, Kinkel K, et al: Lymph node metastases: safety and effectiveness of MR imaging with ultrasmall superparamagnetic iron oxide particles—initial clinical experience.

Radiology 207(3):799–808, 1998.

88. Sella T, Rosenbaum E, Edelmann DZ, et al: Value of chest CT scans in routine ovarian carcinoma follow-up. AJR Am J Roentgenol 177(4):857–859, 2001.

89. Forstner R, Hricak H, Occhipinti KA, et al: Ovarian cancer: staging with CT and MR imaging. Radiology 197(3):619–626, 1995.

90. Coakley FV, Choi PH, Gougoutas CA, et al: Peritoneal metastases: detection with spiral CT in patients with ovarian cancer. Radiology 223(2):495–499, 2002.

91. Stevens SK, Hricak H, Stern JL: Ovarian lesions: detection and characterization with gadolinium-enhanced MR imaging at 1.5 T. Radiology 181(2):481–488, 1991.

92. Qayyum A, Coakley FV, Westphalen AC, et al: Role of CT and MR imaging in predicting optimal cytoreduction of newly diagnosed primary epithelial ovarian cancer. Gynecol Oncol 96(2): 301–306, 2005.

93. Drieskens O, Stroobants S, Gysen M, et al: Positron emission tomography with FDG in the detection of peritoneal and retroperitoneal metastases of ovarian cancer. Gynecol Obstet Invest 55(3):130–134, 2003.

94. Yoshida Y, Kurokawa T, Kawahara K, et al: Incremental benefits of FDG positron emission tomography over CT alone for the preoperative staging of ovarian cancer. AJR Am J Roentgenol 182(1):227–233, 2004.

95. Park CM, Kim SH, Kim SH, et al: Recurrent ovarian malignancy: patterns and spectrum of imaging findings. Abdom Imaging 28(3):404–415, 2003.

96. Prayer L, Kainz C, Kramer J, et al: CT and MR accuracy in the detection of tumor recurrence in patients treated for ovarian cancer. J Comput Assist Tomogr 7(4):626–632, 1993.

97. Dachman AH, Visweswaran A, Battula R, et al: Role of chest CT in the follow-up of ovarian adenocarcinoma. AJR Am J Roentgenol 176(3):701–705, 2001.

98. Low RN, Saleh F, Song SY, et al: Treated ovarian cancer: comparison of MR imaging with serum CA-125 level and physical examination—a longitudinal study. Radiology 211(2):519–528, 1999.

99. Low RN, Duggan B, Barone RM, et al: Treated ovarian cancer: MR imaging, laparotomy reassessment, and serum CA-125 values compared with clinical outcome at 1 year. Radiology 235(3):918–926, 2005.

100. Garcia Velloso MJ, Boan Garcia JF, Villar Luque LM, et al: [F-18-FDG positron emission tomography in the diagnosis of ovarian recurrence. Comparison with CT scan and CA 125]. Rev Esp Med Nucl 22(4):217–223, 2003.

101. Cho SM, Ha HK, Byun JY, et al: Usefulness of FDG PET for assessment of early recurrent epithelial ovarian cancer. AJR Am J Roentgenol 179(2):391–395, 2002.

102. Sironi S, Messa C, Mangili G, et al: Integrated FDG PET/CT in patients with persistent ovarian cancer: correlation with histologic findings. Radiology 233(2):433–440, 2004.

103. Kubik-Huch RA, Dorffler W, von Schulthess GK, et al: Value of (18F)-FDG positron emission tomography, computed tomography, and magnetic resonance imaging in diagnosing primary and recurrent ovarian carcinoma. Eur Radiol 10(5):761–767, 2000.

104. Bristow RE, del Carmen MG, Pannu HK, et al: Clinically occult recurrent ovarian cancer: patient selection for secondary cytoreductive surgery using combined PET/CT. Gynecol Oncol 90(3):519–528, 2003.

105. Rose PG, Faulhaber P, Miraldi F, Abdul-Karim FW: Positive emission tomography for evaluating a complete clinical response in patients with ovarian or peritoneal carcinoma: correlation with second-look laparotomy. Gynecol Oncol 82(1):17–21, 2001.

106. Zimny M, Siggelkow W, Schroder W, et al: 2-[Fluorine-18]-fluoro-2-deoxy-d-glucose positron emission tomography in the diagnosis of recurrent ovarian cancer. Gynecol Oncol 83(2):310–315, 2001.

107. Nanni C, Rubello D, Farsad M, et al: (18)F-FDG PET/CT in the evaluation of recurrent ovarian cancer: a prospective study on forty-one patients. Eur J Surg Oncol 31(7):792–797, 2005.

108. Murakami M, Miyamoto T, Iida T, et al: Whole-body positron emission tomography and tumor marker CA125 for detection of recurrence in epithelial ovarian cancer. Int J Gynecol Cancer 16 Suppl 1:99–107, 2006.

109. Torizuka T, Nobezawa S, Kanno T, et al: Ovarian cancer recurrence: role of whole-body positron emission tomography using 2-[fluorine-18]-fluoro-2-deoxy- D-glucose. Eur J Nucl Med Mol Imaging 29(6):797–803, 2002.

110. Yen RF, Sun SS, Shen YY, et al: Whole body positron emission tomography with 18F-fluoro-2-deoxyglucose for the detection of recurrent ovarian cancer. Anticancer Res 21(5):3691–3694, 2001.

111. Schaffler GJ, Groell R, Schoellnast H, et al: Digital image fusion of CT and PET data sets–clinical value in abdominal/pelvic malignancies. J Comput Assist Tomogr 24(4):644–647, 2000.

112. Kim S, Chung JK, Kang SB, et al: [18F]FDG PET as a substitute for second-look laparotomy in patients with advanced ovarian carcinoma. Eur J Nucl Med Mol Imaging 31(2):196–201, 2004.

113. Smith GT, Hubner KF, McDonald T, Thie JA: Cost analysis of FDG PET for managing patients with ovarian cancer. Clin Positron Imaging 2(2):63–70, 1999.

114. Barranger E, Kerrou K, Petegnief Y, et al: Laparoscopic resection of occult metastasis using the combination of FDG-positron emission tomography/computed tomography image fusion with intraoperative probe guidance in a woman with recurrent ovarian cancer. Gynecol Oncol 96(1):241–244, 2005.

卵巢癌的筛查

第 6 章

Elizabeth R. Keeler, Partha M. Das, Robert C. Bast, Karen H. Lu

要　　点
● 卵巢癌死亡率很高，早期治疗效果好，目前迫切需要有效的卵巢癌筛查方法。
● 对于卵巢癌筛查的挑战基于以下原则：关于卵巢癌发病机制的认识在不断进展，这种疾病在人群中的发生率较低，它的临床前期改变是可以进行评估的，但不能明确。
● 经阴道超声（TVUS）是对卵巢形态学的极好的分析方式，但是假阳性的结果常常导致对良性的卵巢病变进行了外科干预。
● CA-125 是卵巢癌研究中应用最广泛的肿瘤标志物。然而，它的升高只存在于 50% 的 I 期卵巢癌患者中。假阳性普遍存在于绝经前期和围绝经期妇女中。对 CA-125 水平的连续检测可以提高卵巢癌的检出率。
● 血清学标志物和放射性影像学是目前最普遍的筛查方法。
● 正在进行中的两个大型的关于前列腺癌、肺癌、肠癌和卵巢癌（PLCO）筛查试验和英国卵巢癌筛查合作试验，正在评估卵巢癌筛查在人群中的效果。
● 非前瞻性的随机试验已经证明在高危女性中进行卵巢癌筛查降低了死亡率，但是，筛查和早期监测对那些还没有选择双侧卵巢输卵管切除术以及那些不愿意经历这些过程的高危女性是非常重要的。
● 共识小组推荐对于那些存在 BRCA1 或 BRCA2 突变的女性进行为期 6 个月的超声及 CA-125 检测，因为这些信号暗示着发生卵巢癌的危险。
● 储存低危以及高危人群的血清对于未来的研究是重要的，因为正在进行大量的候选肿瘤标志物的研究。
● 卵巢癌筛查的缺陷可能是对所有的患者都造成了压力，特别是那些卵巢癌高危女性。

简介

　　尽管治疗方法已有改进，但是卵巢癌对于多数患者来说还是不治之症。在 2009 年，大约将诊断出 21 550 例新的卵巢癌患者，14 600 名患者将死于该病。一般群体中的女性每 72 人中就会有 1 个人（1.4%）发展为卵巢癌，每 100 人中便会有 1 个人（1.00%）死于该病[1]。大约75% 的患者目前处于该病的晚期阶段，而长期生存的却很少[2]。早期卵巢癌的检出可以有效提高生存率，研究者们致力于对早期卵巢癌的监测可能会降低死亡率。

　　与此同时，没有任何研究能充分证明在人群中卵巢癌筛查的有效性。因此，卵巢癌筛查并不推荐用于群体发病危险的检测。然而，对于 BRCA1 和 BRCA2 突变的妇女，卵巢癌筛查是非常紧要的,需要特别关注由于这些突变而导致的患卵巢癌风险的增加(表 6-1)。与一般女性人群中 1.4% 的卵巢癌风险率相比,那些有 *BRCA1* 突变的妇女中有 39%～46% 的卵巢癌风险率,而那些有 *BRCA2* 突变的妇女中的风险率为 12%～20%[3, 4]。本章探讨了癌症筛查的纲要、卵巢癌筛查的难度以及对高危和低危人群的筛查策略。

表 6-1　基因突变携带者患乳腺癌和卵巢癌风险的对比

年龄	携带癌症突变基因患者的 RR*(95%CI)			
	BRCA1		*BRCA2*	
	乳腺癌	卵巢癌	乳腺癌	卵巢癌
20～29 岁	17(4.2～71)	1.0	19(4.5～81)	1.0
30～39 岁	33(23～49)	49(21～111)	16(9.3～29)	1.0
40～49 岁	32(24～43)	68(42～111)	9.9(6.1～16)	6.3(1.4～28)
50～59 岁	18(11～30)	31(14～66)	12(7.4～19)	19(9.0～41)
60～69 岁	14(6.3～31)	50(22～114)	11(6.3～20)	8.4(2.2～32)

*RR 与 1973～1977 年间英格兰和威尔士相比所得的相对危险度

癌症筛查的原则

筛查是用测验方法检测出还没有出现症状和体征的潜在性癌症的手段[5～7]。最终,癌症在未出现临床症状前被检测出,这时治疗可能更有效、花费更低或者两者都有。如果筛查结果是异常的,可以安排诊断性检查,可以进行后续的治疗。如果那些出现症状的个体也被包括在目标总体中,筛查试验的价值就缺乏意义了,因为出现那些症状作为确诊依据时,患者可能已经是晚期了。筛查的最佳目标是能减少癌症引起的死亡率。因此,卵巢癌的筛查目标就是通过发现早期卵巢癌以提高生存率,减低死亡率。

下面是有效进行癌症筛查的基本原则,也是卵巢癌筛查中必须遵循的原则:

1. 这种疾病会引起高发病率、高死亡率和高花费。
2. 对其发病机制和生物机制应该有良好的表征认知和理解。
3. 在筛查的人群中有高流行率和发病率。
4. 这种疾病需要有个较长的前驱期,可以早期检测出并做出干预。
5. 对这种疾病的早期治疗效果要优于其晚期治疗效果。

最理想的是检测出足够早期的癌症,以便治愈[5, 8]。就卵巢癌而言,第一条和最后一条原则说明:这种疾病会引起高发病率和高死亡率,并且存在对于早期阶段疾病有效的治疗方案。然而,对于卵巢癌筛查的挑战则有赖于以下原则:关于对其发病机制的认知在不断进展,这种疾病在普通人群中的发生率较低,而对其临床前期是可以进行评估的,但并不十分确定。

这里很好地描述了一个好的癌症筛查检测的一般特征(方框 6-1)。这种检测需要有在临床症状出现前就可以检测出疾病的能力。检测需要有高度的诊断敏感性(在患病个体的检测出现阳性结果的概率)、特异性(在非患病个体的检测出现阴性结果的概率)以及预测值(出现真阳性或真阴性的概率)。事实上,提高检测的敏感性会引起特异性的降低。比如,一个检测中肿瘤标志物的阈值处于低截面,将会发现更多的患卵巢癌的患者(增加了敏感性),但是,更多的没有患病的患者也被检测出阳性结果(降低了特异性)。卵巢癌检测假阳性率增加的临床后果可能导致了许多不必要手术的实施。另外，一个有效的筛查检测实施起来应该是安全的、副作用少、操作简单而廉价。即使所有的标准都达到了，患者不愿意去忍受检查也不会是个好的筛查方法。因此需要让患者认为这个检测是可以接受的并且值得做的。

方框 6-1	好的筛查试验的特征
敏感性	75%
特异性	99.60%
阳性预测值	10%
安全	是
操作简单	是
花费	低
依从性	高

卵巢癌筛查的挑战

在人群中发展一种对卵巢癌有效的筛查检测方法存在很多困难。首先，必须能认知卵巢癌的特异的前驱症状。因此，卵巢癌筛查只局限尝试检测出早期阶段的癌。最初的实验室数据记录着早期到晚期疾病的进展过程，这对筛查是否有效是很重要的。研究者已经证实超过90% 的散发的卵巢癌是无效的，并且变异的相似型存在于 I 期和 III 期癌症中 [9~11]。研究者指出，从卵巢癌的发展到临床检测出现需经历 1.9 年之久 [12]。然而，I 期卵巢癌的组织学分型以黏液性癌、透明细胞癌和子宫内膜样腺癌为主，而晚期卵巢癌组织学分型中以浆液性癌为主。另外，人群基础筛查研究证实 I 期阶段的肿瘤的筛查以卵巢交界性瘤、卵巢粒层细胞瘤和卵巢生殖细胞瘤为主 [13]。因此，还不知道是否可以运用筛查程序识别出那些局限于卵巢内有侵袭性的、低分化的浆液性癌。

其次，除了患者因有卵巢癌家族史而增高了风险率外，在人群中确定一个合适的群体作为筛查的目标也是个问题。在一般人群中，每 10 000 个绝经后的妇女中有 40 个患有卵巢癌。因为一般人群中卵巢癌患病率低，所以对早期阶段卵巢癌的检出需要有高度敏感性和特异性的检测手段。一般建议将 10% 的阳性预测值作为卵巢癌筛查试验的一个临床切入点。临床上，10% 阳性预测值意味着每 10 例检测出的疾病进行手术时有 1 例为卵巢癌。因此，筛查试验的敏感性至少要达到 75% 并且特异性要大于 99.6% 才能达到 10% 的阳性预测值。

普通人群的筛查

经阴道超声

经阴道超声（TVUS）已经作为评估普通人群中卵巢癌的筛查手段。由于探头接近卵巢的位置，TVUS 提供了极好的卵巢形态的分析。大小、轮廓、乳头状结构以及复杂的卵巢团块都可以提高对卵巢癌的察觉。然而，良性的卵巢病变常会导致假阳性的结果，可能使无症状的妇女进行了手术治疗。图 6-1 显示了一个典型的退化卵巢黄体囊肿的彩色多普勒超声影像。
Van Nagell 等 [14] 进行了卵巢癌筛查的研究以调查 TVUS 是否可以用于检测早期阶段的卵

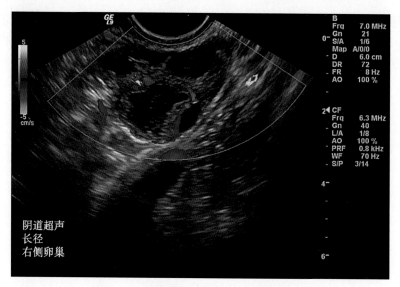

图 6-1 退化卵巢黄体囊肿的典型超声表现

巢癌。他们报道，1987～1999 年间 14 469 名无症状妇女行 TVUS 每年一次筛查。TVUS 异常的妇女在 4～6 周内重复检查，对 TVUS 持续异常影像的妇女建议手术治疗。被选中的对象中包括了所有 50 岁以上（包括 50 岁）和 25 岁以上（包括 25 岁）患过卵巢癌相关的第一或第二阶段的妇女。180 名（1.2%）患者由于超声发现可疑病灶而手术，查出的 17 名卵巢癌患者中 11 名 I 期、3 名 II 期和 3 名 III 期。其敏感性为 81%、阴性预测值为 99.7%、阳性预测值为 9.4%，接近临床阳性预测值目标值 10%。这些研究者们也更新了包括从 1987～2005 年筛查的 25 327 名妇女的研究数据。364 名妇女（1.4%）经历了手术治疗，其中 35 名早期浸润性卵巢癌被检测出。其敏感性为 85%、特异性为 98.7%、阳性预测值为 14%、阴性预测值为 99.9%[15]。虽然结果是令人兴奋的，但对超声影像的图像判读是主观性的，不能确定社区群体与专家群体的检测相比是否可以同样排除假阳性结果。

CA-125 及多重模式检测途径

关于卵巢肿瘤标志物的研究，针对 CA-125 的研究最为广泛。图 6-2 显示 CA-125 标志物的基因结构。CA-125 是一种高分子量的黏蛋白，发现于 müllerian- 衍生上皮细胞中，即存在于输卵管、子宫内膜及子宫颈内膜中。正常表面上皮细胞表面不表达 CA-125，但是却在 80% 的上皮性卵巢癌患者和超过 90% 的晚期癌症患者中有升高[16]。CA-125 被美国 FDA 认定

图 6-2 肿瘤标记物 CA-125 的基因结构

为监测卵巢癌患者的生存和复发的指标[17]。CA-125 尚未批准作为早期卵巢癌检测的筛查工具。

一些问题限制了 CA-125 可以作为卵巢癌筛查的工具。第一，尽管超过 90% 的晚期患者表现出了 CA-125 的升高，但是仅有 50%～60% 的 I 期患者表现升高。第二，黏液性肿瘤极少与 CA-125 的升高有关[18]。第三，CA-125 不是十分有特异性的标志物，特别在绝经期前和围绝经期。除了其他的良性和恶性的病态情况，良性的卵巢囊肿、子宫内膜异位症、子宫腺肌病、平滑肌瘤、憩室炎以及肝硬化患者常常也出现假阳性的结果。

瑞典 Einhorn 及其同事[19]发表研究，他们在 1992 年通过斯德哥尔摩人口注册处测试了 5550 名健康的无症状的妇女，以确定 CA-125 是否可以作为卵巢癌初筛的有效指标。所有的参与者都做了 CA-125 水平的绘制。CA-125 水平升高的妇女与同等数量 CA-125 水平正常的妇女年龄是一致的，并且这些妇女都进行了骨盆检查、经腹超声以及连续 CA-125 检查。175 名妇女中有 6 名 CA-125 水平升高被诊断为卵巢癌，反过来说，卵巢癌的诊断要通过这三项检查来确定，所有受试妇女都小于 50 岁，使用 CA-125 35U/ml 作为阈值。年龄为 50 岁以上者（包括 50 岁）特异性为 98.5%，而年龄为 50 岁以下者特异性为 94.5%。作者的结论是 CA-125 水平的检测对于 50 岁以上的妇女是个很好的卵巢癌筛查工具，但是还需要大样本的研究。

血清学标志物和放射性影像学是目前最普遍的筛查方法。迄今为止大量研究还是使用 CA-125，Jacobs 等[20]随机将 22 000 名英国绝经后妇女分为两组，一组不进行筛查，另一组每年都进行 CA-125 检测。当发现 CA-125 水平升高的受检者，行经腹超声检查。当超声出现异常结果将决定手术治疗。经过 3 年的年检，468 名妇女出现了 CA-125 水平的升高并随后进行了超声检查。这些患者中 29 名出现了异常超声结果并做了手术治疗，其中 6 例卵巢癌。这种联合检查的途径显示的阳性预测值为 20.7%。这些结果显示联合检查的技术是一种有效的卵巢癌的筛查手段。

美国已经在多中心 PLCO（前列腺、肺、肠和卵巢）癌症的筛查试验中对 TVUS 和 CA-125 的检测进行了研究[21, 22]。这个前瞻性随机的研究（表 6-2）收录了 37 500 名妇女，每名妇女都被随机分配到对照组或者筛查组中，对照组不进行筛查，筛查组进行 TVUS 和 CA-125 筛查。设计卵巢癌筛查的目的是评估 CA-125 和 TVUS 年检作为筛查是否可以降低卵巢癌死亡率。被选中的对象为 55～74 岁无肺癌、肠癌或卵巢癌病史的妇女。这些妇女需要每年都进行一次

表 6-2　目前对低危妇女前瞻性随机卵巢癌筛查测试

	入选标准（年龄）	目标	注释
前列腺、肺、肠和卵巢癌筛查测验（PLCO）	55～74 岁	1. 每年进行 CA-125 监测及经阴道超声监测共 4 年，然后继续每年进行 CA-125 监测 2 年* 2. 实验对照组——不进行筛查监测	每年都完成测验。患者需随访至少 13 年
英国卵巢癌筛查合作组织（UKCTOCS）	50～74 岁，绝经人群	1. 联合检测组：每年进行 CA-125 监测计算卵巢癌的风险† 2. 每年进行 TVUS 检查† 3. 实验对照组——不进行筛查监测	每年都完成测验。患者需要随访 6 年

*对于医师检查发现异常者进行随访

†在联合检查组出现异常检测结果：①要重复 CA-125 检查及更详细的经阴道超声检查；②在经阴道超声检查组要进行更详细的经阴道超声检查

CA-125 的检查持续 6 年，每年进行一次 TVUS 检查持续 4 年（最初的筛查包括双侧卵巢，但是当发现没有任何卵巢癌可以通过这种简单的方式被检测出后，用这种方法评估 5 年后就不用了）。任何异常的测验结果都由妇科肿瘤医师出示。记录从 1993 年开始并在 2001 年结束。参与者要至少随诊 13 年。

初级的筛查结果显示参与者中有 4.7% 的参与者出现了超声异常结果，1.4% 出现了 CA-125 的异常结果。在 1703 名出现异常结果的妇女中有 571 名进行了手术治疗。这些手术发现了 20 例卵巢癌、输卵管癌和早期腹膜癌，1 例颗粒细胞瘤和 9 例低度恶性潜在肿瘤。超过 80% 的浸润癌是 III 期或 IV 期。对于单一检查方式的阳性预测值很低，异常的 CA-125 只有 3.7%，异常的 TVUS 只有 1%。当两者检查均出现异常，阳性预测值可达 23%，也就是说，每 4~5 个手术的病例就会检查出一个卵巢癌患者，但是 60% 的病例没有被检测出来。这个研究试图证明如果患者可从开始登记后即开始随诊 13 年，可以降低 30% 的死亡率。未来的跟踪随访将会根据当前癌症的主要统计数据提供最新的关于此种癌症的信息。

连续性的 CA-125 检测已经被作为一种检测卵巢癌危险度更为特异性的测定形式，这种要比独立地看一个 CA-125 截面值要好（图 6-3）。Skate 等[23] 发表了他们的研究结果，分析了 Jacobs 的前瞻性试验的研究数据[20]。研究分析了 33 621 个 CA-125 样本，这些样本来自于 9233 名妇女，对她们进行了两次或更多次的连续取样分析。采用经度变化的模式来看，这个研究得出的结论是，连续性的 CA-125 水平对于提高卵巢癌的检出是值得引起注意的，其 98% 的特异性和 86% 的敏感性超过了单一观察 CA-125 的一个截面值的 62% 的敏感性。卵巢癌患者的 CA-125 水平是渐进性升高的，而良性妇科病变、没有妇科疾病或者没有可检测出的疾病的患者经过一段时间后她们的 CA-125 水平是不变的，即使原来就处于高值的也没有变化（图 6-4）。以 CA-125 升高来检测卵巢癌已经作为英国卵巢癌筛查协作组织前瞻性的评估标准，这是一个进行性的随机对照研究设计，以确定在一般群体中卵巢癌的筛查对卵巢癌死亡率的影响[24]（见表 6-2）。当 CA-125 上升的时候，常规盆腔检查正在被拿来与 TVUS 年检和 CA-125-TVUS 年检对比。

最终目的主要是评估卵巢癌的死亡率。另外，研究也调查了卵巢癌筛查的发病率，确定了筛查相关的资源，以及评估人群筛查的可行性。多中心的测验涉及了 13 家英国的医院。

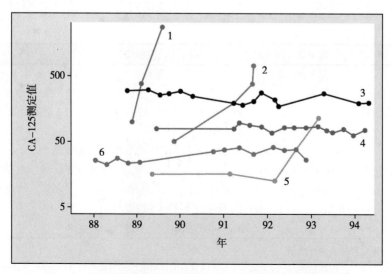

图 6-3 连续性检测 CA-125 值可能更详细地确定卵巢癌风险

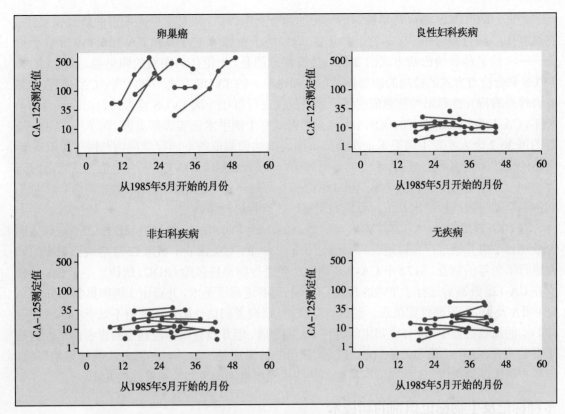

图 6-4　卵巢癌、良性妇科疾病、非妇科疾病和正常女性间 CA-125 值线性比较

录入了 200 000 名年龄在 50～74 岁的绝经后的妇女，不考虑有卵巢癌家族史高危因素的妇女。其中 50 000 名妇女每年进行 CA-125 的血清检测，当 CA-125 水平升高就进行 TVUS 检查（CA-125-TVUS），50 000 名妇女每年都进行一次 TVUS，对照组中的 100 000 名妇女会由她们的家庭医师进行追访。这些妇女需要填好调查问卷以评估她们对女性卵巢癌筛查的行为和心理反应。图 6-5 是 UKCTOCS 的流程图。

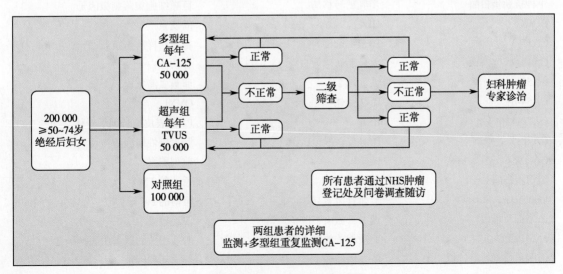

图 6-5　UKCTOCS 的流程图

经过 UKCTOCS 对前两年检测的病历的流行病学评估，报道了令人振奋的研究成果[25]。在这些癌症筛查测验中，48% 处于 I/II 期，均经历了单独的 TVUS 和 CA-125-TVUS 联合检查——大约是传统的诊断方式的 2 倍。值得注意的是，无论任何期别的卵巢癌，以 CA-125-TVUS 联合检查方式的检测的敏感性（89%）都比单一的 TVUS 方式（74%）高。CA-125-TVUS 联合检查的特异性和阳性预测值也优于那些仅仅进行每年一次 TVUS 检查的。在诊断后的第一年，CA-125-TVUS 检查的病例中每 2.8 个人就有 1 例手术证实为卵巢癌，而单一 TVUS 检查的每 36.2 个人才有 1 例手术证实为卵巢癌。阳性预测值的不同可能应该归因于 TVUS 检测出的良性疾病而不是与 CA-125 的升高有关。最后，CA-125-TVUS 联合检查方式间隔时间为 1.8~2.6 年而单一 TVUS 方式为 1.1~1.6 年，与每年筛查的潜在性的价值相符合。大量的病例在早期阶段被检测出是否可以影响生存率还有待进一步确定。

在 UKCTOCS 对 CA-125-TVUS 研究后，Research Excellence 的 U.T. MD Anderson 卵巢癌专业项目小组开始进行单臂研究[26]。在过去的 7 年里，对美国 6 个城市 2573 名表面健康的妇女进行了每年的筛查，8172 个 CA-125 测定结果进行卵巢癌风险（ROC）统计。小于 2% 的妇女在 CA-125 升高后进行了 TVUS 检查，有 5 名患者进行了手术，并查出 3 例卵巢癌患者：I A 期和 IIA 及 IIC 期浸润性卵巢癌。通过这些数据，研究者们估计阳性预测值不低于 14%。在这些妇女的筛查数据中，没有检测出临界性 I A 期患者，但并没有漏掉浸润癌的患者。尽管这是小型的研究，这个结果与 UKCTOCS 试验获得的结果还是一致的。尽管之前的结果是好的，但是在临床试验阶段，还是应该尽量控制这些接受卵巢癌筛查妇女患癌症的几率。

多种标记及生物标记识别的新技术

任何基于 CA-125 的检测结果都作为筛查的第一步，我们需要一个有更高敏感性的筛查策略，因为 20% 的卵巢癌是不表达 CA-125 的。鉴于疾病在分子及细胞水平存在着多型性，没有单一的肿瘤标志物可以对早期卵巢癌的检测有绝对的敏感性。因此，需要评估多肿瘤标记（方框 6-2）。这些肿瘤标记物中有许多都作为 CA-125 的补充检测（图 6-6 和图 6-7）。这些

方框 6-2　在卵巢癌筛查中可能有用的肿瘤标志物		
甲种抗胰蛋白酶	半乳糖转移酶	巨噬细胞集落刺激因子
BHCG	HE4	间皮素
CA15-3	HER-2/neu	黏蛋白样肿瘤抗原
CA19-9	人乳脂肪球蛋白	骨桥蛋白
CA50	人乳球 2	卵巢血清抗原
CA54-61	IL-2 受体	OVXI
CA72-4	IL-6	P110 表皮生长因子受体
CA-125	IL-8	胎盘碱性磷酸酶
CA-195	IL-10	前列腺素
组织蛋白酶 L	抑制素	唾液酸 TN
癌胚抗原	调血管激素 -6	可溶的 Fas 配体
血浆铜蓝蛋白	调血管激素 -10	四连接素
cAMP 受体蛋白	脂质相关的唾液酸	肿瘤相关的胰蛋白酶抑制剂
细胞角质素片段抗原	溶血磷脂酸	肿瘤坏死因子
Dianon 标记物 70/K	金属蛋白酶 2	尿促性腺激素肽

生物标志物中任何一项检测是阳性时都会增加结果的敏感性,可以考虑这个筛查结果是阳性的,但是特异性却降低了。例如,在 89 例血清样本中评估了 Lewis X 黏蛋白决定因子(OVXI)、巨噬细胞集落刺激因子(M-CSF)以及 CA-125,这些样本来自于 I 期的卵巢癌患者[27]。诊断敏感性从单一检测 CA-125 的 69% 提高到采用三联法检测的 84%;然而,特异性从 99% 降到了 84%。新型数学技术可以提高运用多生物标志物的敏感性而不降低特异性,这些技术包括人工神经网络分析(ANN)以及混合多变量正态分布[混合多变量分析(MMA)]。当常规的血清生物标志物(CA-125 II、CA-72-4、CA-15-3 和 M-CSF)与单一的 CA-125 II 相比,从健康对照组

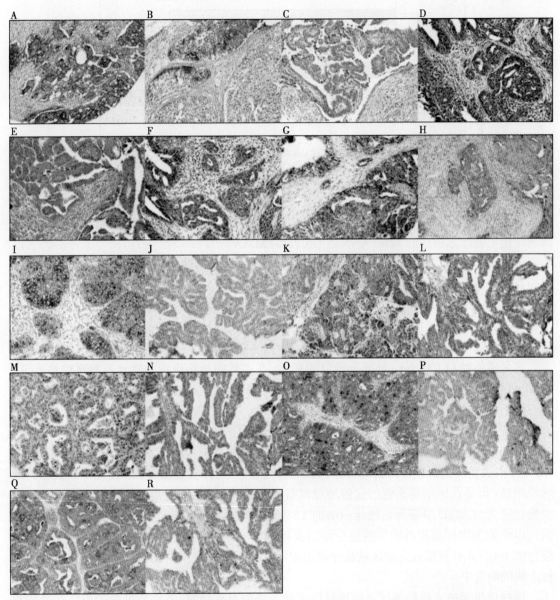

图 6-6 CA-125 及其他可能标志物的免疫染色。CA-125 强染色(A)、中等强度染色(B)、阴性染色(C)(×20)。HK6(D)、HK10(E)、骨桥蛋白(F)、claudin 3(G)和 DF3(H)的阳性免疫染色(×20)。MUC1 阳性染色(I)和 MUC1 阴性染色(J)。VEGF 阳性染色(K)和 VEGF 阴性染色(L)。间皮素阳性染色(M)和间皮素阴性染色(N)。HE4 阳性染色(O)和 HE4 阴性染色(P)。CA-19-9 阳性染色(Q)和 CA-19-9 阴性染色(R)(×20)

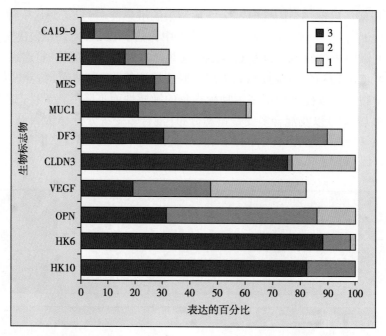

图 6-7 65 例 CA-125 缺乏的病例中的生物标志物表达

中区别 I 期的疾病, 特异性会维持在 98%, 并且诊断敏感性会从单一检测 CA-125 II 的 48% 升高到使用生物标志物后的 72%(ANN)[28] 或 75%(MMA)[29]。

过去十年, 已发现新的标志物用于单克隆抗体增强抵抗卵巢癌组织、脂质分析、基因表达序列及蛋白质组技术中。间皮素[可溶性间皮素相关蛋白(SMRP)]是在卵巢癌及正常的间皮细胞中发现的一种黏附分子, 最初是用单克隆抗体检测出来的。间皮素在多数的卵巢癌患者中是升高的, 在筛查早期疾病方面可以作为 CA-125 补充 [30]。值得注意的是, SMRP 可以在矫正肾小球滤过率的时候在尿中检测出, 尿 SMRP 在 I 期患者中检出率为 40%[31]。

溶血磷脂酸(LPA)是一种低分子量的脂质, 在多数卵巢癌患者的腹水及血浆中被发现。LPA 可以激发钙内流、增殖及增加卵巢癌细胞的耐药性。但是关于 I 期卵巢癌妇女 LPA 的检测还处于初级研究阶段 [32], 确定的研究还没有公布。

某些可能的生物标志物的过表达已经在基因表达序列中检测出, 包括 HE4、激肽释放酶、前列腺素、骨桥蛋白、血管内皮细胞生长因子(VEGF)以及白介素 8(IL-8)。在 CA-125 之后, HE-4 和人类乳清蛋白被作为新的目标积极地研究着 [33]。HE-4 比 CA-125 检测早期疾病的敏感性略低, 但是在区别良恶性的盆腔肿瘤时有较好的特异性, 特别是对绝经前妇女。激肽释放酶包括大约 30kD 分泌丝氨酸蛋白酶的 15 个家族成员, 包括前列腺特异性抗原(PSA), 一些可以作为生物标志物对卵巢癌进行预后及检测 [34, 35]。所有的激肽释放酶都是集中排列于染色体 19q13.4 并且通过克隆区域被分离出来的。激肽释放酶 6 和 10 被用于卵巢癌肿瘤血清标志物的研究中。

蛋白质组学技术已经通过两种途径用于卵巢癌的早期检测: 鉴别特征性的表达在血浆及尿中的肽及蛋白质, 发现个别的肽或蛋白质生物标志物, 并发现一种可以在混合物中进行常规免疫测定方法。表 6-3 将蛋白质组技术用于发现和确定标志物进行了概括比较。

表面增强激光解吸和电离飞行时间质谱(SELDI-TOF)及基质辅助激光解吸和电离飞行

技术	用途	方法	优点	缺点
2D-PAGE	发现	用电荷和大小的方法对蛋白质进行分离	对肿瘤标志物的发现的一种坚实和可重复的方法 数以千计的蛋白质可以在凝胶中分离	低丰度蛋白质和高度酸性或碱性蛋白可能看不到 不同的凝胶剂需要比较样本 从凝胶 - 凝胶的变更中产生假象 低产量；需要更多的原材料并且自动操作比较难
DIGE	发现	从不同样本中取得适量的样本被 Cy2、Cy3 或 Cy5 染料标记,并转入同一个凝胶中	在同一凝胶中不同样本表达不一样的蛋白 成熟的技术,敏感性好,并可以进行蛋白定量 PTM 的检测及选择性剪切形式	仅可见到丰富的单一蛋白 低产量 费力
iCAT	发现	两个样本可以标记为标准的和重氢的 半胱氨酸残基结合的试剂	高流通量的方法,可以直接通过 MS-MS 进行蛋白鉴别 可以自动控制	选择性剪切的识别力差 只有两种变异——轻和重 仅能鉴别包含半胱氨酸的蛋白
iTRAQ	发现	在肽结合胺组使用 4 个标记试剂 经过消化和标记,取样容易受 LC-MS/MS 的影响	通用的标记或直接对蛋白进行鉴别 定量准确	低产量,耗时,实验变异机会大
蛋白质芯片	验证	抗原抗体基于点状芯片	高产量,高流通量,检测 PTM 及剪接变体	必须有高亲和力的抗体
SELDI-TOF	发现	取决于晶片表面的类型,特殊蛋白质会被附加到某个点,然后由激光解吸和飞行时间分析	高流通量,小样本量,比 2DE 更可重复性,对原始样本的分析	低分辨率,不是标准化的
ELISA	验证	抗原抗体的微孔测试	定量的,廉价的	费时,单一蛋白检测

表 6-3　卵巢癌筛查中蛋白质组技术的比较

SELDI-TOF：表面增强激光解吸和电离飞行时间质谱

时间质谱(MALDI-TOF)已经被用于分析健康女性及卵巢癌患者血清中的肽结构[36],且已经报道具有很高的特异性和敏感性[37]。在过去的 6 年里,已经开展了计算机系统对这些数据进行分析的研究,但是还没有确定出决定性的成分。此外,其他的研究者证实这些原始分析还有困难,还要确定所用的方法中存在的主要缺点[38,39]。

　　SELDI-TOF 和 MALDI-TOF 均使用了质谱测定法在体液中发射特定肽的"条形码";表 6-4 列出了这两种技术的区别。分析蛋白质是通过其与紫外线(UV)吸收的化合物共同结晶并通过一个紫外激光束的脉冲蒸发。吸收能量分子传递部分能量到肽,造成不同的正离子电荷和质子。这种通过激光作用的离子化释放在电场被加速。一个有特征性的质 - 荷比从每个肽的速率中产生。在 SELDI-TOF 中,数个不同类型的表面集中不同类型的蛋白质。常用芯片的详细情况总结在表 6-5[40]。

　　很多变量影响运用 SELDI-TOF 和 MALDI-TOF 技术对肽的质谱测定。分析前受试者的

表 6-4　SELDI-TOF 与 MALDI-TOF 的区别

SELDI-TOF	MALDI-TOF
分析物直接应用到芯片	分析物预混合并在表面干燥
蛋白质与色谱表面相互作用并根据表面类型而衰减	与表面没有相互作用
需要适当的缓冲液洗涤	不需要洗涤
没必要清理预目标样本	必须减少化学噪音或离子抑制(如：初步分离)
芯片表面为基质和蛋白的共晶体提供有力支持	基质也可以放在表面,或者蛋白-基质相互作用存在于外表
没有试样损耗,很好的重复性	试样消耗
高流通能力,需要关注低分量的样本	
小范围的敏感性,对低质量范围提供高分辨率,很容易使用	低分区域有高度准确性

表 6-5　SELDI-TOF 芯片的类型及应用的概况

芯片类型	描述	应用
IMAC30	有氮川乙酸(NTA)表面的固定金属亲和力捕获芯片 激活的转化金属优先应用(钙和镓)	组氨酸标记的蛋白质捕获,金属粘连蛋白,磷谱,蛋白纯化
Q10	错误的阴离子通过改变排列而拥有四价阳离子的性能 正电荷充当强阴离子交换剂	蛋白谱和蛋白纯化
H50	通过反向的活疏水性相互作用色谱仪凝结蛋白质	疏水蛋白质谱或膜结合蛋白质谱
CM10	有羟化作用的弱阳离子交换芯片 负电荷充当弱阳离子交换剂	蛋白质谱及蛋白纯化
H4	有 C16 功能的模仿反向色谱法	典型的应用包括疏水蛋白质谱或膜结合蛋白质谱,肽分析及芯片脱盐作用
RS100	包含有预激活羟基二咪唑涂层 允许将蛋白质通过游离胺群结合到晶体表面而呈现于蛋白质或抗体表面 非变性的影响的反应,所以抗体或蛋白质仍保持其活性和性状	DNA-蛋白,蛋白质-蛋白质相互作用,蛋白质-配基或亲和力捕获实验

状况如性别、年龄和健康状况,收集、处理及储存样本的方法均可影响对样本的质谱分析而导致偏倚。多数的 SELDI-TOF 仪进行生物标志物分析时经历一段时间信号漂移,部分原因是激光能量衰减。在分析过程中的各种校正往往是主观的和依赖操作者的。更多的是,血清或者血浆——关于血液的最常用的检测样本——包含着数以千计的不同的蛋白和肽,它们在丰度上差别很大。因为 SELDI-TOF 可以很容易的鉴别高丰度分子,已确认的早期诊断标志物中是低分子量的可能会漏过。因为肿瘤常常产生很少量的特异性的蛋白,高丰度蛋白可能掩盖了这些有用的标志物。在分析前除去过量的蛋白可以提高敏感性,但是这些特别的技术增加了整个程序的复杂性和潜在变异性。总的来说,缺少诊断敏感性、非特异性蛋白的干扰以及重复性差是主要的缺陷,需要在将肽用于人群筛查之前克服。

第二种蛋白质组学技术的出现在短期内显现出更大的发展前景。例如 SELDI 已经作为血清学标志物用于来自健康人群的早期卵巢癌的筛查[41]。载脂蛋白 A1、转体蛋白、CTAPⅢ这三种标志物组合筛查来自健康人群的卵巢癌[42]。这三种标志物联合 CA125 诊断卵巢癌的敏感性 87%、特异性 98%。

多重分析

鉴于有大量的可能的标志物，要确定一个最佳的组合是一个重大的挑战。在组织库中血清是有限的，每个常规的测定需要的量为 100～200μl。多重分析，比如那些由 Luminex 公司发展的，通过微型化来解决这些问题，只用 50μl 这么多的血清来同时检测多个生物标志物（多于 20 个）。小聚苯乙烯微球（大约 6μm）内部有不同比值染色，两个完全不同的红色荧光基团可以创建出 100 个不同色度的珠，每个都有其唯一的光谱。每个小珠都涂上一种特异性的抗体，这种抗体可以识别特异的生物标志物。我们已辨别出一些二抗，这些二抗可以将特异的抗原决定簇连接到生物标志物上。荧光探针是与每个二抗相关联的，创造多重异源的"双重决定性的"分析方法。那些小珠可以对血清或血浆产生反应。洗涤后，荧光续发的抗体被加入并且双荧光珠届时将通过流式细胞技术进行分析。红色度指示出被测出的生物标记，绿色度指示出其数量。混合多重结合的珠子并用少量的血清对同时存在于样本中的抗体进行标记检测出多重生物标志物。这种方法[43]已经被用于区别早期卵巢癌患者的血清中。由五种标志物[IL-6、IL-8、VEGF、可溶的 EGF（内皮生长因子）及 CA-125]组合的生物标志物可以区别那些未患癌症和早期的卵巢癌的妇女，其敏感性为 84%，特异性为 95%[44]。

生物标志物面板的验证

通过"培养"的血清来确认的生物标志物面板必须在一套完全独立的"验证"血清中进行测验，验证的血清来自早期及晚期的卵巢癌患者以及健康对照人群。这些严格的验证在临床使用之前是很重要的。一些可能的候选生物标志物必须要进行严格的验证。一个生物标志物面板——瘦素、催乳激素、骨桥蛋白和胰岛素样生长因子Ⅱ（IGF-Ⅱ）、M-CSF 以及 CA-125——在目前市场如 Ovasure（LabCorp）对高危个体测定早期阶段的疾病。鉴于单一出版物描述这种板只包括了很少的早期阶段的患者，并且用了验证而非培养血清选择最佳生物标志物[45]，妇科肿瘤协会声明中说"需要附加的研究"。与 FDA 交流后，这种测验从市场中退出了。

最理想的是，生物标志物面板不仅要能确定妇女患Ⅰ期癌症还要能够在常规临床诊断前就能检测出非常早的卵巢癌。对会发展为卵巢癌的妇女的血清样本已经在 PLCO 和 UKCTOCS 实验中被保护起来了，并对生物标记的验证提供了重要的资源。最近 PLCO 和早期检测调查研究网（EDRN）以及卵巢 SPOREs（Specialized Programs of Research Excellence）合作在 4 种检测装置中用临床血清样本测得大于 50 个标志物。结果会在近期发表。

高危妇女的卵巢癌筛查

在一般人群中妇女患卵巢癌的风险为 1.5%，与此相比，妇女携带 *BRCA1* 突变基因患有卵巢癌的风险有 39%～46%，携带 *BRCA2* 突变基因患有卵巢癌的风险有 12%～20%[3, 4]（图 6-8）。预防性的双侧输卵管和卵巢切除术（BSO）仍是这些高危群体预防卵巢癌的手段，但是筛查和早期检测策略对于那些没有选择手术或不愿意手术的高危妇女还是很重要的。那

些携带突变的 *BRCA1* 和 *BRCA2* 基因的妇女诊断出卵巢癌的平均年龄可能比 61 岁早 10～15 年——61 岁是妇女散发卵巢癌的平均年龄——高危人群的筛查策略主要要关注那些绝经前的妇女。相比之下，那些普通人群的卵巢癌筛查主要应关注绝经后妇女。没有任何预见性的随机检查能证明卵巢癌在高危人群中的筛查可以降低死亡率。虽然如此，达成共识的团队，包括美国国家综合癌症网（NCCN），推荐对携带突变的 *BRCA1* 和 *BRCA2* 基因的妇女进行卵巢癌筛查，因为这些突变的基因会引起明显的卵巢癌风险[46]。更具体地说，NCCN 推荐那些已知有 *BRCA1* 和 *BRCA2* 突变的妇女要每 6 个月进行一次 CA-125 和 TVUS 检查，从 35 岁开始或者比在家族中首个诊断为卵巢癌的患者再早 5～10 年。

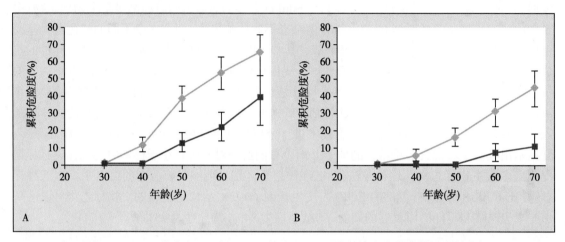

图 6-8　*BRCA1* 携带者（A）和 *BRCA2* 携带者（B）患乳腺癌和卵巢癌的累计危险度

关于在高危人群中进行卵巢癌筛查的主要研究已经在单一的机构进行了回顾性报道。在本节中描述了几个高风险群体的筛查研究。另外，在高危妇女中进行筛查试验的前景还在讨论。

至少已发表了 10 篇关于高危妇女的卵巢癌筛查的回顾性分析，多数描述了单一机构的经验。在很多这些研究中，并没有贯彻应用正式的筛查制度，也没有报道依从性，卵巢癌病例没有作为流行病学或偶发事件进行清楚的鉴定。因此，尽管这些研究对描述在高危群体中发展为卵巢癌的类型是有帮助的，并可告知读者目前筛查方式的缺陷，但没有任何关于筛查方案的效能的评论，包括敏感性、特异性和阳性预测值。

在加拿大，Laframboise 等[47]报告了他们对 311 名有卵巢癌高危因素的妇女的筛查经验，这些妇女每 6 个月进行一次 CA-125 及 TVUS 的筛查。9 名妇女因检查结果异常进行了手术治疗，其中 6 名出现异常的 TVUS 检查结果但在手术中未发现癌。9 名患者中 2 名仅仅有异常的 CA-125 结果但在手术中也未发现癌。9 名患者中有 1 名 CA-125 及 TVUS 结果均有异常，在术中发现为ⅠA 期卵巢子宫内膜样癌 1 级。总的来说，2.7% 的 CA-125 结果是异常的（大于 35U/ml），17% 的超声结果是异常的。没有提供关于这些有异常结果个体的详细随诊信息评估。

一项由 Liede 等进行的研究[48]包括了 290 名高危妇女，她们来自洛杉矶的一个高危诊所。这些妇女每年都进行两次筛查直到 1995 年，接着一年一次。通过这种筛查，在这个群体中查出 8 名卵巢癌患者，其中 6 名是原发性腹膜癌，TVUS 所见卵巢是正常的。这 8 名患者中 3 例是偶然事件，是筛查出的病例。当然这 3 例中，1 例是ⅠC 期浆液性癌，TVUS 异常的结果显示复杂的卵巢囊肿，但 CA-125 是正常的。另外 2 例也是偶然事件，包括 1 例ⅢC 期腹膜癌，出现了 CA-125 升高及正常的 TVUS 结果；1 例ⅢC 期输卵管 / 腹膜癌，轻度的 CA-125 升高，TVUS 显示靠近卵巢的复杂团块。这个研究突出了在高危妇女中原发性腹膜癌的过度表述及缺乏筛查早期阶段疾病的有效性。

　　一项由 Stirling 及同事的研究 [49]，在英国对 1110 名妇女每年进行 CA-125 检测及 TVUS 筛查。这个群体查出了 13 名卵巢癌患者。其中 3 名（3/13）患者为区间癌症，不是通过筛查检测出的，其中 2 名为Ⅲ期，1 名为Ⅳ期。10 名卵巢癌患者是通过筛查检测出来的，包括 3 名为有流行病趋势的，7 名为偶然病例。10 名筛查病例期别划分为：3 名ⅠC 期患者（包括 1 名交界性癌和 1 名输卵管癌）、2 名Ⅱ期患者，4 名Ⅲ期患者，以及 1 名Ⅳ期患者。不幸的是，不是所有的妇女都同时进行了 CA-125 及 TVUS 检查，所以这不可能计算由两种卵巢癌检测方法而形成的阳性预测值。

　　一项由荷兰的 Olivier 等 [50] 进行的研究描述了他们的经历，对有 *BRCA1* 和 *BRCA2* 突变的妇女进行 6 个月的筛查，以及对基因检测结果未知的妇女进行年检。有 312 名妇女参与了这个项目。在这个群体中检出 4 名癌症患者，这些癌症是有流行趋势的还是偶然事件是不清楚的。这 4 名患者均出现了症状。鉴于筛查是为了检测出无症状的疾病的事实，一些病例是否是通过筛查而检查出来的还不得而知。另外，所有的 4 名妇女均出现 CA-125 升高和异常的 TVUS 结果。

　　一些观察结果来自于回顾性研究。第一，在高危人群中，TVUS 和 CA-125 联合检查比任何单一方式的检查更有优势。第二，绝经前的高危妇女，在 CA-125 和 TVUS 检查中均有很高的假阳性率。女性需要预先注意这个现象。第三，还不知道最佳的筛查间隔，甚至在经常筛查的妇女中可以查到高期别的癌症。

　　Hogg 等 [13] 发表了在低危及高危妇女中进行卵巢癌筛查研究的观点。他们报道，在一般人群中几乎半数的Ⅰ期卵巢癌患者通过 CA-125 或超声（经腹或经阴道）查出是交界性癌、颗粒细胞癌或者生殖细胞癌。由筛查检出的Ⅰ期浸润性上皮性卵巢癌多数为卵巢子宫内膜样癌、透明细胞癌或黏液癌。鉴于在筛查检测出的卵巢癌中缺少Ⅰ期的高级别浆液性癌，作者建议，高级别的浆液性癌可能与卵巢子宫内膜样癌、透明细胞癌、黏液癌或分化好的浆液性癌有不一样的生物学表现。他们认为卵巢子宫内膜样癌、透明细胞癌、黏液癌或分化好的浆液性癌是起源于小肿瘤，长大但是仍然局限于卵巢，然后转移。这些组织学因此可以通过目前的筛查策略被查出。相反，作者说高级别的浆液性癌早期就是多灶性的，经历很短的过程成为转移病变，因此不容易通过筛查而检测到。很明确这些高级别浆液性癌是由 *BRCA1* 和 *BRCA2* 突变的妇女中发展而来的。值得注意的是，当查出患者携带突变的 *BRCA1* 及 *BRCA2* 基因的隐匿卵巢癌及输卵管癌行预防性的卵巢切除术时，多灶的高级别的浆液性癌清晰可见 [51~54]。在这些研究中，显微镜检查常常聚焦输卵管和卵巢复杂的区域。在多数的病例中，术前的 CA-125 是正常的，TVUS 显示不显著的影像。

　　已发表的单一机构进行的回顾性研究突出了使用当前可用的筛查技术对高危妇女进行筛查所面对的困难。但是，他们的主要目的是能够推动那些良好设计的、有前瞻性的卵巢癌筛查实验的发展。第一，小型的单一的机构研究获得的关于癌症的阳性预测值、阴性预测价值、依从性和癌症的阶段的重要信息是没有足够的权威性的。第二，前瞻性收集的血清储存，以在小型的单一机构研究中以更快地评估潜在的血清标志物。已确定了更多的未受到 *BRCA1* 和 *BRCA2* 突变基因影响的妇女，医师将需要数据以引导这些患者管理她们增加的卵巢癌风险。不是所有的妇女会选择预防性的双侧卵巢 - 输卵管切除术,一些会希望延长这个过程,越久越好(方框 6-3)。对于这些妇女,有依据的策略对于检测出早期卵巢癌是至关重要的。

方框 6-3　年轻的高危妇女可能选择卵巢癌筛查而不是预防性手术的原因	
年轻	不愿意手术
忧虑医源性早衰	对卵巢切除术心理压力大
忧虑激素替代法	担心手术风险,例如医疗并发症
希望保留生育能力	

正在进行两个大型的高危个体卵巢癌筛查研究。第一个是由 Steven Skates 博士带领的联合肿瘤遗传学网(CGN)/ 妇科肿瘤组(GOG)(GOG 199)。这个试验是计算 CA-125 值随时间推移而变化的检测[卵巢癌风险运算(ROCA)],以增加单独 CA-125 值的敏感性(方框 6-4)。参与者们每 3 个月确定一次 CA-125 值,基于 ROCA 计算规则将患卵巢癌的风险妇女指定为高、中和低危。那些 ROCA 分值高的妇女进行 TVUS 检查,并由一名妇科肿瘤医师进行评估。那些 ROCA 分值中等的妇女仅做 TVUS 检查,ROCA 分值低的妇女需要 3 个月重复 CA-125 检查。超过 2000 名高危妇女参与了这项研究;初步的结果不久就可见到。

方框 6-4　女性患卵巢癌的风险的算法
● 详细分析超过 50 000 例血清 CA-125 评估,包括 22 000 名自愿者,随访时间中位数为 8.6 年,在 Jacobs 等人 [20] 的研究中显示没有卵巢癌的妇女的 CA-125 水平是静止的或者随时间而变低,与肿瘤相关的临床前的水平呈上升趋势。
● 这就承认了分离复杂的改变点的统计模型的公式,这个统计模式是病例组和对照组临床前的连续的 CA-125 值的统计。这个模式顾及到因为年龄而罹患卵巢癌的女性和随时间推移她的 CA-125 值。
● 每个个体的 ROC 是由计算机根据贝斯学说计算出来的,贝斯学说就是拿每个病例组个体的连续的 CA-125 水平与对照组相比。
● 在已知的病例中描绘的 CA-125 曲线与 CA-125 行为越接近,那么患卵巢癌的几率就越大;最终结果显示如个体被预测有患卵巢癌的风险的时候,2% 的 ROC 暗示 1/50 的风险。

第二项研究是英国筛查研究(UKFOCSS),每年检测 CA-125 和 TVUS,每 4 个月收集一次血清。与美国的研究相似,随时间推移对 CA-125 的值进行计算,而不是单一的一次值。尽管没有任何研究能证明死亡率的改变可以受益于这些筛查测验,但是对于阳性预测值和阴性预测值、依从性和偶发癌症的分期的重要信息将是很有价值的。另外,所有这些研究中,血清已经被储存以在将来检测可能的血清标志物。

我们等待预见高危卵巢癌筛查研究的结果的同时,值得注意的是由筛查带来的焦虑、抑郁和生活质量的改变。一项由 Hensley 及其同事进行的研究 [55] 检测了 146 名高危妇女,这些妇女经历了卵巢癌筛查。根据事件等级的影响,可见这里的"应激事件"是卵巢癌筛查,37.8% 的绝经前妇女有很高的焦虑感,超过 20% 的绝经前妇女有中度的焦虑感。总的来说,30% 的妇女在第一次筛查后需要重复 CA-125 或 TVUS 检查,与绝经后的妇女相比这种情况在绝经前妇女中发生得更多。所有这些绝经前的妇女,进行重复检测的,被发现有假阳性检测结果出现 [55],尽管作者没有测得绝经前妇女需要进行重复测验与焦虑的关系,但是这个群体中,与 CA-125 及 TVUS 相关的高假阳性率很可能会增加这些高危个体的焦虑水平。在这个人群中提高我们的筛查策略以留意筛查带来的负面影响是很重要的。

结论

没有前瞻性随机研究的数据支持一般群体卵巢癌风险的筛查。关于低危妇女的两个大型的前瞻性卵巢癌筛查研究正在进行——一个是在美国 PLCO，另一个是在英国 UKCTOCS。这些研究得到的结果将会在不久后发布。对高危的个体，鉴于有很高的卵巢癌风险，共识小组推荐每 6 个月进行一次包括 CA-125 及 TVUS 的卵巢癌筛查。来自当今正在进行的前瞻性的多中心实验可帮助告知临床医生对高危妇女提供最好的筛查间隔及筛查策略。然而，对那些有卵巢癌高危风险的妇女强调卵巢癌筛查存在的真实缺陷是很重要的。

储存高危或低危患者的血清对未来的筛查研究至关重要。经过不懈的努力（通过高流通量技术，包括表达芯片和蛋白组学）正在不断发现大量候选生物标志物。迅速鉴定这些候选筛查标志物将会增强我们检测出早期卵巢癌的能力，那时就能达到高的治愈率了。

（侯 任 译）

参考文献

1. Jemal A, Siegel R, Ward E, et al: Cancer Statistics, 2009. CA Cancer J Clin 59:225–249, 2009.
2. Carlson KJ, Skates SJ, Singer DE: Screening for ovarian cancer. Ann Intern Med 121:124–132, 1994.
3. Antoniou A, Pharoah PD, Narod S, et al: Average risks of breast and ovarian cancer associated with BRCA1 or BRCA2 mutations detected in case series unselected for family history: a combined analysis of 22 studies. Am J Hum Genet 72:1117–1130, 2003.
4. King MC, Marks JH, Mandell JB: Breast and ovarian cancer risks due to inherited mutations in BRCA1 and BRCA2. Science 302:643–646, 2003.
5. Clark R: Principles of cancer screening. Semin Roentgenol 38:7–18, 2003.
6. Eddy DM (ed): Common Screening Tests. Philadelphia: American College of Physicians, 1991.
7. Hulka BS: Cancer screening. Degrees of proof and practical application. Cancer 62(8 Suppl):1776–1780, 1988.
8. Chu CS, Rubin SC: Screening for ovarian cancer in the general population. Best Pract Res Clin Obstet Gynaecol 20:307–320, 2006.
9. Shridhar V, Lee J, Pandita A, et al: Genetic analysis of early-versus late-stage ovarian tumors. Cancer Res 61:5895–5904, 2001.
10. Mok CH, Tsao SW, Knapp RC, et al: Unifocal origin of advanced human epithelial ovarian cancers. Cancer Res 52:5119–5122, 1992.
11. Jacobs IJ, Kohler MF, Wiseman RW, et al: Clonal origin of epithelial ovarian carcinoma: analysis by loss of heterozygosity, p53 mutation, and X-chromosome inactivation. J Natl Cancer Inst 84:1793–1798, 1992.
12. Skates SJ, Jacobs JI, MacDonald N, et al: Estimated duration of pre-clinical ovarian cancer from longitudinal CA 125 levels. Proc Am Assoc Cancer Res 43, 1999.
13. Hogg R, Friedlander M: Biology of epithelial ovarian cancer: implications for screening women at high genetic risk. J Clin Oncol 22:1315–1327, 2004.
14. van Nagell JR, Jr, DePriest PD, Reedy MB, et al: The efficacy of transvaginal sonographic screening in asymptomatic women at risk for ovarian cancer. Gynecol Oncol 77:350–356, 2000.
15. van Nagell JR, Jr, DePriest PD, Ueland FR, et al: Ovarian cancer screening with annual transvaginal sonography: findings of 25,000 women screened. Cancer 109:1887–1896, 2007.
16. Jacobs I, Bast RC, Jr: The CA 125 tumour-associated antigen: a review of the literature. Hum Reprod 4:1–12, 1989.
17. Bast RC, Jr, Klug TL, St John E, et al: A radioimmunoassay using a monoclonal antibody to monitor the course of epithelial ovarian cancer. N Engl J Med 309:883–887, 1983.
18. Jacobs IJ, Skates S, Davies AP, et al: Risk of diagnosis of ovarian cancer after raised serum CA 125 concentration: a prospective cohort study. Br Med J 313:1355–1358, 1996.
19. Einhorn N, Sjovall K, Knapp RC, et al: Prospective evaluation of serum CA 125 levels for early detection of ovarian cancer. Obstet Gynecol 80:14–18, 1992.
20. Jacobs IJ, Skates SJ, MacDonald N, et al: Screening for ovarian cancer: a pilot randomised controlled trial. Lancet 353:1207–1210, 1999.
21. Westhoff C: Current status of screening for ovarian cancer. Gynecol Oncol 55:S34–S37, 1994.
22. Buys SS, Partridge E, Greene MH, et al: Ovarian cancer screening in the prostate, lung, colorectal and ovarian (PLCO) cancer screening trial: findings from the initial screen of a randomized trial. Am J Obstet Gynecol 193:1630–1639, 2005.
23. Skates SJ, Menon U, MacDonald N, et al: Calculation of the risk of ovarian cancer from serial CA-125 values for preclinical detection in postmenopausal women. J Clin Oncol 21(10 Suppl):206–210, 2003.
24. Menon U, Gentry-Maharaj A, Ryan A, et al: Recruitment to multicentre trials – lessons from UKCTOCS: descriptive study. Br Med J 337:2079a, 2008.
25. Menon U, Gentry-Maharaj A, Hellett R, et al: Sensitivity and specificity of multimodal and ultrasound screening for ovarian cancer, and stage distribution of detected cancers: results of the prevalence screen of the UK Collaborative Trial of Ovarian Cancer Screening (UKCTOCS). Lancet Oncol 10:308–309, 2009.
26. Bast RC, Jr, Skates S, Zhang Z, et al: Optimizing a two-stage strategy for early detection of ovarian cancer. NCI translates: NCI Translational Science Meeting 2008; 300, no. 292.
27. Woolas RP, Xu FJ, Jacobs IJ, et al: Elevation of multiple serum markers in patients with stage I ovarian cancer. J Natl Cancer Inst 85:1748–1751, 1993.
28. Zhang Z, Yu Y, Xu F, et al: Combining multiple serum tumor markers improves detection of stage I epithelial ovarian cancer. Gynecol Oncol 107:526–231, 2007.
29. Skates SJ, Horick N, Yu Y, et al: Preoperative sensitivity and specificity for early-stage ovarian cancer when combining cancer antigen CA-125II, CA 15-3, CA 72-4, and macrophage colony-stimulating factor using mixtures of multivariate normal distributions. J Clin Oncol 22:4059–4066, 2004.
30. Hellstrom I, Hellstrom KE: SMRP and HE4 as biomarkers for ovarian carcinoma when used alone and in combination with CA125 and/or each other. Adv Exp Med Biol 622:15–21, 2008.
31. Badgwell D, Lu Z, Cole L, et al: Urinary mesothelin provides greater sensitivity for early stage ovarian cancer than serum mesothelin, urinary hCG free beta subunit and urinary hCG

beta core fragment. Gynecol Oncol 106:490–497, 2007.

32. Xu Y, Shen Z, Wiper DW, et al: Lysophosphatidic acid as a potential biomarker for ovarian and other gynecologic cancers. JAMA 280:719–723, 1998.

33. Bast RC, Jr, Brewer M, Zou C, et al: Prevention and early detection of ovarian cancer: mission impossible? Recent Results Cancer Res 174:91–100, 2007.

34. Yousef GM, Diamandis EP: Expanded human tissue kallikrein family—a novel panel of cancer biomarkers. Tumour Biol 23:185–192, 2002.

35. Diamandis EP, Scorilas A, Fracchioli S, et al: Human kallikrein 6 (hK6): a new potential serum biomarker for diagnosis and prognosis of ovarian carcinoma. J Clin Oncol 21:1035–1043, 2003.

36. Zhang H, Kong B, Qu X, et al: Biomarker discovery for ovarian cancer using SELDI-TOF-MS. Gynecol Oncol 102:61–66, 2006.

37. Petricoin EF, Ardekani AM, Hitt BA, et al: Use of proteomic patterns in serum to identify ovarian cancer. Lancet 359:572–577, 2002.

38. Fisher WG, Rosenblatt KP, Fishman DA, et al: A robust biomarker discovery pipeline for high-performance mass spectrometry data. J Bioinform Comput Biol 5:1023–1045, 2007.

39. Baggerly KA, Morris JS, Edmonson SR, Coombes KR: Signal in noise: evaluating reported reproducibility of serum proteomic tests for ovarian cancer. J Natl Cancer Inst 97:307–309, 2005.

40. Baggerly KA, Morris JS, Coombes KR: Reproducibility of SELDI-TOF protein patterns in serum: comparing datasets from different experiments. Bioinformatics 20:777–785, 2004.

41. Clarke CH, Buckley JA, Fung ET: SELDI-TOF-MS proteomics of breast cancer. Clin Chem Lab Med 43:1314–1320, 2005.

42. Zhang Z, Bast RC, Jr, Yu Y, et al: Three biomarkers identified from serum proteomic analysis for the detection of early stage ovarian cancer. Cancer Res 64(16):5882–5890, 2004.

43. Clarke CH, Fung ET, Yip C, et al: A panel of proteomic markers improves the sensitivity of CA125 for detecting Stage I epithelial ovarian cancer. Proc Am Soc Clin Oncol 26:303s, no. 5542, 2008.

44. Gorelik E, Landsittel DP, Marrangoni AM, et al: Multiplexed immunobead-based cytokine profiling for early detection of ovarian cancer. Cancer Epidemiol Biomarkers Prev 14:981–987, 2005.

45. Visintin I, Feng Z, Longton G, et al: Diagnostic markers for early detection of ovarian cancer. Clin Cancer Res 14:1065–1072, 2008.

46. NCCN Clinical Practice Guidelines in Oncology: Genetic/Familial High-Risk Assessment: Breast and Ovarian. Rockledge, PA: National Comprehensive Cancer Network, 2006.

47. Laframboise S, Nedelcu R, Murphy J, et al: Use of CA-125 and ultrasound in high-risk women. Int J Gynecol Cancer 12:86–91, 2002.

48. Liede A, Karlan BY, Baldwin RL, et al: Cancer incidence in a population of Jewish women at risk of ovarian cancer. J Clin Oncol 20:1570–1577, 2002.

49. Stirling D, Evans DG, Pichert G, et al: Screening for familial ovarian cancer: failure of current protocols to detect ovarian cancer at an early stage according to the International Federation of Gynecology and Obstetrics system. J Clin Oncol 23:5588–5596, 2005.

50. Olivier RI, Lubsen-Brandsma MA, Verhoef S, van Beurden M: CA125 and transvaginal ultrasound monitoring in high-risk women cannot prevent the diagnosis of advanced ovarian cancer. Gynecol Oncol 100:20–26, 2006.

51. Lu KH, Garber JE, Cramer DW, et al: Occult ovarian tumors in women with BRCA1 or BRCA2 mutations undergoing prophylactic oophorectomy. J Clin Oncol 18:2728–2732, 2000.

52. Colgan TJ, Murphy J, Cole DE, et al: Occult carcinoma in prophylactic oophorectomy specimens: prevalence and association with BRCA germline mutation status. Am J Surg Pathol 25:1283–1289, 2001.

53. Powell CB, Kenley E, Chen LM, et al: Risk-reducing salpingo-oophorectomy in BRCA mutation carriers: role of serial sectioning in the detection of occult malignancy. J Clin Oncol 23:127–132, 2005.

54. Leeper K, Garcia R, Swisher E, et al: Pathologic findings in prophylactic oophorectomy specimens in high-risk women. Gynecol Oncol 87:52–56, 2002.

55. Hensley ML, Robson ME, Kauff ND, et al: Pre- and postmenopausal high-risk women undergoing screening for ovarian cancer: anxiety, risk perceptions, and quality of life. Gynecol Oncol 89:440–446, 2003.

第7章 卵巢癌的外科治疗

Amer K. Karam, Christine Walsh, Beth Y. Karlan

要　点

- 卵巢肿瘤细胞减灭术是治疗晚期卵巢癌的基本方法之一。
- 满意的肿瘤细胞减灭术和显微镜下残余灶具有最好的生存结局。
- 二次肿瘤细胞减灭术可用于有较长的无病生存期和病灶局限的卵巢癌患者。
- 二次探查术不能改善患者生存时间。
- 全面的手术分期是治疗早期卵巢癌的基本方法。
- 保留生育功能的手术和最小创伤的手术可用于年轻早期卵巢癌患者,不会影响生存时间。
- 冷冻切片分析对诊断卵巢癌是准确的,但对交界性卵巢肿瘤的诊断并不可靠。

前言

手术是诊断和治疗卵巢癌的基本手段。手术的目的因卵巢癌种类和分期的不同有所区别。最常见的是卵巢上皮性癌。

高级别卵巢上皮癌

肿瘤细胞减灭术的原则

晚期卵巢癌通常会出现广泛的腹腔内播散。标准的治疗方法包括首次肿瘤细胞减灭术和辅助化疗后的肿瘤细胞减灭术。首次手术的目的是为了明确诊断并尽量减少术后残留病灶或无病灶。手术切除肿瘤大块病灶将有以下益处[1, 2]:

- 根据 Goldie-Coldman 假设,切除肿瘤细胞耐药克隆将减少化疗耐药的可能性。
- 切除大量乏氧的肿瘤细胞将有利于化疗药物的运送。
- 体积小的癌灶生长分数更高,有利于化疗药物的细胞毒性作用。
- 小癌灶所需化疗的次数更少,减少耐药的产生。
- 切除大块癌灶将迅速改善晚期卵巢上皮癌所致的症状,提高生活质量,改善食欲,增强患者的免疫功能。

尽管肿瘤细胞减灭术的初始应用没有随机对照实验来支持,但自 1975 年 Griffiths 首次研究以来,几乎所有的回顾性和前瞻性实验均表明,残留肿瘤的直径与患者的生存呈负相关[3]。近期,Bristow 等[4] 采用 meta 分析了已发表的 6885 名患者的资料,发现最大肿瘤细胞减灭术每增加 10% 会提高 5.5% 的中位生存率（图 7-1）。

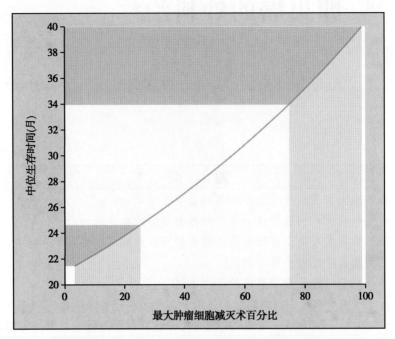

图 7-1 简单的线性回归分析：中位生存时间对数值与最大减灭术百分比对应关系图。浅色阴影部分表示低于 25% 或高于 75% 的患者行最大肿瘤细胞减灭术；深色阴影部分表示相应的中位生存时间

满意的肿瘤细胞减灭术的定义在不断演进。1986 年，妇科肿瘤组（GOG）基于对纳入了两个早期辅助治疗试验的 726 例晚期卵巢癌患者的回顾性分析和长期随访，将满意的肿瘤细胞减灭术定义为残余癌灶的最大直径小于 1cm[5]。根据以上定义，妇瘤科医生可以对 75% 的患者完成满意的肿瘤减灭术[6]。GOG 对两个大样本的化疗试验进行回顾性分析，再次证实残余癌小于 1cm 的满意的肿瘤细胞减灭术有利于生存。同时 GOG 建议如肿瘤细胞减灭术达不到满意状态或使瘤体至少小于 2cm，则对生存的益处不大[7, 8]（图 7-2）。

一些试验也表明初次肿瘤细胞减灭术达到显微水平的患者有最好的生存机会。Hoskins[7] 等人报道了参与 GOG 52 号试验的 348 名 III 期卵巢癌患者，经肿瘤细胞减灭术残余癌灶小于 1cm。结果表明，微残留癌灶患者的 5 年生存率为 60%，高于肉眼可见小于 1cm 癌灶的 35%。Chi 等[9] 近来分析了一定直径残余灶的生存率，以明确 IIIC 期卵巢癌首次肿瘤细胞减灭术的最佳目标。该研究回顾性分析 465 例患者，无肉眼可见癌灶的患者总体中位生存率高于肉眼可见残余灶 1～5mm 的患者（106 个月比 66 个月）[9]（图 7-3）。这两个由 GOG 最近开展的化疗试验提示，微残余灶患者的生存优于满意手术的肉眼可见病灶的患者[10, 11]。残余灶的数量也会影响预后。Farias-Eisner 和他的研究人员[12] 回顾分析了 78 例最大残余灶直径小于 5mm 的患者，肿瘤广泛扩散的患者生存情况明显不良。这些研究充分表明，尽可能去除肉眼可见病灶是有益的（图 7-4）[13]。

外科治疗原则

许多晚期卵巢患者伴随有大块上腹部转移灶、恶性胸水或者甚至是肝实质转移，这就

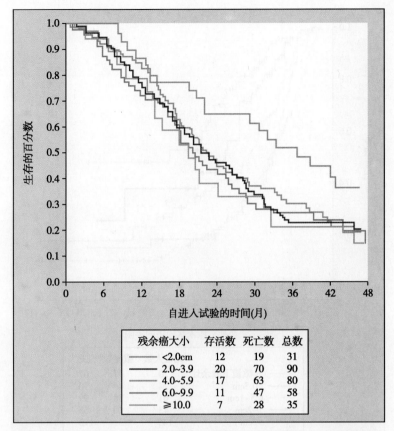

图 7-2　纳入 GOG 97 号试验的欠满意卵巢肿瘤细胞减灭术后，根据术后残留癌灶最大直径对应的生存情况

残余癌大小	存活数	死亡数	总数
<2.0cm	12	19	31
2.0~3.9	20	70	90
4.0~5.9	17	63	80
6.0~9.9	11	47	58
≥10.0	7	28	35

需要处理膈肌和肠管、脾切除伴或不伴远端的胰腺切除以及腹膜剥除以达到满意的肿瘤细胞减灭术。妇科肿瘤学专家协会（SGO）2000 年的一项调查显示，在首次肿瘤细胞减灭术中多达 45% 的患者由于担心发病率和未证实的效果延迟伴或不伴胰腺切除的脾切除术、全层或非全层膈膜的剥除以及阳性腹主动脉旁淋巴结的切除 [14]。然而，近来的研究表明，即使在Ⅵ期卵巢癌患者，满意的肿瘤细胞减灭术技术可行并明显改善生存。在一项调查了 225 例Ⅵ期卵巢上皮癌的大型回顾性研究中，Akahira 等 [15] 的多因素分析表明，体力状况、组织学类型以及肿瘤细胞减灭术后残余灶是预后的独立影响因素。满意的肿瘤细胞减灭术患者和不满意的肿瘤细胞减灭术的总体中位生存时间分别是 32 个月和 16 个月。

对明显不能切除的病变，根治性手术包括肠管切除价值不大，还可能导致潜在的手术相关的发病率和病死率，尤其是营养耗竭的患者 [16]。

卵巢癌手术需要切口足够大以全面探查腹腔并确保手术的安全。建议采用直切口，虽然它并不是必须的。任何腹水或腹腔游离液都应收集行细胞学检查。如果没有游离的腹腔液，要分别收集盆腔、结肠周围和膈下区域的冲洗液。Ⅲ期和Ⅵ期卵巢癌不需要细胞学评估。全部的腹膜表面，包括双侧横膈膜表面及整个胃肠道的浆膜和肠系膜都要查看触摸以发现转移灶，仔细检查和切除网膜，至少是结肠下网膜。可能的情况下，行筋膜外全子宫切除和双侧输卵管卵巢切除术。若没有这种可能，至少要进行卵巢活检和子宫内膜取样。腹腔内的肉眼可

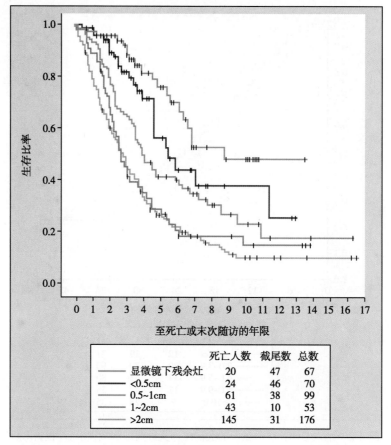

	死亡人数	截尾数	总数
显微镜下残余灶	20	47	67
<0.5cm	24	46	70
0.5~1cm	61	38	99
1~2cm	43	10	53
>2cm	145	31	176

图 7-3　1989~2003 年不同最大残余灶的ⅢC 期卵巢癌的总生存率

见病灶应尽可能切除。

整块盆腔切除术

局部晚期病灶常常会破坏盆腔的解剖,包裹附件、盆腔腹膜、后穹隆和直肠、乙状结肠(图 7-5)。腹膜后子宫切除和双侧输卵管 - 卵巢切除术可以整块切除卵巢肿瘤和病灶侵袭的周围组织,包括部分直肠乙状结肠和膀胱[17]。这个过程包括沿着结肠侧沟、尾部、沿着腰大肌,内侧沿着耻骨联合延长腹膜切口。骨盆漏斗韧带和圆韧带固定在腹膜后,输尿管从腹膜的中叶分离开并追踪到输尿管隧道。子宫血管在输尿管水平结扎,使血管从输尿管上游离开。膀胱顶部的腹膜锐性分离至膀胱子宫间隙(返折腹膜)(图 7-6)。通过逆行的方式切除子宫,首先进入阴道前壁,沿着主韧带限定保留的阴道前壁和侧壁,阴道后壁最终切开,暴露直肠阴道间隙,直肠乙状结肠凹陷和附着的肿块便切除了(图 7-7)。

另外,直肠乙状结肠广泛的浸润性癌灶可和癌灶一并切除。用胃肠吻合器切除近端直肠乙状结肠至癌灶最大范围外 2~3cm,肠系膜末端固定。远端的直肠乙状结肠用胸腹吻合器分离(图 7-8)。癌灶切除后,用环状端端吻合器修复肠管(图 7-9 和图 7-10)。

Bristow 等[17] 报道 31 例患者无术后死亡病例,但 31 例中 4 例出现术后危及生命的并发症,1 例因出现吻合口漏再次进行探查。这种手术方式不适合那些上腹部病变不能切除的患

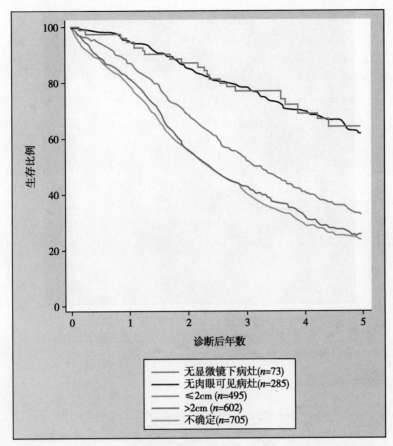

图 7-4　卵巢癌：1999～2001 年治疗的患者。ⅢC 期卵巢癌患者手术后的生存，$n=2160$

残余灶	病人数	平均年龄（年）	总生存率（%）					危害比（95%CI）*
			1 年	2 年	3 年	4 年	5 年	
无显微残余灶	73	55.8	94.4	87.1	76.8	68.6	63.5	参照
无肉眼可见病灶	285	56.3	95.0	85.0	77.9	69.3	62.1	1.0（0.6～1.6）
≤2cm	495	58.9	86.8	68.7	52.3	40.8	32.9	2.3（1.5～3.5）
>2cm	602	60.6	82.0	56.4	42.6	32.0	24.8	3.0（1.9～4.5）
未知的	705	61.1	79.6	56.3	40.7	29.3	24.1	2.9（1.9～4.5）

*危害比和 95% 的置信区间由 COX 模型分析获得（年龄、期别和国家经过调整）

者，因为该方法病死率较高，治愈的可能性较低。

　　卵巢上皮癌累及肠管往往会影响直肠乙状结肠，在卵巢上皮癌中直肠乙状结肠的切除是最主要的胃肠道手术。该手术往往对于达到满意的肿瘤细胞减灭术很重要[18]。在一项大型的系列研究中，伴随低位直肠乙状结肠切除和吻合的整块卵巢癌切除术，其病死率是 6.7%。在许多病例中，肠管表面的种植灶可以刮除，但大块的种植灶则需要切除和肠管吻合，尤其是出现肠梗阻的病例[19]。如前面提到的，肠管切除应该在可以行满意的肿瘤细胞减灭术或出现梗阻时才进行。

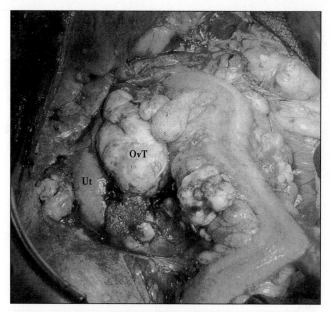

图 7-5 局部晚期卵巢癌，融合蔓延包绕生殖器官、盆腔腹膜（包括膀胱子宫返折腹膜）、道格拉斯窝以及直肠乙状结肠。OvT: 卵巢肿瘤，Ut: 子宫

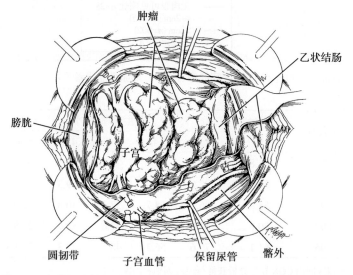

图 7-6 卵巢根治性切除：限制性腹膜切口包围全部盆腔疾病，圆韧带和卵巢血管分离开，分离开输尿管，从膀胱肌层切除前盆腔腹膜肿瘤

横膈切除术

大块的癌灶常常分别在盆腔、网膜和右横膈膜。膈膜切除或剥离往往对达到满意的肿瘤细胞减灭术很重要。在近期一项单个医院的试验中，Aletti 等[20] 分析 181 例侵犯了横膈膜的卵巢癌患者，进行了横膈膜手术的患者（横膈膜剥除术、全部或部分横膈膜切除、瘤体切除或超声外科抽吸）较未手术患者 5 年生存率从 15% 提高到 53%。此外，对合并横膈膜病灶的多因素分析研究，残留癌灶和横膈膜手术操作均是影响预后的独立因子。

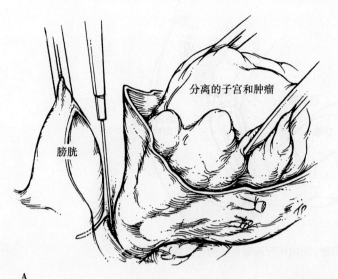

图 7-7 卵巢根治性切除。A：盆腔前腹膜肿瘤从膀胱顶切除，暴露邻近的阴道，用电烙器横行切开阴道前壁进入阴道。B：从腹侧向背侧的方向朝着直肠凹陷的肿瘤位置钳夹主韧带

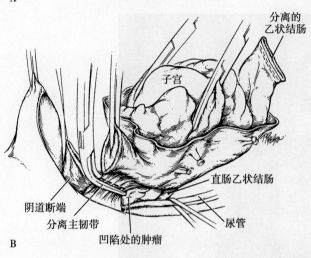

图 7-8 卵巢根治性切除：直肠阴道间隙分离至距离凹陷处肿瘤团块末端 2~3cm 处，远端的直肠乙状结肠以自动吻合器分离

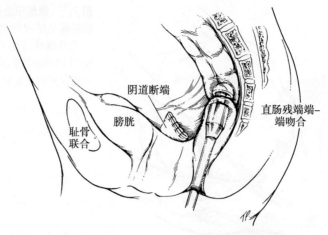

图 7-9　卵巢根治性切除：应用环行端端自动吻合器肠管的断端

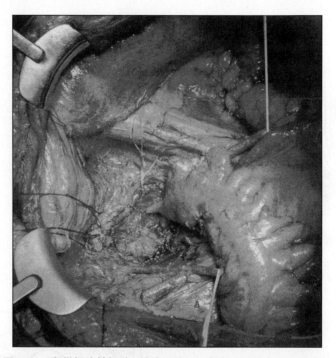

图 7-10　卵巢根治性切除：整块切除后，盆腔已经无肉眼可见癌灶

　　在多数病例中，更大的病灶多发于右侧横膈膜。为到达整个右侧横膈膜，腹部的切口延长到剑突。分离肝脏首先分离结扎镰状韧带的肝下叶部分，这样可以将肝脏从其前方和腹壁的连结分离开。小心分离前部的右冠状和右三角韧带，注意不要损伤右肝静脉和下腔静脉。小的转移灶可以切除或电烙烧灼，氩气凝固或超声外科抽吸。更大体积的病灶需要腹膜切除，首先，分开横膈膜前面或侧面的游离边缘，然后分别从尾腹侧或后内侧用锐性钝性分离的方式将横膈膜从底部的肌肉组织分开（图 7-11 和图 7-12）。通过在同侧空腔内注入水以及在吸气末观察气泡来确定膈膜的完整性。修复缺损处从洞内放置导管在最大吸气期抽吸，开口的边缘用一个绳子收紧或缝线间断缝合。

图 7-11　横膈膜切除

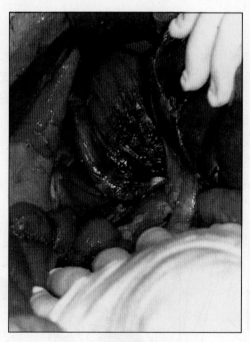

图 7-12　横膈膜切除完成

肝切除

当肝实质受侵,可以切除部分肝叶。肝脏的切除较安全,病死率低于 5%,但尚未作为治疗卵巢癌的常规手术。Bristow 等 [22] 研究具有肝外和肝实质病灶的患者,对肝外和肝实质病灶均行满意的肿瘤细胞减灭术的患者中位生存时间为 50.1 个月;而对肝外病灶行满意的肿瘤细胞减灭、但肝实质病灶未行满意减灭术的患者中位生存时间为 27.0 个月,肝外和肝实质病变都行非满意的肿瘤细胞减灭只有 7.6 个月的中位生存时间。射频消融是传统手术治疗肝脏转移病变的方式,它可以去除多发病灶,尤其适合于大血管周围的小病灶 [23](图 7-13)。

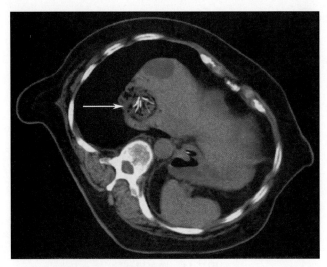

图 7-13　经皮射频消融肝脏转移灶的腹壁 CT 扫描。射频消融电极用来插入瘤体,可见瘤床中肿瘤发生明显的热坏死,伴有气体和碎片(见箭头处)

脾切除

当网膜广泛受累,有时转移灶会侵及脾门、被膜或实质,需要和网膜一起整块切除脾。Magtibay 等 [24] 介绍他们所在医疗中心脾切除作为卵巢肿瘤细胞减灭术的一部分,脾切除作为一次或二次肿瘤细胞减灭术的部分与一定程度的发病率和病死率有关。他们的资料也证实完成首次肿瘤细胞减灭手术后残留癌灶对总体生存有重要影响。

进行脾切除之前,有必要触诊脾脏和网膜以决定病变的范围。由于脾脏的累及常常从网膜直接蔓延而来,因此网膜和脾的整块切除并不罕见(图 7-14)[25]。出现这种病例,首选以下

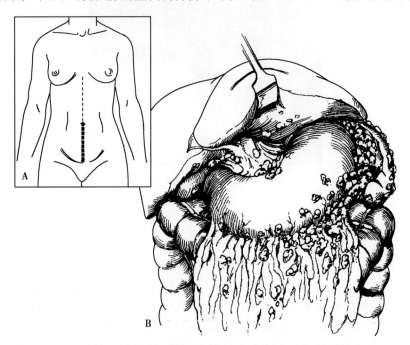

图 7-14　A:为保证暴露充分,下腹部中线切口要延至剑突。B:肿瘤广泛累及网膜、扩散到胃大弯、脾门和脾包膜

处理方法：首先分离脾脏的脾结肠韧带、脾肾韧带和脾膈韧带，让脾可以轻轻地向前向内侧旋转（图 7-15），仔细分离结扎胃短血管，这时可以暴露血供，安全切开脾胃韧带（图 7-16）。要注意不要损伤尾部的胰腺。以上方法的应用常因为脾门的损伤或切除过程中不能控制的大出血受限。首先分开脾胃韧带，识别胃短血管并结扎，切开壁部的腹膜，使得安全辨认和处理脾血管（图 7-17），这样可以切开脾脏的连接，切除脾脏。

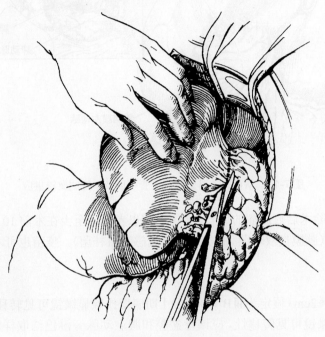

图 7-15 分离侧面的韧带可以及早控制血供

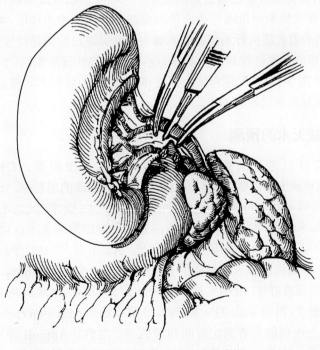

图 7-16 脾血管可以从后方结扎

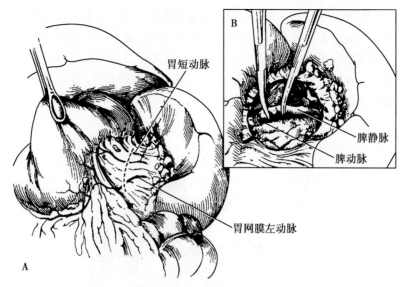

图 7-17 从前方入路到脾脏血管可以及早控制血管供应

胃短动脉
脾静脉
脾动脉
胃网膜左动脉

由于有脾脏切除术后败血症的风险，脾切除的患者最好至少在术前 10 天接受对抗有荚膜微生物的免疫治疗（脑膜炎双球菌、肺炎球菌和流感嗜血杆菌）。疫苗也可术后接种。

淋巴结切除

当盆腔外癌灶≤2cm（假定为ⅢB 期）以及Ⅰ期病变排除显微镜可见转移灶，早期卵巢癌有 1/3 以上会发生显微镜可见转移灶，应该行盆腔和腹主动脉旁淋巴结取样术。在晚期卵巢上皮癌中，淋巴结切除的作用未完全确定。Aletti 等[26] 分析 93 例行淋巴结评估的患者，残余癌灶接近 1cm，切除明显受累的淋巴结会提高生存。一项随机临床试验研究了系统的腹主动脉旁和盆腔淋巴结切除在晚期卵巢癌行满意的肿瘤细胞减灭术中的作用，427 例 FIGO 分期为ⅢB～ⅢC 期和Ⅳ期的患者随机行系统盆腔和腹主动脉旁淋巴结切除或仅切除大块的淋巴结。作者并没有证实晚期卵巢癌盆腔和腹主动脉旁淋巴结转移的发生率高，但可以观察两组总体生存时间的区别[27]（图 7-18）。Ⅳ期和盆腔外转移灶≥2cm 的病例不需要盆腔或腹主动脉旁淋巴结活检，除非临床发现淋巴结有增大。

满意的肿瘤细胞减灭术的预测

预测哪些患者可以进行满意的肿瘤细胞减灭术仍很困难。Chi 等[28] 及随后的 Brockbank[29] 在小规模研究中证明，术前 CA-125 低于 500U/ml 的患者中，分别可在 73% 和 83% 的患者中达到定义为残余灶≤1cm 的满意的肿瘤细胞减灭术；而术前 CA-125 高于 500U/ml 的患者，只分别有 22% 和 18% 的患者可以完成满意的肿瘤细胞减灭术。以影像学检查为评分系统较复杂，临床应用困难，未能大规模验证[30～32]。Axtell 等[33] 对某个机构患者进行回顾性分析，可以识别三个肿瘤细胞减灭术最强的 CT 预测因子，准确率达 80%，但当该模型应用于两个以前曾发表过的患者群体，准确率却分别降为 27% 和 60%。从后两个研究得出的 CT 模型应用于前一组的患者，准确率从 93% 和 79% 分别降低到 65% 和 69%。一些学者应用腹腔镜检查对晚期卵巢上皮癌的患者确定诊断和评估可治愈性。Angioli 等[34] 应用诊断性腹腔镜，从 87 例晚期卵巢上皮癌患者中鉴别出 53 例认为可行满意肿瘤细胞减灭术的患者，定义

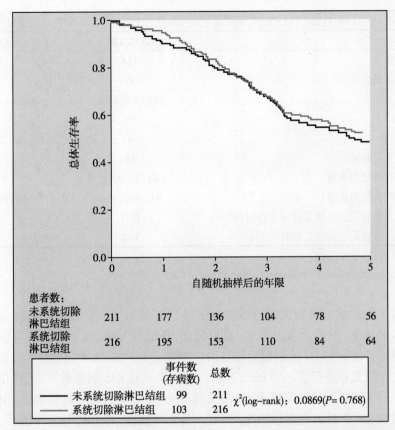

图 7-18 比较晚期卵巢癌满意肿瘤细胞减灭术进行系统的腹主动脉旁和盆腔淋巴结切除和仅切除大块的淋巴结的总体生存时间。系统切除组中位总体生存时间为 62.1 个月,(四分位数范围:30.9 个月至未到期),未系统切除组中位总体生存时间为 56.3 个月(四分位数范围:31.3～123.6 个月)

满意的肿瘤细胞减灭术为完全无残余病灶,96% 的患者可以完成。

间隔肿瘤细胞减灭术

晚期卵巢癌仅 40%～60% 可以完全切除肿瘤,为了使残留满意病灶的晚期卵巢癌患者的比例增高,一些临床医师提出"肿块的二次尝试"或"间隔肿瘤细胞减灭术"的概念,在首次非满意手术和几个疗程系统化疗后再行外科手术。欧洲肿瘤研究和治疗组织在一项随机试验中对间隔肿瘤细胞减灭术进行评价,278 例首次手术后残余灶 >1cm 的患者,经过 3 个疗程环磷酰胺和顺铂化疗,患者随机行肿瘤细胞减灭术和非手术治疗,接着继续进行化疗。经调整其他的预后因子,行肿瘤细胞减灭术患者将死亡的风险降低了 33%[35]。

GOG 进行的另一项研究,550 例首次肿瘤细胞减灭术不满意的患者,随机分为三个疗程的顺铂加紫杉醇和间隔肿瘤细胞减灭术,对比仅行化疗组,两组的中位生存期均为 33 个月,作者认为二次肿瘤细胞减灭术并不会提高无进展生存和总体生存期[36]。事实上,GOG 试验包含了最初的"最大程度外科努力"和应用更为有效的化疗方案,将有助于解释这种有分歧的结论[37](表 7-1)。

同样,营养不良的妇女术后发病率和病死率高,对其进行先期或新辅助化疗,然后对化疗

	GOG 152	**EORTC**
适宜的患者的数量	424	319
初始手术尽最大努力	是	否
化疗方案	顺铂＋紫杉醇	顺铂＋环磷酰胺
浆液性肿瘤（%）	76	57
Ⅵ期疾病（%）	6	22
首次手术后病灶＞5cm	44	72
二次手术开始时病灶为满意	44（89/201）	35（44/127）*
二次手术结束时病灶为满意	84（168/201）	64（81/127）*
二次手术组进入试验后的中位无进展生存时间（月）	12.5	18
二次手术组进入试验后的中位生存时间（月）	36.2	26

表 7-1 比较 GOG 152 和 EORTC 研究的三个疗程化疗后的二次／间隔肿瘤细胞减灭术

*EORTC 研究中 3 例无外科资料

EORTC: European Organization for Research and Treatment of Cancer, 欧洲肿瘤研究治疗组织

有反应者行最大的肿瘤细胞减灭术预后将会更好[16]。这种方式的益处包括提高了满意的肿瘤细胞减灭术的比率、缩小大范围手术、减少失血、降低并发症、缩短住院时间以及避免对化疗耐药的患者行有创的手术，他们预后差与治疗方式无关。Bristow 和 Chi[38] 近来对已发表的有关新辅助化疗的文章进行了一项 meta 分析，有 21 个试验 835 例患者符合他们的标准，他们再次证明进行最大间隔肿瘤细胞减灭术（定义尚不统一）患者的百分数每增加 10%，将会使中位生存时间延长 1.9 个月。有意思的是，研究人员同时发现，在间隔行手术前行 3～6 个疗程的化疗，每增加一个化疗疗程将使中位生存时间减少 4.1 个月（图 7-19）。

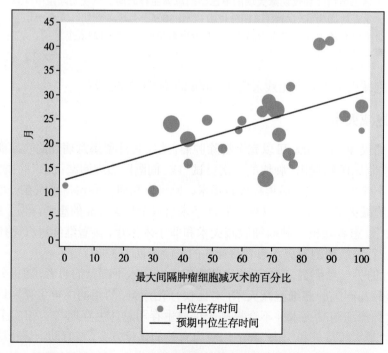

图 7-19　简单的线性回归：中位生存时间对应最大间隔肿瘤细胞减灭术的百分比图。
圆形物的大小代表每个试验中受试者数量，并不反映各试验中统计变量的程度

然而,由于缺乏前瞻性的随机试验,新辅助化疗后行肿瘤细胞减灭术的结局并没有被认为比初次肿瘤细胞减灭术后应用紫杉醇的联合化疗更好。

二次探查术

二次探查术的作用是在晚期卵巢上皮癌患者在完成化疗后,评估治疗的彻底性和反应率,并切除残余癌灶。由于缺乏有效性,人们对二次探查的热情有所减低。在 GOG 158 号试验研究了二次探查术的作用,患者在完成化疗后选择是否愿意进行二次探查术。接受了二次探查术的患者与未手术者相比,无进展生存或总体生存并没有提高[39](图 7-20)。Obermair 和 Sevelda[40] 分析在二次剖腹探查中行二次肿瘤细胞减灭术,无残余灶的患者生存时间和残余灶 <2cm 或 >2cm 的患者生存时间没有显著差异。但二次探查术仍然被证明是提供化疗反应和预后信息最准确的方式。

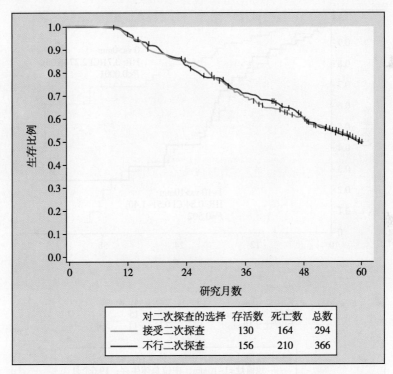

对二次探查的选择	存活数	死亡数	总数
接受二次探查	130	164	294
不行二次探查	156	210	366

图 7-20 生存情况(少于 6 个月间隔的无进展生存)。接受剖腹二次探查和未行二次探查的生存比较

复发性卵巢癌

尽管许多晚期卵巢上皮癌患者经过肿瘤细胞减灭术和化疗的联合治疗,可以达到完全临床缓解,但此病有可能复发,需要进一步治疗。复发性卵巢癌的治疗包括进一步化疗、手术或放疗。对复发性卵巢癌行手术的多数研究表明,再次手术切除技术上可行,39%~87%的患者可达到满意的肿瘤细胞减灭术,残留最低限度的病灶有利于生存[41~45]。Munkarah 和 Coleman[46] 近来回顾了二次肿瘤细胞减灭术在复发性卵巢癌中的作用。在他们对 12 个发表物分析,复发性肿瘤的完全切除是延长生存最重要的决定因素。Harter 等 [47] 分析了德国的

"DESKTOP-OVAR Ⅰ"多中心试验的结果,目的是为复发性卵巢癌成功进行肿瘤细胞减灭术收集证据,以便确定手术的选择条件和预测因素。他们回顾了 267 例患者,87% 的患者有超过 6 个月的无治疗间隔期,研究发现彻底切除肿瘤与残留有一些可见病灶相比生存时间明显延长,中位生存期分别是 45.2 和 19.7 个月,风险比率是 3.71(图 7-21)。对数据进行多因素分析表明,好的体力状态和最初 FIGO 分期为早期,初次手术后无残余灶以及无腹水,79% 可以完全切除。较长的无病间歇有利于生存预后。Salani 等[48]研究了该机构 55 名行二次肿瘤细胞减灭术的复发性卵巢上皮癌患者,首次诊断和复发的间隔时间≥12 个月,术前影像学检查有 5 个以下的复发部位。诊断至复发的间隔时间为 18 个月以上的患者中位生存时间为 49 个月,而诊断至复发的间隔时间 <18 个月的中位生存时间为 3 个月(图 7-22)。对复发性卵巢上皮癌进行手术适用于局灶性复发患者,至少有 6~12 个月的无病间歇期,体质状态良好。切除肝脏和腹腔外的病灶,如单个的肺或中枢神经系统的病灶也会为生存带来益处[49]。

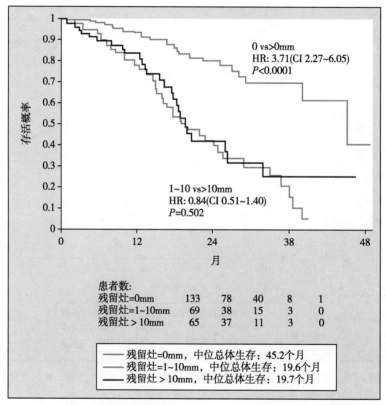

图 7-21　肿瘤细胞减灭术后残余灶(RD)复发对总体生存(OS)的影响。
HR: hazard ratio,危害比

姑息性手术

　　许多复发性卵巢癌患者,由于肿瘤逐渐包裹小肠和大肠,导致肠道梗阻。解除梗阻的姑息手术多会成功,但伴有并发症。Pothuri 等[50]对已发表的关于手术解除卵巢癌肠梗阻的文献进行分析,694 例尝试进行姑息手术中,90% 的患者能够手术缓解。这些患者中围手术死亡率为 15.5%,严重的手术并发症发生率为 32%。此外,手术后的中位生存时间为 4.1 个月,超

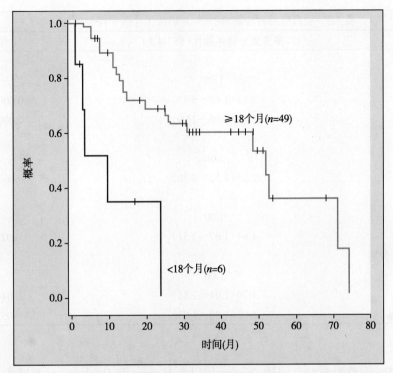

图 7-22　**放射线检查复发位置的数量与生存的关系。** 具有 1 个或 2 个复发位置的患者中位生存时间是 50 个月，具有 3～5 个复发位置的患者中位生存时间是 12 个月（$P = 0.026$）

过 50% 的病人再次发生梗阻[51]。Jong 等[52] 表明，出现多处梗阻、术前体重减轻超过 9kg、营养状态差以及有盆腔或腹部的放射史，将意味着缓解的成功率更低。对于那些手术条件差或者拒绝行姑息手术的患者，行经皮的胃造口置管可以缓解由于肠梗阻引起的恶心和呕吐[53]。

早期卵巢上皮性癌

在诊断时，大概 1/3 的卵巢癌患者为局限于卵巢或盆腔的早期癌。尽管早期卵巢癌的 5 年生存率远远高于晚期患者，具有不良预后因素患者的复发率为 20%～30%。经典的临床和病理预后因素，例如分化程度、FIGO 亚型、组织学类型、紧密粘连、大量腹水、术前发生破裂、双侧、阳性细胞向囊外生长以及患者的年龄等，被认为具有预测特性[54, 55]。之前回顾性分析的主要局限性在于样本量过小，以至于某些独立预测变量不能被有效检测到。

Vergote 等[56] 开展了一项针对 1545 例 I 期卵巢癌患者的大样本回顾性分析。在该研究中，分化程度是最有效的无疾病生存预测因子（中度分化 / 分化良好的危害比为 3.13，分化差 / 分化好的风险比为 8.89）。该研究同样表明术前瘤体破裂是一个独立的预后不良因素。同时，术中的瘤体破裂也会对生存造成不良影响，强调了避免手术操作时瘤体破裂（表 7-2，图 7-23）。

手术分期

全面的手术分期非常重要。将 McGowan 等[57] 在 1983 年对 157 例合理全面分期患者的分期分布数据与同期 FIGO 年度报告相比较，I 期数据从 28% 降至 16%，II 期从 17% 降至

表 7-2　在最终的多变量模型中，精确的无疾病生存的重要变量

特性	多变量分析风险比（95%CI）	P 值
分化程度		
高分化*	1.00	—
中分化	3.13（1.68～5.85）	0.0003
低分化	8.89（4.96～15.9）	0.0001
术前破裂		
否*	1.00	—
是	2.65（1.53～4.56）	0.0005
术中破裂		
否*	1.00	—
是	1.64（1.07～2.51）	0.022
1973 年 FIGO 分期		
ⅠA	1.00	—
ⅠB	1.70（1.01～2.85）	0.046
年龄（每 1 岁）	1.02（1.00～1.03）	0.053

*参考分类

4%，Ⅲ期从 55% 调整为 80%。同样，Young 等以及 Helewa 和 Buchsbaum 等证实，经过精确的分期，将使得 31% 的早期卵巢癌被划分为更为晚期（Ⅲ期）[58~60]。一项对手术专长的调查显示，97% 的妇科肿瘤专家、52% 的妇产科医生以及 35% 的普外科医生能够对早期卵巢癌进行全面的手术分期[57]。同时，Le 等[61] 对开腹时肉眼可见病灶局限于卵巢的卵巢癌患者的回顾图表表明，缺乏合理的手术分期是预测复发的一个重要独立因子，OR 为 2.62（图 7-24）。

主要的步骤包括足够大的腹部切口以探查整个腹腔。应当注意完整地切除附件肿块防止破裂，否则会影响预后。所有的游离腹腔液都要吸取行细胞学检查。如无游离液，应分别对盆腔、结肠侧沟以及膈下区域进行冲洗。它们应当分别送检或作为一个样本送检。所有腹膜表面，包括横膈表面和整个胃肠道的浆膜和肠系膜，都应当仔细观察和触摸，以发现转移灶。要仔细检查网膜，至少进行网膜活检。

如无证据表明病灶超出卵巢或盆腔，在进行盆腔和腹主动脉旁淋巴结切除的同时，应当对直肠子宫凹陷、膀胱腹膜、双侧盆腔侧壁、双结肠侧沟和右横膈进行活检。

淋巴结切除术的范围被广泛关注并存在争议，尤其是它们是否具有治疗价值。Benedetti Panici 等[62] 在意大利一项多中心前瞻性随机研究的中期报告中，比较了对早期卵巢癌进行系统或选择性淋巴结切除的可行性和发病率，两组复发率相当（21%）。并且，即使系统性淋巴结切除组的腹膜后受累的百分比明显高（14% 对比 8%），两组的无疾病生存率或原始生存率无差异。Cass 等[63] 回顾了 96 例临床局限于一侧卵巢的卵巢癌患者，54 例患者进行了双侧淋巴结取样，30% 有淋巴结扩散的患者具有孤立的对侧转移灶，证明了需要对盆腔和腹主动脉旁淋巴结取样以进行准确分期。

保留生育

如果可能，应对卵巢癌行经腹筋膜外全子宫切除和双侧输卵管卵巢切除。但是，年轻的患者希望保留生育，当病变局限在一侧卵巢，一些研究也支持行保守性手术。Schilder[64] 等

在一个多中心的回顾性分析中,研究了 52 例ⅠA 期和ⅠC 期卵巢上皮癌行保留生育功能的手术。5 例在初次手术 8～78 个月出现了肿瘤复发,2 例死于复发性肿瘤。5 例复发病例中,出现 3 例复发发生在对侧卵巢。24 个患者尝试怀孕,17 例(71%)受孕,17 例患者足月分娩 26

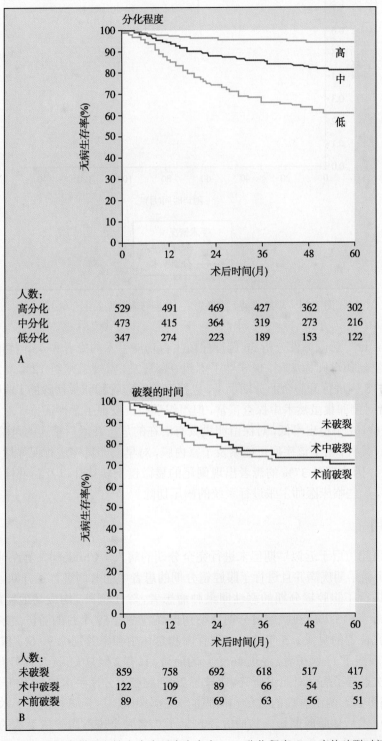

图 7-23　Ⅰ期卵巢浸润性上皮癌无瘤生存率。A: 分化程度。B: 瘤体破裂时间

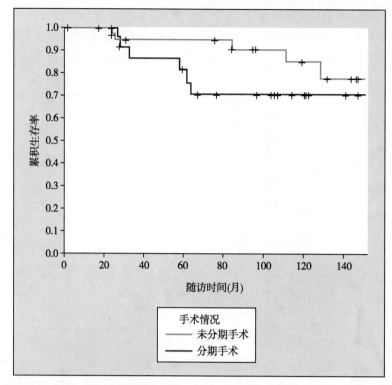

图 7-24　早期卵巢上皮癌患者，分期与未分期的生存状态

次。同样，Zanetta[65] 等回顾性分析 56 例行保留生育功能手术的患者和 43 例切除了内生殖器官的患者，中位随访时间为 7 年，保守性手术组 9% 复发，常规手术组 12% 复发。Benjamin等 [66] 研究了 118 例进行开腹全面分期手术，包括双侧输卵管和卵巢切除的 I 期卵巢癌患者，3例（2.5%）患者对侧卵巢虽然术中探查正常，但组织学检查发现了恶性证据。对外观正常的对侧卵巢进行活检，由于检出率低，对保留卵巢具有潜在的危害及术后粘连的风险，将会影响生殖，应该放弃。此外，由于该疾病可能累及子宫内膜，对早期卵巢癌进行保守性手术要对子宫内膜进行活检。因为超过 37% 的患者出现阑尾的显微镜下转移灶以及黏液性瘤可能有阑尾隐蔽的原发灶，一些临床医师主张进行系统的阑尾切除 [67]。

腹腔镜的作用

　　历史上，腹腔镜用于近似早期但未进行完全分期的病人。Childers[68] 等在他们的报告中，对 14 例具有明显早期疾病并且进行了腹腔镜分期的患者中的 8 例进行了升期。Leblanc[69] 等报告了 29 例进行了腹腔镜分期的恶性卵巢肿瘤患者，除 1 例外，均成功地完成了腹腔镜分期手术。4 例患者（13.7%）在腹腔镜分期后期别提高。经过 59 个月的随访，没有出现远期并发症（包括打孔位置的复发），5 年的无病生存率和总体生存率分别为 90.6% 和 92.6%[69]。同时，Tozzi[70] 等观察了 11 例患者，经过 46 个月的随访，只有 2 例复发，无任何打孔位置的转移。Chi[71] 等第一次报告了病例对照组研究，比较了 20 例腹腔镜分期手术和 30 例开腹分期手术的的早期卵巢癌患者。两组肿瘤的数量和网膜的大小均相似，尽管腹腔镜组手术时间更长，但该组并发症少，术后住院时间短。该研究还包括了 7 名完全进行腹腔镜手术的患者，他们的冷冻切片提示附件受累（表 7-3）。

表 7-3　20 例进行全面腹腔镜分期手术的Ⅰ期卵巢癌患者和 30 例开腹手术患者的术后结果

变量	腹腔镜组（N=20）	开腹组（N=30）	P 值
淋巴结数量			
左侧盆腔	5.8±2.9	7.1±4.3	0.30
右侧盆腔	6.5±3.9	7.6±3.8	0.31
左侧主动脉旁	2.9±1.7	4.8±4.2	0.08
右侧主动脉旁	3.8±1.8	4.4±2.8	0.36
网膜标本（cm³）	186±178	347±378	0.09
转移的位置（%）	2（10）	3（10）	1.00
子宫	1（5）	1（3）	
淋巴结	1（5）	2（7）	
网膜	0	0	
其他的手术（%）			
子宫切除	12（60）	25（83）	0.10
附件手术	13（65）	27（90）	0.07
手术时间（分钟）	321±64	276±68	0.04
失血量（ml）	235±138	367±208	0.003
住院时间（天）	3.1±0.7	5.8±2.6	<0.001
并发症（%）	0（0）	2（7）	1.00

术中冷冻切片的分析

冷冻切片诊断的可靠性和准确性是正确选择外科手术方式的关键。Medeiros[72] 等对 14 项评估冷冻切片诊断卵巢癌准确性的研究进行了定量 meta 分析。在这个卵巢癌大样本系统性回顾中，71% 为良性，5.9% 为交界性，22.7% 为恶性。良性和恶性卵巢肿瘤的整体敏感率分别为 99% 和 94%。冷冻切片阳性的患者卵巢癌的概率提高为 98%，而阴性结果将卵巢癌的概率降低为 1.6%。对交界性卵巢肿瘤的整体敏感性，由于假阴性概率较高的缘故，敏感性低至 66%。肿瘤切除不够、取样的技术问题以及病理学家的经验，都与交界性病例敏感性低有关，这导致与恶性肿瘤相比，检验后确定为交界性肿瘤的概率仅为 51%[72]。因此，冷冻切片诊断为交界性肿瘤的患者仍然应当进行完全的分期手术。

降低风险度的手术

大概 10% 的卵巢上皮癌患者携带 BRCA1、BRCA2 突变或者 DNA 错配修复基因。这些突变使得一生中患卵巢癌的概率为 15%～54%[73, 74]。携带有这些突变基因的妇女被告知应当加强监测，或考虑 35 岁或生育后进行预防性卵巢切除。Kauff[75] 等前瞻性地分析了 170 例 BRCA 突变携带者，98 例进行预防性输卵管卵巢切除术的妇女中，3 例在手术时发现了早期肿瘤（3.1%），在随访中发现了 1 例原发性腹膜癌患者（1.0%）。72 例仅进行监测的妇女，有 5 例发展为卵巢上皮癌或原发性腹膜癌（6.9%）。输卵管卵巢切除组发展为乳腺癌或 BRCA 相关的妇科肿瘤的时间明显延长，危害比为 0.25（图 7-25）。在另一个多中心研究中，Rebbeck[76] 等研究了 259 例进行预防性手术患者的卵巢癌发病率，并将他们与 292 例未进行预防性手术的匹配患者比较。6 例在手术中被诊断为癌症。排除这些患者后，作者发现预防性手术将卵巢癌风险降低了 96%。Finch[77] 等在一个大型对携带有 *BRCA1* 或 *BRCA2* 基因突变患者的多中心前瞻性研究中，对 1273 名研究初时卵巢完整的女性进行了评估。490 名患者在随访期进行了卵巢切除，其中 11 人（2.2%）在手术时确诊为恶性，另外 7 人在术后发展为原发性腹膜癌。另一方面，783 例卵巢完整的对象中发现了 32 例恶性肿瘤。预防性手术对恶性肿瘤发病风险的抑制率调整后为 80%。有趣的是，11 名在预防性手术时诊断为恶性肿瘤的患者中，3 人具有原发性输卵管癌，这进一步强调了切除全部卵巢和尽可能切除输卵管的重要性。尽管一些作者认为输卵管壁内部分可能遭受肿瘤的转化，但是目前没有案例的报道[78]。手术至少包括对所有腹膜表面的仔细检查、腹膜细胞学以及对任何可疑处（包括网膜）的活检，以排除隐蔽的肿瘤。卵巢和输卵管应被逐步切开并仔细检查，以发现隐蔽恶性肿瘤。

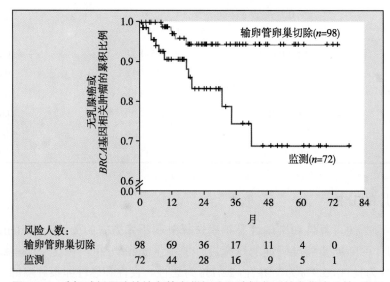

图 7-25　选择减低风险的输卵管卵巢切除和选择监测的卵巢癌女性，发展为乳腺癌或 *BRCA* 相关的妇科肿瘤的卡普兰 - 迈耶时间曲线。比较两组发展为癌的实际平均时间的时序检验，$P = 0.006$

低度恶性潜能的卵巢肿瘤

低度恶性潜能的卵巢上皮性肿瘤或交界性卵巢肿瘤大约占卵巢上皮性肿瘤的 15%[13]。浆液性和黏液性交界性卵巢肿瘤最常见（分别为 65% 和 32%）。具有此病的患者比恶性卵巢癌患者年轻（诊断时平均年龄为 49 岁），这种肿瘤很大部分发生在 15～29 岁的人群[79]。

手术用于诊断，低度恶性潜能的卵巢肿瘤的分期方式与恶性卵巢癌相似。在 Tinelli[80] 回顾的文献中，70% 的病例为 Ⅰ 期，另外 10% 的病例为 Ⅱ 期。交界性肿瘤由于复发晚，预后较好，5 年生存率为 85%～97%，10 年生存率为 70%～95%[13]（图 7-26）。

由于低度恶性潜能的卵巢肿瘤多发生于生育年龄的妇女，预后良好，使得对这些患者进行手术分期的必要性受到质疑。Lin 等 [81] 比较了进行传统的分期手术和局限性手术的 255 例诊断为浆液性交界性卵巢肿瘤的患者。47% 的患者术后分期提高，只接受卵巢肿瘤切除术的患者同侧或对侧卵巢复发的可能性更大。Morris 等 [82] 回顾了某机构 43 个诊断为交界性卵巢

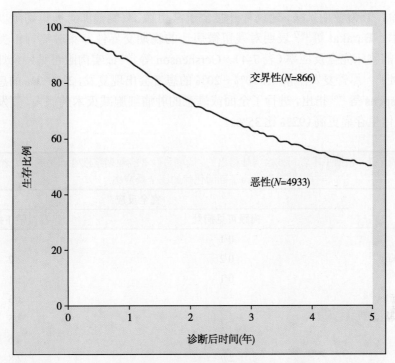

图 7-26　1999～2001 年卵巢癌的治疗。不同组织学分类的生存，N = 5799

组织学类型	患者（数量）	平均年龄（岁）	总体生存(%)					风险比*（95%CI）
			1 年	2 年	3 年	4 年	5 年	
交界性	866	49.3	97.7	94.1	92.1	90.2	87.3	参考范围
恶性	4933	57.6	87.4	72.7	62.9	54.9	49.7	1.9（1.5～2.3）

*风险比和 95%CI 由 COX 模型分析获得（年龄、期别和国家经过调整）

肿瘤并进行了保守性手术的患者的结局。与卵巢切除的患者相比，进行卵巢囊肿切除术的患者将来更可能需要再次手术（63% 比 40%），复发更多（75% 比 24%）。在一个大型的系列研究中，Zanetta 等[83] 显示 189 例保守治疗的患者复发率为 19%，150 例行子宫和双侧卵巢切除的患者复发率为 4.6%。保守性的外科手术不会影响生存，除 1 例外所有的复发患者都通过进一步手术得到补救。因此，对有生育要求的育龄期女性行保守性手术是合理的，但这些患者需要注意有复发和再次手术的风险。淋巴结取样的作用也受争论，Seidman 和 Kurman 对[84] 超过 4000 例的浆液性交界性卵巢肿瘤患者进行 meta 分析，发现仅有 63 例患者出现淋巴结转移，生存率为 98%。

但是，当冷冻切片误诊，而最终的病理分析发现为恶性病变时，有必要进行全面的分期手术。Medeiros 等[72] 在一项 meta 分析中显示，由于较高的假阴性，诊断交界性肿瘤的敏感性为 66%，导致确诊后交界性肿瘤的概率与恶性肿瘤相比仅为 51%。同样，Geomini 等[85] 在他们的回顾中表明，冷冻切片诊断的敏感性介于 65%～97% 之间，特异性介于 97%～100%。导致冷冻切片敏感性降低的因素包括巨大肿瘤、黏液性肿瘤以及卵巢外肿瘤。

晚期黏液性交界性卵巢肿瘤预后较差，一些研究表明这种肿瘤可能是源于阑尾肿瘤的转移，尤其是腹膜假黏液瘤[86]。如果阑尾出现病变，并且冷冻切片提示组织学为黏液性，应当进行阑尾切除。若为晚期疾病,建议行开腹全子宫切除、双侧输卵管卵巢切除以及全面的肿瘤细胞减灭术。Barakat 等[87] 表明对残留微病灶的晚期交界性卵巢肿瘤行铂类为基础的化疗,具有更高的临床完全反应率(表 7-4)。Gershenson 等[94] 证实肉眼可见残余灶是一个独立的负面预测因子。尽管复发不常见,10%~20% 的患者会出现复发,2%~7% 的患者出现恶性转化[95]。Crispens 等[96] 指出,进行了全面或满意的肿瘤细胞减灭术的病人,复发时对化疗的反应更好,总体生存率更高(92% 比 35%)。

表7-4	根据手术资料残余病灶得出的,低度恶性潜能晚期浆液性卵巢肿瘤患者对铂类为基础的化疗的完全反应率	
作者	**完全反应**	
	肉眼可见病灶	显微镜下病灶
Kliman 等[88]	0/1	—
Nation 和 Krepart[89]	0/2	2/2
Chambers 等[90]	0/1	1/1
Hopkins 和 Morley[91]	—	1/3
Gershenson 和 Silva[92]	2/4	2/5
Sutton 等[93]	2/8	4/6
Barakat 等[87]	2/7	7/8
合计	6/23(26%)	17/25(68%)

卵巢恶性生殖细胞肿瘤

卵巢恶性生殖细胞肿瘤包括无性细胞瘤、未成熟畸胎瘤、胚胎癌、内胚窦瘤及卵巢绒癌,后者比较罕见。恶性生殖细胞肿瘤的诊断和分期需要采用手术方式,其分期系统与上皮性卵巢肿瘤分期系统完全一致。与上皮性卵巢肿瘤不同的是,恶性生殖细胞肿瘤主要发生于幼女和年轻妇女。由于近 20 年来化疗的发展,这种肿瘤可治愈。保留生殖功能手术越来越多地被用于治疗这些患者。Kurman 和 Norris[97] 通过对 281 例卵巢生殖细胞肿瘤患者的回顾,首次报道了疾病局限于一侧卵巢的患者接受单侧输卵管卵巢切除后,其预后并不比接受更广泛的根治性手术的患者预后差(表 7-5)。Peccatori 等[98] 分析 129 例患有卵巢生殖细胞肿瘤的患者,108 例进行保留生育功能的手术,总体生存率 96%,保守性手术并没有影响复发或生存率。Zanetta 等[99] 报道了 169 例患有恶性生殖细胞肿瘤的患者,138 例接受保留生育功能手术。保守性治疗患者的生存率,无性细胞瘤为 98%、内胚窦瘤为 90%、混合型和未成熟畸胎瘤为 100%。55 例怀孕并且 40 例足月妊娠,表明了治疗对于保留生育功能有效。对侧卵巢如果外观正常则不需要活检,除非肿瘤是无性细胞瘤或混合型生殖细胞肿瘤且有无性细胞瘤成分,因为这种肿瘤对侧卵巢受累的风险上升到 20%[97](表 7-6)。

肿瘤细胞减灭术对于晚期卵巢生殖细胞肿瘤的作用并不是很明确。但是卵巢上皮性癌肿瘤细胞减灭术的最大程度切除以获得最小数量的残余灶的原则,也同样被推荐用于生殖细胞肿瘤。Slayton 等人[100] 检测了在 GOG 44 号Ⅱ期试验中接受长春新碱、放线菌素 D 和环磷酰胺的 76 例具有卵巢恶性生殖细胞肿瘤患者。完全切除的患者中的 28% 对长春新碱、放线菌素 D 和环磷酰胺无效,而 68% 的部分切除患者对这些药物无效。随后 GOG 45 号联合应用长

表 7-5　182 例局限于单侧卵巢的肿瘤患者单侧输卵管卵巢切除与双侧输卵管卵巢切除生存率的比较

肿瘤	患者数	治疗方式	精确生存率（%）
无性细胞瘤	46	SO	91
	21	BSO	90
			91[*]
内胚窦瘤	27	SO	22
	22	BSO	9
			16[†]
未成熟畸胎瘤	34	SO	76
	6	BSO	66
			70[*]
胚胎癌	7	SO	57
	1	BSO	—
			50[‡]
混合型恶性生殖细胞肿瘤	13	SO	54
	5	BSO	40
			50[‡]

[*] 10 年
[†] 3 年
[‡] 5 年
BSO：bilateral salpingo-oophorectomy，双侧输卵管卵巢切除
SO：unilateral salpingo-oophorectomy，单侧输卵管卵巢切除

表 7-6　191 例 I 期卵巢癌患者对侧卵巢情况

肿瘤	患者数		显微镜检查卵巢正常人数	隐匿性阳性肿瘤数
	I A 期	I B 期		
无性细胞瘤	67	11	21	4[*]
内胚窦瘤	51	0	24	0
未成熟畸胎瘤	40	0	6	0
胚胎癌	9	0	0	0
混合型恶性生殖细胞肿瘤	19	1	5	1[†‡]

[*] 2 名无性细胞瘤患者术中为正常，术后 6～15 个月后进展到对侧卵巢
[†] 无性细胞瘤是肿瘤的组成成分之一，并且是对侧受累卵巢仅有的类型
[‡] 1 例混合了无性细胞瘤和内胚窦瘤的患者，术后 22 个月在对侧卵巢出现同样组织学类型的成分

春新碱、博来霉素和顺铂的试验验证了该结论，化疗初无可测量病灶的患者 83% 维持无疾病，而化疗初期有可测量病灶患者 42% 维持无疾病[101]（表 7-7）。Bafna 等[102] 回顾了 33 例具有卵巢恶性生殖细胞肿瘤的病例，13 例在接受博来霉素、依托泊苷以及顺铂化疗初期具有大块病灶（超过 10cm），其中 7 例具有无性细胞瘤，都达到了持续完全反应。而 6 例非无性细胞瘤的患者中只有 3 例获得持续完全反应，表明肿瘤细胞减灭术对非无性细胞瘤来说更重要。

尽管化疗很有效，少部分患者仍出现持续或复发疾病。Munkarah 等[103] 报道，在安德森博士肿瘤中心，对卵巢恶性生殖细胞肿瘤行补救性手术。观察了 20 例，16 例患者在术后接受化疗，截至分析时间，11 例无病生存，1 例带瘤生存，6 例死于肿瘤进展，2 例死于治疗相关并发症。进行了补救手术的未成熟畸胎瘤患者的生存时间明显较其他类型的肿瘤患者好。Rezk 等[104] 的个案报道和文献回顾再次证明，补救手术对复发或持续性的未成熟畸胎瘤患者

| 表7-7　非无性细胞瘤患者治疗前特征和无疾病生存 |||||
患者特征	无疾病生存患者数量 / 总人数（％）		患者特征	无疾病生存患者数量 / 总人数（％）
细胞类型			可测量疾病	
内胚窦瘤	16/29（55）		是	12/35（34）
胚胎瘤	1/4（25）		否	35/54（65）
混合型	14/27（52）		之前有过治疗	
未成熟畸胎瘤	14/26（54）		是*	14/35（40）
绒癌	2/3（67）		否	33/54（61）
年龄			残余灶	
＜20	23/38（61）		满意	
20～29	15/33（45）		在初次手术	10/12（83）
30～39	8/13（62）		在减灭术后	17/29（59）
40～49	0/4（0）		欠满意	20/48（42）
≥50	1/1（100）		标志物	
期别			升高	32/56（57）
Ⅱ	5/5（100）		正常	13/27（48）
Ⅲ	22/37（60）		未作	2/6（33）
Ⅳ	5/9（56）			
复发	15/38（40）			

*化疗、放疗或两者联合

有益。在化疗期间，未成熟畸胎瘤也可能转变为成熟畸胎瘤，导致成长的畸胎瘤综合征，不能手术切除，或者可能侵入和（或）使邻近组织梗阻需要急诊外科干预[105, 106]。最终，不能切除的成熟畸胎瘤偶尔发生恶性转化，或对常规的化疗耐药[107]。

卵巢性索间质肿瘤

卵巢性索间质肿瘤是来源于卵巢间质和卵母细胞周围细胞的各种罕见肿瘤的统称。由于非常罕见，很难明确推荐对其治疗方法。手术是治疗和确诊的必需手段。分期系统与卵巢上皮性癌相同。大多数的恶性卵巢性索间质肿瘤倾向于发病年龄早和期别早，在一段沉默期后，复发晚，因此能够采取保守治疗。Chan 等[108]回顾分析了 83 例卵巢性索间质肿瘤患者，近 50% 患者小于 50 岁，70% 为早期。与以往的报告相似，他们证实肿瘤的大小（＜10cm）以及缺乏残余灶会改善预后。平均每减少 1cm 残余灶将降低 8% 死亡率，无残余灶将提高 66 个月的总体生存时间[108]（图 7-27）。尽管研究者没有报告未分期与分期患者间总体生存率有明显差异，未分期患者的复发率明显较高（64% 比 28%）。由于多数性索间质肿瘤会分泌包括雌激素在内的性类固醇激素，55% 的患者并发子宫内膜过度增生，10% 的患者同时有子宫内膜腺癌[109]。对绝经妇女和生育后妇女建议行全子宫切除和双侧输卵管卵巢切除术。如患者希望保留生育，对于早期患者可行单侧输卵管卵巢切除术，同时在术前进行子宫内膜活检以排除子宫内膜腺癌的可能性。因为该肿瘤对化疗和放疗耐受[111]，对于复发和转移的患者首选手术，有报道对采取完全切除局部复发灶方式进行控制[110]（图 7-28）。

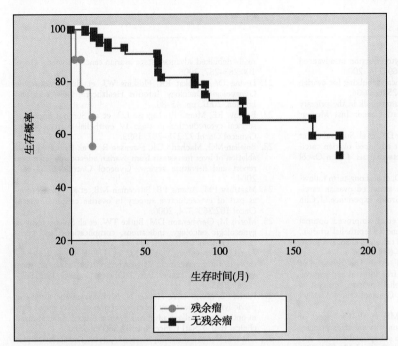

图 7-27　83 例卵巢性索间质肿瘤患者，根据残余灶的状况得出的卡普兰 - 迈耶生存曲线

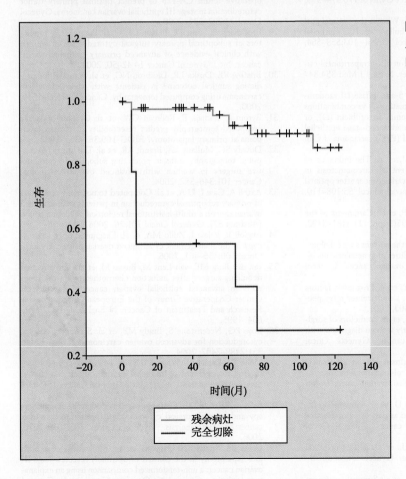

图 7-28　65 例卵巢颗粒细胞瘤患者，根据残余灶的状况得出的卡普兰 - 迈耶生存曲线

（樊　蓓　译）

参考文献

1. Covens AL: A critique of surgical cytoreduction in advanced ovarian cancer. Gynecol Oncol 78: 269–274, 2000.
2. Thigpen T:, The if and when of surgical debulking for ovarian carcinoma. N Engl J Med 351:2544–2546, 2004.
3. Griffiths CT: Surgical resection of tumor bulk in the primary treatment of ovarian carcinoma. Natl Cancer Inst Monogr 42:101–104, 1975.
4. Bristow RE, Tomacruz RS, Armstrong DK, et al: Survival effect of maximal cytoreductive surgery for advanced ovarian carcinoma during the platinum era: a meta-analysis. J Clin Oncol 20:1248–1259, 2002.
5. Omura GA, Brady MF, Homesley HD, et al: Long-term follow-up and prognostic factor analysis in advanced ovarian carcinoma: the Gynecologic Oncology Group experience. J Clin Oncol 9:1138–1150, 1991.
6. Chi DS, Franklin CC, Levine DA, et al: Improved optimal cytoreduction rates for stages IIIC and IV epithelial ovarian, fallopian tube, and primary peritoneal cancer: a change in surgical approach. Gynecol Oncol 94:650–654, 2004.
7. Hoskins WJ, Bundy BN, Thigpen JT, et al: The influence of cytoreductive surgery on recurrence-free interval and survival in small-volume stage III epithelial ovarian cancer: a Gynecologic Oncology Group study. Gynecol Oncol 47:159–166, 1992.
8. Hoskins WJ, McGuire WP, Brady MF, et al: The effect of diameter of largest residual disease on survival after primary cytoreductive surgery in patients with suboptimal residual epithelial ovarian carcinoma. Am J Obstet Gynecol 170:974–979, 1994; discussion 979–980.
9. Chi DS, Eisenhauer EL, Lang J, et al: What is the optimal goal of primary cytoreductive surgery for bulky stage IIIC epithelial ovarian carcinoma (EOC)? Gynecol Oncol 103:559–564, 2006.
10. Armstrong DK, Bundy B, Wenzel L, et al: Intraperitoneal cisplatin and paclitaxel in ovarian cancer. N Engl J Med 354:34–43, 2006.
11. Bookman MA: GOG0182-ICON5: 5-arm phase III randomized trial of paclitaxel (P) and carboplatin (C) vs combinations with gemcitabine (G), PEG-lipososomal doxorubicin (D), or topotecan (T) in patients (pts) with advanced-stage epithelial ovarian (EOC) or primary peritoneal (PPC) carcinoma. J Clin Oncol 24:5002, 2006.
12. Farias-Eisner R, Teng F, Oliveira M, et al: The influence of tumor grade, distribution, and extent of carcinomatosis in minimal residual stage III epithelial ovarian cancer after optimal primary cytoreductive surgery. Gynecol Oncol 55:108–110, 1994.
13. Heintz A, Odicino F, Maisonneuve P, et al: Carcinoma of the ovary. Int J Gynaecol Obstet 95(Suppl 1):S161–S192, 2006.
14. Eisenkop SM, Spirtos NM: What are the current surgical objectives, strategies, and technical capabilities of gynecologic oncologists treating advanced epithelial ovarian cancer? Gynecol Oncol 82:489–497, 2001.
15. Akahira JI, Yoshikawa H, Shimizu Y, et al: Prognostic factors of stage IV epithelial ovarian cancer: a multicenter retrospective study. Gynecol Oncol 81:398–403, 2001.
16. Alphs HH, Zahurak ML, Bristow RE, et al: Predictors of surgical outcome and survival among elderly women diagnosed with ovarian and primary peritoneal cancer. Gynecol Oncol 103:1048–1053, 2006.
17. Bristow RE, del Carmen MG, Kaufman HS, et al: Radical oophorectomy with primary stapled colorectal anastomosis for resection of locally advanced epithelial ovarian cancer. J Am Coll Surg 197:565–574, 2003.
18. Obermair A, Hagenauer S, Tamandl D, et al: Safety and efficacy of low anterior en bloc resection as part of cytoreductive surgery for patients with ovarian cancer. Gynecol Oncol 83:115–120, 2001.
19. Tamussino KF, Lim PC, Webb MJ, et al: Gastrointestinal surgery in patients with ovarian cancer. Gynecol Oncol 80:79–84, 2001.
20. Aletti GD, Dowdy SC, Podratz KC, et al: Surgical treatment of diaphragm disease correlates with improved survival in optimally debulked advanced stage ovarian cancer. Gynecol Oncol 100:283–287, 2006.
21. Levine DA, Barakat RR, Hoskins WJ, et al: Procedures in Gynecologic Oncology. Informa Healthcare: New York and London, 2007, pp. 45–80.
22. Bristow RE, Montz FJ, Lagasse LD, et al: Survival impact of surgical cytoreduction in stage IV epithelial ovarian cancer. Gynecol Oncol 72:278–287, 1999.
23. Bojalian MO, Machado GR, Swensen R, et al: Radiofrequency ablation of liver metastasis from ovarian adenocarcinoma: case report and literature review. Gynecol Oncol 93:557–560, 2004.
24. Magtibay PM, Adams PB, Silverman MB, et al: Splenectomy as part of cytoreductive surgery in ovarian cancer. Gynecol Oncol 102:369–374, 2006.
25. Morris M, Gershenson DM, Burke TW, et al: Splenectomy in gynecologic oncology: indications, complications, and technique. Gynecol Oncol 43:118–122, 1991.
26. Aletti GD, Dowdy S, Podratz KC, et al: Role of lymphadenectomy in the management of grossly apparent advanced stage epithelial ovarian cancer. Am J Obstet Gynecol 195:1862–1868, 2005.
27. Panici PB, Maggioni A, Hacker N, et al: Systematic aortic and pelvic lymphadenectomy versus resection of bulky nodes only in optimally debulked advanced ovarian cancer: a randomized clinical trial. J Natl Cancer Inst 97:560–566, 2005.
28. Chi DS, Venkatraman ES, Masson V, et al: The ability of preoperative serum CA-125 to predict optimal primary tumor cytoreduction in stage III epithelial ovarian carcinoma. Gynecol Oncol 77:227–231, 2000.
29. Brockbank EC, Ind TE, Barton DP, et al: Preoperative predictors of suboptimal primary surgical cytoreduction in women with clinical evidence of advanced primary epithelial ovarian cancer. Int J Gynecol Cancer 14:42–50, 2004.
30. Bristow RE, Duska LR, Lambrou NC, et al: A model for predicting surgical outcome in patients with advanced ovarian carcinoma using computed tomography. Cancer 89:1532–1540, 2000.
31. Byrom J, Widjaja E, Redman CW, et al: Can pre-operative computed tomography predict resectability of ovarian carcinoma at primary laparotomy? BJOG 109:369–375, 2002.
32. Dowdy SC, Mullany SA, Brandt KR, et al: The utility of computed tomography scans in predicting suboptimal cytoreductive surgery in women with advanced ovarian carcinoma. Cancer 101:346–352, 2004.
33. Axtell A, Cass I, Li A, et al: Computed tomography predictors of primary suboptimal cytoreduction in patients with advanced ovarian cancer: a multi-institutional reciprocal validation study. [Abstract 57]. Gynecol Oncol 101:26, 2006.
34. Angioli R, Palaia I, Zullo MA, et al: Diagnostic open laparoscopy in the management of advanced cancer. Gynecol Oncol 100:455–461, 2006.
35. van der Burg ME, van Lent M, Buyse M, et al: The effect of debulking surgery after induction chemotherapy on the prognosis in advanced epithelial ovarian cancer. Gynecological Cancer Cooperative Group of the European Organization for Research and Treatment of Cancer. N Engl J Med 332:629–634, 1995.
36. Rose PG, Nerenstone S, Brady MF, et al: Secondary surgical cytoreduction for advanced ovarian carcinoma. N Engl J Med 351:2489–2497, 2004.
37. Monk BJ, Disaia PJ: What is the role of conservative primary surgical management of epithelial ovarian cancer: the United States experience and debate. Int J Gynecol Cancer 15(Suppl 3):199–205, 2005.
38. Bristow RE, Chi DS: Platinum-based neoadjuvant chemotherapy and interval surgical cytoreduction for advanced ovarian cancer: a meta-analysis. Gynecol Oncol 103:1070–1076, 2006.
39. Greer BE, Bundy BN, Ozols RF, et al: Implications of second-look laparotomy in the context of optimally resected stage III ovarian cancer: a non-randomized comparison using an explanatory analysis: a Gynecologic Oncology Group study. Gynecol Oncol 99:71–79, 2005.

40. Obermair A, Sevelda P: Impact of second look laparotomy and secondary cytoreductive surgery at second-look laparotomy in ovarian cancer patients. Acta Obstet Gynecol Scand 80:432–436, 2001.

41. Eisenkop SM, Friedman RL, Spirtos NM: The role of secondary cytoreductive surgery in the treatment of patients with recurrent epithelial ovarian carcinoma. Cancer 88:144–153, 2000.

42. Gadducci A, Iacconi P, Cosio S, et al: Complete salvage surgical cytoreduction improves further survival of patients with late recurrent ovarian cancer. Gynecol Oncol 79:344–349, 2000.

43. Morris M, Gershenson DM, Wharton JT, et al: Secondary cytoreductive surgery for recurrent epithelial ovarian cancer. Gynecol Oncol 34:334–338, 1989.

44. Segna RA, Dottino PR, Mandeli JP, et al: Secondary cytoreduction for ovarian cancer following cisplatin therapy. J Clin Oncol 11:434–439, 1993.

45. Zang RY, Li ZT, Tang J, et al: Secondary cytoreductive surgery for patients with relapsed epithelial ovarian carcinoma: who benefits? Cancer 100:1152–1161, 2004.

46. Munkarah AR, Coleman RL: Critical evaluation of secondary cytoreduction in recurrent ovarian cancer. Gynecol Oncol 95:273–280, 2004.

47. Harter P, Bois A, Hahmann M, et al: Surgery in recurrent ovarian cancer: the Arbeitsgemeinschaft Gynaekologische Onkologie (AGO) DESKTOP OVAR Trial. Ann Surg Oncol 13:1702–1710, 2006.

48. Salani R, Santillan A, Zahurak ML, et al: Secondary cytoreductive surgery for localized, recurrent epithelial ovarian cancer: analysis of prognostic factors and survival outcome. Cancer 109:685–691, 2007.

49. Tangjitgamol S, Levenback CF, Beller U, et al: Role of surgical resection for lung, liver, and central nervous system metastases in patients with gynecological cancer: a literature review. Int J Gynecol Cancer 14:399–422, 2004.

50. Pothuri B, Vaidya A, Aghajanian C, et al: Palliative surgery for bowel obstruction in recurrent ovarian cancer: an updated series. Gynecol Oncol 89:306–313, 2003.

51. Feuer DJ, Broadley KE, Shepherd JH, et al: Surgery for the resolution of symptoms in malignant bowel obstruction in advanced gynaecological and gastrointestinal cancer. Cochrane Database Syst Rev 2000: CD002764.

52. Jong P, Sturgeon J, Jamieson CG: Benefit of palliative surgery for bowel obstruction in advanced ovarian cancer. Can J Surg 38:454–457, 1995.

53. Pothuri B, Montemarano M, Gerardi M, et al: Percutaneous endoscopic gastrostomy tube placement in patients with malignant bowel obstruction due to ovarian carcinoma. Gynecol Oncol 96:330–334, 2005.

54. Dembo AJ, Davy M, Stenwig AE, et al: Prognostic factors in patients with stage I epithelial ovarian cancer. Obstet Gynecol, 75:263–273, 1990.

55. Sevelda P, Vavra N, Schemper M, et al: Prognostic factors for survival in stage I epithelial ovarian carcinoma. Cancer 65:2349–2352, 1990.

56. Vergote I, De Brabanter J, Fyles A, et al: Prognostic importance of degree of differentiation and cyst rupture in stage I invasive epithelial ovarian carcinoma. Lancet 357:176–182, 2001.

57. McGowan L, Lesher LP, Norris HJ, et al: Misstaging of ovarian cancer. Obstet Gynecol 65:568–572, 1985.

58. Buchsbaum HJ, Brady MF, Delgado G, et al: Surgical staging of carcinoma of the ovaries. Surg Gynecol Obstet 169:226–232, 1989.

59. Helewa ME, Krepart GV, Lotocki R: Staging laparotomy in early epithelial ovarian carcinoma. Am J Obstet Gynecol 154:282–286, 1986.

60. Young RC, Decker DG, Wharton JT, et al: Staging laparotomy in early ovarian cancer. JAMA 250:3072–3076, 1983.

61. Le T, Adolph A, Krepart GV, et al: The benefits of comprehensive surgical staging in the management of early-stage epithelial ovarian cancer. Gynecol Oncol 85:351–355, 2002.

62. Benedetti Panici P, et al: XVI FIGO World Congress of Gynecology and Obstetrics, Washington, September. Int J Gynecol Obstet 70(Suppl 1): A1–A147, 2000.

63. Cass I, Li AJ, Runowicz CD, et al: Pattern of lymph node metastasis in clinically unilateral stage I invasive epithelial ovarian carcinomas. Gynecol Oncol 80:56–61, 2001.

64. Schilder JM, Thompson AM, DePriest PD, et al: Outcome of reproductive age women with stage IA or IC invasive epithelial ovarian cancer treated with fertility-sparing therapy. Gynecol Oncol 87:1–7, 2002.

65. Zanetta G, Chiari S, Rota S, et al: Conservative surgery for stage I ovarian carcinoma in women of childbearing age. Br J Obstet Gynaecol 104:1030–1035, 1997.

66. Benjamin I, Morgan MA, Rubin SC: Occult bilateral involvement in stage I epithelial ovarian cancer. Gynecol Oncol 72:288–291, 1999.

67. Ayhan A, Gultekin M, Taskiran C, et al: Routine appendectomy in epithelial ovarian carcinoma: is it necessary? Obstet Gynecol 105:719–724, 2005.

68. Childers JM, Lang J, Surwit EA, et al: Laparoscopic surgical staging of ovarian cancer. Gynecol Oncol 59:25–33, 1995.

69. Leblanc E, Querleu D, Narducci F, et al: Laparoscopic restaging of early stage invasive adnexal tumors: a 10-year experience. Gynecol Oncol 94:624–629, 2004.

70. Tozzi R, Kohler C, Ferrara A, et al: Laparoscopic treatment of early ovarian cancer: surgical and survival outcomes. Gynecol Oncol 93:199–203, 2004.

71. Chi DS, Abu-Rustum NR, Sonoda Y, et al: The safety and efficacy of laparoscopic surgical staging of apparent stage I ovarian and fallopian tube cancers. Am J Obstet Gynecol 192:1614–1619, 2005.

72. Medeiros LR, Rosa DD, Edelweiss MI, et al: Accuracy of frozen-section analysis in the diagnosis of ovarian tumors: a systematic quantitative review. Int J Gynecol Cancer 15:192–202, 2005.

73. Antoniou A, Pharoah PD, Narod S, et al: Average risks of breast and ovarian cancer associated with BRCA1 or BRCA2 mutations detected in case series unselected for family history: a combined analysis of 22 studies. Am J Hum Genet 72:1117–1130, 2003.

74. Risch HA, McLaughlin JR, Cole DE, et al: Prevalence and penetrance of germline BRCA1 and BRCA2 mutations in a population series of 649 women with ovarian cancer. Am J Hum Genet 68:700–710, 2001.

75. Kauff ND, Satagopan JM, Robson ME, et al: Risk-reducing salpingo-oophorectomy in women with a BRCA1 or BRCA2 mutation. N Engl J Med 346:1609–1615, 2002.

76. Rebbeck TR, Lynch HT, Neuhausen SL, et al: Prophylactic oophorectomy in carriers of BRCA1 or BRCA2 mutations. N Engl J Med 346:1616–1622, 2002.

77. Finch A, Beiner M, Lubinski J, et al: Salpingo-oophorectomy and the risk of ovarian, fallopian tube, and peritoneal cancers in women with a BRCA1 or BRCA2 mutation. JAMA 296:185–192, 2006.

78. Kauff ND, Barakat RR: Surgical risk-reduction in carriers of BRCA mutations: where do we go from here? Gynecol Oncol 93:277–279, 2004.

79. Harlow BL, Weiss NS, Lofton S: Epidemiology of borderline ovarian tumors. J Natl Cancer Inst 78:71–74, 1987.

80. Tinelli R, Tinelli A, Tinelli FG, et al: Conservative surgery for borderline ovarian tumors: a review. Gynecol Oncol 100:185–191, 2006.

81. Lin PS, Gershenson DM, Bevers MW, et al: The current status of surgical staging of ovarian serous borderline tumors. Cancer 85:905–911, 1999.

82. Morris RT, Gershenson DM, Silva EG, et al: Outcome and reproductive function after conservative surgery for borderline ovarian tumors. Obstet Gynecol 95:541–547, 2000.

83. Zanetta G, Rota S, Chiari S, et al: Behavior of borderline tumors with particular interest to persistence, recurrence, and progression to invasive carcinoma: a prospective study. J Clin Oncol 19:2658–2664, 2001.

84. Seidman JD, Kurman, R.J: Ovarian serous borderline tumors: a critical review of the literature with emphasis on prognostic indicators. Hum Pathol 31:539–557, 2000.

85. Geomini P, Bremer G, Kruitwagen R, et al: Diagnostic accuracy of frozen section diagnosis of the adnexal mass: a metaanalysis. Gynecol Oncol 96:1–9, 2005.

86. Ronnett BM, Kajdacsy-Balla A, Gilks CB, et al: Mucinous borderline ovarian tumors: points of general agreement and persistent controversies regarding nomenclature, diagnostic criteria, and behavior. Hum Pathol 35:949–960, 2004.

87. Barakat RR, Benjamin I, Lewis JL Jr, et al: Platinum based chemotherapy for advanced-stage serous ovarian carcinoma of low malignant potential. Gynecol Oncol 59:390–393, 1995.

88. Kliman L, Rome RM, Fortune DW: Low malignant potential tumors of the ovary: a study of 76 cases. Obstet Gynecol 68:338–344, 1986.

89. Nation JG, Krepart GV: Ovarian carcinoma of low malignant potential: staging and treatment. Am J Obstet Gynecol 154:290–293, 1986.

90. Chambers JT, Merino MJ, Kohorn EI, et al: Borderline ovarian tumors. Am J Obstet Gynecol 159:1088–1094, 1988.

91. Hopkins MP, Morley GW: The second-look operation and tumors of the ovary: a study of 76 cases. Obstet Gynecol 74:375–378, 1989.

92. Gershenson DM, Silva EG: Serous ovarian tumors of low malignant potential with peritoneal implants. Cancer 65:578–585, 1990.

93. Sutton GP, Bundy BN, Omura GA, et al: Stage III ovarian tumors of low malignant potential treated with cisplatin combination therapy (a Gynecologic Oncology Group study). Gynecol Oncol 41:230–233, 1991.

94. Gershenson DM, Silva EG, Tortolero-Luna G, et al: Serous borderline tumors of the ovary with noninvasive peritoneal implants. Cancer 83:2157–2163, 1998.

95. Longacre TA, McKenney JK, Tazelaar HD, et al: Ovarian serous tumors of low malignant potential (borderline tumors): outcome-based study of 276 patients with long-term (> or =5-year) follow-up. Am J Surg Pathol 29:707–723, 2005.

96. Crispens MA, Bodurka D, Deavers M, et al: Response and survival in patients with progressive or recurrent serous ovarian tumors of low malignant potential. Obstet Gynecol 99:3–10, 2002.

97. Kurman RJ, Norris HJ: Malignant germ cell tumors of the ovary. Hum Pathol 8:551–564, 1977.

98. Peccatori F, Bonazzi C, Chiari S, et al: Surgical management of malignant ovarian germ-cell tumors: 10 years' experience of 129 patients. Obstet Gynecol 86:367–372, 1995.

99. Zanetta G, Bonazzi C, Cantu M, et al: Survival and reproductive function after treatment of malignant germ cell ovarian tumors. J Clin Oncol 19:1015–1120, 2001.

100. Slayton RE, Park RC, Silverberg SG, et al: Vincristine, dactinomycin, and cyclophosphamide in the treatment of malignant germ cell tumors of the ovary. A Gynecologic Oncology Group Study (a final report). Cancer 56:243–248, 1985.

101. Williams SD, Blessing JA, Moore DH, et al: Cisplatin, vinblastine, and bleomycin in advanced and recurrent ovarian germ-cell tumors. A trial of the Gynecologic Oncology Group. Ann Intern Med 111:22–27, 1989.

102. Bafna UD, Umadevi K, Kumaran C, et al: Germ cell tumors of the ovary: is there a role for aggressive cytoreductive surgery for nondysgerminomatous tumors? Int J Gynecol Cancer 11:300–304, 2001.

103. Munkarah A, Gershenson DM, Levenback C, et al: Salvage surgery for chemorefractory ovarian germ cell tumors. Gynecol Oncol 55:217–223, 1994.

104. Rezk Y, Sheinfeld J, Chi DS: Prolonged survival following salvage surgery for chemorefractory ovarian immature teratoma: a case report and review of the literature. Gynecol Oncol 96:883–887, 2005.

105. Andre F, Fizazi K, Culine S, et al: The growing teratoma syndrome: results of therapy and long-term follow-up of 33 patients. Eur J Cancer 36:1389–1394, 2000.

106. Zagame L, Pautier P, Duvillard P, et al: Growing teratoma syndrome after ovarian germ cell tumors. Obstet Gynecol 108:509–514, 2006.

107. Comerci JT Jr, Licciardi F, Bergh PA, et al: Mature cystic teratoma: a clinicopathologic evaluation of 517 cases and review of the literature. Obstet Gynecol 84:22–28, 1994.

108. Chan JK, Zhang M, Kaleb V, et al: Prognostic factors responsible for survival in sex cord stromal tumors of the ovary—a multivariate analysis. Gynecol Oncol 96:204–209, 2005.

109. Evans AT III, Gaffey TA, Malkasian GD Jr, et al: Clinicopathologic review of 118 granulosa and 82 theca cell tumors. Obstet Gynecol 55:231–238, 1980.

110. Sehouli J, Drescher FS, Mustea A, et al: Granulosa cell tumor of the ovary: 10 years follow-up data of 65 patients. Anticancer Res 24:1223–1239, 2004.

111. Gershenson DM, Morris M, Burke TW, et al: Treatment of poor-prognosis sex cord-stromal tumors of the ovary with the combination of bleomycin, etoposide, and cisplatin. Obstet Gynecol 87:527–531, 1996.

卵巢癌的化学治疗

第 8 章

Jeffrey G. Bell, Christopher V. Lutman

<table>
<tr><th colspan="2">要　点</th></tr>
<tr><td colspan="2">
● 早期卵巢癌可以分为低危组和高危组。
● 全面的手术分期对治疗决策有影响。
● 低危组的早期卵巢癌患者不需要辅助化疗。
● 辅助化疗对接受了不全面的手术分期的患者有益。
● 组织学类型为非透明细胞癌的Ⅰ期高危人群是否需要辅助化疗是有争议的。
● 对于进行了全面手术分期的高危患者的辅助化疗，卡铂联合紫杉醇是首选化疗方案。
● 对于进行了全面手术分期的早期高危卵巢癌患者，三个周期的化疗是足够的。
● Ⅱ期患者的治疗应等同于Ⅲ期患者。
● 组织病理学为透明细胞癌的患者需要特殊考虑。
● 晚期卵巢癌首选的标准化疗方案为卡铂和紫杉醇联合的6个周期化疗。
● 对于已经做了满意的肿瘤细胞减灭术的Ⅲ期患者，腹腔化疗是另一种可选择的化疗方案。
● 晚期患者如果已经接受了完整的一线治疗方案并且反应良好，是否需要维持化疗应该商榷。
● 对于一般状况欠佳和晚期患者来说，新辅助化疗是一种选择。
</td></tr>
</table>

早期卵巢癌

早期卵巢癌的定义

大多数作者和有关早期卵巢癌的研究将"早期"卵巢癌定义为 FIGO 分期的Ⅰ期和Ⅱ期（方框 8-1）。早期卵巢癌是否需要辅助化疗的问题一直争议了几十年，至今某些方面仍未解决。

一些早期实验确认Ⅰ期的某些亚期预后很好，癌症复发和死亡的风险很低，因此将其归为"低危组"。后续的研究通常将早期卵巢癌分为低危组和高危组（方框 8-2）。

1994 年，美国国立卫生研究院（the National Institutes of Health，NIH）召开会议，对于当时已经有足够证据的有关卵巢癌的一些问题达成共识[1]。方框 8-3 总结了会议有关Ⅰ期卵巢癌的处理。不列在方框里的Ⅰ期中的某些亚期是否需要进行辅助治疗尚无法达成共识。他们认为最有效的辅助治疗尚不能得到证实。这个小组还建议Ⅰ期的高危组患者应该参与临床实验，以便确定辅助化疗是否能提高生存率。

美国国立卫生研究院（NIH）的建议指出，组织学分级对于早期癌的预后起重要作用。尽管

方框 8-1　　早期卵巢上皮癌：FIGO 分期 I 期和 II 期

I 期：肿瘤生长局限于卵巢

　　I A：生长限于一侧卵巢；无恶性腹水；无外生肿瘤，包膜完整

　　I B：生长限于双侧卵巢；无恶性腹水；无外生肿瘤，包膜完整

　　I C：生长涉及一侧或双侧卵巢，腹腔冲洗液或腹水可见恶性肿瘤细胞或卵巢表面有外生肿瘤；或卵巢包膜破裂

II 期：肿瘤生长涉及一侧或双侧卵巢，伴有盆腔扩散

　　II A：扩散或转移到子宫和（或）输卵管

　　II B：扩散到其他盆腔器官

　　II C：II a 期或 II b 期的肿瘤，腹腔冲洗液或腹水可见恶性肿瘤细胞或卵巢表面有外生肿瘤；或卵巢包膜破裂

方框 8-2　　早期卵巢癌低危组和高危组的定义

低危组

I A 期或 I B 期，G1～2

高危组

I A 期或 I B 期，G3 或透明细胞

I C 期（肿瘤破裂，腹水或腹腔冲洗液细胞学阳性，包膜破裂）

II 期没有残余病灶（盆腔病灶）

方框 8-3　　美国国立卫生研究院会议（1994）建议 I 期卵巢癌的管理

I A 期 G1 和大多数 I B 期 G1 的肿瘤患者不需要辅助化疗

所有 G3 的肿瘤患者都需要辅助化疗

透明细胞癌患者需要进行辅助化疗

I C 期的患者多数但并非所有人需要辅助化疗

无数的研究显示组织学分级与预后之间有关，FIGO 分期没有将组织学分级纳入分期当中 [2～4]。不管怎样，组织学分级对临床实验设计及管理是有影响的。

未经治疗的早期卵巢癌的自然病史

　　了解未经治疗的早期卵巢癌的自然病史就可以确定是否需要辅助化疗。对观察组的随机对照试验（randomized controlled trials，RCTs）研究可以准确评估肿瘤手术切除后复发的真实百分比。表 8-1 列出 5 个重要的随机对照试验对比观察组与治疗组的结果。由于亚期不同和细胞分级之间不同，在观察组中肿瘤复发率为 9%～35%。此外，这些实验指出了早期卵巢癌的细胞分级对预后的重要影响。这些随机对照试验表明，高分化肿瘤术后有少于 10% 的复发几率，而分化较差的肿瘤手术治疗后复发的几率在 30%～35%。图 8-1 也演示了在仅接受手术治疗的患者中不同细胞分级的患者生存率不同 [10]。

　　表 8-2 显示出有证据表明将 I 期分为不同亚期反映了预后的差异。数据显示，图 8-2 和图 8-3 显示出 I A 和 I B 期卵巢癌患者的不同。

表 8-1　在早期卵巢癌的随机对照试验研究中非治疗组的复发率

试验	分期和细胞分级	例数	5 年复发率
Hreshchyshyn 等（1980）[5]*	分期：ⅠA，ⅠB，ⅠC 分级：1，2，3	86	17%
Young 等（1990）[6]†	分期：ⅠA，ⅠB 分级：1，2	81	9%
Bolis 等（GICOG，1995）[7]†	分期：ⅠA，ⅠB 分级：1，2，3	83	35%
Trope 等（2000）[8]*	分期：ⅠA，ⅠB，ⅠC 分级：1 aneu 分级：2，3	162	29%
Trimbos 等（ACTION，2003）[9]*	分期：ⅠA，ⅠB；分级：2～3 分期：ⅠC；所有分级 分期：ⅡA，所有分级	448	32%

ACTION: adjuvant chemotherapy in ovarian neoplasm，卵巢肿瘤辅助化疗

aneu: aneuploidy，非整倍体的

GICOG: Gruppo Italiano Collaborativo in Oncologia Gienecologica，意大利妇科肿瘤合作组

* 多数患者接受了不完全手术分期，或未报告作了进一步的分期手术

† 完成手术分期

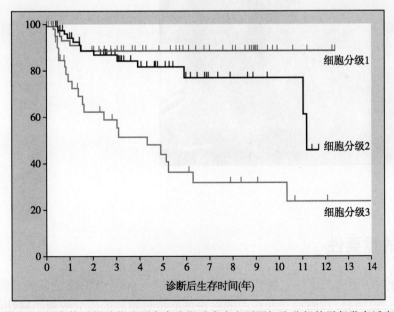

图 8-1　没有接受辅助化疗不完全分期手术患者不同细胞分级的无复发存活率

表 8-2　Ⅰ期卵巢癌患者接受不完全的分期手术，没有辅助化疗 5 年复发率

期别	5 年复发率
ⅠA	13%（95%CI 7.24）
ⅠB	35%（95%CI 16.65）
ⅠC	38%（95%CI 28.51）

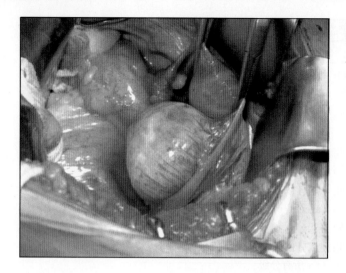

图 8-2　ⅠA 期卵巢癌照片。右侧卵巢肿物与周围组织无粘连,邻近有正常的输卵管和子宫

图 8-3　ⅠB 期卵巢癌照片。两把弯钳上提双侧子宫角,双侧卵巢均有囊性肿物

手术分期的重要性

　　大多数有关早期卵巢癌研究的缺陷是手术分期的不一致。GOG 定义的全面的手术分期列于方框 8-4。很明显,肉眼检查和腹腔的触诊可能错过隐匿的改变或微小病灶,而这些病灶可能会使分期从早期(Ⅰ期或Ⅱ期)变为晚期(Ⅲ期)。通过手术分期可使 10%～30% 的病例分期升级[11～13]。因此,某些自称关于Ⅰ期和Ⅱ期的试验研究和治疗,并没有做全面的手术分期,患者可能包括更高的分期。这个证据是在 ACTION 试验对观察组的分析中发现的[9]。在观察组的 222 名患者中,75 名接受了理想的手术,147 名接受了不理想的手术。经历了理想手术的无复发存活率显著优于未经历理想分期手术的患者(HR = 1.82, P = 0.04)。这种差异意味着很多被列于分析之中并没有完成手术分期的患者很可能是晚期和病灶隐匿的患者。因此,手术分期可能会影响辅助化疗研究的结果。

方框 8-4 GOG 对卵巢癌分期手术的要求

分期手术程序

1. 全子宫切除及双侧附件切除
2. 大网膜切除
3. 吸出腹水
4. 冲洗液细胞学检查（腹腔和盆腔）
5. 检查腹部所有脏器的腹膜面
6. 从盆腔四个位置和双侧结肠旁区做腹膜活检
7. 横膈膜刮取或活检
8. 双侧盆腔淋巴结及主动脉旁淋巴结选择性切除

GOG: 妇科肿瘤合作组

在有关早期卵巢癌的研究中肿瘤复发率的不同可能是不一致的手术分期造成的。在仅接受手术治疗的患者中，Ⅰ期卵巢癌的自然复发率如表 8-1 所示，其中大多数患者初次治疗没有接受理想的分期手术。在一项接受理想手术分期的研究中，显示出观察组中低分化的患者也有类似的低复发率[6]。

辅助化疗能改善预后吗?

因为早期卵巢癌的复发率较低，临床试验研究已经积累了足够的患者，有能力去探讨辅助化疗对肿瘤复发或生存率是否真的有明确的影响。表 8-3 列出了一些最著名的研究，显示辅助化疗组与观察组相比效果显著。

表 8-3 随机对照试验中显示早期卵巢癌辅助化疗是有益的					
试验研究	例数	分期和分级	治疗	无复发生存率(%) 用药与不用药	总生存率(%) 用药与不用药
GOG（Hreshchyshyn 等，1980）[5]	86	分期：ⅠA，ⅠB，ⅠC 分级：1，2，3	美法仑 18 个月	94 比 83 P<0.05	未报告
GICOG（Bolis 等，1995）[7]	83	分期：ⅠA，ⅠB 分级：1，2，3	顺铂 6 周期	83 比 65 P=0.028	88 比 82 P=0.77
ICON-1（Colombo 等，2003）[14]	477	分期：ⅠA，ⅠB，ⅠC；Ⅱ? 分级：1，2，3	卡铂 6 周期	73 比 62 P=0.01	79 比 70 P=0.03
ACTION（Trimbos 等，2003）[9]	448	分期：ⅠA，ⅠB 分级：2，3 分期：ⅠC 和ⅡA 所有透明细胞癌	铂类至少 4 周期	76 比 68 P=0.02	85 比 78 P=0.1

1980 年 GOG 报道，与观察组或盆腔放疗组相比，18 个月疗程的美法仑能显著降低复发率[5]。这个结果是令人惊讶的，由于试验仅有 86 名患者，却分为 3 个组其中很大比例是Ⅰa 期 G1 的患者，至少有一部分患者从辅助化疗中受益。

所有 4 项研究都发现，辅助化疗显著降低 8%～18% 癌症复发的风险。有一项研究说明化疗对于整体生存率的益处。卵巢肿瘤国际合作（International Collaborative Ovarian Neoplasm, ICON)-1 研究报告改善了 9% 的绝对生存率。GOG 研究没有报告整体生存率的改善,GICOG 研究似乎表明总体存活率差别不大。ACTION 报告使整体的绝对生存率提高 7%,与 ICON-1 的结果非常相似,但由于样本量的限制,统计学无显著性差异。

除了样本大小,另外两个原因可以解释卵巢癌复发率的降低并没有转化为总生存率的提高。这些研究中观察组在癌症复发后的"挽救性"化疗影响了患者的生存率,从而导致两组的生存率的差别不大。事实上,在观察组中Ⅰ期卵巢癌手术后首次复发就给予铂类为基础的化疗,其无进展生存率为 24%~42%[10, 15](图 8-4)。我们认为,因为患者的无复发生存率与疾病的真实病程非常相似,所以早期卵巢癌治疗研究的重点应在于此。虽然首次复发后再治疗可能影响整体生存率,但大部分患者将死于癌症复发。

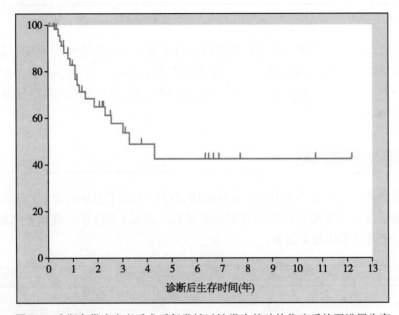

图 8-4　Ⅰ期卵巢癌患者手术后复发辅以铂类为基础的化疗后的无进展生存

试验研究没有发现整体生存率显著性差异,对这一原因可以用分期手术的不一致来解释。ICON-1 的确报告了治疗组与观察组整体生存率之间的显著差异,但这项研究并没有严格按照 GOG 规定的手术分期来做[14]。因此,研究病例中无疑会包含镜下或隐匿的晚期病变。与真正的病理Ⅰ期相比,辅助化疗可能对隐匿的晚期病变更加有利。ACTION 研究数据可以支持这一理论[9]。这项研究鼓励进行全面的手术分期,有大约 1/3 的患者接受了"全面"的手术分期。进一步分析表明,接受了全面分期手术的患者与观察组相比,无论无复发生存率(83% 比 80%)和总生存率(87% 比 89%)之间均无显著性差异。另一方面,对于这组没有接受全面手术分期的患者,无复发生存率和总体存活率治疗组都优于观察组(78% 比 65%,$P=0.009$;84% 比 75%,$P=0.03$)(表 8-4)。ACTION 研究数据的缺憾在于获得全面手术分期的患者只有 151 例,可能数据太少不足以获得显著性差异。在接受全面分期手术的患者中,观察组和化疗组对复发率的估计精度差异很大,在 0.5~2.4 之间。然而,一项有关随机对照研究的 meta 分析报告,接受了适当的手术分期的患者,辅助化疗组与没接受化疗的观察组比较其总生存率没有显著性差异,其精确度范围很窄($HR=0.81$;95%CI:0.58~1.21)[16]。这些数据表明,辅助化疗对于没有接受全面手术分期的患者的好处更多一些。再次强调,这可能是由于没有接受全面分期手术的患者中包含隐匿的Ⅲ期患者。

表 8-4　全面的手术分期后观察组与辅助化疗组生存率比较：ACTION 研究

	例数	RFS	*P* 值	OS	*P* 值
全面的手术分期					
观察组	75	80%	0.7（HR，95%CI：0.5～2.4）	89%	0.7
化疗组	76	83%		87%	
不全面的手术分期					
观察组	147	65%	0.009	75%	0.03
化疗组	148	78%		84%	

CI：无瘤间隔；HR：风险率；OS：5 年总生存率；RFS：5 年无复发生存率

　　接受了全面分期手术后是否需要辅助化疗的进一步重要证据来自于加拿大的一项非随机对照研究 [17]。有 94 例妇科肿瘤患者由妇科肿瘤医生按照固定的程序完成了全面分期手术，其中 60 例患者的手术病理分期为 I 期。这 60 例患者在保守治疗中只有 10% 复发，病理组织学类型都是浆液性癌或透明细胞癌。另一方面，由于缺乏风险考虑，在 25 例没有做分期手术的患者中保守治疗的复发率是 25%。在一个多中心随机试验中都采用这种全面的程序化的分期手术是最理想的，但可能并不可行。

化疗方案和疗程的选择

　　一般来说，早期卵巢癌辅助化疗药物的选择可以参照晚期卵巢癌。见本章后面有关晚期卵巢癌的治疗。许多有关早期卵巢癌的调查研究比较了以铂类为基础的联合化疗与放射治疗 [18～20]（表 8-5）。这些类型的 meta 分析研究显示化疗与放射治疗在无病生存率和总生存率方面没有显著性差异 [21]。

表 8-5　早期卵巢癌顺铂和放射治疗研究比较

研究	例数	分期和分级	治疗方案	生存率
Vergote 等（1992）[18]	340	I，II，III	顺铂与 ^{32}P 比较	顺铂：75%[†] ^{32}P：81%[†]
Chiara 等（1994）[19]	70	I A 3 级～IIC	环磷酰胺和顺铂与全腹放射治疗比较	化疗：74%[†] 全腹放射治疗：50%[†]
Bolis 等（1995）[7]	161	I C	顺铂与 ^{32}P 比较	顺铂：81%[※] ^{32}P：79%[※]
Kojs 等（2001）[20]	150	I A 2 级～IIC	环磷酰胺 - 多柔比星 - 顺铂与全腹放射治疗比较	两者都为 81%[‡]

[†] 无病生存率
[※] 整体生存率
[‡] 5 年无病生存率

　　几项研究表明卡铂和顺铂在治疗晚期卵巢癌上具有等效性，卡铂因此取代顺铂成为治疗卵巢癌的标准方案 [22]。ICON-2 研究证明，对于晚期卵巢癌卡铂单药的疗效与环磷酰胺 - 多柔比星 - 卡铂联合应用相比是等效的，两者具有相同的中位生存时间和 2 年生存率（33 个月和 60%）[23]。同晚期卵巢癌一样，以铂类为基础的化疗可以被看做早期卵巢癌的标准治疗方案。然而，是否应用单药并不明确。两项有关早期卵巢癌辅助治疗的国际多中心研究 ACTION[9]

和 ICON-1[14]，获准卡铂单药治疗或铂类为基础联合治疗两种方案。

自 1995 年以来，有关晚期卵巢癌化疗的研究已集中于联合紫杉醇的一线治疗方案，紫杉醇联合卡铂是目前晚期卵巢癌首选的治疗方案[24]。然而，紫杉醇治疗早期卵巢癌的研究是有限的[25, 26]。没有人对顺铂联合紫杉醇联合治疗早期卵巢癌与非紫杉醇方案进行研究。由于缺乏直接的比较，除了卡铂 - 紫杉醇联合方案以外，其他方案似乎也可以接受（图 8-5）。

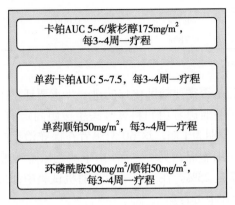

图 8-5 非透明细胞癌类型的早期卵巢癌可接受的化疗方案

早期卵巢癌最佳的辅助化疗疗程是未知的。表 8-6 是采用不同的化疗方案 3～6 个周期进行治疗的结果。GOG 进行了唯一的随机研究来比较两种不同周期的化疗效果[29]。这项研究对于接受了全面分期手术的早期高危卵巢癌，比较应用 3 个周期及 6 个周期的卡铂 - 紫杉醇联合化疗的效果。结果显示，在癌症复发率或 5 年生存率方面发现无显著性差异（分别为 25% 比 20%，81% 比 83%）。值得注意的是，在 6 周期组中毒性反应显著增加。该作者认为完成全面分期手术后，早期高危型卵巢上皮癌应用卡铂和紫杉醇联合化疗 3 个周期的治疗方案是合理的。增加 3 个周期的卡铂 - 紫杉醇联合化疗，可能仅小幅度减少复发的绝对风险，然而会增加相关的毒性反应。

表 8-6 早期卵巢癌的持续辅助化疗

研究	例数	分期和分级	治疗方案	周期	生存率
Rubin（1993）[27]	62	ⅠA 期和ⅠB 期, 2～3 级, ⅠC	环磷酰胺 - 顺铂, 环磷酰胺 - 多柔比星 - 顺铂	6	73%[†]
Shimada（2005）[28]	100	Ⅰ期和Ⅱ期, 所有分级	环磷酰胺 - 多柔比星 - 顺铂或卡铂 - 紫杉醇	3	低危组 100%[‡] 高危组 89%[‡]
Bamias（2006）[25]	69	ⅠA 期和ⅠB 期, 2～3 级	卡铂	4	79%[†]
		ⅠC 期和Ⅱ期, 所有分级	紫杉醇		87%[‡]
Bell（2006）[29]	427	ⅠA 期和ⅠB 期, 3 级	卡铂	3	75%[†]
		ⅠC 期和Ⅱ期, 所有分级	紫杉醇	6	80%[†]

[†] 5 年无病生存率
[‡] 5 年整体生存率

透明细胞癌被公认是侵袭性强的上皮细胞癌，无论分期如何预后均较差[17, 30, 31]，或至少在Ⅰ期以上如此[32, 33]。其他数据不支持这种看法[34, 35]。在晚期卵巢癌，对以铂类为基础的化疗的整体反应率（RR）是 11%，而浆液性癌是 72%[31]。紫杉醇联合铂类联合化疗似乎改进了 RR

达到 56%，而没有紫杉醇单纯铂类化疗的 RR 是 27%[36]。近期的报告回顾性研究了铂类联合伊立替康比铂类 / 紫杉醇有更高的 RR（43% 比 32%），同时对于接受了理想的肿瘤细胞减灭术的患者能显著改善无进展生存期[37]。从晚期卵巢癌的治疗来推断，目前推荐早期透明细胞癌的辅助化疗方案为紫杉醇联合铂类。虽然顺铂 - 伊立替康联合治疗方案看起来很有前途，在这一方面应该进一步研究（图 8-6）。

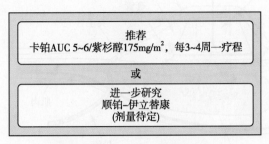

图 8-6　卵巢透明细胞癌的治疗

未来的方向

　　腹腔化疗（IP）已经成为治疗晚期卵巢癌推荐的方法，很多研究也在评估腹腔化疗对治疗早期卵巢癌的益处。上述的几项研究得出相似的结论，那就是，大约有 15%～20% 的肿瘤复发率[38~40]（表 8-7）。既然早期卵巢癌的辅助化疗方案基本上脱胎于晚期卵巢癌的治疗，对某些亚期的早期卵巢癌，腹腔治疗应被视为静脉注射化疗之外的另一种选择。NCCN 列出下列腹腔疗法作为治疗 II 期卵巢癌的另一种选择：第一天应用紫杉醇 135mg/m^2，静脉滴注 24 小时；第二天顺铂腹腔灌注 100mg/m^2；在第 8 天开始紫杉醇 60mg/m^2 腹腔灌注，每 3 周重复。使用静脉导管与皮下注射接入端口，如图 8-7 所示。

表 8-7　早期卵巢癌腹腔化疗的结果

研究	分期	例数	腹腔化疗方案	结局
Malmstrom（1994）[38]	I，II	47	卡铂，4 周期	23% 复发
Topuz（2001）[39]	I C	13	顺铂和甲氨蝶呤 5 周期	5 年无病生存率 84%
Fujiwara（2003）[40]	I	54	卡铂单独应用或合并环磷酰胺或紫杉醇静脉滴注	5 年无病生存率 81%

　　对于各种辅助治疗效果的回顾性研究表明，在过去的 20～30 年，放射治疗和化疗对不同期别的早期卵巢癌的治疗效果惊人的相似的（图 8-8）。这些年这类患者癌症复发率似乎维持不变。看起来，一定比例，大约有 20%～25% 患者的肿瘤对各种形式的辅助细胞毒性治疗都有抵抗。联合应用化疗药物、生物修饰剂和分子靶向药物的创新研究之门一直开启着。

　　未来是否能够找到治疗早期卵巢癌更有效的方法有两个主要的障碍：①通过准确的分期手术找出真正的 I 期卵巢癌；②研究的统计学设计。前面已经讨论过在没有接受理想的分期手术的 I 期患者中，可能包含一些潜在的 III 期患者。此外，对这些研究的统计学设计仍是一个很大的挑战，因为在治疗后相当长的一段时间内，复发或死亡的患者数量相对较少，这就需要大量的样本数来检测不同临床治疗结果的差异。

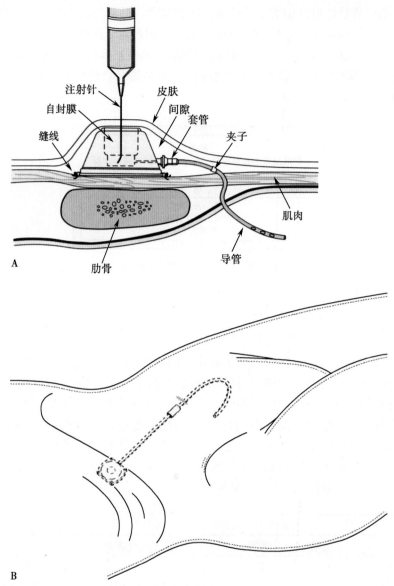

图 8-7 A: 植入皮下的注射导管端口给腹腔化疗提供注射路径。B: 腹腔化疗

　　一些研究者认为, 在明显的早期卵巢癌, 生物和分子标志物可以补充或代替分期手术来预测治疗的结局。研究分子标志物对于预测卵巢癌预后的重要性超出了本章讨论的范围, 但在未来, 早期癌是否需要辅助治疗可以通过标志物进行准确预测。表 8-8 简要总结了除 FIGO 分期以外的预后相关因素[41]。有些研究人员已经研制出预后标志物的模型。一个有关早期卵巢癌的模型包括细胞分级、*p53* 和 EGFR[42]。有人曾将这个模型应用于 226 例 ⅠA~ⅡC 期的卵巢癌患者, 这些患者都经历了一个改良的外科手术分期, 随后接受了盆腔放疗、全腹放疗或 4 周期的铂类为基础的化疗。一些 *p53* 和 EGFR 均为阴性, 细胞分级 1~2 级的患者 5 年无病生存率为 89%; 而另一些 *p53* 和 EGFR 均为阳性, 细胞分级为 3 级的患者, 5 年无病生存率为 39%($P = 0.000\,08$)。一种包含任意 3 个因子组合的中等风险模型的 5 年无病生存率为 66%($P = 0.0006$)。回归分析表明, 无病生存率与 FIGO 分期的亚期并无显著

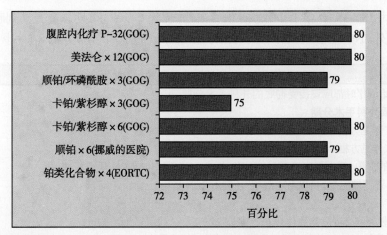

图 8-8　高危型 I 期卵巢癌经过各种辅助治疗的 5 年无复发生存率。EORTC: European Organization for Research and Treatment of Cancer,欧洲肿瘤研究治疗组织

相关,而与细胞分级、*p53* 及 EGFR 有关。由于这项研究没有报告有多少患者接受了改良分期手术,因为这种手术并不包括淋巴结切除术,因此这个模型可能只适用于不完全分期的患者。

表 8-8　分期以外的某些因素可能预测早期卵巢癌的结局		
预测因子	**减少复发**	**增加复发**
组织学		透明细胞
细胞学分级	1 级	3 级
DNA 非整倍体	单倍体	多倍体
HER2/*neu*	正常表达	过度表达
流式细胞学	低流量	高流量
野生型 *p53*	缺失	过度表达
Bcl-2	表达	缺失
血小板衍生生长因子	缺失	过度表达
表皮生长因子	缺失	表达

另一个混杂因素是由于使用了不同的辅助治疗方法。然而,分子标志物的确显示出在预测预后方面有潜在价值,例如将其应用于 G1、*p53*(+)和 EGFR(+)的中等风险组。在未来的研究中这种模型将会被证明很有用,可以将早期卵巢癌分为低危组和高危组,以此来修改或制定辅助治疗方案。这样的研究也可以检测分子靶向治疗对于方框 8-2 中所列的高危人群的治疗效果。此外,未来的研究重点在于预测那些接受了全面外科手术分期、没有接受辅助治疗患者的预后。这种类型的研究可以识别哪些标志物是与真正的 I 期患者的复发密切相关的。

假设分子标记技术在"粗略观察"是 I 期的患者中确实能够替代理想的分期手术,而且这种事情真的发生了,仍然需要通过手术来区分 I 期和 II 期,因为在临床上二者之间的复发率是明显不同的。在最近的一项 GOG 研究中,所有患者都接受辅助化疗,II 期的复发率是 I 期的近 2 倍（33% 比 18%）[29]。由于 II 期患者预后很差，促使 GOG 将 II 期患者提高到晚期卵巢癌治疗策略中。此外，NCCN 推荐对于 II 期的治疗应等同于 III 期和 IV 期（方框 8-5 和图 8-9）。

方框 8-5　早期卵巢癌患者治疗的概述

所有的患者初始治疗时都应该接受彻底的外科手术分期。

患者接受了全面外科手术分期

1. 低危的 I 期（详见方框 8-2）：无需辅助治疗
2. 高危的 I 期（详见方框 8-2）：
　　a. 3 个周期的卡铂 - 紫杉醇联合静脉滴注化疗（3～6 个周期，NCCN 观点）；或
　　b. 如果是非透明细胞癌，可以考虑观察（不是 NCCN 指南）
3. II 期：
　　a. 卡铂 - 紫杉醇联合静脉滴注化疗 6 个周期；或
　　b. 如果残余病灶＜1cm，腹腔化疗（见图 8-8）；或

患者没有接受全面手术分期

1. 低危患者：
　　a. 如果患者能够接受或可疑有残余病灶，再分期手术；或
　　b. 卡铂 - 紫杉醇静脉化疗 6 个周期
2. 高危患者：
　　a. 如果没有怀疑有残余病灶，直接用卡铂 - 紫杉醇静脉化疗 6 个周期，否则再次手术；或
　　b. 如果考虑观察，再次分期手术（不是 NCCN 指南）
3. II 期：临床处理同接受了全面的手术分期患者

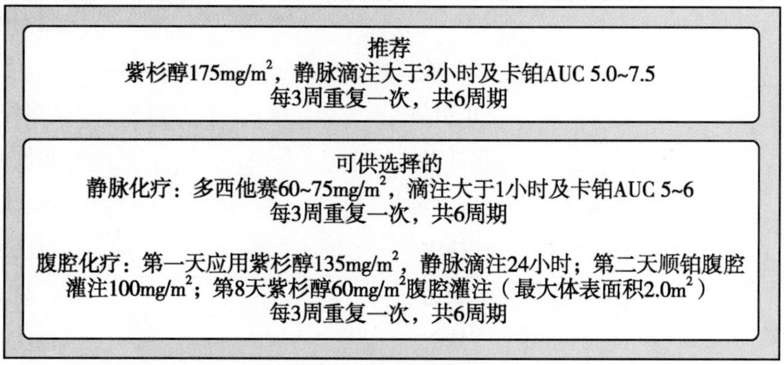

推荐
紫杉醇175mg/m², 静脉滴注大于3小时及卡铂AUC 5.0~7.5
每3周重复一次，共6周期

可供选择的
静脉化疗：多西他赛60~75mg/m², 滴注大于1小时及卡铂AUC 5~6
每3周重复一次，共6周期

腹腔化疗：第一天应用紫杉醇135mg/m², 静脉滴注24小时；第二天顺铂腹腔
灌注100mg/m²；第8天紫杉醇60mg/m²腹腔灌注（最大体表面积2.0m²）
每3周重复一次，共6周期

图 8-9　NCCN 晚期卵巢癌化疗指南。BSA，体表面积

总结

对真正的 I 期卵巢癌来说，辅助化疗是否有利在大多数情况下是不确定的，因为在临床随机对照研究中缺乏接受了全面外科手术分期后不经辅助化疗的对照组。欧洲最大的研究（ICON-1 和 ACTION）已经证实辅助化疗对于"看起来"或者"粗略观察"是 I 期的患者确实有好处。数据显示经过全面外科手术分期的患者可能不能显著减少癌症的复发率[9, 16]。用一项随机对照研究来证实这一观念并不容易，因为样本大小所需的足够数量的两组患者都需要得到适当的治疗，并且让多个机构执行同样标准完成全面分期手术也是个挑战。

选择观察而不是辅助化疗，适于完成分期手术的 I 期低危组患者。如果 I 期高危组患者

经过充分咨询也可以选择这种方式（详见方框 8-5）。

如果可能的话，患者在初次治疗时就应该接受全面手术分期。在某些情况下，未接受全面分期手术的患者应该接受再分期手术。

当实施辅助化疗时，卡铂和紫杉醇联合化疗是可供选择的方案中最常用的。但是还有其他的选择。对于已经接受全面分期手术的 I 期高危组卵巢癌，推荐应用 3～6 个周期化疗。对于那些没有接受全面分期手术的"看起来"是 I 期的患者和所有 II 期患者，推荐化疗 6 个周期（详见方框 8-5）。

晚期卵巢癌（III 期和 IV 期）

铂类和紫杉类药物的演变

卵巢上皮癌是一种对化疗敏感的肿瘤，细胞毒性化疗在治疗中扮演着重要的角色。对大多数 III 和 IV 期卵巢上皮癌患者，接受了理想的肿瘤细胞减灭术后（肿瘤残余灶 <1cm）辅以化疗，会达到完全缓解。尽管如此，大多数患者会出现复发并最终由于肿瘤对化疗药物的耐药而导致疾病进展。总的来说，只有大约 15% 的晚期卵巢癌患者生存能超过 5 年。IV 期患者 5 年存活率不到 10%，但接受了理想的肿瘤细胞减灭术的 III 期患者 5 年存活率可以达到 35%[43]。

在过去的 25 年，卵巢上皮癌化疗的发展突飞猛进。在 20 世纪 80 年代初，对于晚期的卵巢上皮癌的标准方案是环磷酰胺和多柔比星联合化疗，这是 GOG 主导的研究中得出的结论[44]。在 20 世纪 80 年代和 90 年代，研发了两类新药：铂类与紫杉类。这些药物对晚期卵巢上皮癌患者的预后产生巨大影响。铂类药物的作用机制主要是破坏 DNA[45]。顺铂和卡铂在给药后水解，然后产生 DNA 片段和链内加合物，限制细胞分裂，最终诱导细胞凋亡[46]。紫杉类作用于微管，扰乱其正常活动，使细胞停止有丝分裂，最终导致细胞凋亡。

许多临床研究显示出铂类在卵巢上皮癌化疗中的价值。在早期的 GOG 研究对大量晚期卵巢上皮癌患者作了随机研究，方案是环磷酰胺加上多柔比星加或不加顺铂[47]。加入顺铂导致完全缓解率（51% 比 26%）和无进展生存率（13 个月比 8 个月）明显增加。其他研究显示了类似的结果，铂类联合烷化剂使晚期卵巢上皮癌的无进展生存率得以提高[48]。这项临床证据使环磷酰胺、多柔比星和顺铂联合化疗在 20 世纪 80 年代成为晚期卵巢上皮癌的推荐治疗方案。随后多柔比星被从标准方案中剔出，因为随机研究不能证明它在铂类为基础的化疗中对提高患者的生存更有利[49]。meta 分析显示三种药物联合应用只在很小程度上提高了生存率，然而作者们总结说，小的生存优势并不能抵消加入多柔比星后增加的毒性反应[50]。

虽然晚期卵巢癌治疗中在烷化剂基础上加入铂类的确能提高对化疗药物的反应率和无进展生存期，但在随机临床研究中未证实这种明显的生存优势。在 2000 年，一个数据库的 meta 分析对 49 项超过 8700 名妇女进行了研究，报道说受益于铂类联合化疗，生存风险率为 0.88（95%CI：0.79～0.98）[51]。

卡铂和顺铂的等效性

过去 10 年里欧洲和 GOG 的一些研究已经证实，在晚期卵巢上皮癌的治疗中卡铂和顺铂有同等功效[52~54]。在这些研究中发现，卡铂不仅活性等同于顺铂，它可以降低胃肠道毒性、肾毒性和神经毒性。卡铂比顺铂确实会造成更多骨髓抑制,但总体上,应用卡铂后生活质量比应用顺铂有了明显的提高[55]。

紫杉类

在 20 世纪 80 年代末和 90 年代初,在治疗晚期卵巢上皮癌方面,紫杉醇获得了另一项巨大进步。几个Ⅱ期临床研究证明紫杉醇对于铂类耐药的患者有明显作用[56~58]。1990 年,GOG 首次发起第Ⅲ期临床研究,针对不满意的肿瘤细胞减灭术患者,比较 6 个周期的顺铂联合紫杉醇方案与顺铂联合环磷酰胺方案的治疗效果[59]。含紫杉醇方案证明能显著改善整体反应,提高了临床肿瘤完全缓解率、中位无进展生存率和总生存率。5 年之后,应用紫杉醇还降低了 34% 的死亡风险。一项欧洲合作组织和加拿大联合的调查研究 OV-10,证实了 GOG 的结论[60]。随后 GOG 做了一项随机研究,患者接受紫杉醇单药、顺铂单药或顺铂和紫杉醇联合应用。这项研究对于顺铂和紫杉醇联合应用的优越性提出质疑,报告显示三组间中位存活时间(26~30 个月)很相似,并且在首次恶化或死亡时间上顺铂单药组与顺铂和紫杉醇联合用药组之间并无区别[61]。然而,每组都有将近 50% 的患者在影像学发现疾病进展前进行过抢救性药物交叉治疗。这种交叉治疗可能掩盖了三个组之间生存的差异。其他的不利的证据来自于 ICON-3 研究。ICON-3 的作者认为卡铂 - 紫杉醇联合与卡铂单药或环磷酰胺 - 多柔比星 - 顺铂联合方案相比无任何优势[62]。因为这项研究的设计和方法不合理,已经受到广泛的质疑。在北美,紫杉类联合铂类的化疗仍是晚期卵巢上皮癌的标准化疗方案。

最初,因为怕发生严重的过敏反应,紫杉醇滴注超过 24 小时。紫杉醇剂量范围是 135~175mg/m^2,每 3~4 周一个周期。Eisenhauer 及其同事[63]证明滴注 3 小时其过敏反应的发生率与 24 小时滴注是相似的;然而,与 24 小时滴注相比,紫杉醇 3 小时的滴注似乎神经毒性更强和骨髓抑制更弱。目前,在美国最常用的治疗方式是患者在门诊紫杉醇 3 小时滴注,随后滴注卡铂。虽然这种治疗方式给患者提供了更多的便利,紫杉醇相关的神经病变对某些患者来说仍成为一种严重的慢性并发症。

一种新的紫杉类药物——多西他赛(多西紫杉醇),可以比紫杉醇减少更多的毒性反应。在 SCOTROC 研究中,1077 例患者随机分为两组,多西他赛 - 卡铂组与紫杉醇 - 卡铂组[64]。多西他赛组患者报告更少的神经毒性、肌肉和关节疼痛以及更少的骨质疏松症状。然而,多西他赛更容易出现胃肠道毒性和中性粒细胞减少。在美国几个中心正在进行晚期卵巢上皮癌应用多西他赛的研究,研究结果还悬而未决。

NCCN 指南将卡铂 - 紫杉醇作为晚期卵巢上皮癌的推荐方案,但卡铂 - 多西他赛方案列为可选择之中(见图 8-8)。

新的组合方案和剂量

GOG 182/ ICON-5 是一项大规模多中心的随机对照研究,在 2005 年获得了研究成果(图 8-10)。这项研究的目的是为了决定是否增加第三种药物[拓扑替康(topotecan)、脂质体多柔比星(liposomal)或吉西他滨(gemcitabine)]及调整治疗计划(例如利用双药序贯)以改善晚期卵巢上皮癌患者的预后。在研究的 5 个组别中,卡铂 - 紫杉醇联合方案组被当作对照组。这些数据是可靠的,但结果仍悬而未决[65]。

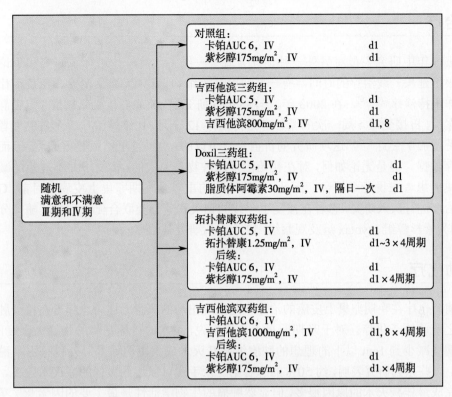

图 8-10 GOG 182 方案：三药和双药序贯的化疗

腹腔化疗

临床医生希望腹腔化疗用来治疗接受了理想减灭术的患者已经超过 20 年。2006 年初，GOG 的研究结论提示腹腔化疗对这类患者有更多优势[66]。这项研究对 429 例患者进行随机对照研究，患者接受标准的静脉注射顺铂联合紫杉醇方案或者腹腔或静脉注射顺铂联合紫杉醇方案（图 8-11）。接受腹腔化疗的患者总生存率有显著的提高（中位生存 65.6 个月比 49.7 个月）。接受腹腔化疗的患者毒性反应，特别是神经毒性更高，生活质量更低。早期的 GOG 随机研究也为应用腹腔化疗来治疗接受了理想减灭术的患者方面提供了强有力的证据[67]。NCCN 已经把腹腔化疗作为可选择的方案之一来治疗这类患者（见图 8-8）。医生可以直接选择这种方案或改变剂量以减少相关的毒性反应。目前 GOG 正在组织对紫杉醇腹腔化疗和卡铂腹腔化疗的 I 期研究，获得适当的药物剂量，减少毒性反应的发生。

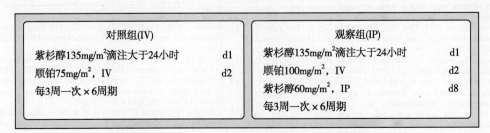

图 8-11 GOG 172 有关腹腔化疗的研究方案

维持治疗

过去 5 年中研究人员对另外一种治疗方式——维持治疗——进行了研究和争论。维持治疗着眼于延长一线治疗的时间。有一些研究认为细胞毒化疗、激素治疗和免疫治疗的领域可以用作维持治疗[68~70]。在 2003 年，一项 GOG 研究显示，患者接受紫杉醇 - 卡铂静脉化疗标准方案后，再接受每 4 周一次的紫杉醇维持治疗 12 个月，比维持治疗 3 个月的患者无进展生存显著增加 7 个月[71]。这项研究的价值是有争议的，由于过早结束数据监测，因而缺乏整体的生存数据。但是无论如何，对在初始治疗时肿物是大块的，接受了并不理想的减灭术的晚期卵巢癌患者来说是个福音。因此，维持治疗的重点是晚期卵巢上皮癌。目前，GOG212 对维持治疗进行深入研究，患者在接受了一线的铂类和紫杉类联合化疗后将其随机分为三个组，分别为紫杉醇组、xyotax 组及观察组，12 个月后研究其治疗效果。

新辅助化疗

新辅助化疗在晚期卵巢上皮癌的治疗中是最晚出现的概念。这就意味着在接受肿瘤细胞减灭术之前就给予化疗。对于晚期卵巢上皮癌来说，手术的目标是将肿物最大限度的切除。使残余病灶减少到 1cm 以下的理想的肿瘤细胞减灭术或大块切除术对外科医生来说是非常困难的。一些系列研究表明，约 50% 的患者第一次手术可以达到最佳的减灭术效果。外科医生无法完成最佳减灭术的原因很多，但显然肿瘤的生物学活性是最主要的因素[72]。再者，患者的一般状况较差，被疾病严重消耗，或者面容憔悴，要做彻底的肿瘤细胞减灭术是极其危险的。基于这些原因，近年来有越来越多的人考虑在做肿瘤细胞减灭术之前使用新辅助化疗使肿瘤负荷减少，改善患者的一般状况。目前，一个随机临床研究正在进行，以评价新辅助化疗在晚期卵巢上皮癌的作用[73]。到目前为止，研究人员报道了一些关于此研究的数据，但没有制定出明确的或被临床医生所接受的使用新辅助化疗的标准方案[74~76]。

（徐小红　译）

参考文献

1. National Institutes of Health consensus development conference statement. Gynecol Oncol 55:S4–S14, 1994.
2. Vergote I, De Brabanter J, Fyles A, et al: Prognostic importance of degree of differentiation and cyst rupture in stage I invasive epithelial ovarian carcinoma. Lancet 357(9251):176–182, 2001.
3. Winter-Roach B, Hooper L, Kitchener H: Systematic review of adjuvant therapy for early stage (epithelial) ovarian cancer. Int J Gynecol Cancer 13(4):395–404, 2003.
4. Bertelsen K, Holund B, Andersen JE, et al: Prognostic factors and adjuvant treatment in early epithelial ovarian cancer. Int J Gynecol Cancer 3(4):211–218, 1993.
5. Hreshchyshyn MM, Park RC, Blessing JA, et al: The role of adjuvant therapy in Stage I ovarian cancer. Am J Obstet Gynecol 138(2):139–145, 1980.
6. Young RC, Walton LA, Ellenberg SS, et al: Adjuvant therapy in stage I and stage II epithelial ovarian cancer. Results of two prospective randomized trials. N Engl J Med 322(15):1021–1027, 1990.
7. Bolis G, Colombo N, Pecorelli S, et al; (GICOG: Gruppo Interregionale Collaborativo in Ginecologia): Adjuvant treatment for early epithelial ovarian cancer: results of two randomised clinical trials comparing cisplatin to no further treatment or chromic phosphate (^{32}P). Ann Oncol 6(9):887–893, 1995.
8. Trope C, Kaern J, Hogberg T, et al: Randomized study on adjuvant chemotherapy in stage I high-risk ovarian cancer with evaluation of DNA-ploidy as prognostic instrument. Ann Oncol 11(3):281–288, 2000.
9. Trimbos JB, Vergote I, Bolis G, et al: Impact of adjuvant chemotherapy and surgical staging in early-stage ovarian carcinoma: European Organisation for Research and Treatment of Cancer-Adjuvant ChemoTherapy in Ovarian Neoplasm trial. J Natl Cancer Inst 95(2):113–125, 2003.
10. Ahmed FY, Wiltshaw E, A'Hern RP, et al: Natural history and prognosis of untreated stage I epithelial ovarian carcinoma. J Clin Oncol 14(11):2968–2975, 1996.
11. Buchsbaum HJ, Brady MF, Delgado G, et al: Surgical staging of carcinoma of the ovaries. Surg Gynecol Obstet 169(3):226–232, 1989.
12. Young RC, Decker DG, Wharton JT, et al: Staging laparotomy in early ovarian cancer. JAMA 250(22):3072–3076, 1983.
13. Leblanc E, Querleu D, Narducci F, et al: Laparoscopic restaging of early stage invasive adnexal tumors: a 10-year experience. Gynecol Oncol 94(3):624–649, 2004.
14. Colombo N, Guthrie D, Chiari S, et al: International Collaborative Ovarian Neoplasm trial 1: a randomized trial of adjuvant chemotherapy in women with early-stage ovarian cancer. J Natl Cancer Inst 95(2):125–132, 2003.

15. Kolomainen DF, A'Hern R, Coxon FY, et al: Can patients with relapsed, previously untreated, stage I epithelial ovarian cancer be successfully treated with salvage therapy? J Clin Oncol 21(16):3113–3118, 2003.

16. Elit L, Chambers A, Fyles A, et al: Systematic review of adjuvant care for women with Stage I ovarian carcinoma. Cancer 101(9):1926–1935, 2004.

17. Le T, Adolph A, Krepart GV, et al: The benefits of comprehensive surgical staging in the management of early-stage epithelial ovarian carcinoma. Gynecol Oncol 85(2):351–355, 2002.

18. Vergote IB, Vergote-De Vos LN, Abeler VM, et al: Randomized trial comparing cisplatin with radioactive phosphorus or whole-abdomen irradiation as adjuvant treatment of ovarian cancer. Cancer 69(3):741–749, 1992.

19. Chiara S, Conte P, Franzone P, et al: High-risk early-stage ovarian cancer. Randomized clinical trial comparing cisplatin plus cyclophosphamide versus whole abdominal radiotherapy. Am J Clin Oncol 17(1):72–76, 1994.

20. Kojs Z, Glinski B, Reinfuss M, et al: Results of a randomized prospective trial comparing postoperative abdominopelvic radiotherapy with postoperative chemotherapy in early ovarian cancer [in French]. Cancer Radiother 5(1):5–11, 2001.

21. Winter-Roach B, Hooper L, Kitchener H: Systematic review of adjuvant therapy for early stage (epithelial) ovarian cancer. Int J Gynecol Cancer 13(4):395–404, 2003.

22. Ozols RF, Bundy BN, Greer BE, et al: Phase III trial of carboplatin and paclitaxel compared with cisplatin and paclitaxel in patients with optimally resected stage III ovarian cancer: a Gynecologic Oncology Group study. J Clin Oncol 21(17):3194–3200, 2003.

23. ICON Collaborators. International Collaborative Ovarian Neoplasm Study: ICON2: randomized trial of single-agent carboplatin against three-drug combination of CAP (cyclophosphamide, doxorubicin, and cisplatin) in women with ovarian cancer. Lancet 352(9140):1571–1576, 1998.

24. Ozols RF: Paclitaxel plus carboplatin in the treatment of ovarian cancer. Semin Oncol 26(1 Suppl 2):84–89, 1999.

25. Bamias A, Papadimitriou C, Efstathiou E, et al: Four cycles of paclitaxel and carboplatin as adjuvant treatment in early-stage ovarian cancer: a six-year experience of the Hellenic Cooperative Oncology Group. BMC Cancer 6:228, 2006.

26. Chi DS, Waltzman RJ, Barakat RR, et al: Primary intravenous paclitaxel and platinum chemotherapy for high-risk Stage I epithelial ovarian carcinoma. Eur J Gynaecol Oncol 20(4):277–280, 1999.

27. Rubin SC, Wong GY, Curtin JP, et al: Platinum-based chemotherapy of high-risk stage I epithelial ovarian cancer following comprehensive surgical staging. Obstet Gynecol 82(1):143–147, 1993.

28. Shimada M, Kigawa J, Kanamori Y, et al: Outcome of patients with early ovarian cancer undergoing three courses of adjuvant chemotherapy following complete surgical staging. Int J Gynecol Cancer 15(4):601–605, 2005.

29. Bell J, Brady MF, Young RC, et al; Gynecologic Oncology Group: Randomized phase III trial of three versus six cycles of adjuvant carboplatin and paclitaxel in early stage epithelial ovarian carcinoma: a Gynecologic Oncology Group study. Gynecol Oncol 102(3):432–439, 2006.

30. Tumors of the ovary: neoplasms derived from celomic epithelium. In Morrow CP, Curtin JP (eds): Synopsis of Gynecologic Oncology. Philadelphia: Churchill Livingstone, 1975, p 249.

31. Sugiyama T, Kamura T, Kigawa J, et al: Clinical characteristics of clear cell carcinoma of the ovary: a distinct histologic type with poor prognosis and resistance to platinum-based chemotherapy. Cancer 88(11):2584–2589, 2000.

32. O'Brien ME, Schofield JB, Tan S, et al: Clear cell epithelial ovarian cancer (mesonephroid): bad prognosis only in early stages. Gynecol Oncol 49(2):250–254, 1993.

33. Kennedy AW, Biscotti CV, Hart WR, et al: Ovarian clear cell adenocarcinoma. Gynecol Oncol 32(3):342–349, 1989.

34. Crozier MA, Copeland LJ, Silva EG, et al: Clear cell carcinoma of the ovary: a study of 59 cases. Gynecol Oncol 35(2):199–203, 1989.

35. Mizuno M, Kikkawa F, Shibata K, et al: Long-term follow-up and prognostic factor analysis in clear cell adenocarcinoma of the ovary. J Surg Oncol 94(2):138–143, 1993.

36. Ho CM, Huang YJ, Chen TC, et al: Pure-type clear cell carcinoma of the ovary as a distinct histological type and improved survival in patients treated with paclitaxel-platinum-based chemotherapy in pure-type advanced disease. Gynecol Oncol 94(1):197–203, 2004.

37. Takano M, Kikuchi Y, Yaegashi N, et al: Adjuvant chemotherapy with irinotecan hydrochloride and cisplatin for clear cell carcinoma of the ovary. Oncol Rep 16(6):1301–1306, 2006.

38. Malmstrom H, Simonsen E, Westberg R: A phase II study of intraperitoneal carboplatin as adjuvant treatment in early-stage ovarian cancer patients. Gynecol Oncol 52(1):20–25, 1994.

39. Topuz E, Eralp Y, Saip P, et al: The efficacy of combination chemotherapy including intraperitoneal cisplatinum and mitoxantrone with intravenous ifosfamide in patients with FIGO stage IC ovarian carcinoma. Eur J Gynaecol Oncol 22(1):70–73, 2001.

40. Fujiwara K, Sakuragi N, Suzuki S, et al: First-line intraperitoneal carboplatin-based chemotherapy for 165 patients with epithelial ovarian carcinoma: results of long-term follow-up. Gynecol Oncol 90(3):637–643, 2003.

41. McGuire WP: Current aspects of adjuvant therapy of early stage ovarian cancer. Zentralbl Gynakol 120(3):93–97, 1998.

42. Skirnisdottir I, Seidal T, Sorbe B: A new prognostic model comprising p53, EGFR, and tumor grade in early stage epithelial ovarian carcinoma and avoiding the problem of inaccurate surgical staging. Int J Gynecol Cancer 14(2):259–270, 2004.

43. Heintz AP, Odicino F, Maisonneuve P, et al: Carcinoma of the ovary. J Epidemiol Biostat 6:107–138, 2001.

44. Omura GA, Morrow CP, Blessing JA, et al: A randomized comparison of melphalan versus melphalan plus hexamethylmelamine versus adriamycin plus cyclophosphamide in ovarian carcinoma. Cancer 51:783, 1983.

45. Dumontet C, Sikic BI: Mechanisms of action of and resistance to antitubulin agents: microtubule dynamics, drug transport, and cell death. J Clin Oncol 17:1061–1070, 1999.

46. Go RS, Adjei AA: Review of the comparative pharmacology and clinical activity of cisplatin and carboplatin. J Clin Oncol 17:409–422, 1999.

47. Omura G, Blessing JA, Ehrlich CE, et al: A randomized trial of cyclophosphamide and doxorubicin with or without cisplatin in advanced ovarian carcinoma. A Gynecologic Oncology Group study. Cancer 57:1725, 1986.

48. McGuire W, Ozols RF: Chemotherapy of advanced ovarian cancer [published erratum appears in Semin Oncol 25(6):707]. Semin Oncol 25:340, 1998.

49. Omura GA, Bundy BN, Berek JS, et al: Randomized trial of cyclophosphamide plus cisplatin with or without doxorubicin in ovarian cancer: a Gynecologic Oncology Group study. J Clin Oncol 7:457, 1989.

50. Fanning J, Bennett TZ, Hilgers RD: Meta-analysis of cisplatin, doxorubicin and cyclophosphamide versus cisplatin and cyclophosphamide chemotherapy of ovarian carcinoma. Obstet Gynecol 80:954, 1992.

51. Chemotherapy for advanced ovarian cancer. Advanced Ovarian Cancer Trialists Group. Cochrane Database Syst CD001418, Rev 2000.

52. Aabo K, Adams M, Adnitt P, et al: Chemotherapy in advanced ovarian cancer: four systematic meta-statistic disease-analyses of individual patient data from 37 randomized trials. Advanced Ovarian Cancer Trialists Group. Br J Cancer 78:1479, 1998.

53. Neijt JP, Engelholm SA, Tuxen MK, et al: Exploratory phase III study of paclitaxel and cisplatin versus paclitaxel and carboplatin in advanced ovarian cancer. J Clin Oncol 18:3084, 2000.

54. Ozols RF, Bundy BN, Greer BE, et al: Phase III trial of carboplatin and paclitaxel compared with cisplatin and paclitaxel in patients with optimally resected stage III ovarian cancer: a Gynecologic Oncology Group study. J Clin Oncol 21:3194, 2003.

55. Du Bois A, Luck HJ, Meier W, et al: A randomized clinical trial of cisplatin/paclitaxel versus carboplatin/paclitaxel as first-line treatment of ovarian cancer. J Natl Cancer Inst 95:1320, 2003.

56. Einzig AI, Wiernik PH, Sasloff J, et al: Phase II study and long-term follow-up of patients treated with Taxol for advanced ovarian adenocarcinoma. J Clin Oncol 10:1748, 1992.

57. Kohn EC, Sarosy G, Bicher A, et al: Dose-intense Taxol: high response rate in patients with platinum-resistant recurrent ovarian cancer. J Natl Cancer Inst 86:18, 1994.

58. Thigpen JT, Blessing JA, Ball H, et al: Phase II trial of paclitaxel in patients with progressive ovarian carcinoma after platinum-based chemotherapy: a Gynecologic Oncology Group Study. J Clin Oncol 12:1748, 1994.

59. McGuire WP, Hoskins WJ, Brady MF, et al: Cyclophosphamide and cisplatin compared with paclitaxel and cisplatin in patients with stage III and stage IV ovarian cancer. N Engl J Med 334:1, 1996.

60. Piccart MJ, Bertelsen K, James K, et al: Randomized intergroup trial of cisplatin-paclitaxel versus cisplatin-cyclophosphamide in women with advanced epithelial ovarian cancer: three-year results. J Natl Cancer Inst 92:699, 2000.

61. Muggia FM, Braly PS, Brady MF, et al. Phase III randomized study of cisplatin versus paclitaxel versus cisplatin and paclitaxel in patients with suboptimal stage III or IV ovarian cancer: a Gynecologic Oncology Group study. J Clin Oncol 18:106, 2000.

62. International Collaborative Ovarian Neoplasm (ICON) group: Paclitaxel plus carboplatin versus standard chemotherapy with either single agent carboplatin or cyclophosphamide, doxorubicin, and cisplatin in women with ovarian cancer: the ICON3 randomised trial. Lancet 360:505, 2002.

63. Eisenhauer EA, ten Bokkel Huinink WW, Swenerton KD, et al: European-Canadian randomized trial of paclitaxel in relapsed ovarian cancer: high-dose versus low-dose and long versus short infusion. J Clin Oncol 12:2654, 1994.

64. Vasey PA, Jayson GC, Gordon A, et al: Phase III randomized trial of docetaxel-carboplatin versus paclitaxel-carboplatin as first-line chemotherapy for ovarian carcinoma. J Natl Cancer Inst 96:1682, 2004.

65. Bookman MA, Alberts DS, Brady MF, et al: GOG182-ICON5: 5-arm phase III randomized trial of paclitaxel and carboplatin versus combinations with gemcitabine, PEG-liposomal doxorubicin, or Topotecan in patients with advanced-stage epithelial ovarian or primary peritoneal carcinoma. 2006 ASCO Annual Meeting Proceedings, J Clin Oncol 24(18S):5002, 2006.

66. Armstrong DK, Bundy B, Wenzel L, et al: Intraperitoneal cisplatin and paclitaxel in ovarian cancer. N Engl J Med 354:34, 2006.

67. Markman M, Bundy BN, Alberts DS, et al: Phase III trial of standard-dose intravenous cisplatin plus paclitaxel versus moderately high-dose carboplatin followed by intravenous paclitaxel and intraperitoneal cisplatin in small-volume stage III ovarian carcinoma: an intergroup study of the Gynecologic Oncology Group, Southwestern Oncology Group, and Eastern Cooperative Oncology Group. J Clin Oncol 19:1001, 2001.

68. Pfisterer J, Weber B, Reuss A, et al: Randomized phase III trial of Topotecan following carboplatin and paclitaxel in first-line treatment of advanced ovarian cancer: a gynecologic cancer intergroup trial of the AGO-OVAR and GINECO. J Natl Cancer Inst 98:1036, 2006.

69. Hall GD, Brown JM, Coleman RE, et al: Maintenance treatment with interferon for advanced ovarian cancer: results of the Northern and Yorkshire gynecology group randomized phase III study. Br J Cancer 91:621, 2004.

70. Perez-Gracia JL, Carrasco EM: Tamoxifen therapy for ovarian cancer in the adjuvant and advanced settings: systematic review of the literature and implications for future research. Gynecol Oncol 84:201, 2002.

71. Markman M, Liu PY, Wilczynski S, et al: Phase III randomized trial of 12 versus 3 months of maintenance paclitaxel in patients with advanced ovarian cancer after complete response to platinum and paclitaxel-based chemotherapy: a Southwest Oncology Group and Gynecologic Oncology Group trial. J Clin Oncol 21:2460, 2003.

72. Ansquer Y, Leblanc E, Clough K, et al: Neoadjuvant chemotherapy for resectable ovarian carcinoma. Cancer 91:2329–2334, 2001.

73. Vergote IB, De Wever I, Decloedt J, et al: Neoadjuvant chemotherapy versus primary debulking surgery in advanced ovarian cancer. Semin Oncol 27:31, 2000.

74. Schwartz PE, Rutherford TJ, Chambers JT, et al: Neoadjuvant chemotherapy for advanced ovarian cancer: long-term survival. Gynecol Oncol; 72:93, 1999.

75. Kuhn W, Rutke S, Spathe K, et al: Neoadjuvant chemotherapy followed by tumor debulking prolongs survival for patients with poor prognosis in International Federation of Gynecology and Obstetrics Stage IIIC ovarian carcinoma. Cancer 92:2585, 2001.

76. Mazzeo F, Berliere M, Kerger J, et al: Neoadjuvant chemotherapy followed by surgery and adjuvant chemotherapy in patients with primarily unresectable, advanced-stage ovarian cancer. Gynecol Oncol 90:163, 2003.

第9章

复发卵巢癌的处理：化学治疗和临床试验

Maurie Markman

要　点
● 虽然没有证据显示化疗对于复发或难治性卵巢癌具有治愈的效果，但有文献报道一些细胞毒性药物能够提高患者的生存率。
● 二线治疗必须认真权衡利（改善症状，延缓进展）与弊（严重的副作用）。
● 现有的证据支持铂类为基础的联合化疗作为二线治疗较单一铂类治疗复发卵巢癌（潜在铂敏感）具有更好的疗效。

背景

卵巢癌是最常见的化疗敏感的恶性肿瘤，60%～80% 最近被诊断为中晚期卵巢癌的妇女获得主观和客观的疗效[1]。除了这个事实，大多数治疗有效的妇女最终经历了疾病的复发[2]。因此，考虑二线化疗已经成为常规而不是例外。这个章节回顾了对原发治疗无效或治疗有效后疾病又进展的卵巢癌患者的化疗状况。

复发与铂类耐药卵巢癌的定义

很久以来人们认识到如果有客观证据显示卵巢癌患者对某一种化疗药物敏感，可能她第二次使用同一药物（或相似药）也有反应[3,4]。实际上，这个现象并不局限于卵巢癌，其在血液恶性肿瘤的现代化疗发展史中被更早地观察到[5]。

因为铂类在卵巢癌治疗中具有中心位置[6]，毫无疑问以铂类为基础的单药或联合化疗方法在治疗复发卵巢癌上具有更多的经验[7~11]。因为卡铂的毒副作用更容易被接受，所以二线治疗大多选择卡铂[2]。

证据显示某一卵巢癌患者对二线（或三线）以铂为基础的化疗敏感性是持续的，铂类治疗间期越长，其客观上和主观上从这一治疗方案获益的可能性越大[7~9]（表9-1，图9-1）。

因此，对于一位在完成初始治疗 8～10 个月内复发的妇女，再次治疗敏感的可能性是 20%～30%。但是，对于治疗间期 2 年的妇女，再次治疗敏感的可能性高于 50%。

为了设计统一标准的临床试验，定义了"铂类耐药"和"复发"（潜在铂类敏感）[12,13]（方框 9-1）。必须强调的是，虽然这个定义是有用的（特别是对于临床研究是适用的），但是没有一个单一的铂类或治疗间期可以特异性的区分哪些患者将再次从铂类药物治疗中获益，哪些患者不能再次从铂类药物治疗中获益。选择最佳的治疗方案必须考虑可获得的试验数据（特别是

表 9-1　对以铂类为基础的二线化疗敏感程度与铂类治疗间期的关系	
铂类治疗间期	百分数
0～6 个月	10
7～12 个月	20～30
13～18 个月	30～40
19～24 个月	40～50
>24 个月	>50

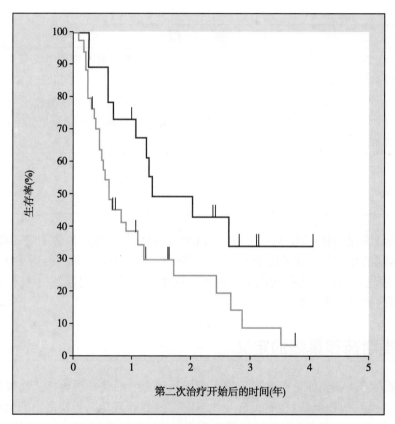

图 9-1　复发卵巢癌从二次治疗开始的生存率。时间背离是因为治疗结束到复发的时间对生存率有很大影响。浅红色：复发或进展发生在初始治疗18 个月内；深红色：复发或进展发生在初始治疗 18 个月后

以证据为基础的随机Ⅲ期研究)、患者前一次化疗的毒性反应和患者的选择(方框 9-2)。

方框 9-1　复发和铂类耐药卵巢癌的定义

复发卵巢癌

之前对铂类为基础的化疗药物敏感，治疗间期≥6 个月

铂类耐药卵巢癌

对前一次铂类为基础的化疗无效(例如，"最好的反应"是疾病稳定或疾病进展)或铂类为基础的治疗间期<6 个月

方框 9-2	卵巢癌患者选择二线治疗应考虑的问题

- 前一次对治疗的反应（包括治疗间期）
- 前一次治疗的毒性反应（包括任何残留效应）
- 以证据为基础的Ⅲ期试验数据支持特殊的治疗方案（例如复发病例）
- 无证据基础的（Ⅱ期）试验支持潜在的治疗方案
- 可获得和有兴趣的临床试验
- 患者的选择

卵巢癌二线化疗治疗的目标

不幸的是，可获得的数据不能提供二线化疗对卵巢癌潜在的治疗价值的证据[2,7~11]。这是很重要的也是二次治疗和初次治疗不同的地方。建议将这样的治疗应用于大多数患者，即使只有很少数患者最终达到成功治疗的目的[1,2]。

当治疗不以"治愈"为目的，那么二线治疗的最终目的是什么呢？在方框 9-3 中总结有一些治疗的临床目标。抗肿瘤治疗的一个重要考虑是权衡治疗的目的和潜在的副作用，特别是当毒性反应有可能蓄积和持续存在影响患者的生活质量时（如神经毒性）。

方框 9-3	二线治疗卵巢癌的理想目标

1. 延长生命
2. 改善肿瘤相关症状
3. 延迟症状发展或加重的时间
4. 延迟疾病进展
5. 提高或维持整体生存质量

复发（潜在铂敏感）卵巢癌的化学治疗

正如前面提到的，有充足的证据支持对于之前对铂类敏感的患者再次二线使用以铂类为基础的化疗[7~11]。不幸的是，缺乏以证据为基础的研究直接比较铂类和非铂类化疗对复发卵巢癌的作用。但是有限的随机试验支持包含铂类的方案在临床治疗中具有优势[14]（表 9-2，图 9-2）。除了这个事实，有一系列的原因使得临床医生和患者决定避免使用铂类作为二线药物，即使患者之前对铂类敏感（方框 9-4）。

表 9-2　以铂类为基础的联合化疗与无铂类化疗对复发卵巢癌的作用

	完全缓解	无进展生存时间（中位数）	整体生存时间（中位数）
紫杉醇	17%	9 个月	25.8 个月
CAP	30%	15.7 个月（$P=0.038$）	34.7 个月（$P=0.043$）

CAP：环磷酰胺、表柔比星、顺铂

发展为铂类相关过敏反应风险越来越受到重视。多于 15%～20% 接受二线铂类为基础的化疗方案的妇女经历了这些毒性反应，症状和体征从轻度皮疹到心血管和呼吸抑制[15,16]（图 9-3）。再次铂类治疗导致过敏致死的病例也有报道[17]。

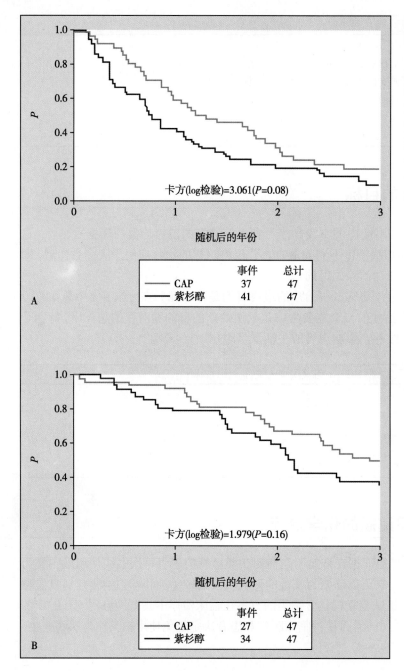

图 9-2　比较单一药物和多药联合治疗。A：治疗无进展间期的 Kaplan-Meier 曲线。B：治疗整体生存率的 Kaplan-Meier 曲线。少数以证据为基础的研究直接比较了以铂类为基础的化疗和无铂类化疗治疗复发卵巢癌的作用。但是，有限的随机试验支持包含铂类的方案具有优势。CAP：环磷酰胺、表柔比星、顺铂

方框 9-4　不使用铂类药物治疗复发卵巢癌的原因

- 之前有严重的急性毒性反应（例如严重的腹泻，3 级神经毒性，3～4 级血小板减少）
- 持续毒性反应，即使不很严重（例如 1 级神经毒性）
- 之前铂类治疗无法耐受的副作用（例如每次治疗后 1～2 级腹泻持续 5～7 天）
- 发展为临床铂类过敏反应
- 之前铂类治疗中度敏感（例如无治疗间期只有 6～8 个月）

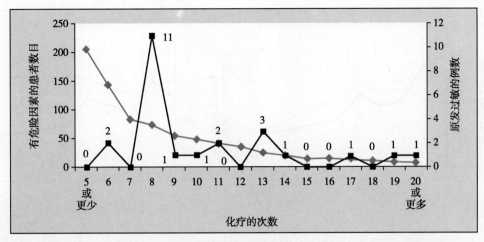

图 9-3 多于 15%～20% 接受二线铂类为基础的化疗方案的妇女经历了毒性反应

许多脱敏方案允许患者持续使用铂类，报道有不同程度的成功率[18～20]。这些方案模仿抗生素（例如青霉素）过敏的患者使用药物，开始或继续治疗都有潜在的风险。

决定患者是否继续使用铂类应该基于以下一些因素：①严重的反应；②客观证据表明包含铂类的二线药物有效（例如开始铂类二线药物治疗后腹部疼痛减轻或腹水消失或 CA-125 下降）；③有其他方案可供选择；④患者的选择[21]。患者和她的家人需要参与决定，了解再次使用铂类治疗可能发展为铂类过敏，因为严重的甚至是致死性的反应可能超越了治疗获得的效果[17]。

以铂类为基础的联合化疗与铂类单一药物治疗

如果患者接受了铂类治疗，下一个问题是铂类药物应该单独治疗还是应该与另外一种二线药物联合治疗？两个Ⅱ期临床随机试验提供了重要的证据，支持铂类为基础的联合化疗优于单一铂类治疗复发卵巢癌[10, 11]（表 9-3）。

表 9-3　Ⅲ期随机试验研究铂类为基础的联合化疗与单一铂类治疗复发卵巢癌			
	有效率	无进展生存（中位数，月）	总体生存（中位数，月）
卡铂 + 紫杉醇 vs 卡铂（ICON-4）[10]	66% vs 54%	12 vs 9	29 vs 24
	（$P = 0.06$）	（HR = 0.76, $P = 0.0004$）	（HR = 0.82, $P = 0.02$）
卡铂 + 吉西他滨 vs 卡铂（AGO）[11]	47.2% vs 30.9%	8.6 vs 5.8	18 vs 17.3
	（$P = 0.016$）	（HR = 0.72, $P = 0.003$）	（HR = 0.96, $P = 0.74$）

首次报道的试验（ICON-4）设计比较复杂，但主要比较单一铂类与铂类加紫杉醇联合化疗的效果[10]。这个试验揭示了联合化疗方案既提高无进展生存率又提高整体生存率。2 年后随访，卡铂加紫杉醇治疗的总体生存率显著提高 7%（57% 比 50%）。

不幸的是，显著提高生存率的同时必须注意联合化疗组较单一药物治疗组继发的神经毒性也增加了（2～3 级：20% 比 1%）[10]（图 9-4）。

第二个随机研究针对复发卵巢癌比较单一卡铂与卡铂加吉西他滨治疗[11]。这个研究也显示了联合化疗提高了无进展生存率，但与之前 ICON-4 结果不同，总体生存率没有提高。

虽然有一些假说解释这个试验为何不能改善总体生存率，但最可能的原因是很多单一卡

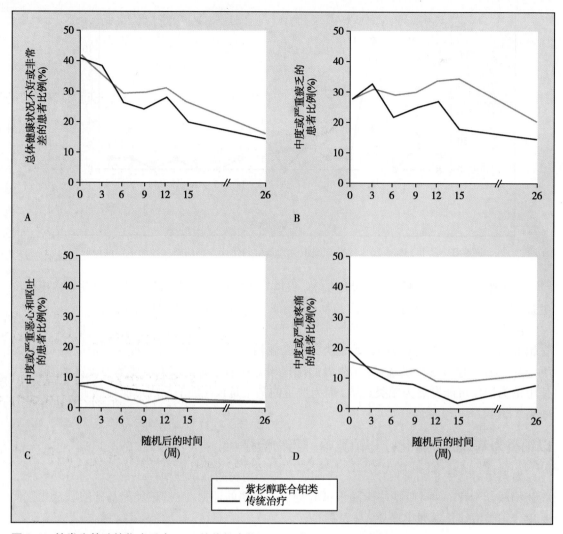

图9-4　铺类为基础的化疗反应。A：总体健康状况。B：疲乏。C：恶心和呕吐。D：持续疼痛。同一位患者不是对应于每一种反应

铂治疗和卡铂加吉西他滨联合治疗的患者在疾病进展后接受了进一步化疗，而ICON-4研究中的患者结束了治疗。只有一个理论已被证实，无论患者之前采用何种治疗，积极的三线化疗可以对生存率产生统计学显著差异的影响[22]（表9-4）。

随机Ⅲ期临床试验	Canfosfamide（TLK286） （试验组）	脂质多西他赛或拓扑替康 （对照组）
满意的反应比率	4.3%	10.9%
无进展生存（中位数）	2.3 个月	4.4 个月（$P=0.0001$）
整体生存（中位数）	8.5 个月	13.6 个月（$P=0.0001$）

表9-4　三线治疗方案对卵巢癌生存作用的证据

　　正如推测的，两组患者（卡铂加吉西他滨与卡铂）在严重的神经毒性反应方面没有显著差别，因为吉西他滨本身没有神经毒性[11]。

一个随机Ⅲ期试验比较卡铂加脂质体多柔比星与卡铂加紫杉醇的作用，已接近完成，很快就能获得结果[23]。这个结果可以为以证据为基础的临床试验增加有效的治疗复发卵巢癌的联合化疗方案。以证据为基础的临床试验中报道了一系列对复发卵巢癌无效的治疗方法。

有关复发卵巢癌的其他观点

除了一些重要的数据证实以铂类为基础的复合化疗对复发卵巢癌治疗有效，目前对于序贯使用而不是同时使用化疗药物，其治疗的结果（无进展生存和总体生存）仍不清楚，但也许毒性较小[6, 24]。例如，患者将接受 3 个疗程的卡铂，再接着 3 个疗程的紫杉醇（或吉西他滨或脂质体多柔比星）治疗。不幸的是，目前缺乏随机Ⅲ期临床试验的数据，对于这个变化的治疗方案是否有效仍然是未知的。

另一个观点是使用无铂类的单一药物治疗，特别是使用于既往对铂类过敏的患者[21]或用于既往使用铂类为基础的化疗方案有毒性反应的患者（例如持续存在 2～3 级骨髓抑制）。即使是之前只有中等程度的毒性反应而终止了治疗，例如化疗后出现二级腹泻持续数天，患者也可以选择无铂类的化疗方案。

另外，对于治疗或铂类无病间期刚刚能满足 6～9 个月的复发患者，也可以开始一个新的化疗方案[7～9]。当然，如果患者治疗开始后无法忍受初始化疗方案的痛苦，更应该考虑更换化疗方案。

一个Ⅱ期临床试验正在研究一系列细胞毒性药物对复发卵巢癌的有效性，以便在以上情况下使用[25]（方框 9-5）。不幸的是，只有很少的随机Ⅲ期临床试验的数据可以帮助我们为患者选择最后的单一有效的药物（图 9-5）。

方框 9-5　对铂类耐药的复发卵巢癌有效的抗肿瘤药物	
六甲蜜胺	脂质体多柔比星
贝伐单抗	奥沙利铂
多西他赛	紫杉醇（三周疗，周疗）
表柔比星	培美曲塞
依托泊苷（口服 21 天）	他莫昔芬
吉西他滨	拓扑替康（三周疗，周疗）
异环磷酰胺	曲贝替定（FDA 未批准）
伊立替康	长春瑞滨

有一个Ⅲ期临床试验值得重视，其结果提示单一脂质体多柔比星治疗复发卵巢癌患者的效果较单一拓扑替康治疗效果好（提高了无进展和整体生存率）[12, 26]（图 9-6）。虽然这一数据提示脂质体多柔比星在临床应用的价值，但必须注意这个单一药物没有与铂类为基础的单一或联合用药相比较[14]。

而且，这个试验提示脂质体能中度提高无进展生存率（中位数：5.6 周），潜在改变整体生存率（中位数：37 周）[12, 26]。对于这个令人感到意外的结果，一个可能的解释是大多数整体生存率来源于完成了治疗后的患者。

有理由推测进入这个研究的患者如果疾病进展，愿意接受铂类治疗，因为这是潜在的铂类敏感的人群（虽然进入这个研究的个体在尝试铂类之前首先选择了试验的药物）。使用无骨髓毒性的脂质体多柔比星，出现进展后再使用一定疗程的铂类治疗是可能的，而使用骨髓毒

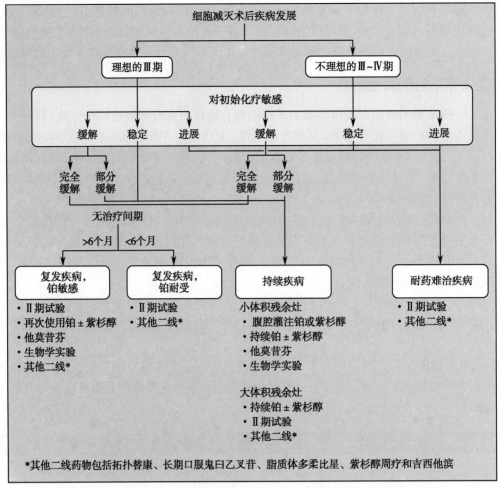

图9-5 决策图：根据肿瘤细胞减灭术后疾病的范围和对化疗的反应。 对患者更详细的分类有助于在临床工作中选择特殊的药物。不幸的是，只有很少的随机Ⅲ期临床试验帮助我们选择"最好"的单一药物治疗

性大的拓扑替康后很难再使用铂类治疗（虽然没有数据证实这个假设）[12, 26]。

应注意理论上已经证实在使用铂类药物治疗之前使用无铂类药物治疗复发卵巢癌患者（称人为延长无铂类间期），可能会增加再次使用铂类时对铂类敏感的患者的比例。虽然这是一个有争议的结论，但至今没有获得随机临床试验的支持。而且，有可能推测使用铂类药物治疗直到确定了三线药物，铂类药物的作用将可能会降低[27]。而且像之前提到的，二线无铂类药物产生的毒性反应可能更增加再次使用铂类药物的难度[12, 26]。

目前尚无证据证实无铂类联合化疗治疗复发卵巢癌比使用单一药物更有效。因此，除了个别病例参加临床试验，在我们的临床工作中更推荐使用单一药物治疗。

最后，手术治疗对于复发卵巢癌的作用也应该在决定进行化疗时予以考虑。虽然目前尚无证据证实哪一种治疗方案更有效或哪一类患者应该接受手术治疗，回顾性的研究显示长治疗间期和有潜在手术切除可能的患者可能会从二线化疗前接受手术中获益[28]。目前正在进行的Ⅲ期临床试验就是要证实二次肿瘤细胞减灭术在治疗卵巢癌中的作用，这个研究成果值得期待。

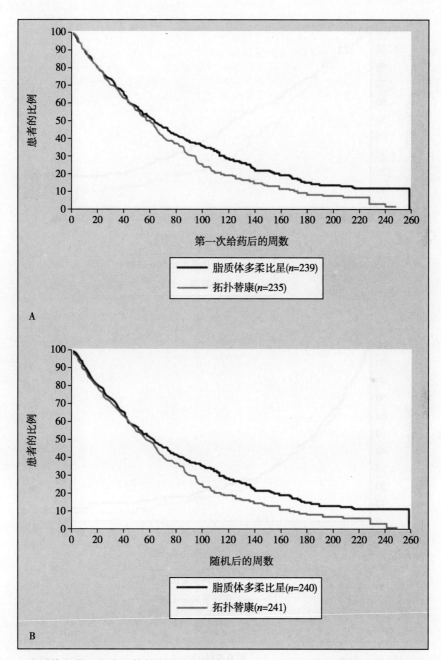

图 9-6　脂质体多柔比星或拓扑替康治疗后患者的 Kaplan-Meier 生存曲线。接受脂质体多柔比星治疗的患者生存率显著高于拓扑替康治疗的患者。没有一个药物与铂类药物比较（见图 9-2）

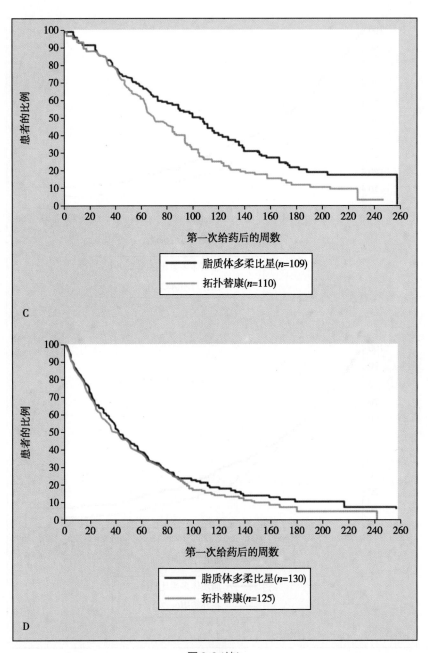

图9-6（续）

铂类耐药卵巢癌的治疗

研究显示有一些抗肿瘤药物对铂类耐药的卵巢癌患者有效[25]（见方框9-5）。目前随机对照Ⅲ期临床试验没有证据显示哪种药物比其他药物具有更大的优势。

如果Ⅲ期临床试验不能指导治疗，那么对于难治性的疾病将如何处理呢？正如前面提到的，一些相关因素可以帮助选择治疗方案（见方框9-3）。而且，一位患者可能在整个患病过程中使用许多药物[29]。因此，选择某一特殊药物的问题可能是"什么时候"使用而不是"是否"使用。

对于卵巢癌这种慢性疾病，我们常常要权衡改善（或延迟）肿瘤相关的症状和不产生影响治疗效果的毒性反应之间的关系[30]。以证据为基础的数据否定了治疗影响患者生存的质疑（至少对于卵巢癌总体人群是这样的）[22]。

放射治疗对于铂类耐药的卵巢癌治疗是不可缺少的。放射治疗最适宜于以疼痛为主要症状的盆腔孤立病灶和放射野不涉及肠管的患者。但应该注意放射治疗可能会影响引起骨髓抑制的化疗药物的使用，而对于铂类耐药的卵巢癌患者来说，这个负面作用可能对临床结局影响不太大。

最后，值得注意的是：对于所有铂类耐药的卵巢癌患者，是持续使用抗肿瘤药物治疗还是使用控制症状的安慰剂或住院治疗，已经成为肿瘤科医生与患者及其家属讨论的焦点。

化疗耐药和化疗敏感试验在选择二线抗肿瘤药物中的选择

有一系列回顾性研究和少量前瞻性研究提示对于卵巢癌特别是复发或耐药患者标本离体试验在选择治疗中的潜在作用[31~33]。这些试验的目的是为临床提供选择最佳治疗的工具和好的临床决策，而传统的治疗方案是根据以证据为基础的（和其他）临床数据得出的。

在讨论以证据支持的临床使用价值之前，评价预后试验和预先试验在肿瘤方面的差别是非常重要的。

预后试验提供的信息主要是统计学方面哪些有利于好的结局，哪些结局比较差。例如，晚期和高级别的卵巢癌患者较早期和低级别的患者生存率低。这是个预后试验的例子，因为临床医生很难选择一个治疗方案去显著提高患者的生存率。

相反，预先试验为临床医生提供了信息，选择某些特殊的治疗方案可以增加改善患者预后的机会。预先试验的最好的例子就是雌激素受体的使用，提示哪些患者适合使用激素治疗，Her2的过度表达，提示曲妥珠单抗使用的有效性。

不幸的是，到目前为止，已有的证据显示有关化疗耐药和化疗敏感的分析都是根据可能的预后价值得出的[34, 35]。例如，卵巢癌如果对很多种化疗药物耐药，可能预后不好，但目前没有预先试验的证据可以主动地选择特殊的药物（如体外试验显示耐药程度低或高度敏感），根据分析结果将能提高预后好的机会（与根据经验判断相比较）。

未来的试验将能建立一个（或多个）供临床使用的分析系统，或揭示其只具有临床预后价值（因此利用价值有限）。

未来对复发和难治性卵巢癌的研究

目前正在开展一系列临床Ⅱ期和临床Ⅲ期试验，研究对于复发和难治性卵巢癌新的治疗决策。

非常有意思的是研究血管生成剂的作用，根据临床Ⅱ期试验使用二线单一药物贝伐单抗（bevacizumab）治疗卵巢癌（客观有效率 15%～20%）[36, 37]。将该药用于一线和二线的Ⅲ期临床试验正在开展。

最近报道对于有 *BRCA1* 或 *BRCA2* 突变的复发或难治性卵巢癌患者使用新的 PARP（多 -ADP 核酸聚合酶，poly-ADP-ribose polymerase）拮抗剂，有效率超过 20%～30%[38, 39]。该试剂的Ⅲ期随机试验正在开展中。

对于铂类耐药的其他Ⅲ期试验包括曲贝替定（trabectedin），(4S)-4- 乙基 -4- 羟基 -11- (2- 三甲基硅基）乙基)-1H- 吡喃并 [3′, 4′∶6, 7] 氮茚并 [1, 2-b] 喹啉 -3, 14（4H, 12H) - 二酮（karenitecin），苯妥蒂尔（phenoxodiol）和埃博霉素 B（patupilone）。这些试验的结果将揭示新的治疗典范，有望提高复发和难治性卵巢癌患者的生存率和生活质量。

（赵 群 译）

参考文献

1. Covens A, Carey M, Bryson P, et al: Systematic review of first-line chemotherapy for newly diagnosed postoperative patients with stage II, III, or IV epithelial ovarian cancer. Gynecol Oncol 85:71–80, 2002.
2. Ozols RF, Bundy BN, Greer BE, et al: Phase III trial of carboplatin and paclitaxel compared with cisplatin and paclitaxel in patients with optimally resected stage III ovarian cancer: a Gynecologic Oncology Group study. J Clin Oncol 21:3194–3200, 2003.
3. Gershenson DM, Kavanagh JJ, Copeland LJ, et al: Re-treatment of patients with recurrent epithelial ovarian cancer with cisplatin-based chemotherapy. Obstet Gynecol 73:798–802, 1989.
4. Seltzer V, Vogl S, Kaplan B: Recurrent ovarian carcinoma: retreatment utilizing combination chemotherapy including cis-diamminedichloroplatinum in patients previously responding to this agent. Gynecol Oncol 21:167–176, 1985.
5. Fisher RI, DeVita VT, Hubbard SP, et al: Prolonged disease-free survival in Hodgkin's disease with MOPP reinduction after first relapse. Ann Intern Med 90:761–763, 1979.
6. Muggia FM, Braly PS, Brady MF, et al: Phase III randomized study of cisplatin versus paclitaxel versus cisplatin and paclitaxel in patients with suboptimal stage III or IV ovarian cancer: a Gynecologic Oncology Group study. J Clin Oncol 18:106–115, 2000.
7. Markman M, Rothman R, Hakes T, et al: Second-line platinum therapy in patients with ovarian cancer previously treated with cisplatin. J Clin Oncol 9:389–393, 1991.
8. Hoskins PJ, O'Reilly SE, Swenerton KD: The 'failure free interval' defines the likelihood of resistance to carboplatin in patients with advanced epithelial ovarian cancer previously treated with cisplatin: relevance to therapy and new drug testing. Int J Gynecol Cancer 1:205–208, 1991.
9. Gore ME, Fryatt I, Wiltshaw E, et al: Treatment of relapsed carcinoma of the ovary with cisplatin or carboplatin following initial treatment with these compounds. Gynecol Oncol 36:207–211, 1990.
10. The ICON and AGO Collaborators. Paclitaxel plus platinum-based chemotherapy versus conventional platinum-based chemotherapy in women with relapsed ovarian cancer: the ICON4/AGO-OVAR-2.2 trial. Lancet 361:2099–2106, 2003.
11. Pfisterer J, Plante M, Vergote I, et al: Gemcitabine plus carboplatin compared with carboplatin in patients with platinum-sensitive recurrent ovarian cancer: an intergroup trial of the AGO-OVAR, the NCIC CTG, and the EORTC GCG. J Clin Oncol 24:4699–4707, 2006.
12. Gordon AN, Fleagle JT, Guthrie D, et al: Recurrent epithelial ovarian carcinoma: a randomized phase III study of pegylated liposomal doxorubicin versus topotecan. J Clin Oncol 19:3312–3322, 2001.
13. Thigpen JT, Blessing JA, Ball H, et al: Phase II trial of paclitaxel in patients with progressive ovarian carcinoma after platinum-based chemotherapy: a Gynecologic Oncology Group study. J Clin Oncol 12:1748–1753, 1994.
14. Cantu MG, Buda A, Parma G, et al: Randomized controlled trial of single-agent paclitaxel versus cyclophosphamide, doxorubicin, and cisplatin in patients with recurrent ovarian cancer who responded to first-line platinum-based regimens. J Clin Oncol 20:1232–1237, 2002.
15. Markman M, Kennedy A, Webster K, et al: Clinical features of hypersensitivity reactions to carboplatin. J Clin Oncol 17:1141, 1999.
16. Navo M, Kunthur A, Badell ML, et al: Evaluation of the incidence of carboplatin hypersensitivity reactions in cancer patients. Gynecol Oncol 103:608–613, 2006.
17. Zweizig S, Roman LD, Muderspach LI: Death from anaphylaxis to cisplatin: a case report. Gynecol Oncol 53:121–122, 1994.
18. Robinson JB, Singh D, Bodurka-Bevers DC, et al: Hypersensitivity reactions and the utility of oral and intravenous desensitization in patients with gynecologic malignancies. Gynecol Oncol 82:550–558, 2001.
19. Rose PG, Fusco N, Smrekar M, et al: Successful administration of carboplatin in patients with clinically documented carboplatin hypersensitivity. Gynecol Oncol 89:429–433, 2003.
20. Markman M, Hsieh F, Zanotti K, et al: Initial experience with a novel desensitization strategy for carboplatin-associated hypersensitivity reactions. J Cancer Res Clin Oncol 130:25–28, 2004.
21. Markman M: The dilemma of carboplatin-associated hypersensitivity reactions in ovarian cancer management. Gynecol Oncol 107:163–165, 2007.
22. Vergote I, Finkler N, del Campo J, et al: Single agent, canfosfamide versus pegylated doxorubicin or topotecan in 3rd line treatment of platinum refractory or resistant ovarian cancer: phase 3 study results. J Clin Oncol 25 (18S) (part II):966s (Abstract #LBA55289), 2007.
23. Avall-Lundqvist E, Wimberger P, Gladieff L, et al: Pegylated liposomal doxorubicin-carboplatin vs. paclitaxel-carboplatin in relapsing sensitive ovarian cancer: a 500-patient interim safety analysis of the CALYPSO GCIG Intergroup phase III study. J Clin Oncol 26(15S):308s, 2008.
24. The International Collaborative Ovarian Neoplasm (ICON) Group: Paclitaxel plus carboplatin versus standard chemotherapy with either single-agent carboplatin or cyclophosphamide, doxorubicin, and cisplatin in women with ovarian cancer: the ICON3 randomised trial. Lancet 360:505–515, 2002.
25. Markman M, Bookman MA: Second-line treatment of ovarian cancer. Oncologist 5:26–35, 2000.
26. Gordon AN, Tonda M, Sun S, et al: Long-term survival advantage for women treated with pegylated liposomal doxorubicin

compared with topotecan in a phase 3 randomized study of recurrent and refractory epithelial ovarian cancer. Gynecol Oncol 95:1–8, 2004.

27. Pignata S, Ferrandina G, Scarfone G, et al: Extending the platinum-free interval with a non-platinum therapy in platinum-sensitive recurrent ovarian cancer. Results from the SOCRATES Retrospective Study. Oncology 71:320–326, 2006.

28. Bristow RE, Lagasse LD, Karlan BY: Secondary surgical cytoreduction for advanced epithelial ovarian cancer. Cancer 78:2049–2062, 1996.

29. Markman M: Why study third-, fourth-, fifth-line chemotherapy of ovarian cancer? Gynecol Oncol 83:449–450, 2001.

30. Markman M: Viewing ovarian cancer as a "chronic disease": what exactly does this mean? Gynecol Oncol 100:229–230, 2006.

31. Holloway RW, Mehta RS, Finkler NJ, et al: Association between in vitro platinum resistance in the EDR assay and clinical outcomes for ovarian cancer patients. Gynecol Oncol 87:8–16, 2002.

32. Sharma S, Neale MH, Di NF, et al: Outcome of ATP-based tumor chemosensitivity assay directed chemotherapy in heavily pre-treated recurrent ovarian carcinoma. BMC Cancer 3:19–28, 2003.

33. Gallion H, Christopherson WA, Coleman RL, et al: Progression-free interval in ovarian cancer and predictive value of an ex vivo chemoresponse assay. Int J Gynecol Cancer16:194–201, 2006.

34. Samson DJ, Seidenfeld J, Ziegler K, et al: Chemotherapy sensitivity and resistance assays: a systematic review. J Clin Oncol 22:3618–3630, 2004.

35. Schrag D, Garewal HS, Burstein HJ, et al: American Society of Clinical Oncology Technology Assessment: chemotherapy sensitivity and resistance assays. J Clin Oncol 22:3631–3638, 2004.

36. Burger RA, Sill M, Monk BJ, et al: Phase II trial of bevacizumab in persistent or recurrent epithelial ovarian cancer or primary peritoneal cancer: a Gynecologic Oncology Group study. J Clin Oncol 25:5165–5171, 2007.

37. Cannistra SA, Matulonis UA, Penson RT, et al: Phase II study of bevacizumab in patients with platinum-resistant ovarian cancer or peritoneal serous cancer. J Clin Oncol 25:5180–5186, 2007.

38. Fong PC, Boss DS, Carden CP, et al: AZD2281, a PARP inhibitor with single agent anticancer activity in patients with BRCA deficient ovarian cancer: results from a phase I study. J Clin Oncol 26(15S):295s, 2008.

39. Ashworth A: A synthetic lethal therapeutic approach: poly(ADP) ribose polymerase inhibitors for the treatment of cancer deficient in DNA double-strand break repair. J Clin Oncol 26:3785–3790, 2008.

第10章

二次细胞减灭术治疗复发卵巢癌

Ram Eitan, Dennis S. Chi

要　　点
● 肿瘤细胞减灭术是治疗原发性卵巢癌的里程碑。
● 手术对于复发卵巢癌患者也是一个可选择的治疗方案。
● 患者根据以下因素选择治疗方案：①无病间期；②疾病复发的时间；③手术状态；④对化疗的敏感程度。

简介

手术仍然是治疗原发卵巢癌（epithelial ovarian carcinoma，EOC）的里程碑。扩大肿瘤细胞减灭术用于治疗晚期卵巢癌，而全面手术分期用于早期病例。对于卵巢癌患者这些操作已很成熟，而且决定患者的预后、进一步治疗方案的制订和患者的长期疗效。

复发卵巢癌的治疗主要决定于化疗方案的制订和药物的使用，决定于上一次治疗至复发的间期、治疗方案、操作技巧和疾病复发的形式。手术在治疗复发卵巢癌中占有重要的位置，也是这章的重点。

肿瘤细胞减灭术的临床和理论背景

1934 年 Meigs[1] 首次将肿瘤细胞减灭术用于卵巢癌，指最大限度地将肿瘤消灭以增加术后放疗的疗效。40 年后，Griffiths[2] 发表了里程碑式的研究，首次明确残留肿瘤的体积与患者预后成反比。Hoskins 和妇科肿瘤研究组（gynecologic oncology group，GOG）发表了进一步的研究，提出治疗有肿瘤残留的晚期卵巢癌的两条重要原则[3]。首先，残留肿瘤如果超过某一个阈值或直径，肿瘤细胞减灭术不能影响患者的预后。其次，在这个阈值下，有一个持续的作用——比如残留病灶越小，预后越好——没有肉眼残留病灶的患者，预后最好[4]。

肿瘤细胞减灭术对于晚期卵巢癌既有临床作用又有理论依据（方框 10-1）。Gompertzian 细胞生长曲线可以帮助理解肿瘤细胞减灭术的作用。肿瘤细胞数目指数型增长，生长速度在肿瘤体积小的时候最快[5]。化疗可以杀死迅速生长和分化的细胞。化疗对数杀死肿瘤细胞对于由迅速生长和分化细胞组成的小体积肿瘤作用最强。肿瘤细胞减灭术将生长缓慢的大体积肿瘤消减至生长迅速的小体积肿瘤，因此为患者提供了对化疗敏感的机会。

肿瘤细胞减灭术的另一个作用是消除潜在的化疗耐药细胞。根据 Goldie 和 Coldman[6] 数学模型，当肿瘤体积增大、细胞数目增多时，自发突变和药物耐药表型产生的几率就会提高。

方框 10-1　肿瘤细胞减灭术的作用

- 化疗对于小体积肿瘤有对数消灭肿瘤的作用
- 消灭化疗耐药细胞
- 消除低血供的大块肿瘤
- 改善肠道功能
- 提高对化疗的敏感程度
- 延长无病生存期
- 提高总生存率

因此，肿瘤细胞减灭术通过减少肿瘤体积和细胞数目，能够消除已存在的耐药细胞，减少自发突变的新生耐药细胞。而且，手术可以通过去除血运差的大体积肿瘤，有助于肿瘤内化疗药物更好的分布。已有很多临床研究和基础研究证实肿瘤细胞减灭术这些可能的好处。

虽然在使用铂类＋紫杉醇化疗前开展最大限度的肿瘤细胞减灭术的治疗方案已经很成熟地建立了，但大多数晚期卵巢癌患者都经历了肿瘤复发 [7, 8]。因此，重复使用肿瘤细胞减灭术的价值引起了广泛争议。自从 1983 年 Berek 和他的同事 [9] 首次提出"二次肿瘤细胞减灭术"，对于复发卵巢癌患者再次使用肿瘤细胞减灭术的临床方案、指征和预后被确立下来 [10]。

在大多数情况下，对于复发卵巢癌患者进行肿瘤细胞减灭术被定义为在完成了最初治疗的一段时间后（无病生存期大于 6～12 个月）进行意在消除肿瘤的一种手术操作。虽然在这个比较狭窄的定义内，肿瘤细胞减灭术的潜在使用价值仍然存在争议。手术治疗在常规临床处理复发卵巢癌的作用比较微小。一方面因为重复腹部操作的手术技巧比较复杂，另一方面缺乏充实的证据，而且存在许多未能解答的疑问。成功肿瘤细胞减灭术的生存率很难和其他临床和生物治疗的预后进行定量比较。

二次肿瘤细胞减灭术

与其他临床操作一样，治疗的成功与否主要决定于患者的选择。对于复发卵巢癌，很难达到治愈的理想状态，临床医生的作用在于从众多的治疗方案中选择一种有较好的生存质量、较低的死亡率、能延长患者生命的治疗方法。通常很难预测患者是否对化疗方案敏感，或患者是否能从手术中获益，但当诊断了肿瘤复发，就应该考虑与疾病相关的死亡的可能。

1998 年第二届国际卵巢癌联合会议提出肿瘤细胞减灭术的理想患者的标准（方框 10-2）[11]。这对于复发卵巢癌的手术治疗是一个非常重要的标准，它主要来源于专家的意见，而不是来源于已发表的前瞻性或回顾性的研究。对于二次肿瘤细胞减灭术患者的选择和手术的目的仍然存在很多疑问。

方框 10-2　1998 年国际卵巢癌联合会议对于肿瘤细胞减灭术的理想患者的标准

- 无病间期＞12 个月
- 对一线治疗方案敏感
- 手术前评估可能彻底消灭肿瘤
- 可操作性
- 年轻患者

患者的选择

关于二次肿瘤细胞减灭术已发表了很多研究，几乎所有的研究都证实二次肿瘤细胞减灭术具有优点 [12~23]。但是，因为这些研究是非随机性研究，毫无疑问患者的选择在这些研究的结论中占用非常重要的地位。

无病生存期

在许多系列研究中，无病生存期（disease free interval，DFI）是很重要的预后因素也是选择因素，它被定义为从完成化疗到诊断为复发的间期。铂类无病间期是指从最后一次使用铂类化疗到诊断为复发的间期。一般来说，DFI 和铂类无病间期是一致的，因为绝大多数患者都使用铂类为基础的一线化疗方案。

DFI 作为二次肿瘤细胞减灭术的选择因素是由 Morris 及其同事 [24] 对一线化疗不敏感的 33 例晚期卵巢癌患者进行回顾性研究中提出来的。在这个队列研究中，发现二次肿瘤细胞减灭术对没有 DFI 的患者无效。然而许多研究显示二次肿瘤细胞减灭术可以延长 DFI 大于 12 个月的患者的生存期。

2006 年，AGO（Arbeitsgemeinschaft Gynaekologische Onkologie）发表了一个有关二次肿瘤细胞减灭术的多中心研究 [21]。该研究包括 267 例复发卵巢癌患者，复发卵巢癌手术前选择标准的研究是根据医院的记录进行回顾性研究。根据 DFI，该研究者发现 DFI 6~12 个月和 DFI > 12 个月的患者的预后没有差别。其他一些研究显示 DFI 超过 12 个月和超过 36 个月的患者的预后有显著差别 [14, 25~27]，而另外一些研究显示没有差别 [28~31]。

Chi 和同事 [20] 与 AGO 的研究在同一年，进行了一项统计学的研究称为平滑技术，分析 DFI 对进行二次肿瘤细胞减灭术的大样本复发卵巢癌患者的生存影响（图 10-1）。分析显示最佳的 DFI 的临界点为 6~12 个月、13~30 个月和 > 30 个月。DFI 越长，二次肿瘤细胞减灭术后的生存情况越好（图 10-2）。

虽然 DFI 是常用的评价预后的因素之一，但它不是决定患者是否进行肿瘤细胞减灭术的唯一因素。下一章讨论的其他因素也起着重要的作用。而一些患者不应施行手术。例如：化

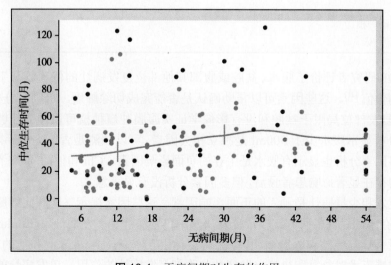

图 10-1　无病间期对生存的作用

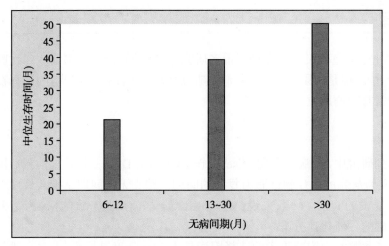

图 10-2 无病间期和二次肿瘤细胞减灭术后生存时间的关系

疗过程中肿瘤持续存在或有进展的患者不应进行肿瘤细胞减灭术。在完成化疗 6 个月内发生复发的患者预后很差，肿瘤细胞减灭术只能带来病痛而很少能获得益处。完成化疗 6~12 个月复发的患者有时可以考虑给予肿瘤细胞减灭术，主要依赖于其他因素。晚期复发或 DFI 为 12~30 个月的患者可以根据其他因素考虑给予肿瘤细胞减灭术，而 DFI 大于 30 个月的患者应该建议行肿瘤细胞减灭术。

疾病进展和腹水

肿瘤细胞减灭术之前，应充分考虑肿瘤复发的相关因素，包括复发的解剖位置、病灶的数量、是否存在肿块（肿瘤种植）和腹水等（方框 10-3）。大多数因素可以通过影像学和体检来确定。肿瘤种植很难通过影像学来确定。

方框 10-3　评价复发的相关因素
● 复发的解剖位置
● 病灶的数量
● 病灶大小
● 是否存在肿瘤种植
● 腹水

DESKTOP 研究者评价了腹水、盆腔或腹部其他部位复发病灶的位置以及手术前诊断肿瘤种植的预测价值[21]。这些因素可以帮助确认是否能完成切除肿瘤。单因素分析显示，腹水少于 500ml、复发部位局限于盆腔和没有影像学证实腹膜肿瘤种植可以预测能够完成肿瘤切除。多因素分析显示腹水少于 500ml 是独立相关因素，可以预测是否能完成手术，没有肉眼残留肿瘤。多因素分析也显示有腹水是生存的负面影响因素。Chi 和他的同事[20] 也发现单因素分析腹水的存在显著影响患者预后，但多因素分析没有显著意义。

局限性复发和少量病灶是预后的正面影响因素。这些因素提示二次肿瘤细胞减灭术成功率高，术后生存率高。许多研究比较了复发病例中单发病灶和多发病灶。Gronlund 和同事[32] 研究显示单发病灶与完整切除肿瘤相关，患者总体生存率高。Munkarah 和他的同事[28] 也评价了肿瘤细胞减灭术对复发卵巢癌单发病灶与腹部多发病灶的作用。单发病灶的患者完成理想的肿瘤细胞减灭术的几率高，有提高生存率的趋势。Zang 和同事 [18] 研究证实单一复发病灶可以提高理想肿瘤细胞减灭术的成功率，显著提高 5 年生存率（49.8%），而多发复发病灶患者的 5 年生存率仅为 5.4%。Gadducci 和同事 [33] 报道单一、孤立病灶的患者中期生存期为 40 个月，而多发复发病灶患者中期生存期为 19 个月。其他研究也显示二次肿瘤细胞减灭术能显著提高单一淋巴结转移的患者生存率 [14, 27, 34~36]。

　　Chi 和同事 [20] 对大样本患者进行研究，显示单一复发病灶患者中期生存期为 60 个月，而多发复发病灶患者中期生存期为 42 个月，而有肿瘤种植的患者中期生存期为 28 个月（图 10-3）。

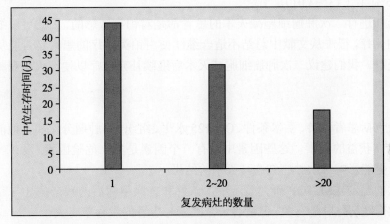

图 10-3　复发病灶的数量与二次肿瘤细胞减灭术后的生存时间

　　Salani 和同事 [22] 将接受二次肿瘤细胞减灭术的根据术前影像学检查分为两组，一组复发病灶≤5 个，另一组复发病灶 >5 个。观察二次肿瘤细胞减灭术后 48 个月的中位生存时间，发现复发病灶≤5 个组的预后显著好于复发病灶 >5 个组。

　　一些研究显示复发肿瘤直径与患者的生存呈负相关，不同的研究结果有一定的差异，肿瘤直径从 5~10cm 不等 [9, 14, 27]。而另一些研究显示肿瘤的大小与理想的肿瘤细胞减灭术和生存都无关 [15, 19, 30, 33, 34]。

　　总之，文献显示长 DFI、孤立的复发病灶、复发病灶 <5cm、没有腹水或肿瘤种植的复发卵巢癌患者将会从二次肿瘤细胞减灭术获益。然而不幸的是大多数复发患者 DFI 短，病灶广泛，有腹膜表面肿瘤种植，有腹水，不是二次肿瘤细胞减灭术的理想选择（图 10-4）。复发的形式很多，只有很少数患者适合二次肿瘤细胞减灭术。应该理智地了解患者复发的形式，决定哪些患者适合进行二次肿瘤细胞减灭术。影像学是术前评价的重要工具，我们在后面将进一步探讨。

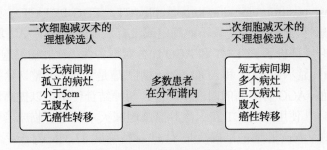

图 10-4　复发形式的分布谱

各种有关的辅助化疗及其效果

Eisenkop 及其同事[14] 研究进行肿瘤细胞减灭术前进行化疗的作用。没有接受化疗的患者在二次肿瘤细胞减灭术后能够提高生存率。研究者也评价了患者既往对化疗的反应。他们发现既往对铂类敏感或不敏感对手术后生存率没有影响。

因为手术很难达到治愈，肿瘤细胞减灭术后很少不补充化疗。DESKTOP[21] 研究比较二次肿瘤细胞减灭术后接受铂类为基础的化疗比接受其他方案化疗的患者具有更好的生存率（OR = 1.84；95%CI：1.13～3.01）。

大多数选择进行二次肿瘤细胞减灭术的患者都是对铂类敏感的，因此可以继续选择使用铂类为基础的化疗，很难从文献中总结不适合继续使用铂类治疗的患者是否能从二次肿瘤细胞减灭术中获益。我们建议二次肿瘤细胞减灭术后继续补充化疗以便消灭微观肿瘤。

其他因素

其他因素包括患者年龄、手术条件、CA-125 水平、组织学、肿瘤分化和其他能够预测患者是否能从手术中获益的因素。这些因素中没有一个因素是独立危险因素，没有一个因素比之前提到的因素更能影响二次肿瘤细胞减灭术的结果。

值得注意的是，DESKTOP 研究显示手术条件和首次手术后的残余病灶与二次肿瘤细胞减灭术是否能彻底切除肿瘤有关，但没有一个因素与患者的生存率有关。

手术前评价和影像学

手术前评价哪些患者能够成功完成肿瘤细胞减灭术是具有挑战性的。有限的文献报道评价 CT 扫描可预测病灶是否能够被切除，不孤立的影像学特征提示难以切除。

Funt 和同事[37] 尝试将 CT 结果与二次肿瘤细胞减灭术中的手术所见进行比较。2 名不了解手术情况的放射科医生回顾性阅读 CT 图像，评价肿瘤是否能切除。腹膜种植、腹水、淋巴结肿大、肝周转移和膀胱、直肠、乙状结肠及阴道受累均不能预测肿瘤是否能被切除。盆腔侧壁受侵和肾积水是肿瘤无法被完整切除的独立影响因子。目前还不清楚为什么盆腔侧壁受侵在复发手术中难以切除，而在首次肿瘤细胞减灭术中常常能够被切除。然而前次手术后有创伤的腹膜表面将肿瘤纤维包裹的假说也许能够解释[38]。这是一个仅有 36 例患者的小型研究，因此研究的准确性和意义仍需进一步探讨。目前没有可靠的 CT 影像能准确预测肿瘤细胞减灭术的成功与否，因为在该研究中心即使是广泛的肝转移也能被切除[39]。

另一个常用于术前评价的影像学是 ^{18} 氟脱氧葡萄糖 - 正电子发射体层扫描（^{18}fluorodeoxyglucose-positron emission tomography/CT，^{18}FDG-PET/CT）。这个设施显示对复发卵巢癌的高度敏感性，能在传统检查不能确定或没有发现的情况下发现复发病灶[40, 41]。

Lenhard 和同事[42] 评价了 PET/CT 和 AGO 评分对准备性二次肿瘤细胞减灭术的复发卵巢癌患者进行预测，研究显示 PET/CT 和 AGO 都是预测肿瘤是否能被完整切除的好指标。PET/CT 有更高的阴性预测值，AGO 有更高的阳性预测值。两种结合使用可以提高诊断的准确性。

Bristow 和同事[43] 使用 PET/CT 在二次肿瘤细胞减灭术前评价临床隐匿性复发的卵巢癌患者。PET/CT 检测 >1cm 肿瘤的准确度是 81.8%，精确度 83.3%，对于手术切除的 >1cm 复发卵巢癌，阳性预测值是 93.8%。尽管传统 CT 检测阴性或模糊，PET/CT 发现局部非生理性

FDG 摄取，则高度提示复发微小转移。而且，根据手术病灶分析，肉眼可见复发肿瘤病灶的阳性预测值高达 96.1%。但对于中等大小的病灶，PET/CT 精确度仅为 60.5%，主要因为它无法检测到 <7mm 的病灶。

这个研究建议可能发生复发的卵巢癌患者进行 PET/CT 影像学检测。如前所述，肿瘤种植通常定义为多个微小病灶，是决定二次肿瘤细胞减灭术后患者预后的重要因素，手术前准确诊断肿瘤种植是非常重要的。如果 PET/CT 不能发现肿瘤种植，该影像学就无助于患者的选择。明确了这个局限性，目前对于准备进行二次肿瘤细胞减灭术的复发卵巢癌患者来说，PET/CT 是无创的、最可靠的发现大病灶的影像学检查，可以帮助术前评价和制定手术方案。

二次肿瘤细胞减灭术的步骤、并发症和预后

只有当能够完成理想的肿瘤细胞减灭术时才能体现二次肿瘤细胞减灭术的益处。理想的肿瘤细胞减灭术最初定义为残留病灶最大直径小于 1cm，然而大多数作者认为只要切除所有肉眼可见的肿瘤，就能够获取最大的益处 [14, 16, 18, 19, 21, 22]。理想的残留病灶的大小仍然存在争议，但是我们力争在二次肿瘤细胞减灭术中切除所有肉眼可见的病灶。如果无法达到，肿瘤细胞减灭术切除 5mm 以上的肿瘤仍然可以获得益处 [20]。除非在姑息情况下，手术可以残留病灶 >5mm。

在彻底的首次肿瘤细胞减灭术和化疗后进行重复手术是具有挑战性的。当尝试手术时，权衡二次肿瘤细胞减灭术的益处和风险时，应该回答以下两个问题：

1. 一系列手术操作后，理想的肿瘤细胞减灭或完整切除肉眼所见的病灶比例是多少？

2. 二次肿瘤细胞减灭术中和术后并发症和病死率是多少？

在不同的文献中，完成理想的二次肿瘤细胞减灭术，定义为无残留病灶和小于 2cm 病灶，其成功率存在很多差异。大多数报道理想肿瘤细胞减灭术的比率为 40%～46%[11, 12, 20, 31, 33, 34]。两个系列报道理想手术的比率大于 80%[23, 27]。完成大体肿瘤切除的比率也有很多差别。一些研究报道大概为 40%[19, 25, 32]，而另一些报道二次肿瘤细胞减灭术无残留病灶的比率为 80%[14, 15, 20]。因为所有这些研究均为非随机研究，主要的影响因素是患者的选择。

几乎所有复发的患者都已切除了子宫和双侧附件，完成理想的肿瘤细胞减灭术或无肉眼残留病灶，需要妇科以外的外科手术。许多研究报道了达到理想的肿瘤细胞减灭术或无肉眼残留病灶所应进行的手术步骤。这些步骤包括大小肠的切除、淋巴清扫、膈肌切除、肝切除和脾切除。

据报道，二次肿瘤细胞减灭术后的发病率和死亡率从 4%～30% 和 0～6% 不等（表 10-1）。在这些研究中，平均出血量接近 700ml，范围为 50～3500ml。手术时间 2.5～3.5 小时。住院时间平均为 9 天，从 2 天至 3 个月不等。

Tebes 和同事 [23] 报道肠穿孔是最常见的手术中并发症（8.3%）。其他并发症包括膀胱穿孔、膈肌受损和膀胱受损等，发生率很低（1%）。

手术后肠梗阻是最常见的并发症，其发生率 2%～30%，主要与是否进行了肠切除有关 [31]。伤口感染、窦道形成、肾衰竭、解剖漏、肺炎和急性呼吸衰竭综合征等也有报道。

二次肿瘤细胞减灭术后的生存率

许多回顾性研究或前瞻性非随机研究报道了满意的二次肿瘤细胞减灭术与提高患者生存

		表 10-1　二次肿瘤细胞减灭术后中位生存时间		
研究	病例数	无肉眼残留病灶病例*	满意手术*（月）	非满意手术*（月）
Segna 等 [12]	100	—	27	9
Lichtenegger 等 [13]	63	24	n/a	17
Eisenkop 等 [14]	106	44	—	19
Zang 等 [18]	117	61%†	21%†	4.5%†
Ayhan 等 [19]	64	39	19	18
Chi 等 [20]	153	—	56	27
Harter 等 [21]	267	45	20	20
Salani 等 [22]‡	55	50	—	7.2
Tebes 等 [23]	85	—	30	17

*在系列研究中，生存率的评价基于无肉眼残留肿瘤，满意手术定义为只包括满意的手术，但有肉眼残留病灶
†5 年生存率
‡非满意手术的中位生存时间是指存在无论大小、肉眼可见的残留病灶

率的关系（见表 10-1）。不满意肿瘤细胞减灭术的生存率为 7～27 个月，而满意肿瘤细胞减灭术的生存率为 19～56 个月，无残留病灶的肿瘤细胞减灭术后的生存率为 24～50 个月。在各种系列研究中生存率可能存在相互重叠，如果单独来看，满意的切除是最好的，但是各种研究之间的比较很困难，因为存在满意切除和无大块残留病灶之间的差别。

　　Bristow 和同事 [44] 最近对接受二次肿瘤细胞减灭术的复发卵巢癌患者进行了 meta 分析。其目的是研究接受二次肿瘤细胞减灭术的复发卵巢癌患者中，多种预后影响因子与复发后生存时间的关系。他们分析了 40 个队列研究，包括 2000 例患者。唯一有统计学意义的临床因素是接受二次肿瘤细胞减灭术的患者的比例。控制其他可变因素，每提高 10% 的患者接受二次肿瘤细胞减灭术，中位生存时间可以提高 3 个月（图 10-5）。

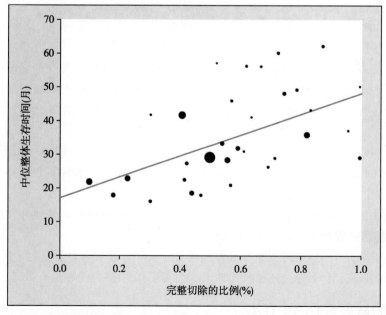

图 10-5　简单线性回归分析。中位队列生存时间与复发卵巢癌患者完成肿瘤细胞减灭术的比例。圆圈的大小代表队列研究中患者的数目

高温灌注腹腔内化疗

针对复发病灶局限于腹腔内的卵巢癌，高温灌注腹腔内化疗（hyperthermic intraperitoneal chemotherapy，IPHC 或 HIPEC）是一个有意思的治疗方法 [45, 46]。高温灌注能提高细胞毒性试剂的反应已在人类细胞系和动物模型中证实 [47, 48]，少量研究显示满意的肿瘤细胞减灭术中进行高温灌注腹腔化疗的患者获得了益处，但是灌注必须持续 90 分钟，因此该操作延长了手术室内耽搁的时间。Helm 和同事 [45] 报道平均手术室内时间为 10 小时。最初的报道显示中位生存时间并不比表 10-1 内的生存时间显著提高。虽然这是一个有趣的尝试，临床前的数据也支持，但在临床使用前必须进行更严谨的研究。

结论和指导

手术治疗复发卵巢癌患者是富有挑战性的，但对于适合的患者手术应该是整个治疗方案的一部分。已有的资料显示能够完成满意的肿瘤细胞减灭术的患者其生存率显著高于无法完成肿瘤细胞减灭术的患者。对于符合手术条件的复发卵巢癌患者应该考虑并给予肿瘤细胞减灭术，并进行术后补充化疗。一些因素提示肿瘤细胞减灭术是否能成功，这些因素应该在术前进行评估（方框 10-4）。

方框 10-4　预测肿瘤细胞减灭术成功的因素
当存在以下因素时，完成二次肿瘤细胞减灭术无肉眼残留肿瘤的可能性大： ● 好的手术状态 ● 第一次肿瘤细胞减灭术完成彻底切除肿瘤 ● 初次 FIGO 分期为 I / II 期 ● 无腹水 ● 无肿瘤种植 ● 无治疗间期长 ● 一线治疗完全有效 ● 无腹腔外转移

至今尚无随机试验评价手术在复发卵巢癌治疗中的作用。但最近 GOG 试验进行了评价。在结果出来之前，临床医生在治疗患者时应权衡手术潜在的益处和危险，以选择诊疗方案。方框 10-5 总结了应该考虑的因素，表 10-2 提供了复发卵巢癌选择二次肿瘤细胞减灭术的标准。

方框 10-5　处理复发卵巢癌应考虑的因素
● 复发的范围 ● 从首次治疗到复发的时间 ● 复发病灶的数目 ● 继续化疗的选择 ● 患者的手术状态

表 10-2　二次肿瘤细胞减灭术（SC）的选择标准			
无病间期（DFI，月）	一个复发部位	多个复发部位，无肿瘤种植	肿瘤种植
6～12	实施 SC	考虑 SC	不考虑 SC
12～30	实施 SC	实施 SC	考虑 SC
>30	实施 SC	实施 SC	实施 SC

（赵　群　译）

参考文献

1. Meigs JV: Tumors of the female pelvic organs. New York: Macmillan, 1934.
2. Griffiths CT: Surgical resection of tumor bulk in the primary treatment of ovarian carcinoma. Natl Cancer Inst Monogr 42: 101–104, 1975.
3. Hoskins WJ, Bundy BN, Thigpen JT, Omura GA: The influence of cytoreductive surgery on recurrence-free interval and survival in small-volume stage III epithelial ovarian cancer: a Gynecologic Oncology Group study. Gynecol Oncol 47:159–166, 1992.
4. Hoskins WJ, McGuire WP, Brady MF, et al: The effect of diameter of largest residual disease on survival after primary cytoreductive surgery in patients with suboptimal residual epithelial ovarian carcinoma. Am J Obstet Gynecol 170:974–979, 1994.
5. Norton L: Theoretical concepts and the emerging role of taxanes in adjuvant therapy. The Oncologist 6(Suppl 3):30–35, 2001.
6. Goldie JH, Coldman JA: A mathematical model for relating the drug sensitivity of tumors to their spontaneous mutation rate. Cancer Treat Rep 63:1727–1733, 1979.
7. Chi DS, Liao JB, Leon LF, et al: Identification of prognostic factors in advanced epithelial ovarian carcinoma. Gynecol Oncol 82:532–537, 2001.
8. Bristow RE, Tomacruz RS, Armstrong DK, et al: Survival effect of maximal cytoreductive surgery for advanced ovarian carcinoma during the platinum era: a meta-analysis. J Clin Oncol 20:1248–1259, 2002.
9. Berek JS, Hacker NF, Lagasse LD, et al: Survival of patients following secondary cytoreductive surgery in ovarian cancer. Obstet Gynecol 61:189–193, 1983.
10. Bristow RE, Lagasse LD, Karlan BY: Secondary surgical cytoreduction for advanced epithelial ovarian cancer: patient selection and review of the literature. Cancer 78:2049–2062, 1996.
11. Berek JS, Bertelsen K, du Bois A, et al: Advanced epithelial ovarian cancer: 1998 consensus statements. Ann Oncol 1999; 10(Suppl 1):S87–S92.
12. Segna R, Dottino PR, Mandeli JPP, et al: Secondary cytoreduction for ovarian cancer following cisplatin therapy. J Clin Oncol 11:434–439, 1993.
13. Lichtenegger W, Sehouli J, Buchmann E, et al: Operative results after primary and secondary debulking operations in advanced ovarian cancer (AOC). J Obstet Gynaecol Res 24(6):447–451, 1998.
14. Eisenkop SM, Friedman RL, Spirtos NM: The role of secondary cytoreductive surgery in the treatment of patients with recurrent epithelial ovarian carcinoma. Cancer 88:144–153, 2000.
15. Zang RY, Zhang ZY, Li ZT, et al: Effect of cytoreductive surgery on survival of patients with recurrent epithelial ovarian cancer. J Surg Oncol 75:24–30, 2000.
16. Scarabelli C, Gallo A, Carbone A: Secondary cytoreductive surgery for patients with recurrent epithelial ovarian carcinoma. Gynecol Oncol 83:504–512, 2001.
17. Zang Ry, Li ZT, Zhang ZY, et al: Surgery and salvage chemotherapy for Chinese women with recurrent advanced epithelial ovarian carcinoma: a retrospective case-control study. Int J Gynecol Cancer 13:419–427, 2003.
18. Zang Ry, Li ZT, Tang J, et al: Secondary cytoreductive surgery for patients with relapsed epithelial ovarian carcinoma: who benefits? Cancer 100:1152–1161, 2004.
19. Ayhan A, Gultekin M, Taskiran C, et al: The role of secondary cytoreduction in the treatment of ovarian cancer: Hacettepe University experience. Am J Obstet Gynecol 194:49–56, 2006.
20. Chi DS, McCaughty K, Diaz JP, et al: Guidelines and selection criteria for secondary cytoreductive surgery in patients with recurrent, platinum-sensitive epithelial ovarian carcinoma. Cancer 106:1933–1939, 2006.
21. Harter P, du Bois A, Hahmann M, et al: Surgery in recurrent ovarian cancer: the Arbeitsgemeinschaft Gynaekologische Onkologie (AGO) DESKTOP OVAR trial. Ann Surg Oncol 13:1702–1710, 2006.
22. Salani R, Santillan A, Zahurak ML, et al: Secondary cytoreductive surgery for localized, recurrent epithelial ovarian cancer: analysis of prognostic factors and survival outcome. Cancer 109:685–691, 2007.
23. Tebes SJ, Sayer RA, Palmer JM, et al: Cytoreductive surgery for patients with recurrent epithelial ovarian carcinoma. Gynecol Oncol 106:482–487, 2007.
24. Morris M, Gershenson DM, Wharton JT: Secondary cytoreductive surgery in epithelial ovarian cancer: nonresponders to first-line therapy. Gynecol Oncol 33(1):1–5, 1989.
25. Tay EH, Grant PT, Gebski V, Hacker NF: Secondary cytoreductive surgery for recurrent epithelial ovarian cancer. Obstet Gynecol 99:1008–1013, 2002.
26. Leitao MM, Kardos S, Barakat RR, Chi DS: Tertiary cytoreduction in patients with recurrent ovarian cancer. Gynecol Oncol 95:181–185, 2004.
27. Onda T, Yoshikawa H, Yasugi T, et al: Secondary cytoreductive surgery for recurrent epithelial ovarian carcinoma: proposal for patient selection. Br J Cancer 92:1026–1032, 2005.
28. Munkarah A, Levenback C, Wolf JK, et al: Secondary cytoreductive surgery for localized intra-abdominal recurrences in epithelial ovarian cancer. Gynecol Oncol 81:237–241, 2001.
29. Cormio G, di Vagno G, Cazzolla A, et al: Surgical treatment of recurrent ovarian cancer: report of 21 cases and a review of the literature. Eur J Obstet Gynecol Reprod Biology 86:185–188, 1999.
30. Vaccarello L, Rubin SC, Vlamis V, et al: Cytoreductive surgery in ovarian carcinoma patients with a documented previously complete surgical response. Gynecol Oncol 57:61–65, 1995.
31. Janicke F, Holscher M, Kuhn W, et al: Radical surgery procedure improves survival time in patients with recurrent ovarian cancer. Cancer 70:2129–2136, 1992.
32. Gronlund B, Lundvall L, Christensen IJ, et al: Surgical cytoreduction in recurrent ovarian carcinoma in patients with complete response to paclitaxel-platinum. Eur J Surg Oncol 31:67–73, 2005.
33. Gadducci A, Iacconi P, Cosio S, et al: Complete salvage surgical cytoreduction improves further survival of patients with late recurrent ovarian cancer. Gynecol Oncol 79:344–349, 2000.
34. Gungor M, Ortac F, Arvas M, et al: The role of secondary cytoreductive surgery for recurrent ovarian cancer. Gynecol Oncol 97:74–79, 2005.
35. Harter P, du Bois A: The role of surgery in ovarian cancer with special emphasis on cytoreductive surgery for recurrence. Curr Opin Oncol 17:505–514, 2005.
36. Uzan C, Morice P, Rey A, et al: Outcomes after combined therapy including surgical resection in patients with epithelial ovarian cancer recurrence (s) exclusively in lymph nodes. Ann Surg Oncol 11:658–664, 2004.
37. Funt SA, Hricak H, Abu-Rustum N, et al: Role of CT in the management of recurrent ovarian cancer. AJR Am J Roentgenol 182:393–398, 2004.

38. Sugarbaker PH: Management of peritoneal surface malignancy: appendix cancer and pseudomyxoma peritonei, colon cancer, gastric cancer, abdominopelvic sarcoma, and primary peritoneal malignancy. In Bland KI, Daly JM, Karakousis CP (eds): Surgical Oncology: Contemporary Principles and Practice. New York: McGraw-Hill, 2001, pp 1149–1176.

39. Yoon SS, Jarnagin WR, DeMatteo RP, et al: Resection of recurrent ovarian or fallopian tube carcinoma involving the liver. Gynecol Oncol 91(2):383–388, 2003.

40. Chung HH, Kang WJ, Kim JW, et al: Role of [18F]FDG PET/CT in the assessment of suspected recurrent ovarian cancer: correlation with clinical or histological findings. Eur J Nucl Med Mol Imaging 34(4):480–486, 2007.

41. Torizuka T, Nobezawa S, Kanno T, et al: Ovarian cancer recurrence: role of whole-body positron emission tomography using 2-[fluorine-18]-fluoro-2-deoxy-D-glucose. Eur J Nucl Med Mol Imaging 29(6):797–803, 2002.

42. Lenhard SM, Burges A, Johnson TR, et al: Predictive value of PET-CT imaging versus AGO-scoring in patients planned for cytoreductive surgery in recurrent ovarian cancer. Eur J Obstet Gynecol Reprod Biol 140:263–268, 2008.

43. Bristow RE, del Carmen MG, Pannu HK, et al: Clinically occult recurrent ovarian cancer: patient selection for secondary cytoreductive surgery using combined PET/CT. Gynecol Oncol 90(3):519–528, 2003.

44. Bristow RE, Puri I, Chi DS: Cytoreductive surgery for recurrent ovarian cancer: a meta-analysis. Gynecol Oncol 112:265–274. Epub 2008 Oct 19.

45. Helm CW, Randall-Whitis L, Martin III RS, et al: Hyperthermic intraperitoneal chemotherapy in conjunction with surgery for the treatment of recurrent ovarian carcinoma. Gynecol Oncol 105:90–96, 2007.

46. Cotte E, Glehen O, Mohamed F, et al: Cytoreductive surgery and intraperitoneal chemo-hyperthermia for chemo-resistant and recurrent advanced epithelial ovarian cancer: prospective study of 81 patients. World J Surg 31(9):1813–1820, 2007.

47. Meyn RE, Corry PM, Fletcher SE, et al: Thermal enhancement of DNA damage in mammalian cells treated with cis-diamminechloroplatinum(II). Cancer Res 40:1136–1139, 1980.

48. Alberts DS, Peng YM, Chen HS, et al: Therapeutic synergism of hyperthermia-cis-platinum in a mouse tumor model. J Natl Cancer Inst 65:455–461, 1980.

第11章

交界性卵巢肿瘤、性索间质肿瘤和生殖细胞肿瘤

J. Stuart Ferriss, Erin R. King, Susan C. Modesitt

要　点

- 大多数交界性肿瘤为 I/II 期，存活率接近 100%。
- 交界性肿瘤可局部复发，甚至可在很长时间后复发。
- 微小浸润、病变晚期及微乳头结构增加卵巢癌的复发几率。
- 即使在疾病晚期，也没有证据证明辅助治疗可提高交界性肿瘤的生存率。
- 性索间质肿瘤是激素活性肿瘤，可有雌激素或雄激素过量症状。
- 性索间质肿瘤的治疗方法首选手术，病变高风险或晚期阶段的治疗可包括术后辅助化疗（BEP 方案——博来霉素/依托泊苷/顺铂或紫杉醇/铂）。
- 70%～80% 性索间质肿瘤为颗粒细胞瘤。
- 大多数性索间质瘤可早期诊断，预后良好。
- 无性细胞瘤是生殖细胞瘤最常见的类型，其次为未成熟畸胎瘤和内胚窦瘤。
- 卵巢生殖细胞肿瘤的好发年龄是 15～19 岁，无性细胞瘤通常在妊娠期诊断出来。确诊需要肿瘤标志物等全面检查：甲胎蛋白（AFP）、人绒毛膜促性腺激素（hCG）和乳酸脱氢酶（LDH）。
- 生殖细胞肿瘤初期采取手术，除性腺异常者首选保留生育功能的手术。
- 生殖细胞肿瘤的辅助化疗方案为 BEP。其治愈率达 95%，从长远看有利于卵巢功能。

交界性卵巢肿瘤

　　交界性卵巢肿瘤（又称低度恶性潜能卵巢肿瘤）最早在 1970 年由世界卫生组织（WHO）提出，在美国每年约有 3000 名妇女发病[1]。该肿瘤占 15% 的上皮性卵巢癌，尽管最近一份瑞典的研究提出交界性肿瘤在卵巢肿瘤中的比例由 1960～1964 年的 8% 增加至 2000～2005 年的 24%[1, 2]。一般来说，交界性卵巢肿瘤多见于较年轻的妇女，发现时多为早期阶段，比卵巢上皮性癌预后好。早期阶段的 5 年生存率达 100%[3]。例如，瑞典的调查显示交界性肿瘤的平均年龄为 55 岁，而侵袭性卵巢癌为 62 岁，1/3 的 40 岁以下卵巢恶性肿瘤为交界性肿瘤。总体上看，该肿瘤预后良好，5 年生存率为 93%～99%，15 年生存率为 80%～90%[3~6]。

组织学

　　卵巢交界性肿瘤通常会有以下组织学特点：复杂的腺体结构、上皮乳头结构、细胞分化和核异型，以上三者满足其中两条即可诊断[6]。鉴别侵袭性卵巢癌、交界性卵巢癌和交界性肿

瘤的关键是有无基底层的浸润,由于这些肿瘤可能体积较大,仔细彻底的切片检查是必要的。交界性肿瘤最常见的是浆液性,其次是黏液性,其他还有子宫内膜样、透明细胞瘤、移行细胞或混合型(表 11-1)。

表 11-1 交界性卵巢肿瘤组织学 [3]

组织类型	百分比
浆液性肿瘤	43～75
黏液性肿瘤	23～40
子宫内膜样肿瘤	2～10
透明细胞肿瘤	0～8
Brenner 肿瘤	<1
混合性肿瘤	5～10

除了组织学类型外,有无卵巢外转移、微小浸润和微乳头结构等也很重要(表 11-2)。所有这些特点都可能增加复发率。

表 11-2 交界性肿瘤预后特征

临床病理特点	意　义
微小乳头	卵巢外种植率增加
	复发率和死亡率升高
分期	预测复发率最重要的因素
	复发率和死亡率升高
微小浸润	复发率升高
	复发为恶性肿瘤的几率增加
	死亡率升高
	病变完全治愈和存活率降低

交界性肿瘤可以转移到卵巢外(通常称为种植,而不是转移),影响预后最重要的因素仍然是疾病的分期。非浸润性植入与浸润性植入不同,非侵袭性植入与正常组织有明显界限,可有纤维化或炎症形成,并继续腺体的形成,相反,侵袭性植入可侵入正常组织,形成浆液或黏液组织和蜂巢样结构。复杂的是,患者可能两种情况同时存在 [7~12],尽管大多数卵巢外种植是非浸润性的 [11, 12]。Lu 和 Bell[3] 研究发现如果存在浸润性种植,则其肿瘤复发率和死亡率明显上升(44% 比 19%,32% 比 7%)。

关于微小浸润是否代表交界性肿瘤或浆液性乳头状癌早期阶段存在着争议。Buttin 和同事 [13] 的研究发现具有微小浸润特征(定义为侵入性病灶直径 <3mm,浸润面积 < 肿瘤总面积的 5%)的肿瘤复发率明显高于没有该特征的肿瘤(复发率 23% 比 3.5%,$P=0.023$)。Hogg 和他的同事 [14] 比较了 I 期浆液性癌和交界性肿瘤,并得出结论:伴有微小浸润的交界性肿瘤相当于早期癌变。这一结论是基于两者组织学上相似,并且常两者共存。另外,交界性肿瘤常在低度浆液性癌后复发的现象也支持这一假设 [15]。最后,Longacre 等 [16] 和 Ren 等 [17] 采用多因素分析法分别分析了 276 例患者和 234 例患者,结果都认为微小浸润是导致存活率下降的重要危险因素。

在 20 世纪 90 年代首次提出交界性肿瘤微乳头状瘤的名称,由 WHO 归为交界性肿瘤的一种，尽管关于这类肿瘤是否应该从交界性肿瘤和卵巢上皮性癌中分离出来还存在争议。这类肿瘤与交界性肿瘤不同，其细胞异型性增加和乳头增生。按照惯例，微乳头结构直径至少达 5mm 以上[18, 19]。目前病理学家们对微乳头状结构应列为一个单独的个体还是归于交界性肿瘤仍存在广泛的争议。无论分类如何，具有微乳头状结构的肿瘤更易发生卵巢外种植，与典型的交界性肿瘤相比其预后较差[3, 7, 20]。7 项研究对比了典型的交界性肿瘤与具有微小乳头结构肿瘤，Lu 和 Bell 的研究显示具有微乳头结构的肿瘤无论是复发率和死亡率都比较高（32% 比 15%，15% 比 8%）。由于这些微乳头肿瘤往往存在侵入种植，很难单独评价微乳头因素对生存率的影响。

临床特点

卵巢交界性肿瘤患者往往有盆腔疼痛和（或）体检时偶然发现盆腔肿物。一项研究发现，盆腔疼痛是最常见的症状，发生率为 39%，其次为腹胀（25%），有时可也存在卵巢扭转或出血表现[21]。交界性肿瘤通常直径为 7～9cm[13, 22~24]（图 11-1A）。超声检查常能发现有分隔或实性的卵巢肿物。Gotleib 等[23]综合分析了自己的研究和 11 项相关研究，发现超声检查中 9% 为单纯卵巢囊肿（17/174），88% 卵巢肿物具有分隔、实性或乳头状结构（153/174）。交界性肿瘤没有明确的影像学形态。

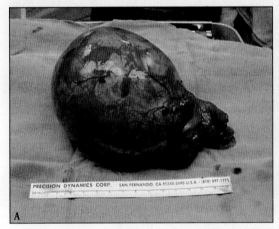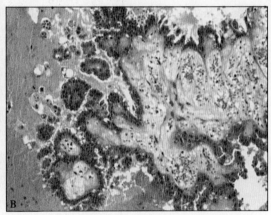

图 11-1　A：交界性卵巢肿瘤大体标本。B：镜下浆液性交界性肿瘤

交界性肿瘤中血清 CA-125 的含量常升高，而且浆液性肿瘤中升高比黏液性肿瘤更常见。许多研究已评价了交界性肿瘤患者的 CA-125 升高情况，发现介于 24%～75%[17, 22~26]。其他肿瘤标志物如 CEA 和 CA-19-9 也进行了评估，但这些标记可能对黏液性交界性肿瘤更有用[17, 25, 26]。如果这些肿瘤标志物有升高，可复查监测病情。

诊断

大多数交界性肿瘤患者接受手术评估与治疗，根据病情行卵巢切除术或输卵管卵巢及子宫切除术，并进行分期手术（大网膜切除、腹腔冲洗、腹膜活检和淋巴结清扫术）。

外科治疗

通常情况下，对存在卵巢外种植的肿瘤应像恶性卵巢癌一样治疗，应尽可能多的手术切除癌灶，并评估范围，为将来治疗提供依据。

术中冷冻切片

术前通常无法确诊卵巢交界性肿瘤，而在术中行冷冻切片明确诊断，从而确定手术范围。一般来说，冷冻病理切片鉴别侵袭性卵巢肿瘤和非侵袭性卵巢肿瘤的敏感性为 65%～97%，特异性为 97%～100%，如在最近的 meta 分析 [27]。对交界性肿瘤，尤其是巨大黏液性肿瘤，同样的分化可能会更加困难，Tempfer 等 [28] 发现，没有患者被过度诊断（术中冷冻病理为交界性或恶性病变而术后病理结果回报为良性）。相反，他们还发现，几乎 1/3 的患者未被诊断出来，即冷冻病理正常而术后病理为交界性肿瘤，或冷冻病理为交界性而术后病理为恶性肿瘤。值得注意的是，几乎所有未诊断出的肿瘤都是交界性肿瘤而非浸润性癌，肿瘤体积大也是影响正确诊断的一个因素。总的来说，冷冻切片可能提供重要的信息，但必须小心处理，特别是在没有妇科病理学家的医疗中心。

手术范围

交界性肿瘤患者常见于较年轻妇女，通常没有明确的术前诊断。对于没有生育要求的妇女，多数专家会建议行双侧输卵管卵巢切除术及子宫切除术，并进行分期（见下）。有部分研究显示，对于要求保留生育功能的妇女，如果对侧卵巢及手术探查其他部位正常，可行单侧卵巢切除术甚至简单的膀胱切除术保留生育功能 [3, 28~32]。多项回顾性的研究显示保留生育功能的手术对整体的生存率没有明显影响，但增加了其复发率 [17, 29~32]。法国的一项研究对比了313 例交界性肿瘤妇女行膀胱切除术、单侧输卵管卵巢切除术和双侧输卵管卵巢切除术术后的复发率情况，发现切除范围越小复发率越高（30% 比 11% 比 1.7%，$P<0.001$）[32]。Morris 等人回顾了 43 例保留生育功能手术治疗的交界性肿瘤病例，发现 50% 尝试怀孕患者成功妊娠（12/24）且整体复发率为 32%。交界性肿瘤行膀胱切除术治疗的患者比行卵巢切除术者复发率高（58% 比 23%；$P<0.04$）。Sub-Burgmann[30] 对 193 例行保守术式的患者进行调查，发现其复发率为 11%，平均复发时间为 4.7 年。行膀胱切除术的患者复发率是行卵巢切除术患者的 3倍 [30]。总之，妇女可以安全地选择保留生育功能的手术术式，但必须理解其潜在的复发风险和需要再次手术的可能。

分期

交界性肿瘤分期手术的作用仍然存在争议。分期手术包括双侧输卵管卵巢切除术、子宫切除术、腹盆腔冲洗、大网膜切除、腹膜活检及淋巴结切除术。支持分期手术者认为，冷冻切片是不可靠的，如果发现癌症，最好明确诊断、分期手术，然后进行适当的辅助治疗。反对分期手术者认为，分期手术并没有能提高患者的存活率，相反还可能增加手术死亡率。Winter 及同事 [33] 分析了 93 例交界性肿瘤患者，发现手术分期占用了手术 17% 的时间，而腹膜后的探查仅 6%。并且，行分期手术的患者其总存活率和复发率与未行分期手术患者无明显差距。

同样的，Longacre 等人 [16] 发现 1/3 的交界性肿瘤淋巴结探查时为阳性，但他们并未发现淋巴结异常对存活率有影响。另外，法国一项多中心研究对 360 例交界性肿瘤患者进行调查，评估了 54 例分期手术患者的情况，发现分期手术对生存率没有影响。这在浆液性肿瘤和首次手术切除子宫的患者中更常见 [34]。总的来说，手术术式要根据患者个体情况而决定。

辅助治疗

Ⅰ期肿瘤

由于Ⅰ期卵巢肿瘤的患者的存活率达 100%，所以很少有专家建议手术后再进一步治疗。通常建议术后长期随访[35]。

Ⅱ～Ⅳ期肿瘤

即使是高度病变的交界性肿瘤，其长期存活率也可达 70%[3]。如前所述，这类肿瘤常伴有某些危险因素，如卵巢外种植、微小浸润和（或）有微小乳头结构。有研究分析术后辅助化疗是否能改善存活率，结果认为化疗作用有限，因为多数研究结果都没有显示出辅助化疗有确切的治疗效果[1, 12, 36, 37]。例如，Baraket 等[36] 研究了 21 例术后顺铂化疗的患者（只有 40% 有残留肿瘤），发现 62.5% 患者需二次开腹探查，6% 部分缓解，19% 病情进展。另外，M.D. Andersen 的研究也没能证明术后化疗有利于提高生存率[1, 12]。最后，妇科肿瘤组（GOG）一项关于交界性肿瘤铂类联合化疗（顺铂 / 环磷酰胺 ± 多柔比星）的研究发现 32 名患者中有 9 名二次开腹探查仍存有病变，并且除 1 例死于其他原因外，所有患者平均存活时间为 32 个月[37]。

关于辅助化疗是否有利仍存在争议，由于该病发病率低，尤其是晚期病变罕见，所以很难进行随机试验研究。我们目前的研究是对存在残余瘤和侵袭种植的患者进行辅助化疗的研究，结果却发现辅助化疗对提高生存率有益，而这没有被记录下来。

随访

大多数妇女在随访时都需进行体检和血清肿瘤标志物等检查，如果有需要时还需行影像学检查。随访间隔时间随肿瘤分期和临床情况的不同而异。

结果

复发

交界性肿瘤复发间隔时间通常为 5～7 年，但也有间隔更长时间再复发的。复发可为交界性或恶性上皮类肿瘤；复发为恶性肿瘤的其死亡率更高[6, 15, 16, 38]。对于复发肿瘤的传统治疗是再次行肿瘤细胞减灭术，术后给予或不给予辅助化疗。关于复发的交界性卵巢肿瘤的最大研究之一是 Crispens 及同事[15] 报道的对 M.D. Anderson 调查的随访研究，其结果显示：平均复发时间为 5.6 年，复发后平均存活时间为 7.7 年。该研究中绝大多数妇女都进行了二次手术，且肿瘤细胞减灭术是提高生存率的重要因素。对非手术治疗方法（化疗、激素疗法和放疗），其有效率仅为 26%，以铂为基础的化疗后有效率为 50%。类似的，50% 的患者病情稳定的非手术方案，该疗法是以铂为基础的化疗（11/21）、激素疗法（8/21）、其他化疗（6/21）和放射治疗（3/21）等。

总的来说，交界性肿瘤复发首选手术治疗（如果条件允许），也可行铂类化疗或激素治疗等辅助治疗。

性索间质肿瘤

性索间质肿瘤是卵巢肿瘤中的一种,来源于原始性腺中的性索及间质组织。其准确的组织来源尚不清楚,在卵巢肿瘤中占5%～8%,在任何年龄都能发生,但多见于50岁左右的妇女。性索间质瘤分为颗粒细胞瘤(GCTs)、支持细胞-间质细胞瘤、性索间质瘤伴有环形管和两性母细胞瘤[39](表11-3)。

表11-3 世界卫生组织性索间质细胞肿瘤分类

性索间质细胞肿瘤类型	比例(%)
2.1 颗粒间质细胞肿瘤:颗粒细胞肿瘤、卵泡膜细胞瘤/纤维瘤	70
2.2 支持细胞-间质细胞肿瘤,睾丸母细胞瘤:分化好的、中分化及低分化的支持细胞-间质细胞瘤,网状	<0.2
2.3 环状小管性索肿瘤	
2.4 两性母细胞瘤	<1
2.5 未分类的	<1
2.6 间质(脂质)细胞肿瘤:间质黄素瘤,睾丸间质细胞肿瘤,未分类的	<1

来自:WHO卵巢肿瘤组织学分类(1999年版)

性索间质肿瘤介于良性和恶性之间,根据其细胞类型和分化情况不同而存在差异。幸运的是,由于性索间质肿瘤具有激素活性,而具有独特的临床表现,绝大多数性索间质瘤都在早期阶段被诊断出来。GCTs可分泌雌激素,而支持细胞-间质细胞瘤可产生睾酮,其他性索间质瘤也可分泌激素。产生雌激素的肿瘤最常见的症状是乳房增大,阴道流血。生育期妇女可表现为月经失调,绝经后妇女常表现为绝经后阴道流血和乳房胀痛。分泌雄激素的肿瘤,可出现多毛症、声音低沉、男性秃顶、乳房萎缩、阴蒂肥大和痤疮表现。

肿瘤包块也引起其他一些普通症状,包括腹围增加、腹胀及体检时发现腹部包块。当肿块压迫膀胱和(或)直肠时,可引起泌尿系统症状和(或)便秘。

总的来说,这些肿瘤的预后是良好的,因为绝大多数性索间质瘤在早期就被发现,并且复发时间比上皮类肿瘤晚。尽管有些性索间质瘤是良性的(如纤维瘤和泡膜细胞瘤),但也有部分性索间质瘤具有潜在的侵袭能力。幸运的是,90%以上的性索间质瘤在Ⅰ期就已诊断出来。毫无疑问,手术是诊断和治疗性索间质瘤的首要手段。

性索间质瘤较为罕见,关于它的治疗仍有争议。通常普遍认同的是对绝经后妇女可根据手术分期行全子宫加双附件切除术。分期依据包括:盆腔冲洗、腹膜活检、网膜切除、盆腔和腹主动脉旁淋巴结取样。对有生育要求的患者,如果病变仅局限于一侧卵巢,对侧卵巢正常,并且腹腔和盆腔没有转移者可保留对侧卵巢和子宫。

不幸的是,对于分期晚的病例,没有可用的随机对照研究指导相关治疗,由于病例数少,其相关的前瞻研究也有限。多数可参考的文献都源自回顾性的研究。一般来说,对于病变高级阶段、复发和低分化肿瘤,建议予BEP(博来霉素/依托泊苷/顺铂)或铂/紫杉醇辅助化疗。

尽管对于性索间质瘤的随访期限没有明确建议,但考虑到其存在复发情况,通常终身随访。在我们目前的研究中,头两年每3～4个月复查一次,第3～5年每6个月复查一次,以后每年复查一次。每次复查,行盆腔检查和肿瘤标志物的检测。有些患者还行CT检查,如担心复发,可行影像学检查。

由于性索间质瘤种类各不相同,下面从流行病学、组织学、病理学、诊断和治疗等方面分别阐述各类肿瘤。

颗粒细胞 - 间质细胞肿瘤

颗粒细胞瘤在性索间质瘤中占 70%,在卵巢肿瘤中占 2%～5%[40]。它包括颗粒细胞瘤(GCTs)、卵泡膜细胞瘤及纤维瘤。尽管 GCTs 被认为是良性肿瘤,生长缓慢,没有上皮类肿瘤的侵袭行为。但是,如果未在早期发现其病变,GCTs 可有转移和复发的潜能。与上皮类肿瘤不同,GCTs 的发病没有人种和种族方面的差别。也没有明显的遗传倾向,尤其是增加上皮类卵巢癌风险的 BRCA1 或 BRCA2 基因。

颗粒细胞肿瘤

成人型 GCT 的发病高峰年龄为 50～54 岁[41],占 GCTs 的 95%。然而,幼年型 GCT 发病年龄小,仅占 5%。Young 等[42]调查了 125 例幼年型 GCT,发现近一半发病年龄小于 10 岁,仅有 3% 患者年龄大于 30 岁。尽管幼年型 GCT 属于 GCTs,但其与成人型在组织学上存在差异。

GCTs 的病因尚不清楚,对颗粒细胞起源于性腺性索还是来自间质的生殖嵴还有争议。由于颗粒细胞在卵泡刺激素(FSH)作用下可增殖,有人提出假设:绝经后卵泡刺激素的升高引起颗粒细胞增殖变异。这也许能解释 GCTs 为什么在绝经后妇女中发病率高,但这不能解释为什么在年轻妇女及青春期前妇女中也发病。最近的研究提出存在原始颗粒干细胞[43],但还需要更多研究。

症状　GCTs 可产生激素,由于激素的作用通常 GCTs 早期就被诊断出来。患者最常见的症状是月经的改变,或绝经后出血,90% 以上肿瘤为 I 期。对于青春前期女性,70%～80% 的 GCTs 导致性早熟[42]。由于 GCTs 容易出血,该肿瘤可能会破裂导致腹腔内出血,出现腹部锐痛和腹膜炎表现。

诊断　由于高雌激素血症引起的症状独特,所以 GCTs 常被早期诊断。体格检查时,可检查出包块,平均肿瘤包块直径为 12cm。超声检查常发现一囊性异质包块。手术切除时才能确诊,在此之前很难确诊。

组织学和病理学　GCTs 肿瘤表面常为灰黄色,根据其内脂质成分多少而有差异。常由于囊内坏死出现出血(图 11-2A)。绝大多数 GCTs 都是单侧的,仅 2% 为双侧的。Call-Exner 小体是 GCTs 的独特组织学表现,见于 30%～40% 的 GCTs[40,44,45],并且表现为被嗜酸性物质包绕着的颗粒细胞花环(图 11-2B)。其他典型发现包括咖啡豆核形。由于并非所有 GCTs 瘤都具有 Call-Exner 小体或咖啡豆核形表现,所以病理诊断不能光看这两个特点。有些 GCTs 仅有颗粒细胞,但多数还含有卵泡膜细胞,有些含纤维原细胞。这些肿瘤通常核分裂象少,核异型象少。

GCTs 存在以下几种组织学分型:微滤泡腺瘤(以 Call-Exner 小体为特点)、巨滤泡腺瘤(常见于幼年型)、小梁和岛状的。后者多见于分化良好的肿瘤类型,而肿瘤分化差常有波纹状组织学表现。免疫组织染色法证明抑制素可用来鉴别 GCTs,尽管其他免疫组织标记的存在,抑制素仍然是当前可用的最敏感的染色试剂[46]。

幼年型 GCT 与成人型相似,组织学上,通常都没有 Call-Exner 小体或咖啡豆核形表现。相对于成人型,其分裂活动更快速,多表现为巨滤泡腺瘤。

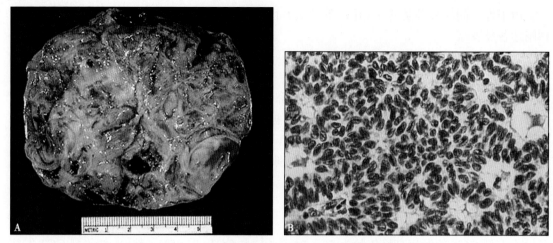

图 11-2　A：颗粒细胞肿瘤大体标本。B：镜下颗粒细胞瘤

治疗　GCTs 治疗包括分期手术，包括子宫及双侧输卵管卵巢切除术。对要求保留生育功能的妇女，根据卵巢情况可行单侧输卵管卵巢切除术 [47, 48]。图 11-3 显示的是 GCTs 管理处理指南。如果术前没有刮宫，建议行刮宫术，以排除可能同时存在的子宫内膜癌。如果不是同时行子宫切除术和卵巢切除术，那么对子宫内膜的评价是非常重要的。这对异常阴道流血妇女或绝经后子宫内膜厚度 >4mm 妇女尤其重要。30%～50% 的 GCTs 妇女存在子宫内膜增生，5%～10% 存在子宫内膜腺癌 [40, 41, 44, 49]。

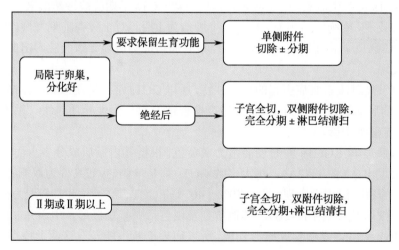

图 11-3　颗粒细胞肿瘤手术处理流程图

辅助治疗　肿瘤分期是决定疾病预后的唯一的确定因素 [50]（表 11-4，图 11-4）。其他因素如年龄、肿瘤破裂和细胞有丝分裂指数则可能会影响预后，不同研究对此结论不同。78%～91% 首次发现的 GCTs 为 I 期病变 [40, 45, 51～53]，其预后良好：5 年生存率为 86%～96%，各期的 5 年总生存率为 75%～90%。在疾病晚期，预后较差：II 期肿瘤 5 年生存率为 55%～75%，III/IV 期肿瘤为 22%～50%。对幼年型，早期可发现各类肿瘤，5 年生存率为 92%[42]。如成人型肿瘤一样，这些幼年型肿瘤可发生转移，在疾病晚期阶段预后变差。

肿瘤类型		5 年生存率
颗粒细胞瘤	所有分期	75%~90%
	Ⅰ 期	86%~96%
	Ⅱ 期	55%~75%
	Ⅲ/Ⅳ 期	22%~50%
	未成熟亚型	92%
纤维瘤		>90%
卵泡膜细胞瘤		>90%
支持细胞-间质细胞肿瘤	Ⅰ 期	70%~90%
	高级病变阶段或低分化	<20%

表 11-4　性索间质肿瘤的生存

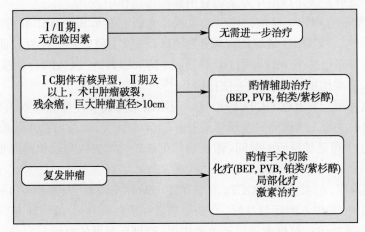

图 11-4　颗粒细胞肿瘤的辅助治疗流程图。BEP：博来霉素/依托泊苷/顺铂；PVB：顺铂/长春新碱/博来霉素

由于 GCTs 的晚期阶段较少，对其进行辅助治疗如化疗或放疗的意见不统一。一般来说，对早期肿瘤，整体切除者不必行辅助治疗。对肿瘤分期高（如Ⅱ期以上）、术中肿瘤破裂、肿瘤直径大（>10cm）、细胞异型性增加和残余癌等，通常建议行辅助治疗。由于晚期 GCTs 的发生率低，随机对照研究少，辅助治疗的益处尚不明确。回顾性研究表明辅助治疗可延长再发时间，但对生存率没有改善[54~56]。目前由于肿瘤复发率高，有些专家建议对这些患者行辅助治疗。

在幼年型肿瘤中，化疗用于治疗Ⅱ期或更高期别，ⅠC 期伴高有丝分裂（10 倍高倍镜下 >20 个），或复发者。相对于成人亚型，该组的证据较少，但其化疗治疗可能可以延长缓解期[42, 57]。

随访　由于 GCTs 可能晚期复发，所以 GCTs 需要终身随访。对每位随访病人，都应查血清抑制素水平，进行盆腔检查。颗粒细胞可产生抑制素，抑制素是一种由颗粒细胞在黄体期在 FSH 的刺激下产生的物质。抑制素是一种由 α 和 β 两个亚基组成的异质二聚体。α、β 两个亚基为二聚体，α 亚基一致，但 β 亚基有所不同，分 βA 和 βB。抑制素通常在绝经后妇女中少见，在手术切除肿瘤一周内，抑制素消失。抑制素还是随访中评价肿瘤持续或复发的有用指标[58~60]。抑制素 B 似乎比 A 更敏感[58, 61]。黏液性卵巢瘤也可产生抑制素。可见，该分子并非 GCTs 所特有。

其他标志物也可使用，包括苗勒管抑制物（MIS）、雌二醇和 CA-125。颗粒细胞在卵泡发育时分泌 MIS，MIS 可能比抑制物更敏感[62, 63]。但是，MIS 还没有在实验分析中常规使用。由于许多 GCTs 分泌雌二醇，所以如果其术前升高明显，则也可作为一种标志物，但并非所有 GCTs 都产生雌二醇。CA-125 是一种非特异性肿瘤标志物，在某些 GCTs 中水平升高。

复发　尽管 GCTs 被认为是恶性病变，但比其他卵巢恶性肿瘤的复发时间晚，因此需要终身随访。GCTs 术后复发的时间多为 4～6 年，也可能更晚。Hines 及同事[64]记录了最近 1 例术后 37 年复发的病例。盆腔和腹腔是复发最常见的部位，对局部复发者可行手术切除。对复发肿瘤不易手术治疗者，可选择化疗，但不幸的是，多数化疗患者的缓解期并不长[65, 66]。BEP 方案被认为是有效的化疗方案，但有毒副作用。Gershenson 等[66]的研究纳入了 9 例病例，发现其有效率为 83%，平均生存期为 28 个月。GOG[65]的一项研究调查了采用 BEP 方案化疗的 56 例 Ⅱ～Ⅳ 期、复发的性索间质肿瘤患者（其中 48 例为 GCTs），结果显示其第二次手术探查时的阴性率为 37%。对晚期 GCTs 患者，化疗后 3 年以上病变未进展者占 69%，51% 的患者复发时病变程度未进展。但是该治疗方案仍有明显的毒副作用。

最近，紫杉醇联合顺铂化疗治疗已引起重视。有研究显示其与 BEP 化疗方案疗效一样，且毒副作用更小[67~69]。GOG 进行的一项 Ⅱ 期临床研究，了解紫杉醇在复发卵巢间质瘤中的作用。二线用药方案包括：PVB（顺铂 / 长春新碱 / 博来霉素）[70]、CAP（环磷酰胺 / 多柔比星 / 环磷酰胺）[71, 72]、多柔比星[73]和卡铂＋依托泊苷[74]。

激素治疗也可用于复发性 GCTs 的治疗。应用激素可调节促性腺激素的分泌，从而直接或间接影响肿瘤的生长。病例研究发现他莫昔芬和黄体酮[75]、促性腺激素释放激素拮抗剂[76]和芳香酶抑制剂[77]可延长反应的时间，激素治疗可延长化疗失败和副作用严重的病人的缓解时间。

放疗的使用有限，但对多发性 GCTs 治疗有效。Wolf 及同事[78]回顾了 14 例 GCTs 患者接受放疗治疗的病例，其中 6 例疗效良好，有 3 名患者在放疗后存活 10～21 年。与之相似的是 Savage 等[79]发现辅助治疗对患者预后无改善作用，但延后复发的时间。

卵泡膜细胞瘤

卵泡膜细胞瘤也来源于卵巢间质，见于绝经后妇女。它表现为良性实性包块，多为单侧。卵泡膜细胞瘤可产生雄烯二酮，转化成雌二醇，从而引起高雌激素血症。仅含卵泡膜细胞的肿瘤可产生大量的雌激素。由于刺激了子宫内膜，多数患者都出现绝经后出血的症状，同时，还可出现子宫内膜癌，其发生率为 25%[59]。

卵泡膜细胞瘤由于含脂质，表面为黄色，其由卵泡膜细胞组成，也可含少量颗粒细胞。由于卵泡膜细胞瘤为良性的病变，手术切除治疗即可。在子宫内膜没有病变的情况下，对绝经前期的妇女可行单侧输卵管卵巢切除术。对绝经后妇女，建议行双侧输卵管卵巢切除及全子宫切除术。

纤维瘤

与卵泡膜细胞瘤的特点相似，纤维瘤通常为单侧、良性和多发生于绝经后妇女。细胞型纤维瘤可能包含轻度异型性和核分裂活动，但不应与纤维肉瘤混淆。纤维瘤没有激素活性，但 10%～15% 的纤维瘤可有腹水或梅格斯综合征（Meigs syndrome），其中 1% 可有胸水表现。尽管机制尚不明确，但有研究[80]认为纤维瘤可产生血管上皮生长因子，增加微小血管通透性，从而导致体液渗出聚集，出现梅格斯综合征。假梅格斯综合征是指非纤维瘤性卵巢肿瘤产生腹水的症状。治疗包括单侧输卵管卵巢切除术,手术切除肿瘤后,胸水和腹水自行消失。

　　Gorlin 综合征是一种常染色体显性遗传综合征,又称痣样基底细胞癌,与纤维瘤相关。该综合征可导致髓母细胞瘤、肠系膜囊肿和牙源性角化囊肿。约 75% 的感染妇女可形成纤维瘤,但其原因尚不清楚。

支持细胞 - 间质细胞瘤（睾丸母细胞瘤）

　　支持细胞 - 间质细胞瘤（SLCTs）发生率低,在整个卵巢肿瘤中占 0.2%,与颗粒细胞瘤不同,他们多见于生育期妇女,75% 发生在 40 岁以前,在停经期和儿童期少见。与卵泡膜细胞瘤相似,SLCTs 具有激素活性,可分泌睾酮,导致雄激素过量和男性化表现。

病因学

　　SLCTs 的病因仍不清楚。其起源于卵巢性索间质,但类似支持细胞和间质细胞。有假说认为其来源于残留的未分化的性索组织。最近,有研究认为,缺乏雌激素可引起卵泡转化为输精管,支持细胞转化为睾丸[81],并分泌睾酮。

临床表现

　　SLCTs 产生睾酮等物质可引起停经,甚至闭经、多毛和男性化等症状。除分泌睾酮外,单纯支持细胞可分泌雌激素或肾素。因此有些患者可表现为功能失调性子宫出血或高血压和低钾血症。单纯间质细胞瘤只分泌睾酮。但是大多数肿瘤是结合型 SLCTs,且 70%～85% 具有男性化表现,如产生雄激素和阴蒂肿大（图 11-5）。

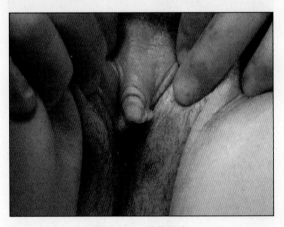

图 11-5　阴蒂肿大

诊断

　　对有男性化症状的妇女,应考虑有无 Cushing 综合征、肾上腺肿瘤、垂体功能失调、肾上腺增生或药物诱导的高雄激素血症。查体时可触及附件包块,可有雄激素过量表现,超声检查可辅助诊断,其典型的超声表现为:边界清楚的单侧实性包块或异质性多囊卵巢（图 11-6）。诊断需结合影像学和实验室检查结果,最终由手术确诊。

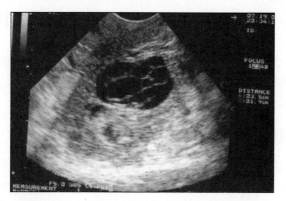

图 11-6 支持细胞 - 间质细胞的经阴超声影像

病理

SLCTs 90% 以上为单侧的实性包块,也可有囊性成分(图 11-7),多为褐色和灰白色,其大小与其分化程度和预后有关。通常体积较大者分化较低,恶性程度较高;分化较好者通常直径为 3~4cm,包含网状海绵样组织。低分化性瘤多含有出血性坏死组织。这类肿瘤的特点为纤维组织围绕的小管样结构。

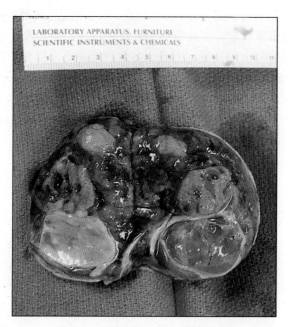

图 11-7 支持细胞 - 间质细胞肿瘤

SLCTs 从组织学上可分为 5 类:高分化、中分化、低分化、网状和混合异质成分。异质成分包括其他组织成分,如胃肠道或软骨来源的。网状成分可能包括肝细胞分化,产生 AFP。组织分类不同其预后也不同。

外科治疗

SLCTs 的治疗为分期手术。90% 的 SLCTs 发现时为 I 期,预后良好,其 5 年生存率为

70%～90%。而晚期预后差,死亡率为 100%。Young 和 Scully[82] 回顾了 207 例支持细胞 - 间质细胞瘤病例,其分化程度均较差,其中 11% 为中分化,59% 为低分化,19% 含有异质成分,具有恶性表现。由此可见,分化程度对预后有很大的影响。

辅助治疗

辅助化疗对治疗晚期或低分化的 SLCTs 有效。有研究显示 BEP 和 PVB 方案的有效性[66]。SLCTs 肿瘤复发率为 33%,低分化者更易复发[83]。与 GCTs 不同,SLCTs 复发早,缓解期<5 年,复发部位包括腹部和盆腔。

随访

睾酮在手术后迅速下降,可作为一种肿瘤标志物。但是,SLCTs 患者男性化症状可能不能完全消除。如 GCTs 患者一样,SLCTs 患者需要终身随访。随访时当患者睾酮水平升高、临床表现或体检有异常时,可行影像学检查。

性索肿瘤伴有环状管

伴有环状管的性索肿瘤(SCTATs)属于 SLCTs,有人认为应归属于 GCTs。SCTATs 作为一个独特的个体,具有两者的特点。SCTATs 的特点包括 1/3 的病例与 Peutz-Jeghers 综合征有关,可分泌孕酮,较之其他的性索间质肿瘤,淋巴结转移倾向较高[84]。

临床症状

SCTATs 根据是否具有 Peutz-Jeghers 综合征(PJS)表现,其症状有所不同。有 Peutz-Jeghers 综合征的肿瘤通常直径小、双侧、钙化以及无明显症状。由于肿瘤体积小,查体时通常未能触及。相反,在非 Peutz-Jeghers 综合征相关病例,患病人群更年轻(20 岁左右),肿瘤体积更大,多单侧和有临床症状[85]。它们有激素活性,常分泌雌激素和(或)孕酮,导致年轻患病人群月经周期紊乱或功能性子宫出血。

组织学

SCTATs 被认为是颗粒细胞和支持细胞 - 间质细胞瘤的综合体。环形管相当于支持细胞,但含有假腔。它们还包含 GCTs 组织成分,并分泌雌二醇。和 GCTs 中一样,雌二醇不是有用的肿瘤标志物,但抑制素可用于随访评价。对分泌孕酮的肿瘤,检测孕酮水平也有意义。

治疗

SCTATs 的治疗首选手术切除。具有 Peutz-Jeghers 综合征的患者,其肿瘤都为良性,因此,治疗采取单侧卵巢切除术。Peutz-Jeghers 相关肿瘤与宫颈腺癌之间存在有趣的相关性,其发生率为 15%[85]。对这些患者应密切随访,由于细胞学和阴道镜检查通常不能诊断,所以对可疑者应积极行活检检查。对非 Peutz-Jeghers 综合征相关病例,肿瘤的侵袭性更强。首次手术肿瘤卵巢外种植和淋巴结转移的概率为 20%[85, 86]。有研究调查了 6 例 SCTATs 患者,有 2 例术后 7.5 年和 10 年发生了淋巴结转移,但所有病人术后平均存活时间为 7.8 年[87]。另一项回顾研究纳入 4 名患者,1 例发生锁骨上淋巴结、肝脏及腹膜后转移[88]。治疗方法是分期手术。辅助化疗可提高部分生存质量。经典的方案包括 BEP 或铂 / 紫杉醇,但使用有限。

两性母细胞瘤

两性母细胞瘤罕见，通常肿瘤体积小，为良性，发病平均年龄为 30 岁，可发生于任何年龄段。两性母细胞瘤被认为是颗粒细胞和支持细胞 - 间质细胞瘤的混合，也可含部分 GCT，可分泌雌激素。而其他成分可分泌另外一些激素活性物质，可引起男性化表现。

组织学

两性母细胞瘤的组织学诊断标准包括：至少 10% 的 GCT 成分、部分高分化或中分化的支持细胞 - 间质细胞瘤。其余部分由卵巢组织和（或）异质组织组成。

治疗

两性母细胞瘤为良性病变，几乎都在早期发现。治疗方案为手术切除，可行单侧输卵管卵巢切除术。最近有研究报道了 1 例两性母细胞瘤的复发病例 [89]。该肿瘤很罕见，目前的文献资料仅支持保守手术治疗。

生殖细胞肿瘤

生殖细胞肿瘤多为良性，在每年新发的 21 000 例卵巢恶性肿瘤中约占 1%～2%[90]。生殖细胞瘤（良性和恶性）在所有卵巢肿瘤中占 20%～25%，在 20 岁以下妇女肿瘤中占 58%。如名字所示，该肿瘤来源于原始生殖细胞，可具有睾丸恶性生殖细胞的特点。事实上，由于卵巢生殖细胞肿瘤的发生率约为睾丸肿瘤的 1/10，许多先进的治疗方法，特别是许多化疗方案，首先应用于男性患者，然后推广到女性患者 [91]。生殖细胞瘤的另一个特点是原始的性腺外肿瘤的发生位置（如腹膜后或纵隔肿瘤）对应于生殖细胞的胚胎发育期间的走行轨道 [92]。

组织学

卵巢生殖细胞瘤有不同的组织学类型（表 11-5）。最常见的恶性卵巢生殖细胞肿瘤是无性细胞瘤（图 11-8），其次为未成熟性畸胎瘤（图 11-9）和内胚窦瘤（图 11-10）。其他组织学类型，如胚胎瘤、绒毛膜癌和卵巢甲状腺肿更罕见。监测、流行病学和最终结局（SEER）项目数据显示 1973～2002 年间 1262 例卵巢生殖细胞瘤：414 例无性细胞瘤（32.8%）、449 例未成熟畸胎瘤（35.6%）和 362 例混合瘤（28.7%）[93]。简单来说，可分为两大类：无性细胞瘤（与男性的精原细胞瘤相对）和非无性细胞瘤 [94]。

无性细胞瘤为实性灰白色肉样组织瘤，由纤维间质和滤泡细胞组成 [95]。未成熟型畸胎瘤多体积偏大，表面光滑。镜下可见坏死和出血。良性部分可含有骨组织、软骨、毛发和脂肪等组织。未成熟成分通常为腺体、骨、肌肉或神经组织 [95]。内胚窦瘤（卵黄囊瘤）具有肾小球样组织结构，称 Schiller-Duval 小体（见图 11-10）。

生殖细胞瘤可产生某些特殊的血清蛋白（肿瘤标志物）（表 11-6）。无性细胞瘤和未成熟畸胎瘤没有特殊的肿瘤标志物，但无性细胞瘤可产生乳酸脱氢酶。内胚窦瘤通常甲胎蛋白（AFP）水平升高，并与病情轻重相关，但 β- 人绒毛膜促性腺激素（β-hCG）水平正常。绒毛膜癌中 β-hCG 水平下降，AFP 正常。胚胎癌通常 AFP 和 β-hCG 水平均升高，混合类型肿瘤根据其含有的组织类型不同，可产生不同肿瘤标志物。

表 11-5　卵巢生殖细胞肿瘤的组织学分类	
Ⅰ. 原发生殖细胞肿瘤	Ⅲ. 单胚层性畸胎瘤和第二组相关的躯体型肿瘤
A. 无性细胞肿瘤	A. 甲状腺肿样（甲状腺肿样卵巢瘤）
B. 内胚窦瘤（卵黄囊肿瘤）	B. 良性肿瘤的
C. 胚胎癌	C. 神经外胚层的
D. 多胚瘤	D. 癌
E. 非妊娠绒毛膜癌	E. 黑素细胞的
F. 混合型生殖细胞肿瘤	F. 肉瘤
Ⅱ. 两相或三相畸胎瘤	G. 脂肪的
A. 未成熟畸胎瘤	H. 垂体型
B. 成熟型畸胎瘤	I. 其他
1. 窦性	
2. 囊性	
a. 皮样囊肿	
b. 胎性畸胎瘤（胎儿）	

引自世界卫生组织的肿瘤分类

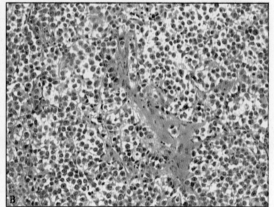

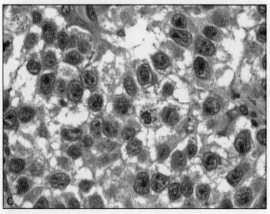

图 11-8　A：无性细胞瘤大体图。B：镜下无性细胞瘤。C：高倍镜下无性细胞瘤

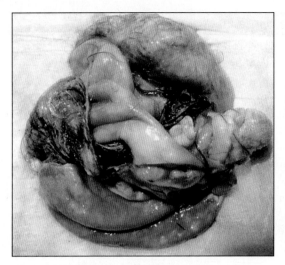

图 11-9　囊性畸胎瘤大体图

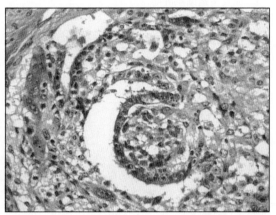

图 11-10　内胚窦瘤的 Schiller-Duval 小体。Schiller-Duval 小体像一个肾小球，见于 50% 的内胚窦瘤，为该肿瘤的病理特点

肿瘤类型	肿瘤标志物		
	AFP	β-hCG	LDH
无性细胞瘤	通常正常	通常正常	升高
未成熟畸胎瘤	通常正常	通常正常	
内胚窦瘤	升高	正常	—
胚胎癌	升高	升高	—
非妊娠绒毛膜癌	正常	升高	—

表 11-6　恶性卵巢生殖细胞肿瘤的不同肿瘤标志物水平

临床特征

卵巢生殖细胞肿瘤的发病高峰年龄为 15～19 岁。其中 1/3 为恶性肿瘤[90]。卵巢生殖细胞肿瘤生长迅速，约 85% 的患者有腹部和盆腔疼痛或压迫感，查体可触及包块[94, 96]，常可出现肿瘤破裂、出血及肿瘤蒂扭转表现，症状类似急性阑尾炎。由于可产生 β-hCG 和雌激素等激素，少量患者可出现青春期前性早熟表现[93, 94]。由于卵巢生殖细胞肿瘤在生育期高发，所以常可见于妊娠期妇女。在一项纳入 9000 余例妊娠期附件包块病例的调查中，81 例恶性肿瘤中 44% 为生殖细胞肿瘤，其中无性细胞瘤最常见（41%）[97]。

70% 的患者 FIGO 分期为 I～II 期，其余 30% 为 III 期[98]。绝大多数生殖细胞肿瘤都为单侧，但无性细胞瘤除外（10%～15% 为双侧）。有研究调查了 15 年间 26 例无性细胞瘤，发现 23% 为双侧[98]。双侧肿瘤并不意味着为恶性肿瘤，有 5%～10% 的良性畸胎瘤为双侧肿瘤[94]。

诊断

根据患者的病史和查体进行诊断。由于恶性无性细胞瘤多有性染色体异常，临床上应注意有无月经及第二性征等。因此，术前核型检查很重要[92]。对所有患者还应进行以下检查：

血常规、肝功能和肿瘤标志物（见表 11-6），可选择性进行影像学检查，如盆腔超声检查。无性细胞瘤多为实性，可有出血表现，超声检查示实性包块。畸胎瘤和内胚窦瘤为囊实性包块。由于这些肿瘤常转移至肺或纵隔，在诊断和评价这些肿瘤时需行胸片检查，也可行 CT 或 MRI 检查。

预后

评价卵巢生殖细胞肿瘤预后时可采用类似睾丸肿瘤中使用的评分系统[99]。许多研究显示 FIGO 分期、肿瘤标志物水平升高、非无性细胞瘤或未成熟型畸胎瘤、肉瘤样组织和淋巴结转移等常预后不佳[100~103]。

Murugaesu 等[101] 回顾了 113 例卵巢生殖细胞瘤病例，发现如果 AFP 和 β-hCG 的水平均升高，则患者总生存率明显下降：如肿瘤标志物水平正常，患者 1 年生存率为 89.6%，如果肿瘤标志物 AFP 和 β-hCG 均阳性，则 1 年生存率下降为 50.4%。尽管该研究纳入了 113 例病例，但仍不足以据此制定 AFP 和 β-hCG 的标准。Lai 等[103] 回顾了 93 例病例，提出无性细胞瘤或未成熟型畸胎瘤 5 年生存率为 100%，而其他类型总肿瘤为 83.3%。这证实了内胚窦瘤或绒毛膜癌的预后更差。Malagon 等[100] 回顾了 46 例含有肉瘤成分的生殖细胞瘤（如胚胎横纹肌肉瘤、血管肉瘤和平滑肌肉瘤），并与没有该因素的同年龄同分期生殖细胞瘤病例进行比较，发现无肉瘤成分的肿瘤比有肉瘤成分的肿瘤治疗效果好。

最近，Kumar 及同事[102] 在一项 SEER 研究数据中发现：不论患者年龄、分期分级和病史情况，如果存在淋巴结转移，则其死亡率增加近 3 倍（HR = 2.87, 95%CI: 1.44~5.73）。另外，该数据还显示接受了淋巴结切除术的患者 5 年生存率为 94%，而未行淋巴结切除术的患者 5 年生存率为 89%，这提示淋巴结切除可能有利于提高生存儿率。众所周知，肿瘤分级与淋巴结转移有关，但无显著相关性。但是，O'Connor 等[104] 发现肿瘤分级是未成熟型畸胎瘤生存率预后的最重要指标。年龄并不是卵巢生殖细胞瘤预后的独立预测因子，一项儿科团体研究了 109 例性腺外生殖细胞瘤，发现诊断年龄≥12 岁其总生存率明显下降[105]。

手术治疗

卵巢生殖细胞瘤的治疗首选手术，由于患者多较年轻，可行保留生育功能的手术。保留生育功能手术的禁忌证为性染色体异常，值得强调的是术前评估很重要。在没有性染色体异常的情况下，不论肿瘤分期情况，行保留生育功能手术的预后和双侧附件加子宫全切术的预后一致[97, 106]。

卵巢生殖细胞肿瘤的最初治疗采取与治疗卵巢上皮性恶性肿瘤时一样的肿瘤细胞减灭术。GOG 的研究认为该方法有效[107, 108]。因此，目前的治疗方案为：腹腔冲洗、病变侧卵巢切除、双侧盆腔及主动脉旁淋巴结切除、大网膜切除及尽最大可能切除任何可见的原发灶和转移灶，在没有可见病灶的情况下行系统性活检[94]（图 11-11）。由于卵巢生殖细胞肿瘤的化疗敏感性高，如果能不增加发病率或推迟化疗启动完成，切除重要肿瘤是唯一的建议[91]。有人认为对未成熟型畸胎瘤不必行淋巴结切除，因为其具有腹膜扩散倾向（而非淋巴结扩散），对内胚窦瘤的治疗不论淋巴结情况都建议化疗治疗[92]。

辅助治疗

辅助治疗的选择取决于肿瘤的分期、分级及组织学类型。例如，无性细胞瘤 I A 期和未成

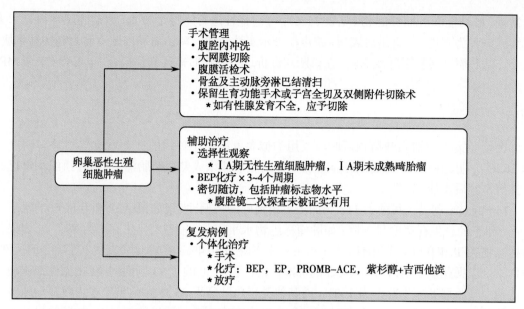

图 11-11　卵巢恶性生殖细胞肿瘤的推荐处理方案

熟型畸胎瘤ⅠA 期Ⅰ级在手术治疗后不需进一步的治疗[47]。目前,其他分期分级的肿瘤都建议行辅助化疗。

对无性细胞瘤,辅助治疗有放疗或化疗。在铂类化疗前,无性细胞瘤采用体外放射治疗,其主要的副作用是单侧卵巢功能衰竭[94]。由于铂类化疗疗效好,且绝大多数患者治疗后卵巢功能正常,在治疗无性细胞瘤的辅助治疗方面化疗逐渐替代了放疗[93]。

现代卵巢恶性生殖细胞肿瘤化疗方案包括 BEP 方案。在 20 世纪 70 年代,首先由 GOG 提出最初的卵巢生殖细胞肿瘤化疗方案,即 VAC 化疗方案(长春新碱 / 放线菌素 D/ 环磷酰胺)[107],随后提出的 PVB 方案(顺铂 / 长春碱 / 博来霉素)被证实更加有效[109]。由于 BEP 化疗方案对睾丸肿瘤疗效良好,所以 GOG 尝试采用 BEP 方案治疗卵巢生殖细胞肿瘤,发现 BEP 化疗方案的疗效比 PVB 方案更为良好[110]。东部肿瘤协作组(ECOG)的研究证实了 BEP 方案中的博来霉素非常重要,采用 BEP 化疗方案(包含博来霉素)治疗的患者存活率为 95%,而仅采用依托泊苷和顺铂化疗其存活率仅为 86%[111]。

根据睾丸癌研究的数据显示,BEP 化疗的最佳周期数没有固定,可根据病人临床表现发生改变。有研究对比了低危型睾丸癌患者进行 BEP 方案 3 周期化疗和 4 周期化疗的治疗疗效,发现两者预后无明显差别[112]。减少了一个化疗周期的优点是降低了化疗早期和晚期的副作用,而不是降低了博来霉素相关的肺毒性和治疗晚期白血病的发病。研究也显示 BEP 方案 3 周期化疗对卵巢生殖细胞肿瘤治疗疗效良好[113]。但对于明显的残余肿瘤应行 4 周期化疗,因为目前没有更有效的治疗方案[91]。

手术逐渐被作为生殖细胞肿瘤的首选治疗方案。在一项前瞻性单一研究所的研究中,Bonazzi 及同事[114]随访了 32 例单纯卵巢未成熟畸胎瘤病例,包括所有Ⅰ～Ⅱ期和 1～2 级。其中,22 例采取了手术治疗,2 例复发病例采取了化疗治疗。Marina 等[115]回顾了 50 例单纯性非成熟型畸胎瘤,23 例存在恶性病灶(1～3 级)采取了手术切除的治疗方法,其中 4 例复发,并都采取了化疗治疗。Dark 和同事们[116]最近总结了其手术经验,进行了密切的随访,对复发病例采取化疗。简单地说,最初的研究调查了 24 例恶性卵巢生殖细胞肿瘤ⅠA 期,包括

9 例无性生殖细胞，9 例未成熟的畸胎瘤，6 例内胚窦瘤。8 例复发病例中，7 例采取化疗治疗。唯一一例死亡病例是由于治疗过程中出现肺栓塞而致。最新的数据显示，无性生殖细胞的复发率为 22%，非无性细胞瘤的复发率为 36%。11 例复发病例中 10 例治疗成功，1 例死于化疗副作用。所有复发都在术后 13 个月以内出现，总存活率为 94%[117]。这些单一机构的研究结果促进了儿童癌症研究所探讨了对 I 期肿瘤仅手术切除治疗的疗效，其研究数据即将公布。

随访

治疗完成后，随访方案取决于原发肿瘤的临床及组织学特点。例如，无性生殖细胞瘤及单纯未成熟畸胎瘤其肿瘤标志物水平通常较低或正常，因此，随访需结合间隔史、体检及需要的影像学检查。相反，内胚窦瘤（其 AFP 特征性的升高）在病变持续存在或复发时其肿瘤标志物可敏感的持续高水平或再次升高。对混合性肿瘤，随访需个体化。当治疗前有一个或多个肿瘤标志物水平升高时，需要进行明确的预期管理。

一般来说，随访通常需持续至少 2 年。因为 75% 的肿瘤复发发生在治疗结束后的第一年内[92]。尽管没有提出避孕的建议，但是在肿瘤治疗后随访的第一年内避免妊娠是有必要的。

二次腹腔镜探查对无性生殖细胞肿瘤或早期未成熟畸胎瘤患者的预后无改善作用[98, 108]。然而有学者认为，鉴于该肿瘤没有可靠的肿瘤标志物，对高级病变的非成熟畸胎瘤二次腹腔镜检查可能有意义[92]。目前，尚无将治疗后影像作为二次手术检查的替代的相关研究。

结果

由于绝大多数肿瘤可在早期阶段诊断出来，并且即使是肿瘤晚期也对化疗治疗敏感，因此，这些恶性卵巢生殖细胞肿瘤通常都预后较好[98, 118]。一些回顾性研究显示现以铂类为基础的化疗治疗 5 年生存率为 95%～97%，大多数患者在诊断时为肿瘤 I 期[108, 119]。Lai 及同事的研究[103] 显示对 III～IV 期肿瘤甚至是扩散的肿瘤，其 5 年存活率为 88%。

对复发性肿瘤可采取化疗、放疗、手术或联合治疗。若患者仅手术治疗后即予随访，则复发后建议行 BEP 化疗。对 BEP 化疗后持续或复发的肿瘤，可选择放疗、高剂量化疗（依托泊苷和顺铂）及骨髓移植或 POMB-ACE 方案（顺铂、长春新碱、甲氨蝶呤、博来霉素、放线菌素 D、环磷酰胺和依托泊苷）[92]。最近，一项 II 期研究显示对大量预处理、复发的生殖细胞肿瘤采用紫杉醇及吉西他滨治疗的有效率为 31%（12.5% 为持久的完全缓解）[120]。

肿瘤治疗后的长期随访除随访了解疾病的复发情况外，同时需关注有无继发的化疗副作用：不育及二次恶性肿瘤的风险。许多回顾性综述显示联合化疗后卵巢的功能恢复良好[121~125]。一项研究显示 61.7% 的妇女在接受化疗治疗时可出现闭经[122]。在化疗治疗后 91.5%～100% 的妇女可恢复月经[121, 122, 125]。

由于在治疗后尝试妊娠的妇女人数尚不明确，所以化疗对生育功能的影响不能准确预计。一项研究统计了 38 例化疗后尝试妊娠的妇女，其中 29 例成功妊娠（76%）[123]。另外，一项更近的研究报道了相似的妊娠成功率（75%）[124]。肿瘤联合化疗的长期风险与烷化剂如依托泊苷有关，并且风险与剂量成正比。有研究纳入了 616 例儿童接受烷化剂治疗生殖细胞肿瘤的病例，结果显示在仅接受化疗治疗的病人出现治疗相关的急性白血病的 10 年发病率为 1%，在接受联合化疗和放疗的儿童中为 4.2%[126]。依托泊苷的临界剂量为 2000mg/m^2，超过该剂量如同放化疗联合治疗一样有出现白血病的风险。

（赵　蓉　译）

参考文献

1. Gershenson DM: Clinical management of potential tumors of low malignancy. Best Pract Res Clin Obstet Gynaecol 16:513–527, 2002.
2. Skirnisdottir I, Garmo H, Wilander E, et al: Borderline ovarian tumors in Sweden 1960–2005: trends in incidence and age at diagnosis. Int J Cancer 15:123(8):1897–1901, 2008.
3. Lu KH, Bell DA: Borderline ovarian tumors. In Gershenson DM, McGuire WP, Gore M, et al (eds): Gynecologic Cancer: Controversies in Management. Philadelphia: Elsevier, 2004, pp 519–526.
4. Harlow BL, Weiss NS, Lofton S: Epidemiology of borderline ovarian tumors. J Natl Cancer Inst 78:71–74, 1987.
5. Silverberg SG, Bell DA, Kurman RJ, et al: Borderline ovarian tumors: key points and workshop summary. Hum Pathol 35:910–917, 2004.
6. Jones MB: Borderline ovarian tumors: current concepts for prognostic factors and clinical management. Clin Obstet Gynecol 49:517–525, 2006.
7. Gershenson DM: Is micropapillary serous carcinoma for real? Cancer 95:677–680, 2002.
8. Bell DA, Weinstock MA, Scully RE: Peritoneal implants of ovarian serous borderline tumors: histologic features and prognosis. Cancer 62:2212–2222, 1988.
9. Russell P: Borderline epithelial tumours of the ovary: a conceptual dilemma. Clin Obstet Gynecol 11:259–277, 1984.
10. Michael H, Roth LM: Invasive and noninvasive implants in ovarian serous tumors of low malignant potential. Cancer 57:1240–1247, 1986.
11. Gershenson DM, Silva EG, Tortolero-Luna G, et al: Ovarian serous borderline tumors with noninvasive peritoneal implants. Cancer 83:2157–2163, 1998.
12. Gershenson DM, Silva EG, Levy L, et al: Ovarian serous borderline tumors with invasive peritoneal implants. Cancer 82:1096–1103, 1998.
13. Buttin BM, Herzog TJ, Powell MA, et al: Epithelial ovarian tumors of low malignant potential: the role of microinvasion. Obstet Gynecol 99:11–17, 2002.
14. Hogg R, Scurry J, Kim SN, et al: Microinvasion links serous borderline tumor and grade 1 invasive carcinoma. Gynecol Oncol 106:44–51, 2007.
15. Crispens MA, Bodurka D, Deavers M, et al: Response and survival in patients with progressive or recurrent serous ovarian tumors of low malignant potential. Obstet Gynecol 99:3–10, 2002.
16. Longacre TA, McKenney JK, Tazelaar HD, et al: Ovarian serous tumors of low malignant potential (borderline tumors): outcome-based study of 276 patients with long-term (= 5 years) follow-up. Am J Surg Pathol 29:707–723, 2005.
17. Ren J, Peng Z, Yang B: A clinicopathologic multivariate analysis affecting recurrence of borderline ovarian tumors. Gynecol Oncol 110:162–167, 2008.
18. Seidman JD, Kurman RJ: Treatment of micropapillary serous ovarian carcinoma (the aggressive variant of serous borderline tumors). Cancer 95:675–676, 2002.
19. Bristow RE, Gossett DR, Shook DR, et al: Micropapillary serous ovarian carcinoma: surgical management and clinical outcome. Gynecol Oncol 86:163–170, 2002.
20. Eichhorn JH, Bell DA, Young RH, et al: Ovarian serous borderline tumors with micropapillary and cribriform patterns: a study of 40 cases and comparison with 44 cases without these patterns. Am J Surg Pathol 23:397–409, 1999.
21. Boran N, Cil AP, Tulunay G, et al: Fertility and recurrence results of conservative surgery for borderline ovarian tumors. Gynecol Oncol 97:845–851, 2005.
22. But I: Serum Ca-125 level as a reflection of proliferative activity of serous borderline ovarian tumor. Int J Gynecol Obstet 71:289–291, 2000.
23. Gotleib WH, Soriano D, Achiron R, et al: Ca-125 measurement and ultrasonography in borderline tumors of the ovary. Am J Obstet Gynecol 183:541–546, 2000.
24. Rice LW, Lage JM, Berkowitz RS, et al: Preoperative Ca-125 levels in borderline tumors of the ovary. Gynecol Oncol 46(2):226–229, 1992.
25. Engelen MJA, de Bruijn HWA, Hollema H, et al: Serum CA-125, cardinoembryonic antigen, and CA19-9 as tumor markers in borderline ovarian tumors. Gynecol Oncol 78:16–20, 2000.
26. Tamakoshi K, Kikkawa F, Shibata K, et al: Clinical value of Ca-125, Ca-19-9, CEA, CaA 72-4 and TPA in borderline ovarian tumor. Gynecol Oncol 62:67–72, 1996.
27. Geomini P, Bremer G, Kruitwagen R, et al: Diagnostic accuracy of frozen section diagnosis of the adnexal mass: a metaanalysis. Gynecol Oncol 96:1–9, 2005.
28. Tempfer CB, Polterauer S. Bentz EK, et al: Accuracy of intraoperative frozen section analysis in borderline tumors of the ovary: a retrospective analysis of 96 cases and review of the literature. Gynecol Oncol 107:248–252, 2007.
29. Morris RT, Gershenson DM, Silva EG, et al: Outcome and reproductive function after conservative surgery for borderline ovarian tumors. Obstet Gynecol 95:541–547, 2000.
30. Suh-Burgmann E: Long-term outcomes following conservative surgery for borderline tumor of the ovary: a large population based study. Gynecol Oncol 103:841–847, 2006.
31. Boran N, Cil AP, Tulunay G, et al: Fertility and recurrence rates of conservative surgery for borderline ovarian tumors. Gynecol Oncol 97:845–851, 2005.
32. Poncelet C, Fauvet R, Boccara J, et al: Recurrence after cystectomy for borderline ovarian tumors: results of a French multicenter study. Ann Surg Oncol 13:565–571, 2006.
33. Winter WE, III, Kucera PR, Rodgers W, et al: Surgical staging in patients with ovarian tumors of low malignant potential. Obstet Gynecol 100:671–676, 2002.
34. Fauvet R, Boccara J, Dufournet C, et al: Restaging surgery for women with borderline ovarian tumors: results of a French multicenter study. Cancer 100:1145, 2004.
35. Barnhill DR, Kurman RJ, Brady MD, et al: Preliminary analysis of the behavior of stage I ovarian tumors of low malignant potential: a Gynecologic Oncology Group Study. J Clin Oncol 13:2752–2756, 1995.
36. Barakat RR, Benjamin I, Lewis JL, Jr, et al: Platinum-based chemotherapy for advanced-stage serous ovarian carcinoma of low malignant potential. Gynecol Oncol 59:390–393, 1995.
37. Sutton GP, Bundy BN, Omura GA, et al: Stage III ovarian tumors of low malignant potential treated with cisplatin combination therapy (a Gynecologic Oncology Group Study). Gynecol Oncol 41:230–233, 1991.
38. Bristow RE, Gossett DR, Shook DR, et al: Recurrent micropapillary serous ovarian carcinoma: the role of secondary cytoreductive surgery. Cancer 95:791–800, 2002.
39. Scully R, Sobin, L: Histological Typing of Ovarian Tumours, vol. 9. New York: Springer Berlin, 1999. Copyright 1999 World Health Organization.
40. Evans AT, III, Gaffey TA, Malkasian GD, Jr, et al: Clinicopathologic review of 118 granulosa cell and 82 theca cell tumors. Obstet Gynecol 55:231, 1980.
41. Schumer ST, Cannistra SA: Granulosa cell tumor of the ovary. J Clin Oncol 21:1180–1189, 2003.
42. Young RH, Dickerson GR, Scully RE: Juvenile granulosa cell tumor of the ovary: a clinicopathologic analysis of 125 cases. Am J Surg Pathol 8:575–596, 1984.
43. Rodgers RJ, Irving-Rodgers HF, van Wezel IL, et al: Dynamics of the membrane granulosa during expansion of the ovarian follicular antrum. Mol Cell Endocrinol 172:41–48, 2001.
44. Fox H, Agrawal K, Langley FA: A clinicopathologic study of 92 cases of granulosa cell tumor of the ovary with special reference to the factors influencing prognosis. Cancer 35:231–241, 1975.
45. Stenwig JT, Hazekamp JT, Beecham JB: Granulosa cell tumors of the ovary. A clinicopathological study of 118 cases with long-term follow-up. Gynecol Oncol 7:136–152, 1979.
46. McCluggage WG: Recent advances in immunohistochemistry in the diagnosis of ovarian neoplasms. J Clin Pathol 53:327–334, 2000.
47. Gershenson DM: Management of early ovarian cancer: germ cell and sex cord-stromal tumors. Gynecol Oncol 55: S62, 1994.
48. Zhang M, Cheung MK, Shin JY, et al: Prognostic factors responsible for survival in sex cord stromal tumors of the ovary—an analysis of 376 women. Gynecol Oncol 104:396–400, 2007.

49. Gusberg SB, Kardon P: Proliferative endometrial response to theca-granulosa cell tumors. Am J Obstet Gynecol 111:633–643, 1971.

50. Miller BE, Barron BA, Wan JY, et al: Prognostic factors in adult granulosa cell tumor of the ovary. Cancer 79:1951–1955, 1997.

51. Bjorkholm E, Silfversward C: Prognostic factors in granulosa-cell tumors. Gynecol Oncol 11:261–274, 1981.

52. Malmstrom H, Hogberg T, Risberg B, et al: Granulosa cell tumor of the ovary: prognostic factors and outcome. Gynecol Oncol 52:50–55, 1994.

53. Schneider DT, Calaminus G, Wessalowski R, et al: Ovarian sex cord stromal tumors in children and adolescents. J Clin Oncol 21:2357–2363, 2003.

54. Al-Badawi IA, Brashner PM, Ghatage P, et al: Postoperative chemotherapy in advanced ovarian granulosa cell tumors. Int J Gynecol Cancer 12:119–123, 2002.

55. Chan JK, Zhang M, Khaleb V, et al: Prognostic factors responsible for survival in sex cord stromal tumors of the ovary-a multivariate analysis. Gynecol Oncol 96:204–209, 2005.

56. Zanagnolo V, Pasinetti B, Sartori E: Clinical review of 63 cases of sex cord stromal tumors. Eur J Gynaecol Oncol 25:431–438, 2004.

57. Calaminus G, Wessalowski R, Harms D, et al: Juvenile granulosa cell tumors of the ovary in children and adolescents: results from 33 patients registered in a prospective cooperative study. Gynecol Oncol 65:447–452, 1997.

58. Lapphon RE, Burger HG, Bouma J, et al: Inhibin as a marker for granulosa-cell tumors. N Engl J Med 321:790–793, 1989.

59. Jobling T, Mamers P, Healy DL, et al: A prospective study of inhibin in granulosa cell tumors of the ovary. Gynecol Oncol 55:285–289, 1984.

60. Boggess JF, Soules MR, Goff BA, et al: Serum inhibin and disease status in women with ovarian granulosa cell tumors. Gynecol Oncol 64:64–69, 1997.

61. Mom CH, Engelen MJ, Willemse PH, et al: Granulosa cell tumors of the ovary: the clinical value of serum inhibin A and B levels in a large single center cohort. Gynecol Oncol 105:365–372, 2007.

62. Rey RA, Lhomme C, Marcillac I, et al: Antimullerian hormone as a serum marker of granulosa cell tumors of the ovary: comparative study with serum alpha inhibin and estradiol. Am J Obstet Gynecol 174:958–965, 1996.

63. Lane AH, Lee MM, Fuller AF, et al: Diagnostic utility of mullerian inhibiting substance determination in patients with primary and recurrent granulosa cell tumors. Gynecol Oncol 73:51–55, 1999.

64. Hines JF, Khalifa MA, Moore JL, et al: Recurrent granulosa cell tumor of the ovary. 37 years after initial diagnosis: a case report and review of the literature. Gynecol Oncol 60:484–488, 1996.

65. Homesley HD, Bundy BN, Hurteau JL, et al: Bleomycin, etoposide, and cisplatin combination therapy of granulosa cell tumors and other stromal cell malignancies: a Gynecologic Oncology Group study. Gynecol Oncol 72:131–137, 1999.

66. Gershenson DM, Morris M, Burke TW, et al: Treatment of poor-prognosis sex cord-stromal tumors of the ovary with the combination of bleomycin, etoposide, and cisplatin. Obstet Gynecol 87:527–531, 1996.

67. Brown J, Shvartsman HS, Deavers MT, et al: The activity of taxanes in the treatment of sex cord-stromal ovarian tumors. J Clin Oncol 22:3517–3523, 2004.

68. Brown J, Shvartsman HS, Deavers MT, et al: The activity of taxanes compared with bleomycin, etoposide, and cisplatin in the treatment of sex cord-stromal ovarian tumors. Gynecol Oncol 97:489–496, 2005.

69. Chiara S, Merlini L, Campora E, et al: Cisplatinum-based chemotherapy in recurrent or high-risk ovarian granulosa cell tumor patients. Europ J Gynaecol Oncol 14:314–317, 1993.

70. Zambetti M, Escobedo A, Pilotti S, et al: Cisplatinum/vinblastine/bleomycin combination chemotherapy in advanced or recurrent granulosa cell tumors of the ovary. Gynecol Oncol 36:317–320, 1990.

71. Gershenson DM, Copeland LJ, Kavanaugh JJ, et al: Treatment of metastatic stromal tumors of the ovary with cisplatin, doxorubicin, and cyclophosphamide. Obstet Gynecol 70:765–769, 1987.

72. Muntz HG, Goff BA, Fuller AF: Recurrent ovarian granulosa cell tumor: role of combination chemotherapy with a report of a long-term response to a cyclophosphamide, doxorubicin, and cisplatin regimen. Eur J Gynaecol Oncol 11:263–268, 1990.

73. Disaia P, Saltz A, Kagan AR, et al: A temporary response of recurrent granulosa cell tumor to adriamycin. Obstet Gynecol 52:355–358, 1978.

74. Powell JL, Otis CN: Management of advanced juvenile granulosa cell tumor of the ovary. Gynecol Oncol 64:282–284, 1997.

75. Hardy R, Bell J, Nicely C, et al: Hormonal treatment of a recurrent granulosa cell tumor of the ovary: case report and review of the literature. Gynecol Oncol 96:865–869, 2005.

76. Fishman AP, Kudelka, Tresukosol D, et al: Leuprolide acetate for treating refractory or persistent ovarian granulosa cell tumor. J Reprod Med 41:393–396, 1996.

77. Freeman S, Modesitt S: Anastrozole therapy in recurrent ovarian adult granulosa cell tumors: a report of 2 cases. Gynecol Oncol 103:755–758, 2006.

78. Wolf JK, Mullen J, Eifel PJ, et al: Radiation treatment of advanced or recurrent granulosa cell tumors of the ovary. Gynecol Oncol 73:35–41, 1999.

79. Savage P, Constenla D, Fisher C, et al: Granulosa cell tumors of the ovary: demographics, survival, and management of advanced disease. J Clin Oncol 10:242–245, 1998.

80. Ishiko O, Yoshida H, Sumi T, et al: Vascular endothelial growth factor levels in pleural and peritoneal fluid in Meigs syndrome. Eur J Obstet Gynecol Reprod Biol 98:129–130, 2001.

81. Britt KL, Findlay JK: Regulation of the phenotype of ovarian somatic cells by estrogen. Mol Cell Endocrinol 202:11–17, 2003.

82. Young RH, Scully RE: Ovarian Sertoli-Leydig cell tumors: a clinicopathologic analysis of 207 cases. Am J Surg Pathol 9:543–569, 1985.

83. Latthe P, Shafi MI, Rollason TP: Recurrence of Sertoli-Leydig cell tumor in contralateral ovary. Case report and review of the literature. Eur J Gynaecol Oncol 21:62–63, 2000.

84. Young RH: Sex cord stromal tumors of the ovaries and testis: their similarities and differences with consideration of selected problems. Mod Pathol 18:S81, 2005.

85. Young RH, Welch RH, Dickerson GR, et al: Ovarian sex cord tumor with annular tubules: review of 74 cases including 27 with Peutz-Jeghers syndrome and four with adenoma malignum. Cancer 50:1384–1402, 1982.

86. Puls LE, Hamous J, Morrow MS, et al: Recurrent ovarian sex cord tumor with annular tubules: tumor marker and chemotherapy experience. Gynecol Oncol 54:396–401, 1994.

87. Hart WR, Kumar N, Crissman JD: Ovarian neoplasms resembling sex cord tumors with annular tubules. Cancer 45:2352–2563, 1980.

88. Ahn GH, Chi JG, Lee SK: Ovarian sex cord tumor with annular tubules. Cancer 57:1066–1073, 1986.

89. Chikvula M, Hunt J, Carter G, et al: Recurrent gynandroblastoma of ovary–a case report: a molecular and immunohistochemical analysis. Int J Gynecol Pathol 26:30–33, 2007.

90. Quirk JT, Natarajan N, Mettlin CJ: Age-specific ovarian cancer incidence rate patterns in the United States. Gynecol Oncol 99(1):248–250, 2005.

91. Williams SD: Malignant ovarian germ cell tumors. In Gershenson DM, McGuire WP, Gore M, et al (eds): Gynecologic Cancer: Controversies in Management. Philadelphia: Churchill Livingstone, 2005, pp 499–502.

92. Berek JS, Hacker NF: Nonepithelial ovarian and fallopian tube cancers. In Berek JS, Hacker NF (eds): Practical Gynecologic Oncology, 4th ed. Philadelphia: Lippincott Williams & Wilkins, 2005, pp 511–542.

93. Pectasides D, Pectasides E, Kassanos D: Germ cell tumors of the ovary. Cancer Treat Rev 34(5):427–441, 2008.

94. Gershenson DM: Management of ovarian germ cell tumors. J Clin Oncol 25(20):2938–2943, 2007.

95. Crum CP: The female genital tract. In Kumar V, Abbas AK, Fausto N (eds): Robbins and Cotran Pathologic Basis of Disease, 7th ed. Philadelphia: Elsevier, 2005.

96. Imai A, Furui T, Tamaya T: Gynecologic tumors and symptoms in childhood and adolescence: 10-years' experience. Int J Gynaecol Obstet 45(3):227–234,1994.

97. Leiserowitz GS, Xing G, Cress R, et al: Adnexal masses in pregnancy: how often are they malignant? Gynecol Oncol 101(2):315–321, 2006.

98. Schwartz PE, Chambers SK, Chambers JT, et al: Ovarian germ cell malignancies: the Yale University experience. Gynecol Oncol 45(1):26–31,1992.

99. International Germ Cell Consensus Classification: A prognostic factor-based staging system for metastatic germ cell cancers: International Germ Cell Cancer Collaborative Group. J Clin Oncol 15(2):594–603, 1997.

100. Malagon HD, Valdez AM, Moran CA, et al: Germ cell tumors with sarcomatous components: a clinicopathologic and immuno-histochemical study of 46 cases. Am J Surg Pathol 31(9):1356–1362, 2007.

101. Murugaesu N, Schmid P, Dancey G, et al: Malignant ovarian germ cell tumors: identification of novel prognostic markers and long-term outcome after multimodality treatment. J Clin Oncol 24(30):4862–4866, 2006.

102. Kumar S, Shah JP, Bryant CS, et al: The prevalence and prognostic impact of lymph node metastasis in malignant germ cell tumors of the ovary. Gynecol Oncol 110(2):125–132, 2008.

103. Lai CH, Chang TC, Hsueh S, et al: Outcome and prognostic factors in ovarian germ cell malignancies. Gynecol Oncol 96(3):784–791, 2005.

104. O'Connor DM, Norris HJ: The influence of grade on the outcome of stage I ovarian immature (malignant) teratomas and the reproducibility of grading. Int J Gynecol Pathol 13(4):283–289, 1994.

105. Marina N, London WB, Frazier AL, et al: Prognostic factors in children with extragonadal malignant germ cell tumors: a pediatric intergroup study. J Clin Oncol 24(16):2544–2548, 2006.

106. Peccatori F, Bonazzi C, Chiari S, et al: Surgical management of malignant ovarian germ-cell tumors: 10 years' experience of 129 patients. Obstet Gynecol 86(3):367–372, 1995.

107. Slayton RE, Park RC, Silverberg SG, et al: Vincristine, dactino-mycin, and cyclophosphamide in the treatment of malignant germ cell tumors of the ovary. A gynecologic oncology group study (a final report). Cancer 56(2):243–248, 1985.

108. Williams S, Blessing JA, Liao SY, et al: Adjuvant therapy of ovarian germ cell tumors with cisplatin, etoposide, and bleomy-cin: a trial of the gynecologic oncology group. J Clin Oncol 12(4):701–706, 1994.

109. Williams SD, Blessing JA, Moore DH, et al: Cisplatin, vinblas-tine, and bleomycin in advanced and recurrent ovarian germ-cell tumors. A trial of the Gynecologic Oncology Group. Ann Intern Med 111(1):22–27, 1989.

110. Williams SD, Blessing JA, Hatch KD, et al: Chemotherapy of advanced dysgerminoma: trials of the Gynecologic Oncology Group. J Clin Oncol 9(11):1950–1955, 1991.

111. Loehrer PJ S, Johnson D, Elson P, et al: Importance of bleomy-cin in favorable-prognosis disseminated germ cell tumors: an Eastern Cooperative Oncology Group trial. J Clin Oncol 13(2):470–476, 1995.

112. Einhorn LH, Williams SD, Loehrer PJ, et al: Evaluation of optimal duration of chemotherapy in favorable-prognosis dis-seminated germ cell tumors: a southeastern cancer study group protocol. J Clin Oncol 7(3):387–391, 1989.

113. Williams SD, Blessing JA, DiSaia PJ: Second-look laparotomy in ovarian germ cell tumors: the gynecologic oncology group experience. Gynecol Oncol 52(3):287–291, 1994.

114. Bonazzi C, Peccatori F, Colombo N, et al: Pure ovarian imma-ture teratoma, a unique and curable disease: 10 years' experi-ence of 32 prospectively treated patients. Obstet Gynecol 84(4):598–604, 1994.

115. Marina NM, Cushing B, Giller R, et al: Complete surgical excision is effective treatment for children with immature teratomas with or without malignant elements: a pediatric oncology group/chil-dren's cancer group intergroup study. J Clin Oncol 17(7):2137–2143, 1999.

116. Dark GG, Bower M, Newlands ES, et al: Surveillance policy for stage I ovarian germ cell tumors. J Clin Oncol 15(2):620–624, 1997.

117. Patterson DM, Murugaesu N, Holden L, et al: A review of the close surveillance policy for stage I female germ cell tumors of the ovary and other sites. Int J Gynecol Cancer 18(1):43–50, 2008.

118. Bafna UD, Umadevi K, Kumaran C, et al: Germ cell tumors of the ovary: Is there a role for aggressive cytoreductive surgery for nondysgerminomatous tumors? Int J Gynecol Cancer 11(4):300–304, 2001.

119. Billmire D, Vinocur C, Rescorla F, et al: Outcome and staging evaluation in malignant germ cell tumors of the ovary in children and adolescents: an intergroup study. J Pediatr Surg 39(3):424–429; discussion 424–429, 2004.

120. Einhorn LH, Brames MJ, Juliar B, et al: Phase II study of pacli-taxel plus gemcitabine salvage chemotherapy for germ cell tumors after progression following high-dose chemotherapy with tandem transplant. J Clin Oncol 25(5):513–516, 2007.

121. Brewer M, Gershenson DM, Herzog CE, et al: Outcome and reproductive function after chemotherapy for ovarian dysgermi-noma. J Clin Oncol 17(9):2670–2675, 1999.

122. Low JJ, Perrin LC, Crandon AJ, et al: Conservative surgery to preserve ovarian function in patients with malignant ovarian germ cell tumors. A review of 74 cases. Cancer 15:89(2):391–398, 2000.

123. Tangir J, Zelterman D, Ma W, et al: Reproductive function after conservative surgery and chemotherapy for malignant germ cell tumors of the ovary. Obstet Gynecol 101(2):251–7, 2003.

124. de La Motte Rouge T, Pautier P, Duvillard P, et al: Survival and reproductive function of 52 women treated with surgery and bleomycin, etoposide, cisplatin (BEP) chemotherapy for ovarian yolk sac tumor. Ann Oncol 19(8):1435–1441, 2008.

125. Kang H, Kim TJ, Kim WY, et al: Outcome and reproductive function after cumulative high-dose combination chemotherapy with bleomycin, etoposide and cisplatin (BEP) for patients with ovarian endodermal sinus tumor. Gynecol Oncol Jul 23, 2008.

126. Schneider DT, Hilgenfeld E, Schwabe D, et al: Acute myeloge-nous leukemia after treatment for malignant germ cell tumors in children. J Clin Oncol 17(10):3226–3233, 1999.

结 论

第**12**章

Robert E. Bristow, Deborah K. Armstrong

卵巢癌在发达国家妇科癌症的相关发病率和死亡率中居首位。本书包括了来自卵巢癌临床管理方面以及在基础研究科学和边缘学科方面资深专家的参与贡献。尽管卵巢癌的流行病学研究已相对完善，继续深入的研究有助于我们理解这一疾病的分子和基因基础。这些研究发展将使我们能：①发现易患卵巢癌的妇女；②发展更有效的疾病预防策略。影像学是卵巢癌的检测、诊断、管理和治疗后监测的重要组成部分。

大量的影像学方法均可用于临床，大量的新技术特别是分子影像学正被开发用来检测早期疾病，以及确定晚期患者肿瘤转移范围。这一信息对于制定有效的手术方案和辅助治疗计划至关重要。

正如这本书中所描述的，对于晚期卵巢癌进行首次手术的目的是建立正确的诊断，以及使用各种肿瘤细胞减灭的手术技术和方法使病灶基本被清除。对卵巢癌患者使用化疗能增加晚期卵巢癌患者的存活时间。新的治疗药物及其产生机制已经被整合在常规的临床实践中了。

尽管在早期的检查和主要治疗上进展颇多，但是还是有相当部分的卵巢癌妇女最终会复发。最新的证据表明，对于选定的一组患者，重复的肿瘤细胞减灭手术与成功的肿瘤切除可延长具有临床意义的存活时间。二线辅助治疗需要证据支持并根据临床指南进行选择，例如需要考虑治疗的间隔、前次治疗的种类以及之前的用药。化疗耐药性和化疗敏感性测试在复发疾病的治疗中所处的地位仍需进一步确定。大量的令人鼓舞的治疗药物，包括血管生长抑制剂，现处于临床试验阶段，并最终可能有效地用于在初发和复发卵巢癌的治疗上。

在接下来的一段时间内，卵巢癌早期检测和管理的提高将会依赖于更多的、前瞻性的科学发现以及更有效的、低毒性的治疗。同样重要的是建立一个多学科临床治疗队伍，包括妇科学、内科肿瘤学、放射学、重症监护、制药学、基因科学、护理学、社区工作以及精神病学等，提供最优的治疗，并最终达到延长存活时间和提高生活质量的双丰收。

（张诚燕 译）